王兴家制印

刘一达 京味儿经典 长篇小说集

传世猫碗

刘一达◎著

北京时代华文书局

图书在版编目（CIP）数据

传世猫碗 / 刘一达著. -- 北京 : 北京时代华文书局, 2017.12
（刘一达京味儿经典长篇小说集）
ISBN 978-7-5699-1931-8

Ⅰ. ①传… Ⅱ. ①刘… Ⅲ. ①长篇小说—中国—当代 Ⅳ. ①I247.5

中国版本图书馆CIP数据核字（2017）第287794号

传世猫碗

CHUANSHI MAOWAN

著　　者 | 刘一达

出 版 人 | 王训海
选题策划 | 王训海　赵　雷
责任编辑 | 余　玲　徐　蕾
插　　图 | 况　晗
封面题字 | 淳　一
装帧设计 | 程　慧　王艾迪
责任印制 | 刘　银　范玉洁

出版发行 | 北京时代华文书局 http://www.bjsdsj.com.cn
北京市东城区安定门外大街136号皇城国际大厦A座8楼
邮编：100011　电话：010-64267955　64267677　57735442
印　　刷 | 北京盛通印刷股份有限公司　010-52249888
（如发现印装质量问题，请与印刷厂联系调换）
开　　本 | 880mm×1230mm　1/32　印　　张 | 14.5　字　　数 | 446千字
版　　次 | 2018年5月第1版　印　　次 | 2018年5月第1次印刷
书　　号 | ISBN 978-7-5699-1931-8
定　　价 | 58.00元

目 录

第三章

第四章

第五章

第六章

第七章

第八章

第九章

第十章

第十一章

第十二章

第十三章

第十七章

第十八章

第十九章

第二十章

第二十六章

自序　小说滋味儿

一

首先，您容我啰嗦一句众所周知的话：您看到的是部小说，而不是别的什么文学。

小说呢，纯属虚构，所以，拜托您千万别对号入座儿。

您翻开书就会知道，连书里的“我”也不是我了。他是一个60后的职业作家，并不是我的身份。

您可能会问：既然是小说，干吗要用第一人称？我觉得用第一人称写，故事的叙述让读者看着比较亲切，没有其他意思。

二

小说是什么？

我一直认为：小说是叙述文学，所以必须要有故事。那么京味儿小说是什么？说白了，就是用地道的北京话来讲故事。

在这儿，地道的北京话，也就是京腔、京韵、京片子的京味儿语言是主要的。换句话说，您讲的虽然是北京城和北京人的故事，而且您讲得也非常生动感人，但您叙述的语言不是北京话，对不起，您的小说没资格说是京味儿。

同样是绿豆，您可以熬粥、蒸饭、做粉丝、做饹吱、泡绿豆芽儿、做绿豆糕等等，当然，也可以做豆汁儿。但粉丝、豆芽、绿豆糕什么的，哪个地方都能做，而豆汁儿属于北京独有。知道了吧？什么是京味儿？就这么简单。

三

追根儿的话，小说这个词儿，出自庄子的一句话：“饰小说以干县令，其于大达亦远矣。”

这句话是什么意思呢？用现在的话说就是：闲言碎语和那些有一搭没一搭的道理，跟主旋律的大道理和正说相差远了。说白了就是：小说不是大说，是琐碎之言。当然这跟我们现在说的小说是两回事儿。

汉代的班固认为：小说是“丛残小语”“道听途说”。唐代的段成式把小说叫“市人小说”，实际上是小说的雏形。到了宋代，盛行的通俗白话小说跟现在的小说就比较接近了。

白话小说实际上就是说书人的“话本”，像后来的《三国演义》《水浒传》《西游记》以及“三言”“两拍”等等，最初都是说书人给说出来的。您没看书里开头都要说上一句“各位看官”，结尾也要找补一句“且听下回分解”之类的吗，由此可知中国的小说就是从讲故事那儿来的。

既然如此，您说京味儿小说能没有故事吗？我的理解，不但要有故事，而且叙述的语言，必须朗朗上口，做到口语化。

别人怎么写，我不管，我写的小说，都力求能“说”。所以，每句话，每个词儿，我且琢磨呢！绕口的、生涩的字儿，我绝对不用。

我总以为，小说不能“说”，那还叫小说吗？这也许就是我的京味儿小说的特点吧。

四

清末民初以后，西方的小说引入中国，人们对小说的概念发生了变化：一是把它归入了文学；二是看重小说的思想性和所谓的深刻性；三是将其升格为高雅文化。

到近代，又引入西方现代派的小说理论，什么存在主义、表现主义、超现实主义、抽象、魔幻、意识流等等，那些所谓的文学理论家把小说给“整”得面目全非了。

但结果呢？用一句老北京土话说：别以为身上插几根羽毛，就成凤凰了！折腾了一溜够，现在又返璞归真了：小说，还得讲故事，没故事不叫小说。

有所谓正统文学理论家认为，我的京味儿小说故事性很强，耐看，但缺乏思想深度。什么叫“思想深度”？我翻过来掉过去，拍着脑门子琢磨十几年，到现在依然对这四个字糊涂着呢！

真的，什么叫小说的“思想深度”？这纯粹是那些所谓的文学理论家的说法。曹雪芹写的《红楼梦》居然让他们给“研究”出一个“红学”来。我琢磨着，曹先生打死也不会想到，他的书是写阶级斗争的，而且预见到了大清国的灭亡。难道这就是理论家们说的“思想深度”？

五

白姥姥的故事在我的脑子里转悠有十来年，我一直想把它写成小说，但又迟迟没舍得动笔。

什么叫没舍得呀？简单说，就是怕把包饺子的面，给做成了疙瘩汤。她的故事太离奇，不，应该说很传奇。我担心写出来，不是原汁原味儿。

说到这儿，您可能又犯疑惑了：不是虚构的故事吗？怎么还会有这样的顾虑呢？是呀，故事是虚构的，这没错儿，但虚构，并不等于信马由缰地胡编乱造。北京人干什么事儿，都讲究有没有谱儿。写作这活儿也如是，得有谱儿。

什么叫有谱儿呀？说白了，就是有这码事儿。换句话说就是写出来的故事，生活中发生过，或者有可能发生。再说明白点儿，写出来的故事得有鼻子有眼儿，不能云山雾罩，蒙人玩儿。

所以，书中的那些人物几乎都有真实原型，只不过把张三的鼻子给安到李四脸上了，把李四的头发挪到王五头上了。书中的白姥姥，已经不是生活中的那个姥姥了。她的原型，是三个白姥姥，让我给“克隆”到一起了。

既然小说属于文学艺术，那么它的基本功能就是塑造人物。白姥姥就是我塑造的人物，而不是现实生活中的一个姥姥。

六

既然所写的故事要有生活的真实性，特别是一些细节，要真实，所以《猫碗》这本书写起来，比较难。比如贯穿本书故事始终的猫碗，您必须交代清它的出处。

任何一个老物件儿都讲究承传有序。这个碗是怎么个承传法儿呢？您也要跟读者说明白。这个猫碗看着不起眼，但它是成化斗彩，价值起码两个多亿。

乖乖！一个小碗儿两个多亿？“多”多少？八千万！妈爷子！零头儿都够咱吃几辈子的。假如不是2014年在香港苏富比拍卖会上成交，又有多少人相信这是真事儿呢？

您可能会问，什么叫成化斗彩？它为什么这么值钱？小说里的猫碗是真的还是假的？是的，这些必须要跟您说清楚。

我虽然接触古玩行有二三十年了，但终究是外行，要想把这些写明白，就得向专家请教。所以，这部小说写起来比较费神。当然，素材的积累和情节的构思，是一个漫长的过程。

七

网络时代，微信时代，看小说的人越来越少。不，准确地说是看纸印的书的人，越来越少。谁也别咧嘴，这是个不争的事实。

几乎每个时代都有自己代表性的文体：例如汉赋、唐诗、宋词、元曲、明清的小说等等，那么当代的代表性文体是什么？有人说是段子，还有人认为是小品文。

我不认同这些说法，因为所谓的段子，其实就是小笑话，这种文体古已有之。您如果看过宋代人编的《笑林广记》，就知道段子的来历了。

不过，他们的观点却印证了一个事实，那就是网络时代，人们的阅读方式发生了变化。现代化生活的快节奏，网络、微信传递的字数限制和书写方式，使人们失去了以往的阅读耐心，越来越喜欢“短平快”，甚至是一目了然的文字了。

现如今，不是写长篇小说的作家有没有耐心的事儿，而是读者有没有耐心去看长篇小说的问题了。

所以，写长篇小说是费力不讨好的活儿，换句话说，您受了不少累，读者并不见得喜欢，因为实在没有看长篇的耐心。有人说，现在看长篇小说是一件很奢侈的事儿。真是一点儿不假。

正因为如此，我的写作功夫不是在做加法，而是把脑子用在了做减法上。

实话实说，这部长篇最初是四十多万字。五年，写了四十多万字，多吗？单就这部书，我觉得多了。所以，我用了半年多的时间做减法，删了十多万字。

“减肥”是挺痛苦的事儿。好不容易长到身上的“肉”，删哪儿都有点儿舍不得。但我必须忍痛割爱，并且毫不可惜。因为，您的时间金贵，我就别再考验您的耐心了。

八

有文学评论家说我的长篇小说，有讨好和取悦读者之嫌。在这些先生看来，取悦读者是一种庸俗。

这让我又糊涂了：读者喜欢的小说，难道就庸俗了吗？照这么说，读者不喜欢的，才是高雅的了？

您还别说，现实生活中，真就是这么回事儿。您也许不知道，有文学评论家真是把小说分为了“严肃文学”和“通俗文学”。在他们看来，老百姓喜闻乐见的小说，都属“通俗文学”。老百姓看不懂或者不爱看的，算是“严肃文学”。

我琢磨着这些所谓搞文学评论的先生们在分类的时候，一准儿是绷着脸的，否则的话，怎么会整出个“严肃文学”的概念来呢？

年轻的时候，我也曾奢望过文学奖之类的事儿，曾向一位德高望重的老作家讨教。他对我道出小说获奖的秘诀：要让人看着费劲。越是让人费劲，使人糊涂的，越是好小说。这叫“耐人寻味”。

嘿，敢情郑板桥的“难得糊涂”在这儿等着呢！

我要是照这路子写小说，还是刘一达吗？不能够呀！

首先，我不能揣着明白装糊涂，自己跟自己过不去。其次，我宁肯不写，也不能给读者添堵玩儿。

明明能说明白的事儿，偏要绕俩圈儿让读者费解，把读者弄糊涂了，这不是出幺蛾子吗？我绝对不干这种自找“糊涂”的事儿。

不是说我取悦读者，俗吗？嗨，我还就这么俗了！在写作上，我的最终目的，或者说我的最大心愿就是取悦读者。读者喜欢看我的书，就是对我的最高奖赏。我认为，这远远胜过这个奖那个奖。

九

唐代诗人中，作诗最用功的莫过于杜甫了。杜爷一生怀才不遇，忧国忧民，写了几千首诗，也留下了“文章千古事，得失寸心知”的名句。我以为这句话里的“寸心”，不光是杜爷的，大概是所有码字儿人的，自然也包括我。

是呀！一部小说的得与失，可以任由读者评说，可是谁又知道作者的“寸心”呢？

您肯定想象不到，写这部小说我倾注的心血。这部小说的布局谋篇和故事情节就不说了，光书名，我就琢磨了半年多。前前后后想了十几个，直到书稿交到出版社了，我还没定下来。

俗话说：万事开头难。我写小说特别重视开头的那句话。我认为一本书能不能吸引读者，就在这“第一眼”。所以，这部小说的第一句话，我前后改了三四十次。

托尔斯泰的《安娜•卡列尼娜》，第一句话："幸福的家庭都是相似的，不行的家庭各有各的不幸。"已经成为经典名句。据托尔斯泰回忆，这句开头也改了十几次。

小说播讲艺术家艾宝良先生，十八年前播讲过我的长篇小说《故都子民》，直到现在，他还记得这部小说的第一句话："窗户纸刚发白……"您看，这是不是开篇第一句话的魅力？

十

一个老辣的写家，会把写作当成是内心情感的一种抒发，或者是思想释放的一种愉悦。我觉得，这就是一种玩儿。

我一直认为：当有了写作是一种玩儿的心态时，才会像庖丁解牛那样游刃有余。

跟一个特有名的老演员聊天，他说我演戏就是玩儿。正因为如此，他上台也好，上镜也罢，演什么像什么。写作这活儿在心态上，跟他说的是一个道理。

北京人玩什么玩意儿，讲究把玩。所谓把玩，就是经常在手里"把"着，俗话也叫"盘"。比如一对山核桃或一串手串儿，要不停地在手里把玩，直到由木质玩成了"玉质"，变得晶莹剔透，润泽光亮，行话也叫"包浆"。

但一对文玩核桃达到"包浆"，绝对不是三天两早晨的事儿，且得把玩呢！

由此想到我写的这部小说。五年，实际上是"把玩"或"包浆"的过程。

玩儿古玩的都知道，并不是东西越老越值钱。一件玩意儿，在它问世的时候值钱，那不用说，再过几十年、几百年，会更值钱。反之，一件玩意儿问世的时候不值钱，再过多少年，也照样不会太值钱。

就拿成化斗彩小碗来说，它在明代的成化年间就已经非常金贵了，因为它出自于官窑。那么，同样是成化年烧制的小碗儿，出自于民窑，传到现在值不值钱？值钱。但充其量也就值几千块钱，跟官窑的东西没法比。

把自己的作品打造成“官窑”精品，大概是每个写家的理想，也是写家们在创作中孜孜以求的事儿。但很多人耐不住寂寞，东西写出来，便着急忙慌儿地找地儿发表或出版。当然了，没经过把玩的玩意儿，自然包不了浆。还用说吗？肯定会沦为“民窑”。

曹雪芹大概深悟此道，一本书“披阅十载，增删五次”，临咽气还没写完，而且他这辈子还就写了这部书。结果呢？人家的《红楼梦》成了“官窑”的成化斗彩。

这本《传世猫碗》，也是奔着这个路子去的。虽然写的是成化斗彩小碗，但这本书能不能成为成化斗彩？得，拜托您赏脸，来掌眼、量活了。

这些话一直想说，但没机会。这里写出来，权作是序言吧。

刘一达

北京如一斋

2014年10月9日

第一章

外号

人与人的缘分似乎带有某种天意。我有时心里琢磨，如果不是因为罗呗儿贼上了那个成化斗彩小碗，我也许这辈子不会认识白姥姥。

说这话的时候，白姥姥还不到七十岁。我那当儿也才三十出头，正是心高气盛，不知道自己能吃几碗干饭的岁数。当时，罗呗儿应名儿还是西城一个工商所的小科员，我是靠给报纸杂志写稿吃饭的专栏作家。

为什么要说“应名儿”这个词呢？因为后来我才知道，敢情罗呗儿身上架着的那身官衣，是道具。

罗呗儿的大号叫罗志成，比我大一岁。他上小学三年级的时候得了心肌炎，休学一年，蹲了一个年级，跟我成了同班同学。罗志成的爸爸叫罗元鹤，是京剧团打小锣的。小时候，我们这些孩子见了他，总叫他罗爷。我到现在也没弄清，这个“罗”，是打锣的锣，还是姓罗的罗。

说起来，罗家也算是梨园世家，他们老根儿是安徽潜山，老祖是“三庆班”的“场面”。“三庆班”是清乾隆年间，在京城创门立派的“四大徽班”之一，台柱子是赫赫有名的程长庚，他与余三胜、张二奎，并称“老生三杰”。“场面”是句行话，戏曲里伴奏的乐器总称叫“场面”，一般分文场和武场，文场有胡琴、二胡、三弦、月琴、笛子、唢呐等；武场指的是鼓板、大锣、小锣、铙钹、堂鼓等打击乐器。

过去，戏曲的乐师，比如拉琴的、打鼓的，习惯上都叫“场面上的”。罗家的老祖是程长庚的琴师，但他“六场通透”，玩的是全活儿。所谓“六场”，即吹、打、弹、拉、唱、武，全能拿得起来，是场面上的大拿。罗家也就是在乾隆年间，跟着“三庆班”，由安徽到北京落的地。

有意思的是，罗家人在梨园行七八代了，没出来一个动嘴的（唱的）班主，都是“场面上的”。而且，在“场面”上，也一代不如一代，到罗元鹤这辈儿，哥们儿弟兄十几个，就他还在梨园行混饭，其他人都改了行。虽然是打小锣的，但说起这些，罗爷的脸上也会带出点儿得意之色。

其实，那会儿干哪行，日子过得都紧紧巴巴的，罗家也不例外。罗呗儿他们家孩子多，他妈又没正式工作，罗爷平时还爱喝口儿，所以日子过得并不滋润。罗志成他妈绝对是会过日子的主儿，为了省钱，经常给他们包萝卜馅包子或饺子吃，弄得罗志成好像刚从萝卜窖里出来似的，身上总有一股子萝卜味儿。您想，天天跟萝卜就伴儿，打出的嗝儿，能好闻吗？

同学们凑到一块儿，只要他的舌头根子有情况，嘴一张，一股臭萝卜味儿顿时会蹿过来，一点儿没糟蹋，迅速弥漫周围的空间，跟大伙儿的嗅觉过不去。知道他这点儿能耐，班里的女同学见了他，短不了要退后几步，并且会下意识地用手捂捂嘴。萝卜味儿成了他身上的一个标记。

姓罗，爹是打小锣的，他身上又总有一股萝卜味儿，几个“罗”，都“摞”到了一块儿，所以大伙儿就给他起了个外号，叫罗呗儿。

一晃儿，有二十多年没见了，他的大号，我一时想不起来了，但是外号却印象深刻，一张嘴，就从舌头根儿下面溜达出来。

“罗呗儿！”我叫了一声。

我以为叫一声小时候的外号，能勾起儿时的记忆，久别重逢，不显得亲切吗？可他听了，差点儿没把眼珠子瞪出来，要不是我一直赔着笑脸，他有可能上来给我两拳。

“嘿，你的脑子挺好使呀！咱们都什么岁数了，见面儿，还叫小时候的外号？”他的嘴咧得像煮破了的饺子。显然，他对这个外号一百八十个不受听，话里带着刺儿。

“怎么？叫外号，叫出毛病来了？”我揣摸到他的心理，有意打哈哈道。

“本来嘛，都多大的人了？哪有一见面，就叫小名和外号的？

朱元璋当了洪武皇上，谁知道他的外号叫‘重八’，他爸爸的外号叫‘五四’？知道，谁敢叫呀？”他咧着嘴说。

“你还没说他爷爷叫‘初一’，他太爷叫‘四九’，他大哥叫‘重四’，他二哥叫‘重六’呢？”我给了他一句。

朱元璋是农民出身，那会儿的农民没几个有大号的，几月几号生的，就直接当名儿了。朱元璋的大号是他投奔郭子兴，郭子兴给他起的。后来朱元璋当了皇上，他爸爸也起了大号，叫朱世珍。

“嘿，你学问不浅呀？”他咧着嘴说。

我没好气地说：“叫你外号，你跟我聊朱元璋干吗？”

“没别的意思，告诉你外号不能乱叫。”他一梗脖子说。

“嘿，你倒真敢开牙！拿你跟朱元璋比？人家是皇上！你以为你是谁呀？”我笑道。

“草民也是人呀。”他睖睖着眼睛，七个不服八个不忿儿地说。

您说这不是搬杠吗？我要是吃他这一套，那就跟他不是发小儿了。

“罗呗儿，叫外号怎么了？胡同出来的孩子，谁没外号呀？我倒是想让你叫我的外号呢。”我睖了他一眼说。

“别逗了嘿。”他有点服软儿了。

“别以为你怎么着了，香水味儿再浓，也盖不过臭萝卜嗝儿的味儿！”我的这句话算点到他的穴位上，他立马哑火儿了。

愣了片刻，他不情愿地说：“得，咱们什么也不说了，你爱怎么叫就怎么叫吧。”

“我觉得叫外号，不透着咱俩亲嘛。你说是不是？”我又往回找补了一句。

“得得，您是爷，您叫我什么，我都得耳朵侍候着您。”他满脸堆着笑说。

说了归齐，他还是小时候的那种脾气秉性，不吃葱不吃蒜，就吃将（姜）。什么事儿，您得跟他拧着来，他就顺溜了。连叫他两声外号，他也认头了。

团长

我跟罗呗儿原先住一条胡同，算是知根知底儿的发小儿。但是这“知根知底”得两说着，上中学以前的事儿，可以说我们彼此门儿清，但参加工作以后的事，可就不好说了。拿罗呗儿来说，我当时只知道他穿上了“官衣”，是工商所的小干部，大小管点儿事，说话办事挺牛的。其他的一概不知道。

就我对罗呗儿的了解，他属于那种胳膊折了往袖口里揣，牙掉了往肚子里咽，死要面子活受罪的北京人。您什么时候见到他，他永远是那么光鲜照人，脸上像抹了油，头发像打了蜡，穿得是那么体面。

他爹罗爷就是这种要面儿的人，自然，他本来在剧团也是“场面上的”。罗爷个头儿不高，长脸小眼，脸上的肉瓷绷，见棱见角。记忆中，他的行头永远是那么利落，好像刚用江米水浆过似的。

我小时候，胡同里的人都挺会过日子。那当儿，洗衣店很少，人们穿衣服讲究挺括，穿裤子讲究有裤线，但又舍不得花钱去洗衣店，便在家里熬锅江米汤，自己浆洗。胡同里的很多人，大都穿着带补丁的衣服，罗爷也如是，可是他连穿带补丁的衣服，都透着体面。那补丁放的是地方，针脚也细致，像是绣上去的。

按老北京人的说法，罗爷的做派，得说是有范儿。这儿得跟您啰唆一句，现在的人说一个人有风度有派头，往往会说他有范儿。什么叫范儿？其实它是从梨园行的行话“起范儿”这儿来的。

所谓“起范儿”，就是武功演员在折跟头打把式之前的预备动作。“范儿”这个词，通常是指技术上的规范和法门。知道它是什么意思，您也许就不会随便用这个词儿了。换句话说，不是什么人都有范儿的。罗爷身上有范儿。什么范儿？北京“爷”的范儿。要不剧团里的人，都叫他罗爷呢。

罗爷的范儿，主要在他的两步走上。他走道儿永远昂着头，挺着胸，拔着脯，两条胳膊摆动得自然大方，目光昂视，像是大领导巡视工作。他的分头永远黑亮整齐，苍蝇上去都要摔跟头，透着气宇轩昂，一副卓尔不群的派头。

那会儿，京剧团的团长是延安时期的老干部，衣着朴素，也没架子。剧团到外地演出，人们常把罗爷当成了团长。这要是一般人绝对不敢答应。可罗爷，您叫他团长，他不但答应，而且还会跟您招招手，或者握握手，俨然是首长的派头。

如果您说他：“这叫屎壳郎爬门板，假充大铆钉。”他一准儿跟您瞪眼。

他讲话：“懂吗？这叫礼数。”您问他：“您是团长吗？紧溜儿上前跟人家握手。”他会说：“我怎么不是团长？”“您是什么团的团长？”问到这儿，他会冲您咧咧嘴，理直气壮地说：“我是‘一宿团’的团长。”您纳闷了：“什么叫‘一宿团’呀？”

这时，他会嘿嘿儿一笑，对您说：“天儿不是冷吗？夜里睡觉，盖的被子薄，冻得身子都蜷在一块儿了。当了一宿‘团’长。”

嗐，敢情他是这么个“一宿团”的“团长”！

罗爷的兜里常年揣着几根竹子做的牙签，在胡同里或者大街面儿上，只要见着人，他便把牙签拿出来剔牙玩。敢情这牙签是道具，证明这位爷刚刚下过馆子。

北京人有个习惯，熟人见面打招呼，光点头不行，得说句应景儿的话。也许那会儿的人，总是吃不饱，饿得慌，所以，甭管什么钟点儿，也不管什么场合，见了面，总要问一声：“吃了吗您？”

罗爷手里的牙签，好像就是给您问的这一声预备的。您什么时候见了他，他都会告诉您，刚在什么什么酒楼什么什么饭庄吃了出来。

“哪儿吃的您？”

嘍。您听去吧，不是“全聚德”“东来顺”，就是“同和居”“森隆”，要不就是“老莫”和“新侨”，都是有名的饭店和饭庄。信不信吧您？他可是一边说着，一边剔着牙呢，就差打饱嗝儿了。

罗呗儿哥儿仨，姐儿俩，他妈是家庭妇女，一直没工作。当年，一大家子人，全靠罗爷在剧团打小锣挣的那点薪水，日子过得紧紧巴巴。别瞧罗爷在外边拿着爷劲儿，别人以为他总是下饭馆，吃香的喝辣的。其实，那都是打肿脸充胖子的事儿。回到家，他再拿大，也“爷”不起来了，只能享受啃窝头就臭豆腐的待遇。

错来，那当儿胡同里的人不都是吃的这个吗？您就是说刚吃的是窝头就臭豆腐，谁也不会瞧不起您，您也不会比别人矮半头，可罗爷非要人前显贵。没辙，只好让牙签帮忙了。

我对罗爷剔牙的姿势记忆犹新。那可真是爷的派头，我估计真在大饭庄吃了出来的主儿，也拿不出这种劲头来。他的脑袋微微一歪，左手稍稍弯曲，倒钩着罩着嘴，右手的拇指和食指捏着牙签，轻轻地在嘴里抠弄着，动作透着那么斯文儒雅。

瞅着他那得意的神情，我只想流口水，真以为他刚在“全聚德”吃过烤鸭，在“东来顺”吃过涮肉，塞了牙呢。直到“文革”的时候，红卫兵因为这斗他，他才说了实话。

“文革”原本就是一个荒诞的时期。罗爷这种爱搞笑的人，在“文革”的时候，自然短不了闹笑话。

跑气

这是“文革”中的事儿。有一次，剧团的造反派要揪斗老团长。团长不是一般的演员，是延安老干部。造反派往外提拉人的时候，罗爷也在场，他腾地站出来，说了一句俏皮话：“他可是老革命！批谁也不能批他，你们这是蚊子叮菩萨，认错人了。”

这句话等于引火烧身。造反派一下揪住了他，说他污蔑革命群众是“蚊子”，把“走资派”捧为了“菩萨”。于是乎，这位爷成了“保皇派”。当然，斗争的矛头，也就冲着他来了。

到这会儿，他已经是死猪不怕开水烫了。家让红卫兵抄了两回，也受过皮带的洗礼，“喷气式”飞机也坐过了，他还有什么可怕的。他反过来问那些造反派：“保皇派？你们干吗要抬举我呀？咱们团长什么时候当皇上了？”

那会儿，造反派讲什么理？看他嬉皮笑脸的样儿，就气不打一处来，上去就要拿皮带抽他。恰在这时，“噗”，他放了一个响屁。把大伙给逗乐了。

他跟着还给人家解释：“您多担待。这叫放屁踢响瓜，赶对点儿了。”

大伙听了不禁捧腹大笑。那个要抽他的造反派，也举不起皮带来了。

说起放屁来，这可是罗爷的一绝。他有稀的，放屁不叫放屁，跑气！有一次，造反派要开他的批斗会。他事先从同事那儿得知自己要挨斗，回到家，让他老婆蒸了一锅萝卜馅的包子，又用铁锅，崩了半锅黄豆。

第二天一早，他一口气吃了六个萝卜馅包子，又吃了好几把崩豆儿，然后咕咚咕咚喝了几搪瓷缸子凉水，这才骑车去上班。

批斗会开始，造反派把他押上台，人们进行揭发批判。第一个发言还没完，罗爷的肚子便有了情况，肚子咕噜两下，后门就开始有响动了。“噗噗”，一会儿一个响屁，台上念批判稿的人念一句，他放个屁，声还挺响，逗得台下的人捧腹大笑。

这屁不光响，还带着味儿，那味儿熏得人直捂鼻子。主持会的人也熏得直咧嘴，他一指罗爷，瞪起眼睛，大声喘斥道：“你这是对抗革命群众！再放，你就是破坏群众运动的反革命！”

罗爷慢条斯理地说：“管天管地，管不了拉屎放屁。这可是在论的。有屁要放，皇上他二大爷来了也管不了呀！”话还没说完，跟着又是两声“炮”响，引来一阵笑声。

“姓罗的，你严肃点儿！”主持会的人急了。

“我没不严肃呀？”罗爷一本正经地说，“知道吗？北京人放屁不叫放屁，叫拔塞子，跑气。您瞧我这是跑气呢。气想往外溜达，我拦不住呀！”

“都什么乱七八糟的，跑气？你回家跑去！现在憋着！”

“我要能憋，还放它干吗？”罗爷刚说完，“噗噗”，又是两声“炮”响，引起哄堂大笑。

您想，这批斗会还开得下去吗？罗爷的屁，愣把批斗会给搅黄了。

后来，剧团有人给他编了段顺口溜儿：“罗爷的屁，惊动了天地。崩倒了京剧团，崩倒了马德利。赛过了毒瓦斯，赛过了核武器。三声屁一响，剧团没了戏。”

马德利是剧团造反派的头儿，就是那天批斗会的主持人。因为罗爷的屁，搅黄了那次批斗会，他被赶下了台。所以有“罗爷的屁，崩倒了马德利”一说。

白金人儿

罗爷最得意的是玩车，玩成了“车鬼子”。老北京管玩自行车上了“道儿”的人，叫“车鬼子”。因为那当儿的名牌自行车，几乎都是进口的“洋车”。北京人戏称洋人是“洋鬼子”，“车鬼子”的谑称，大概就是由此引申过来的。

自然，不是任何有自行车的人，都是“车鬼子”，敢叫“车鬼子”的，手里至少得有两三辆拿得出手的老牌自行车。罗爷家里的这两辆自行车，绝对拿得出手。两辆都是英国造，一辆是“凤头”，另一辆是“双金人儿”，都是名牌。尤其是那辆“双金人儿”，品相极佳，看上去有九成新。

“车鬼子”玩车，不仅讲牌子、品相，还要看型号和哪年产的。这辆“双金人儿”是1914年生产的，据说这种型号的自行车，当时是专门给王室和公侯生产的，一共才制造了几千辆，进口到中国的有二十多辆。这种车是平把（自行车把），高车架，全车镀得又白又亮，所以，后来玩车的主儿，都把它叫“白金人儿”。

最有意思的是，这辆“白金人儿”跟白姥姥有点儿关系。说起来，这是后来我从白姥姥那儿了解到的隐私，罗呗儿也不知情。敢情这辆“白金人儿”是京城名厨彭乐山的。

彭乐山的父亲是清宫御膳房的庖长。他大哥跟他老爹到庆王府出堂会，也就是王爷在府里宴请宾朋，他们爷儿俩应邀掌灶。当时大清国的皇上已经退位，庆王爷也早就失了势，打算到天津养老，临走前，设宴道别。请的都是清朝的遗老遗少，还有外国使节。

那天彭家爷儿俩格外卖力气，席面儿搞得既有排场，菜品做得也地道。王爷觉得非常体面，让他没想到的是，散席后，彭家爷儿俩坚决不要谢仪（报酬），说是感谢王爷昔日恩典，宁愿效犬马劳。王府的管家把这事禀告给王爷，王爷听了自然挺高兴。

其实，这是彭家大少爷耍的一个心眼。原来他一进王府，就瞄上了院里的那辆“白金人儿”自行车，所以，留着后手。果不其然，庆王爷临去天津的头一天，彭家大少爷找到王府的管家张了口。

在王爷眼里，一辆自行车算什么？念及彭家爷儿俩在那次大席面儿让他露脸的茬儿，老王爷没打嗑呗儿，就把这辆“白金人儿”赏给了彭家大少爷。有老爷子在，这辆车到大少爷手里，他也得等老爷子发话，才敢骑。偏偏老爷子没发话。后来八面玲珑的二少爷乐山，总在老爷子面前讨好，老爷子一时高兴，终于发话，这辆车便宜了二少爷乐山。

当年彭乐山活着的时候，家里的孩子都争着抢着要骑这辆车。老爷子发了话，谁将来念书有出息，得了奖，这辆车就是谁的。后来彭乐山的三少爷璟如，在北平的中学生运动会上，拿了两个短跑项目冠军，乐山觉得他给彭家争了脸，便把这辆“白金人儿”给了他骑。

您也许知道，英国人讲究的是绅士派头，老北京人讲究的是爷的范儿。在老北京，骑自行车也如是，讲究“人配车”。骑“白金人儿”，要的是洋范儿。您得西装革履，西装还要配粗呢两件套，衬衫领子翻到外衣领子外面，不打领带，据说这是从当时的美国总统罗斯福那儿学来的范儿。有罗斯福的派头儿，您才能人“压得住”车。反过来，您要是身穿长袍马褂，脚踩千层底的洒鞋，一副罗师傅的劲头，骑“白金人儿”，那可就车把人给“压”了，也不伦不类。

那会儿，骑“白金人儿”，就跟现在开“法拉利”“宾利”差不多，您不是达官显贵，家里没有几个铺子，给您一辆“白金人儿”，您也不敢在街面儿上招摇。所以，三少爷骑着这辆车，在京城格外惹眼。

罗爷在老北京也是少爷秧子，别看他是打小锣的，但您别忘了罗家老祖是跟程长庚进的北京，在梨园行的“场面”上有一号。

那会儿，罗爷就开始玩车了。但京城的“车鬼子”有个规矩，别人有好车，羡慕不嫉妒。他当然知道彭家三少爷手里的这辆“白金人儿”，可是让他动心的不是这辆车，而是人！

谁？就是白姥姥。敢情白姥姥年轻那会儿，不能说是京城的第一美人，但能比得过她的也没有几个。所以她是京城少爷们猎艳的目标，罗爷也不例外。但那些高门大户的少爷，都够不着白姥姥，哪儿就轮到他了？架不住他单相思呀，自打白姥姥跟着她爷爷到吉祥戏院听戏，他在台上打小锣，被台下白姥姥的美貌“迷”了眼，便开始想入非非了。后来，他得知白姥姥爱上了彭家的三少爷，由此得了“气迷心”。

那当儿，彭家三少爷和白姥姥都是高中生，自然，他们谈恋爱比罗爷有条件。人得不到，罗爷想到了那辆“白金人儿”。俗话说，不怕贼偷，就怕贼惦记着。为了得到这辆车，他真是绞尽脑汁，最后终于在彭乐山那儿找到了突破口。敢情彭家跟白姥姥家有世仇，他俩谈恋爱一直瞒着彭乐山。罗爷知道彭乐山是戏迷，每个礼拜都到他掌灶的饭庄，给他送戏票，一来二去的，俩人成了忘年的朋友。不到火候不揭锅，这时，罗爷才把那层窗户纸捅破。

彭乐山不知道则已，知道儿子跟老冤家的女儿勾搭上，勃然大怒，由爱转恨，父子反目。恰在这时，罗爷跟彭乐山泄了底：要拿两根金条换那辆“白金人儿”。那会儿，手头儿的钞票都毛，只有金条说话管用。

人的爱与恨，很容易波及物。彭乐山跟儿子闹掰后，自然那辆“白金人儿”被他收回，但这辆自行车整天在他眼皮底下摆着，瞅着别扭，正不知怎么打发，罗爷找上门来，要买，这不正对他的心路吗？不过他嫌两根金条少。

“少，咱们好商量。这辆车只要您出手，多少钱，我也要。”罗爷是王八咬人，不撒嘴了。

彭乐山看出他的心思，也来了个狮子大张口，伸出四个手指头。罗爷一咬牙，跟二叔张嘴，借了两根金条。最后，四根金条换了这辆“白金人儿”。这可是在1947年，当时五六根金条，能买一个小院。罗爷也真是豁出去了。

当然，罗爷宁可不要金子，想得到的是“白人儿”，也就是白姥姥。他喜欢她，几乎发疯。但这只能是他的一厢情愿。虽然彭乐山跟儿子翻了脸，也要回了自行车，但并没拦住儿子跟白姥姥相爱。当然，这是后话，咱们下头再细聊。

单说罗爷，得到了自行车，却得不到人，自然黯然神伤。他只能白天看着这辆“白金人儿”，夜里做“白人儿”的美梦了。您看了这段故事，也许就会明白，罗爷为什么酷爱这辆“白金人儿”了。

说起来，罗爷能得到这辆“白金人儿”，有“犯小”之嫌，毕竟是他把三少爷和白姥姥的恋情给泄了密。但说了归齐，也是爱情使然。为了得到白姥姥，别说背后使坏，就是跟三少爷决斗，他也豁得出去。为了爱嘛，那个年代的年轻人都有点儿血性。从这个角度看，这倒也是他身上的一种爷劲儿了，只不过最后也是一场梦而已。当然，也不能完全这么看，罗爷没得到白姥姥的爱，却爱上了这辆“白金人儿”，这也算睹物思人吧。

车鬼子

您八成知道，那年头，自行车可是一个家庭的“三大件儿①”之一，买这“三大件”，得要票儿。住胡同里的一般家庭，都没有自行车，平时出门或上下班，不是腿儿着，就是坐公交车。所以，罗元鹤仅凭这两辆名牌自行车，就有资格当“爷”。

那会儿，胡同里的老少爷们儿迷上了养热带鱼。大盆小缸的，家里没几条热带鱼，就好像缺点儿什么，孩子大人像抽了风似的，一大早，就奔护城河捞鱼虫儿。这么热闹，罗爷愣没动心。为什么？他得留着工夫，侍候他的那两辆宝贝车。

他讲话：爷得守着一门儿玩，才玩得精到。瞅别人玩什么，也

① 三大件儿——流行于上世纪五十年代到七十年代的俗语，所谓三大件儿，指的是家里应有的三件贵重物品：自行车、手表、缝纫机。

跟着人家屁股后头凑热闹，那不叫玩，叫起哄架秧子。

这两辆自行车，可是罗爷的看家宝贝。不过，让“宝贝”看家，着实让罗爷费了神。为了存放这两辆宝贝车，罗爷费了脑子。他专门在屋前盖了个小棚子。这两辆车似乎不是为了骑的，而是一种摆设。平时家里人，谁也不敢碰不敢摸。罗呗儿小的时候不懂事，有一次，他按了几下车铃，罗爷看见了，狠狠扇了他两个大嘴巴，吓得他后来对这两辆自行车，别说摸，连看都不敢了。

罗爷看待这两辆车，像对待两匹爱马，爱不释手，却不忍心骑。对这两辆车，他有“八不骑”，什么刮风不骑，下雨不骑，下雪不骑，甚至阴天都不骑。您会问了：那什么时候骑呀？跟您说吧，他礼拜天或逢年过节，胡同里的人都放假在家的时候“骑”。说是骑，实际上是推出来，显摆显摆。

罗爷的这两辆自行车，说白喽，已然不是代步的交通工具了，而成了他在人前显贵，拔份儿的道具。

当然，谁也不是天官，掌握着风雨阴晴，所以，罗爷再仔细，也短不了会赶上早上晴天，中午下雨的时候。下雨，自然地面上就会有积水，让车蹚水，那不是要罗爷的命吗？这时节，您在胡同或街面儿上，准能看见独特的一景儿：罗爷扛着自行车，蹚着雨水，蹒跚而行。这镜头，让我常常想起现在养宠物的人。罗爷扛着自行车的神态，很像妇人怀里抱着宠物狗的劲头儿。

胡同口儿的王二伯讲话：这哪儿是人骑自行车呀？整个儿是车骑人呢！胡同里有好管闲事的老人，在背后戳罗爷的后脊梁：这个“车鬼子”，他是让自行车给玩了。

每到礼拜天，罗爷吃了早点，抽两支烟，便推着自己的宝贝自行车出门了。这时的罗爷，像是过节或参加重要演出，行头穿得整整齐齐，头上还要打上蜡，抹上油，还要像军乐团的乐手一样戴上白手套，把自己的门脸修饰得利利索索，他才大模大样地把“凤头”或“白金人儿”，推到胡同最显眼的地界支好，然后点着一支烟，静静地等待人们向他投来惊羡的目光。人家有话，这叫“亮宝”。

我小的时候，罗爷“亮宝”，是我们那条胡同礼拜天或节假日一个必不可少的“节目”。说来也怪了，罗爷的这两辆车，像道具，又像话引子，总能把胡同的老少爷们儿给招去。大家围着自行车前后左右看看，夸罗爷的自行车几句，然后便山南海北，云山雾罩地海聊起来。

其实，话题跟自行车不沾边儿。罗爷的那两辆自行车，胡同里的人都已经看腻了，说腻了，但见了它，还要看两眼，夸两句。好像大伙都因为胡同里有这两辆自行车，感到一种骄傲似的。

当然，罗爷“亮宝”，也是一种玩儿，一种乐子。别人养眼，他养脸。直到赚足了赞赏和惊羡的目光，他才算过了瘾，点着一根烟，哼着老戏，晃着膀子，得意扬扬地把车推回家。

自然，罗爷的两辆宝贝车，不只在胡同露脸，更多的时候，他把车推到西单的十字路口，或者西四的缸瓦市，路东有一家信托商店，离信托商店不远，有个空场，是“车鬼子”们的根据地。罗爷跟这些玩车的“车鬼子”们，经常在这儿亮亮各自的宝车。自然，林子大了，什么鸟儿都有，有时也短不了碰上叫板或逗咳嗽的主儿，不知哪句话说噌了，他也会绷不住劲，跟人家叫叫碴呗儿，甚至动动胳膊根儿。

树大招风，山大招云。您想，这么牛的人，这么牛的自行车，能不招事儿吗？嗐，不但招来了事儿，干脆说，差点儿没要了罗爷的命。

犯滋扭

话说有一次，罗爷骑着那辆“白金人儿”，在西四缸瓦市的信托商店门前“亮宝”。在路边显鼻子显眼的地方，他把自行车支好，走出七八米开外，拿出带来的马扎儿坐下，点着一支烟，拿眼瞄着围观的人，听他们怎么议论这辆车。

这辆“白金人儿”被罗爷擦得亮可鉴人，电镀似银，一些传动部位擦了油，一尘不染。罗爷之所以戴白手套，不光是要样儿，主要是为了保护车，他怕手上的汗渍和油垢玷污了车漆，日久天长会锈蚀。

所以，他的车放在那儿，您只可远瞧近观，绝对不能上手去摸。这个规矩一般人都懂。可是，偏偏有那不开眼的，您越说不能动手摸，他越手欠，非要去摸，北京人管这类人叫二不愣。

却说这位二不愣，家住西城，当时也就是十五六岁的初中生，一个乳臭未干的毛头小子。这小子确实有点儿愣，别人都在那儿看，动嘴不动手，这是看人玩车的规矩。他倒好，二话不说，过去就上手，摸了车把，又摸大梁。罗爷在远处瞅着这叫心疼，就跟人家用小刀拉他身上的肉一般。

这时节，没等罗爷张嘴，旁边有个老头儿瞅着气儿不恭，走过去，拉住了这位二不愣："小伙子，手下留情嘿。不知道吗？在这儿，可是君子动嘴不动手。"

老爷子数落他不该动手摸人家的车。没想到这位二不愣像吃了枪药，老爷子的话，让他蹿了秧子，不但把老爷子骂了一顿，还犯三青子，扬起手来就要开打。

罗爷站在一边，实在是沉不住气了，他的爷劲儿上来，走过去，一把揪住了这位二不愣的胳膊，厉声道："干吗？跑这儿递葛来了？算你没长眼，叫碴呗儿，挑错了地界儿。"

二不愣不知道这车是罗爷的，以为他是拉偏手的，对罗爷睖睖着眼睛道："你是哪庙的和尚？这没你说话的份儿，身上痒痒了是不是？"

这句话把罗爷惹急了："嘿，你个小兔崽子，真是找打来了！"他左手一翻腕子，一把拽住了二不愣的脖领子，右手抡圆了，照着他的脸，"啪啪"两个大耳刮子。

打得这位二不愣两眼冒了金星，甩着哭腔说："你们欺负人是怎么着？我他妈跟你们没完！"

"嘍，这小兔崽子，嘴还挺硬！"刚才跟二不愣动胳膊根儿的老爷子，还没消气，走过去抬腿踹了二不愣两脚。罗爷跟着又给了他一个脖儿搂，二不愣像倒空了的面口袋似的，瘫在了地上。

他还想挣蹦挣蹦，但瞅着罗爷的一脸爷劲儿，哪敢再犯滋扭？不立马儿认栽，罗爷的拳头还等着侍候他。

"得了得了，算我服了还不行吗？"他连叫了几声爷。这下儿倒好，“二不愣”成了“二拨愣”。

那天在场的老少爷们儿，谁也没想到，这位二不愣会记仇，当然，谁也没想到两年以后，会发生“文化大革命”。更让人啼笑皆非的是，那些老牌自行车，在“文革”中，成了“四旧”。

这位二不愣姓田，在家行三，人称田三。“文革”开始时，田三正念高一，他爸在西城的一个煤铺摇煤球儿，属于工人阶级。所以他是根正苗红的“红五类”出身，“造反”最积极，最早戴上了红卫兵袖标，还在天安门广场受到过毛主席的接见，于是革命豪情万丈高，很快当上了红卫兵的头儿。破“四旧”、抄家、打砸抢，他首当其冲。不过，在“造反”和“革命”的红色风暴中，他暗藏杀机，在抄“黑五类”家的时候，他一直在踅摸打他俩耳刮子的罗爷。

世上有许多事，正所谓：无巧不成书。您说怎么那么巧，田三带着红卫兵，在西城抄一个资本家的宅子时，意外地发现了他家里藏着三辆老牌自行车。

田三见了自行车，就像打了鸡血。一顿皮带，这位资本家供出了玩车的“车鬼子”罗爷。又一顿皮带，他连罗爷是干什么的，他们家住哪儿，都从嘴里秃噜了出来。

殊不知，这正是田三想得到的。

报应

罗爷的脑袋不白长，“文革”一开始，他就感觉形势不妙。他心眼多，红卫兵的抄家风声刚起，他就想到了自己这两辆自行车的命运，因为它们是洋货。历次政治运动，沾“洋”字的，都没有好果子吃。果不其然，老牌自行车被红卫兵小将视为“四旧”。他认识的一个“车鬼子”，因为家里藏着五辆老牌自行车，而引火烧身，家给抄了，还差点儿让红卫兵打死。他暗自庆幸，“车鬼子”这个嚎称，知道的人不多，否则，冲“鬼子”这俩字，弄不好，脑袋就得挪挪地儿。

关键是怎么保住那两辆宝贝自行车。他想了几个晚上，最后做出了一个痛苦的选择：宁可伤其两指，不如断其一指。什么意思？两辆车，保一辆，舍一辆。都保？哪个也保不住。但您让他拆那辆“白金人儿”，等于挖他的心。于是，他把那辆“凤头”拆了卸了，零部件和大梁、前后轱辘上好油，拿油布裹上包好，埋在了院里的花池子里，那辆“白金人儿”被他整体吊在了棚顶上，不细瞅，很难发现。

院里有个邻居，死活看着罗爷不顺眼。“文革”一来，他成了红卫兵的“眼线”，罗家有点儿动静，他便到红卫兵组织那儿打小报告。罗爷在埋这辆“凤头”时，被他发现，偷着告了密。所以，田三带人来抄罗爷家时，红卫兵直接奔了院子里的花池子，三下五除二，就挖到了那辆拆成零部件的“凤头”。田三是冲着那辆“白金人儿”来的，您想他能饶得了罗爷吗？

一向要样儿的罗爷，这会儿被俩红卫兵反剪着胳膊，坐了“喷气式”，成了三孙子。田三穿着一身黄色的军装，戴着红色的袖标，耀武扬威地成了爷。

他挥着军用皮带，对罗爷冷笑道：“还记得我吧？”

罗爷见过世面，豁然一笑道：“知道。你不是红卫兵小将吗？”

“别他妈费话。我问你，那辆‘白金人儿’哪去了？”田三记得很清楚，那天他是因为那辆“白金人儿”挨的耳刮子。

罗爷一见这位二不愣，就明白碰上冤家了，自己这回是在劫难逃了。但他却沉得住气，反正早晚也得尝皮带的滋味，先跟这帮小子逗逗闷子，他挤咕了一下小眼儿，指着自己的肚子，笑着说：“在这儿，在我肚子里。”

这不是打镲吗？自行车怎么会跑肚子里？过来两个红卫兵，抡起皮带就要打，被田三给拦住，他厉声问道：“装什么孙子？说，自行车怎么到肚子里去了？”

罗爷不紧不慢地说：“是这么回事，家里揭不开锅了。实在是没辙，我只好把它卖了，换了一袋大米，吃了。这不等于那车跑我肚子里了吗？”

这番话，把几个红卫兵给逗乐了。

但这些革命小将，对他并没留情，罗爷被急风暴雨一般的皮带打得半死，躺在床上一个多月才缓上来。饶是这样，这位爷还跟人逗闷子呢：“俩耳刮子，换了一顿皮带。姥姥的，差点儿没让我去见阎王爷。不过，这帮小兔崽子倒也‘仁义’，没给爷打傻了，让我还能记住念他们小丫挺养的好儿。”

让罗爷难过的不是挨了一顿皮带，而是那辆“白金人儿”，折腾半天，还是被红卫兵在棚子里发现，给抄走了。或许是命中注定，因为当初这辆车，就不该到他手里。罗爷有时想。

那几年，他几乎成了魔怔，可着北京城，直眉瞪眼寻找他那辆“白金人儿”，但到了儿，也没找到。

有人劝他：“别这么瞎劳神了。东西再好，丢了，也就丢了。”

在没人的时候，他仰天长叹：“唉，在你们眼里，这是一辆自行车。在我的眼里，它是车吗？不是。它是人呀！”

不过，罗爷终究还是拿得起来放得下去的人，虽然想起“白金人儿”这茬儿，他便骂两句，但他能做的，仅此而已。有时他也想，“文革”毁的东西太多了，一辆自行车算什么？人能全须全尾儿活过来，就念阿弥陀佛了。想不开，只能说是自己跟自己过不去。

其实，那位二不愣田三“革命”也好，“造反”也好，玩的是花拳绣腿。“文革”是革文化的命，那会儿，只要是“红五类”，戴上红卫兵的“红箍儿”，就可以“造反有理”了。其实，对有些人来说，“造反”不过是个幌子，想满足自己的私欲才是真。

这位田三就如是。敢情这小子也有自行车情结。他从小就想有一辆自己的自行车，可是，他们家穷得叮当响，他爸爸是煤铺摇煤球儿的，他上边有俩哥俩姐，下边还有三个妹妹，全靠他爸那点儿工资，吃饭都成问题，哪有钱给他买自行车呀！“文革”圆了这小子的自行车梦，算上罗爷那辆英国“白金人儿”，他在抄家的过程中，一共没收了十二辆自行车。

这小子贼，把八辆新车交了公，剩下的四辆老牌自行车，他都藏了起来。“文革”后期，他怕有人举报，又把三辆老牌车交了公，唯独留下了罗爷的那辆“白金人儿”，也许是为了那难以忘却的回忆吧。

后来，田三去东北插队，七年以后，回到了北京，在建材局找到了工作，两年以后，他结婚生子，小日子过得挺滋润。这时，他早已经把“文革”那些事给忘了。

他忘了，就以为别人也忘了。于是，在一天深夜，他悄儿没声地，从他爸爸摇煤球的煤铺劈柴堆里，找出了那辆英国“白金人儿”。您不得不佩服英国东西的质量，田三的爸爸早都没了，但这辆车却完好无缺。他把车擦洗了一番，膏上油，打上蜡，这辆车看上去仿佛新的一样。

田三真是喜不自禁，忍不住当天晚上就骑着它在东西长安街上兜了一个来回。第二天，他骑着这辆车又到单位显摆。折腾了一个多星期，亲朋好友都知道他淘换了一辆名车，他也赚足了羡慕的目光。

世上的事儿，往往乐极生悲。这天，田三骑着这辆车，到幼儿园接他儿子。在去幼儿园的路上，跟死催的似的，他骑得飞快，迎面跟一辆修地铁的大卡车撞上了。大卡车没长眼睛，愣从他的身上压了过去，他当场成了“肉饼”。那辆英国“白金人儿”再是“金人儿”，也撞不过卡车，顿时成了一堆废铁。

有人说，这是老天爷对田三的报应。因为他在“文革”中造孽太多，手里有好几条人命。报应不报应另说，那辆“白金人儿”是彻底没了。

罗爷到死也不知道这码事儿。当时他要是知道这起车祸，保不齐会不顾一切跑到现场。干吗？捡那辆自行车的零部件。在玩车的“车鬼子”眼里，这辆“白金人儿”的身上都是宝，一个车座子，出手的话，也得两三千块钱。也是命中注定，该着老天爷不让他受这刺激。

第二章

找抽

老话说，有其父必有其子。罗呗儿虽然没有他爸爸的那种爷的派头，但死要面子活受罪的劲头，跟他爸爸有一拼，而且“青出于蓝而胜于蓝”。

上小学的时候，有一次，班里学生去颐和园春游，罗呗儿早晨吃了萝卜馅包子，路上受了点儿风，一上车，连打了几个臭萝卜嗝儿，熏得女同学直喊妈。班里男同学的老大吉胜利，外号叫“鸡脖子”。他皱了皱眉头，骂了一句：“你们丫的谁打的嗝儿？”大伙的目光不约而同地瞄上了罗呗儿。

“鸡脖子”蹲过一年班，比我们大一岁，长得又高又瘦，长脸长脖子，所以得了那么一个外号。他回过头问罗呗儿：“是不是你打的嗝儿？”其实，他说实话，“鸡脖子”也不会把他怎么着。不就是打个臭萝卜嗝儿吗，有什么呀？

可是，罗呗儿要面子，死活不承认那味儿是从他嘴里蹿出来的：“向毛主席保证不是我。”他一连说了几个向毛主席保证，但肚子里的萝卜馅不给他撑面子，叽里咕噜一响，呃气在胃里绕俩圈儿，又往幽门这儿蹿上来，然后直接奔了嗓子眼。

只见罗呗儿，眉头往上一纵，两只小眼一眯，咽了一口气，“呃呃呃”连打了三个嗝儿，一股臭萝卜味从他嘴里蹿了出来。

“这还有什么可说的？”“鸡脖子”瞪起眼睛问他。

“就不是我打的，怎么着吧？”都到这份儿上了，罗呗儿还嘴硬，就是不承认这臭萝卜嗝儿是他打的。

“鸡脖子”气急败坏地冲他骂道：“你丫递葛是不是？”没容罗呗儿还嘴，“啪”，这小子上去就给了他一个大嘴巴。

挨这个嘴巴，完全是罗呗儿自找。换个人，挨这下，不急也得臊眉耷眼地一边儿眯着去了。罗呗儿不行，他心里觉着委屈，面子上不能露出来。真要是挨了个嘴巴，就成了蔫萝卜，那就不是罗呗儿了。他挨了打，还得反过来说没打疼，自己给自己找台阶下。

他挤咕挤咕那对小眼，冲大伙咧嘴一笑说：“本来不想打这两个嗝儿，可我想看看丫‘鸡脖子’敢不敢动手打我。毛主席保证，我刚才是强努儿。”

“谁让你努儿来着？你丫就是大街上捡烟头，找抽！”大伙一边骂，一边笑他。

滴水之恩

因为跟罗呗儿住一条胡同，岁数差不多大的孩子，放了学，就撒了欢儿，整天裹到一块儿玩闹，除了拍三角（烟盒叠的），玩弹球，玩冰棍棍儿，夜里上房偷枣，够香椿，摘葡萄，胡同里的孩子们还常在一起爬城墙逮蛐蛐，到什刹海冰场打群架。其实，这些都是胡同里的一般大的孩子一块堆儿走过来的，成年以后，对这些往事有印象，但并不深刻。

罗呗儿给我留下的深刻印象，是在“文革”的时候。我从小是跟我姥爷、姥姥长大的。“文革”开始后，我姥爷因为是清末举人、大地主，被红卫兵抄了家。姥爷被红卫兵打残，姥姥虽然也挨了打，但她刚七十多岁，身子骨儿还能对付。所以她要代我姥爷受过，每天早晨得扫一条街和两条胡同。

姥姥是一个小脚老太太，见天儿伺候被打残卧床的姥爷，笼火做饭，买菜洗衣，此外，一早一晚，还要到居委会（那时叫“居民革命委员会”）去早请示、晚汇报。尽管她身子骨儿硬朗，但毕竟是七十多岁的人了，时间一长，就顶不住劲了。

那年冬季的一天，天下起了小雪，我姥姥一大早，就拄着拐棍儿出门扫雪去了。天气寒冷，地面上结着薄薄的一层冰，小雪花落在上面，透着滑。我姥姥左手拄着拐棍，右手拿着笤帚，往前挪动一步，艰难地扫一下雪，雪地上留下了长长的一串儿小脚印。

快扫到大街面儿的时候，突然一个愣小伙子骑着自行车，被路面上的冰滑了一下，那车连人照着老太太撞了过来，老太太被撞得连翻了两个滚儿。那小伙子知道扫街的都是“地富反坏右”，牛鬼蛇神，撞了他们，他们也不敢怎么着。于是，从地上爬起来，没好气地骂了老太太一句，若无其事地骑上车，颠儿了。

我姥姥躺在地上，“哎哟哎哟”地一个劲儿叫娘喊疼，但人们过来过去的，没有谁敢抻碴儿。正这个工夫，罗呗儿出门买早点回来，见我姥姥躺在那儿，他像一个小大人儿，二话不说，撂下手里端着的盛豆浆的钢种锅，把我姥姥从地上搀起来。看我姥姥摔得不轻，他先让我姥姥喝了几口热豆浆，又急忙跑回家，叫来他哥，用王二伯的平板车，把我姥姥拉到附近的医院。检查之后，知道没伤筋动骨，又把我姥姥送回了家。

那当儿，我和罗呗儿才九岁，还是三年级的“小屁孩儿”。世情看冷暖，人面逐高低。听着不起眼的一件小事儿，但在那个非正常的年代，这也能看出人心的善恶。这件事，让我们全家对罗呗儿一直感激不尽。我姥姥临终前，拉着我的手说：“你无论什么时候，也别忘了罗呗儿的好儿。记住喽：滴水之恩，涌泉相报。”

小的时候，我姥姥最疼我。所以，她的这句话，我始终铭记。不然，罗呗儿一个电话，怎么能让我招之即来呢？

云山雾罩

当然，罗呗儿打嗝儿放屁，挤眼弄戏，这都是过去的事了。我心里琢磨，现在罗呗儿已经穿上了官衣，出息了，不至于像小时候那样，吃萝卜挨打又舍脸卖乖了吧？

但是，见了几面以后，我觉得他除了脸比原来圆了，肚子比原来鼓了，身上的肉比原来多了，其他基本没多大变化，所不同的是举止言谈当中，多了几分爷的派头，越来越像他老爹了。他的脸还像原来那样光亮，头发还像原来那样齐整，衣服也还像原来那样利落，不过他现在穿的是工商部门的制服，还戴了顶大檐帽。

他说话还是那么高音大嗓，没有那种凌人的盛气，却有几分得意的神气。你什么时候见了他，问他：“兄弟，最近怎么样呀？”他都会底气十足地说：“好呀！好着呢我！”那劲头就好像他刚晋升局长，或者刚中了一千万的大奖似的。

不过，他在我这个老同学面前，还没把话说得太大。

“好着呢？是不是当官了？”我笑着问道。

“也不是什么大官——科长。嘿嘿，还行吧。”他颇为得意地说。

他以为我对官场上的事知道的不多呢。其实，他们工商所的所长才是科级。看他在我面前心满意足的劲头，我不忍心把他的虚话说破，姑且先让他在我面前当“科长”吧。其实，话说回来，他当局长也好，当科长也好，跟我又有什么关系呢？

“我琢磨着你找我，不会是就告诉我你当科长了吧？”

我不想跟他多磨牙，想让他把找我的因由说出来。但是罗呗儿永远是罗呗儿，说话总是要兜几个圈子，云山雾罩，绕来绕去，快把你绕搭晕了，他才说出找你是干吗来的。

“其实也没什么大事儿。”罗呗儿点着一根烟，不紧不慢地说，“我们所长的老丈杆子，那天到东城一条胡同串门儿，在院子里看见一个老太太拿一个小碗喂猫，这个小碗旧了吧唧，你想好碗老太太能拿它喂猫吗？可是我们所长的老丈杆子却看上了这个破碗。老头儿平时好攒弄点儿小玩意，眼目前正给孙子做台灯，他觉乎得这个小碗做台灯的底座再合适不过了。”

“瞧你这弯儿绕的。你们所长的老丈杆子做台灯，你找我干吗？我又不是灯具厂的。”我没好气儿地说。

“你别急呀，我的话还没说完呢。我们所长的老丈杆子是看上了那个喂猫的小碗，可是他不能直接跟老太太张嘴要呀。一来他不认识那个老太太，二来他跟老太太张嘴要，老太太不给他，那老头儿多没面子。所以老头回家跟我们所长说了。我们所长心说不就一个破碗吗，这也叫事？当时满应满许地答应了。老头当然挺高兴。过后，我们所长一琢磨，这事并不像他想得那么容易，再者说，他大小是个所长，哪能为一个破碗，舍脸给一老太太搭这份人情？在所里，所长跟我算是过得着的。于是，他把这个难题给了我。所长的事就是我的事儿。我不能让我们所长坐蜡[1]。可是让我过去跟老太太直接张嘴，同样也面临着下不来台的结局。思来想去，我想到了你。”

“怎么着？你想让我出面，替你们所长给他老丈杆子要这碗？”

“对！我琢磨着这事儿，只有你出面最合适。”

玩攒儿

听罗呗儿让我替他找老太太要猫碗，我差点儿跟他急了：“亏你想得出来？我一个专栏作家，找一素不相识的老太太，张嘴要个喂猫的破碗，寒碜不寒碜呀？你不怕丢人，我还怕现眼呢。”

“兄弟，你要不是作家，我还不找你呢。咱俩可是发小儿，遇到事儿，我不找你还能找谁？”

“你遇到什么事了？不就是一个破碗吗？你到瓷器店，照那样的给他买一个不结了。”

“要是这么简单，我还麻烦你干吗？我们所长的老丈人脾气轴呀。他看上的东西，不把它弄到手，晚上睡不着觉。他说‘四九城’的瓷器店都转遍了，他就看上老太太的那个破碗了。你说邪性不？”

“是够邪门的。”

“我们所长不是碰上掰不开镊子的事，轻易不跟我张嘴。他既是我的哥们儿，又是我的顶头上司。兄弟，看在咱们老同学老街坊的面儿上，你就帮我这个忙怎么样？”他用央告的口吻说。

“这个忙我还真帮不了。你找别人吧。”

“别介呀。除了你，我没人可找。兄弟，你就帮帮我。你说我混到今天这份儿上容易吗？好赖的身上的行头可是官衣呀！挣得不

---

① 坐蜡——老北京土话。有遇到令人尴尬的事而为难、受窘的意思，也有受过、挨说的意思。

多，居家大小可都指着这身衣服吃饭呢。回头把所长给得罪了，人家找个茬儿把我这身衣服给扒喽，你说我上哪儿吃饭去？”

“不至于呀！哪有你说得这么邪乎？”

“真有这种可能。你以为呢？”

“不行。真的。我真不能去舍这个脸。”

“谁让你去舍脸了？成不成的，你先答应我去试一试。干吗呀，兄弟，你不会非让我给你磕一个吧？”他拧着眉毛，咧着嘴说。

为了达到自己的目的，罗呗儿真会给你跪下磕俩头。记得上小学时，他抄同学作业被班长发现，为了求班长别告诉老师，他就给班长跪下磕了俩头。

“你呀，让我说你什么好？怎么活到这岁数，还动不动就磕头？咱对得起这身官衣不？”我踩咕了他一句。

罗呗儿还真不拿我当外人。别说我踩咕他一句，踩咕他一百句，他都不会跟我急。越骂他，他越觉得你跟他过得着。

“兄弟，你知道我怎么想到你了吗？你这个作家不是一直在写老北京的事儿吗？这个老太太就是老北京人，听说他爷爷给皇上做过饭，老太太一肚子故事，你如果采访她，肯定能写出不少好看的文章。”

“你甭拿这诱惑我。”

“真的。谁蒙你谁是孙子。其实，那个小碗儿的事，对你来说，不过是搂草打兔子，捎带手的事儿。”

他说了半天，就这两句话让我动了心。老太太的爷爷给皇上做过饭，她等于是御厨的后代。如果罗呗儿说的是真话，的确能从老太太那儿得到许多老北京的素材。

本来我想从罗呗儿那儿多了解一下老太太的情况，可是他对老太太的情况知道的并不多，只告诉我她姓白，以前当过中学英语老师，肚子里有点儿墨水，还是美食家。

“你是作家，到她家一采访，什么事儿不都知道了嘛。还用得着我给你介绍？”他漫不经心地说。

我跟罗呗儿问清楚老太太的住址，决定抽空儿去会会这个老太太。

“兄弟，那个喂猫的小碗，我可就拜托啦。改天我请你吃烤鸭。”临分手，他塞给我一百块钱，对我说：“拿着。”

我以为这钱他是给我的，跟他急了：“干吗？打我脸呢？”

他诡秘地一笑，道：“不是给你的。”

“那你是什么意思？”

他撇了撇嘴说：“这是我们所长交派给我的，他不能白要人家的东西。虽然说一个破碗，值不了几个钱，在商店买个新碗，撑死了十块二十块的。但我们所长说，谁让他老丈人看上了呢？一定不能亏了老太太。”

我不好为这事儿推来推去的，把钱收起来，对他说：“你甭嘱咐我，我知道该怎么办。到时候见机行事就是了。”

老宅

白姥姥家在东城的一条老胡同，这真是一条老掉牙的胡同，在老北京城明代的地图上，都能查到这条胡同。胡同里的老槐树和房上的草彰显着它的历史。不过，胡同里的老院子和老房子，并不是明代留下来的。尽管胡同的格局大体上没变，但院子和房子几百年来，却经历过无数次的维修和重建，早已脱胎换骨，不是当年的模样了。就像是一个家族的历史，虽然姓氏没变，血脉也还延续，但您在一辈一辈的后人身上，已经看不到老一代人的影子了。

北京有句老话：“东直门的宅子，西直门的府。”这句话的意思是：东城的大宅门多，西城的王府多。在早，北京话里的“府”，专指王府，也就是王爷住的宅子。王爷以外，官再大，住的地方，也不能称府，只能说宅或者说邸。

当然这是有皇上时候的规矩，大清国一玩儿完，许多老规矩都给破了，自然在说法上，也没那么多讲儿了。别说高门大户的大宅门可以称府，就是一般老百姓住的大杂院小平房，您称它是府，也没人管您。所以，老北京人见了面，问“您家住哪儿？”往往要说成“您府上在哪儿？”府，您听着多顺耳呀！其实，也许只是一间十平方米的小平房。

不过，白姥姥住的这个院子，原先的确是王府，准确点说是王府的一个跨院，也有人说是王府的马厩。在早，王爷府很大，一座王府占半条胡同或整条胡同一点儿不新鲜。但是岁月无情体现在建筑上似乎让人感受得更加真切。光阴过了不到一百年，您再在这个院子寻找当年王府的痕迹，得费点儿神了。

院子最显眼的位置，盖了个欧式的三层小楼，据说楼的基座曾是起脊带斗拱、前出廊后出厦的七间北房。民国初年，败了势的王爷一命呜呼，王爷的后代瓜分了祖产，其中一位爷把这个院子，连同王府的后花园一起，卖给了北洋政府的交通部次长。

次长的儿子刚从德国留学回来，他学的是土木建筑。中式砖木结构的瓦房，他瞅着别扭。次长一直宠着这位少爷，一切由着他的性子来。这位少爷叮噹五四把老房拆了，把老树砍了，连后花园的假山也给平了，照搬欧美洋房的式样，自己设计，盖了座三层小洋楼，与此同时，把原来的广亮大门也拆了，建了个西洋式的门楼。院里原先的南房和西房留了下来。主人全家住小楼，厨子、车夫和老妈子住平房。

谁知小洋楼破了王府的风水。不知是报应，还是命运使然，这位一心想往上爬的次长，由打住进了小洋楼，不但没有高升，反倒得了一场大病，转过年，就到阎王爷那儿报到去了。老爹驾鹤西去，儿子，也就是那位小洋楼的设计者，也觉得洋楼水土不服，阴气太重。恰好他的留德同学在南京开了个设计事务所，重金聘他，他的未婚女友又是江苏人，于是他把小洋楼和这个院子卖了，携母亲和女友奔了南京。

谁也没想到，买下这个小洋楼和院子的不是别人，而是在次长家出堂会掌过灶的厨子于大舌头。白姥姥是于大舌头的亲孙女。

李鸿章给起的名儿

于大舌头在民国时期的京城“勤行”，是个传奇人物。他不但厨艺超群，而且工于心计，用现在的话说就是善于经营自己。您别瞧他说话大舌头，囔吃囔吃地许多字都咬不清楚，但是他脑袋瓜好使，不能说八面玲珑，也得说六面灵光，颇得爷字辈的官员们待见。

于大舌头最早是李鸿章的厨师。李鸿章死后，他当了“散仙”。光绪年间，“鬼子六”恭亲王奕䜣主持总理各国事务衙门，他经人引荐，在衙门的大厨房执掌红案。那当儿，这位大厨风光一时，每逢总理衙门盛宴招待外宾，宴请勋戚贵藩，或是要员私请，春扈禊饮，都由他亲自掌灶。官员们除了谈正事之外，便是吃喝了。

于大舌头的红案厨艺在于千变万化，根据人的岁数籍贯，兴趣爱好，饮食习惯，见人下菜单，所以那些皇亲国戚，包括宫里的大臣，天南海北的官隶，有一个算一个，谁吃过于大舌头的菜，谁撂下筷子竖大拇哥。一来二去的，于大舌头露脸风光，声名远播。京城都知道“勤行”有于大舌头这一号。

于大舌头会来事儿，为人也四海，肚膛宽绰，江湖上的人脉，上通天，下接地。那当儿，他还不到四十，正是当打之年。别看他是大厨，但跟着李中堂出过洋，在美国总统面前露过脸的厨师有几个？就凭着这些资本，他足以在江湖上显山露水。当然，他的功夫不完全在灶上，在接纳伺应的手段上，他得天独厚。所以，这位爷不但得到了总理和大臣们的赏识，而且跟衙门口的那些官员的随员侍从，以及宫里有权势的太监都走得非常近。王爷府里麻将桌上“三缺一”的时候，于大舌头常常去充当那个“一”的角色。

光绪末年，于大舌头居然托人弄戗，纳捐行贿，走内务府总管那桐的路子，得了个候补道二品衔的顶戴花翎。一个大厨官居二品，您想想那是什么派头？

您可得看明白，他这个“二品”，可不是弄个假证，找个大官说句话，拍张照片儿，斗胆自封的。人家是正儿八经的皇封，是吏部在册的。凡是总理衙门，尚书、侍郎、省督府上有喜庆宴会，他抛头露面，揖让进退，也是顶戴花翎的，跟那些王公大臣，时贤名流们平起平坐。

别看他无职无权，充其量是个“案上”（案板的案）司令，可是他是“五味神”的使臣，二品皇封。所以，那些有头有脸儿的王公大臣，对这位爷总是另眼相看。

于大舌头的大号叫于子鸾。我是认识白姥姥之后，才知道这个名字，敢情是李鸿章给他起的。

在到总理衙门掌灶之前，于大舌头是李鸿章身边的厨师。虽说他的爷爷是宫里御膳房的厨师，但是说了归齐，还是厨子。他家的门槛，跟那些官宦富贾人家比，要矮下不是多半截，而是一大截。像老北京普通人家的孩子一样，他长到二十多了，还没有大号，开始人们只叫他小名——栓柱，后来因为犯了事，改叫他于三，当然也是小名，他在家排行老三。因为他说话不利落，熟人干脆叫他于大舌头，他的外号也是这么来的。

中日“甲午海战”的次年，直隶总督兼北洋大臣李鸿章，作为清廷的全权代表，要去日本的马关，谈判战败的赔款之事。走之前，他到颐和园拜见老佛爷慈禧太后。战败赔款不光是丢大清国的脸，还是要在身上割肉的事，老佛爷心里当然不痛快。她颐指气使，把战败的原因，推到李鸿章搞的“洋务”头上，劈头盖脸地把李中堂训斥了一顿。李鸿章敢怒不敢言，只有耷拉脑袋听的份儿。

临行之前，来这么一出儿，李中堂心里当然觉得堵得慌，回到家，闷闷不乐，饮食无味，看着桌上的饭菜，长吁短叹，懒得动筷子。

正在这时，仆人端上一道用驼峰做的羹，味鲜诱人。李鸿章拿起调羹尝了尝，愁颜顿开，一碗羹进肚，顿觉神清气爽，忧愁四散。

他把掌灶的厨师于大舌头叫来，问道：“这道菜是你烧的吧？”“回大人话，是小的烧的。”“你晓得这道菜叫什么吗？”于大舌头嘿然一笑道：“它叫驼峰羹。”

李鸿章笑道：“嗯，你这个小伙子说话舌头大，想不到心也大呀！平时不露，在我心烦意乱，厌食的时候上这道菜，让我胃口大开哟。驼峰羹，你说得不错。但是你晓得谁最喜欢这道菜吗？”

“当然是您这样有身份的大人。一般老百姓听也没听过这道菜。”

“我问你的不是这个意思。”李鸿章捻了捻山羊胡子，感慨道，“驼峰羹是唐朝的皇上、王公大臣和权贵们钟爱的一道名菜。玉盘珍馐直万钱。正因为它是道名菜，唐朝的权贵们以吃驼峰羹为一种排场。吃来吃去，人们就吃厌了。杜甫写的《丽人行》里，有这么几句：‘紫驼之峰出翠釜，水精之盘行素鳞。犀箸厌饫久未下，鸾刀缕切空纷纶。’你看那么珍贵的肴馔，他们都吃腻了，肚子吃饱了，手里拿着犀牛角做的筷子，看着这驼峰羹都懒得动了，让你们这些厨师们，拿着配有铃铛的刀白忙乎了。唉，我以前只是在书里知道有驼峰羹这道菜，今天是头一回吃，所以感觉它味道不凡。假如你天天给我上这道菜，我也会让你‘鸾刀缕切空纷纶’了。”

说完，他端详着于大舌头，聊了几句家常，末了儿，他像是想起了什么，若有所思地问道：“他们都叫你大舌头。你的大号叫什么？”

于大舌头灵机一动，笑道：“小的只是个厨子，不配有大号。今儿这道菜，您要是吃了对口儿，就赏我个大号吧。”

李鸿章微微笑道：“我就知道你的这句话在等着我。嗯，水深流去慢，贵者与话迟。真是一点儿不假。你岁数不大，却很机灵，脑子够用。”

“谢大人抬爱。”说着话，于大舌头给李鸿章跪下了。

“好好，一道‘驼峰’，换一个大号。嗯，你不吃亏呀！哈哈。”李鸿章径自笑起来。

当下，李中堂问了于大舌头的年龄、籍贯和生辰八字，又把刚才念的那几句白居易写的诗复诵了一遍，捻须笑道：“紫驼之峰，鸾刀缕切，嗯，你就叫‘紫鸾’吧。”沉吟了一下，他又说：“这个‘紫’字不好，改叫‘子鸾’。对，就叫‘子鸾’吧。”

“谢谢中堂大人！”于大舌头一连给李鸿章磕了五个头。

于子鸾后来混出息了，虽说李鸿章去世后，他并没有离开“勤行”，而且一直在行里拿大，但他的脑子和浑身的解数，几乎都用在了买卖地上,只要手里有钱就投资做实业，这也许跟他在搞洋务的李鸿章身边做饭，而且还出过国，眼皮子宽，心路活有关。

民国初年，钱好挣，只要心眼儿活泛，脑瓜儿够使，胆子大点儿，就不愁没有发财的机会。几年的工夫，于子鸾便在京城发了迹。如果这位爷腰包不鼓，他也没有那么大的底气，买下这幢小楼和院子。

白姥姥对我说，由打李鸿章李中堂给她爷爷起了子鸾这个大名，他爷爷就开始转运了，先是跟着李鸿章去了一趟日本，后来又跟着去了趟欧美，开了洋荤，见了世面，所以，他一眼就相中了这个院子。

这个院子也给她爷爷带来了好运，但是人没长后眼，这个院子给他的后人带来的却是灾难，当然，这只是白姥姥的看法。其实，于家后人的命运，跟国家和社会的时运是连在一起的，跟住的院子有什么关系呢？白姥姥之所以对这个院子有感情，因为这是于家的祖产，她也是在这个院子里长大的。

老宅门式微

像于家当年的辉煌历史我没看到一样，这个院子最初的壮观，我也没有领略到。我第一次走进这个院子，满眼尽是苍凉衰败，式微荒芜的景象。如同一个暮色苍茫，风烛残年的老人，满脸的褶子，胡子拉碴，嘿儿喽带喘，老态龙钟，静静地蜷缩在那里，冷眼瞧着这世界上的一切变化。当年一身洋气，风光无限的小楼，现在已经被岁月无情地剥去了华丽的外衣，露出了筋骨，一楼的花岗岩石头基座，已然被风化得失去了本色，小楼的砖木尖顶和门窗也是斑驳陆离，漆皮早已脱落，红砖像是酥皮点心，用手轻轻一捅就掉渣儿。木质的楼梯早已松动，上面落满尘土，走上去颤颤巍巍，嘎嘎作响。

这里原本是独门独院，小楼是主人的居所，多说住过八九个人。现在小楼住着有十多户，少说也有四五十口子，您想这么多人每天楼上楼下地穿梭，动静也不小，加上经过了近百年的洗礼，再结实的楼梯也得哎哟。所幸我最初见到这个小楼时，它还没哗啦啦。

这个院子早已沦落成大杂院，院里原来有几间南房几间北房已经看不出来了，因为到处都是接出来盖的房子。听白姥姥说，原来院子中间有一个很大的花池子，里头种着荷花，花池子的边上还建有假山和亭子，但院子原来的模样早已面目全非，看不到任何花池子假山和亭子的痕迹，就连院子的洋式门楼也拆了，换成了现在胡同里常见的红砖砌的随意门儿[①]。私搭乱建的小房几乎把院子的空间占满，两个人走个对面都要侧身。

我进院的时候，正好赶上一个六十来岁的老头儿推着小三轮车出门，侧身的时节，车轱辘轧了我的脚。

老头下意识地看了我一眼，带着歉意问道："不碍的吧？"

我笑道："不碍的。"

"您找谁？这院可不欢迎那些照相的。"他突然变得有些冷淡。

当时，北京正在进行大规模的危房改造，许多老胡同和老房子正在拆迁。一些摄影发烧友和喜欢北京文化的人，为了保留下老胡同和老房子的影像资料，背着照相机在胡同里乱窜，招得有些住户生烦。也许是我出门爱背个大挎包的缘故，这老头大概把我当成了摄影发烧友。

"我是来找白姥姥的。"我猜他一定认识这老太太。

"嗯？找她？是采访？"老头儿疑惑地看着我问道。

"拜访。"

"拜访她？"老头一听我说出这个"拜"字，打了个愣儿，想说什么，回过头张望了一下，又把到嗓子眼的话咽了回去。嗯了一声，算是打了个招呼，推着车走了。

我向院里望去，一切都显得杂乱无章，带有怆然苍凉的意味，像刚从我身边过去的老头，一切都大明大摆地告诉人们，这个院子已经老了，而且老得不像样儿了，房子也该寿终正寝了。

白姥姥住的是两间西房，紧贴着北边小楼的山墙，旁边的邻

---

① 随意门儿——北京胡同里大杂院或小四合院的院门形式。通常院门要有门楼，随意门儿属于比较小，而且构造简单的那种，所以有"随意"之称。因为这种门儿小，读时要加儿化韵。

居接出来的房子带个拐把儿，使她住的西房前边形成了一个小的空间，正好让一棵也上了岁数的紫罗藤有了能伸开胳膊腿的地界，用竹子搭的藤萝架，成了白姥姥家门前的一景儿。每到夏天，紫藤根深叶茂，枝蔓爬满了架子，郁郁葱葱，遮天蔽日，像是人工搭的天棚，阴凉清爽。

但是藤萝长得再繁茂，也难掩房子的糟朽与衰败，这些建筑真是老掉牙了。它现在的主人虽然也老了，但是，还没到掉牙的份儿上。

不过，越是老掉牙的东西，越有故事，您说是不？

第三章

第一印象

头一次去白姥姥家的情景记忆犹新。那是一个下雨天，雨不大，细碎的雨珠落在脸上，潮乎乎的，如同一双无形的温润的手在摩挲，空气湿漉漉的，像是能拧出水来。

进院以后，绕了两个弯儿，走到那个藤萝架下。白姥姥的西屋门虚掩着，一只白毛黄眼睛的波斯猫从爬满紫藤的房檐上蹿到墙头，瞅着我，“喵喵”叫了两声，嗖地爬下来，一溜烟似的跑进了屋，没容我缓过神来，白姥姥从屋里走出来。

“瞧我这小宝贝，也知道通风报信了。”白姥姥一边说着，一边打量着我，微微一笑道：“您是？哦，想起来了，您是专栏作家对吧？”

“嗯，您说得没错儿。”

“是不是工商所的小罗介绍你来的？”

“是，是罗志成把您介绍给我的。”

我被这老太太的慈眉善目给电了一下，不由自主地定睛举目，细细端详。那会儿，她刚刚七十出头，但是说老实话，从相貌上看，撑死了有五十岁。现在有个词叫“卖萌”，她可真不是。实打实的天生丽质。如果用端庄娴雅来形容一个老太太，您一准会觉得夸张，但是用雍容典雅来评判，也许并不过分。

她的确长得楚楚动人，头发乌黑，像是，不，肯定是染过的。椭圆的脸型，光润饱满，淡眉轻挑，像是精心画上去的。眼睛不大不小，眼窝有些深，疏朗的双眼皮，眸子又黑又亮，转动起来，隐隐约约还汪着秋水、闪着寒星。一颦一笑间，眼波里流动着俏媚的光亮，透着温和与亲切。尽管端正的五官是那么匀称秀美，而且带着几分洋味儿，但再美的脸，也禁不住细看。如果在白姥姥脸上多瞄两眼，便能捕捉到岁月剥蚀的痕迹，像是雨打过的梨花，鲜嫩劲儿已然没了，脸上的皮肤已经松弛，尤其是她的下巴，皮肉已经往下耷拉了。我有时想，看白姥姥最好是近视眼，当然不能戴眼镜。

有人说，看一个女人老不老，主要看她脖子上的肉。唉，她脖子上的肉已经松弛得惨不忍睹，但脸上的容颜却很有欺骗性，这主要是因为她的皮肤白净、细腻、温润，像是热牛奶上浮着的奶皮，更像是白色的绸缎。让人惊叹的是她的皮肤保养得这么好，却从来没化过妆，平时她常用的护肤品只是甘油之类的东西。我之所以吃惊，不是她长得闭月羞花，而是她的长相与实际年龄的反差，还有她身上的气质。她让我想起两个电影演员：王丹凤和秦怡。

白，这老太太的皮肤，不是一般的白。后来我才知道，白姥姥这个雅号就是这么来的。她原本姓于，大号叫于嘉昕，一个很好听的名字。

白姥姥告诉我，这个名儿是她爷爷起的，当时她已经三岁了，还没有名儿。老爷子笃定这个孙女将来会有大出息，想了好长时间，起了这个名儿。

但是白姥姥的“出息”，老爷子并没有看到，便驾鹤西去了。也是，于子鸾给这个孙女起名时，已经奔八十了。

白姥姥把我让进屋的时候，我被门口的板凳绊了一下，这才下意识地向屋子里扫了一眼。两开间的屋子，大约有二十多平方米，迎门是个八仙桌，旁边两把太师椅，一看就知道这是老式家庭的摆设，双人床占据了四分之一的空间，紧贴着是个像书橱似的木架，上面摞着两个老式的木箱，箱子上堆了许多书刊，旁边有个雕漆的木箱，放着一台九英寸的日本三洋牌黑白电视机。这种电视机早已过时，估计主人也不常看，上面落满了尘土。北墙有一个长条大板柜，凭我的眼力看，板材是民国时期的老红木，四个柜门雕着“梅兰竹菊”四季花木，做工很细。除了这几样能入眼的家具外，屋里到处堆的都是杂物，看上去有些凌乱。

但西墙上有幅油画非常打眼，这幅画是欧洲印象派的风格，色彩浓烈，画面上有绿树掩映的几间老房子，暖色调的天空，远处是太阳的霞光，而近景却是一轮白色的月亮，月光透着温柔、高洁，显得那么神圣，又那么神秘。

我们平时经常能看到这种天象，一边是太阳高照，一边的天幕上又悬挂一轮月亮。但太阳在这幅画的画面上，只是柔色的光晕，而右上部的那轮月亮，色彩极亮，不知道用的是什么材料，仔细看，那轮月亮甚至有些刺眼。画面上的老房子前，一个健壮的裸体男人的背影，伸展着双臂，冲着白月亮，像是呐喊呼唤，又像是企盼和渴望。由于色彩对比强烈，那轮白月亮格外夺人眼球。

这幅画对人的视觉冲击力太强了，我不由得多看了两眼。

白姥姥注视着我，微微一笑，问道："你懂油画？"

"半瓶子醋。只是喜欢而已。"

"你看画儿的样子，像是鉴赏家。"她嫣然一笑道。

"这是谁画的？怎么画上没有签名？"我凑近这幅画，又细看了看。

"我要是说它是欧洲的名画家画的，你会怀疑吗？"白姥姥笑道。

"不会有什么疑问。风格，完全是印象派。"

"哦，看来你还真是懂油画。你觉得这幅画画得怎么样？"

"色彩太强烈了！对，您看这月亮，用色实在是太大胆了。"

"你说得对。这幅画的名字就叫白月亮。"她的脸上隐现着得意之色，显然是听了我对这幅画的赞许后，内心深处的一种愉悦。

她顿了一下，招呼我说："这幅画的故事，你愿意听，有时间我给你讲。好了，你找我来，不是为看这幅画的吧？找个地方坐吧。"

"好好，您甭张罗了。就等着听这幅画的故事了。"我冲她点了点头。

套瓷

屋子里，能嗅到一股霉湿的潮味儿。我是在胡同的平房里长大的，老北京的平房，大都是起脊的瓦房，禁不住日晒雨淋，所以有"十房九漏"一说，夏天雨季不漏雨的平房很少，所以，潮湿味儿在所难免。不过，住惯了楼房，冷不丁闻到这种只有在胡同平房才有的味道，感到挺亲切。

“房子太小，懒得归置。真是让你见笑了。来来，坐吧。”白姥姥把太师椅上堆着的衣服扔到床上，腾出地方，让我坐下。

“您甭客气。我是来打扰您，给您添乱来了。”我不无歉意地笑了笑说。

“可别这么说。虽然说您是官面儿上的人，可是能进我这门儿，就是没把自个儿当外人。”她说的是一口地道的老北京话，“自个儿”说成了“记葛儿”，一下子拉近了我和她之间的距离。

“我可不是官面儿上的人。自由职业者，靠码字儿为生。”我淡然一笑道，“您的北京话，口儿真正！”

“那倒是，我没觉出嘴歪来嘛。”她幽默地笑了笑。

“我就爱跟老北京人聊天。”我随口说，“聊天长学问。”

“哦，这么说您也是老北京人喽？”她说完这句话，打量了我一眼，不由自主地笑了：“瞧我什么眼神呀？您这么年少，怎么会是老北京人？”

“资格差点儿是吧？”我自我解嘲地笑了笑。

“嗐，这是怎么话儿说的。”她顿了一下，笑道，“其实呀，除了旗人，真正能称得上老北京的人并不多。”

“您的祖上在旗吗？”不知怎么，由我嘴里冒出这么一句。

“我吗？哦，您看我像在旗的老太太吗？大清国已然被推翻快一百年了，我真是旗人，您也瞅不出来了。您说是不是？”

“这么说，您的祖上不是旗人喽。是南方人吧？”

“您怎么看出来的呢？”

“您的皮肤白。”

“皮肤白就是南方人吗？”她嫣然一笑，“我是吃白面长大的。哈哈，看走眼了，小伙子！我是土生土长的北京人。哦，就是在这个院里出生的。”

她脸上的笑意舒张有致，透着温文尔雅，言谈举止落落大方，不紧不慢，非常自然。气质，我心里琢磨，这老太太的气质真可人疼。

“哦，您都在这个院儿住了大半辈子了？”

“不易吧？”

“真不容易。冬天取暖，也是您一人生炉子？”我看了看堆在门口拿塑料布盖着的蜂窝煤，不禁想到老太太大冷天猫着腰笼火的情景。

“我不自个儿动手，还雇个人给我生火呀？住胡同的，家家都是这样。你没住过胡同吧？”

“住过。我也是在胡同长大的。我是觉得您这么大岁数，还一个人笼火过冬，有点儿……”

“有点儿什么？唉，你这个当作家的，还怪悲天悯人的。这就叫过日子呀，小伙子！”她看了我一眼，淡然一笑道：“你瞧，光顾跟你扯闲篇儿了，还没给你沏茶呢。”

“您甭客气。”

“是，我不跟你客气。桌上有茶叶，喝茶，自个儿倒。”她蔼然笑道。

眼毒

喝茶自个儿倒。这是老北京待客的一种礼节。一般的客人到家里来，主人总要亲自动手，给客人沏茶，只有知己或亲近的熟人，才会喝茶自己倒。我没想到，头一次到白姥姥家，就享受“喝茶自己倒”的待遇。

“谢谢您。看来您真没把我当外人。”我站起来，冲她笑了笑，从桌上拿起一个瓷杯，打开茶叶筒，从里面捏了一小掐茶叶，把茶泡上了。

那瓷杯是淡青色的釉，釉下是几朵艳丽的牡丹，还有两只蝴蝶。虽然做工精细，但稍微懂点眼的人一看便知是现代的新瓷器。我想起罗呗儿说的那个喂猫的小碗，有意卖了个关子，拿着这个瓷杯，装傻充愣地说：“您家里的宝贝玩意儿真多，连平时沏茶都用这么讲究的瓷器？”

她下意识地看了我一眼，微微一笑道：“你可真有眼力。平时也玩古董吗？”

“我是随口这么一说。”

“你怎么不说别的东西值钱呢？”她的眼里突然流露出诡异的目光，让我猛然一惊。

“照您这么一说，它真值点儿银子？”

“敢情！小伙子，要是你相中了这个瓷杯，我跟你不客气，你大大方方出个价儿。”

这句话完全出乎我的意料。怎么？这还没怎么着呢，就做起买卖来了？显然，她是跟我逗闷子，但这种生意口儿，跟她雍容文雅的气质真是大相径庭。

“我真买，怕您舍不得。”我顺着她的话茬儿，也逗了一句。

“谁说我舍不得？我跟钱可没仇。说说吧，你打算出多少钱？”

“您还真舍得让我把这杯子拿走呀？”

“你以为我跟你说着玩吗？我不跟你开玩笑，看着它好，真心喜欢，咱们也别讨价还价了，你掏一百块钱，拿走。”

“还不开玩笑呢？这么贵重的东西，一百块钱我拿走，这不是明抢吗？”

“那你看这杯子值多少钱？”

“我看它像是老物件。”我把杯子拿到眼皮底下，假模假式地看了看，说道：“凭我的眼力，少说也得值个两三万。”

“值两三万？哈哈！”白姥姥忍俊不禁，突然哈哈大笑起来。她笑得真开心，像一个被人捅了胳肢窝的孩子。

“您这是？”我被她的笑所感染，也跟着笑起来。

“两三万？这可真是赶上天上掉馅饼了。两三万？你可真是张嘴就来。”

“我说少了吗？”我故意逗她说。

“你们这些年轻人呀！哈哈，让我说你们什么好呢？”她依然大笑不止，似乎没看出我在跟她逗闷子。

“这么说，我看走眼了？”

“没走眼。看的不是地方。”她突然收敛起笑容，话锋一转，淡眉微蹙道：“只看我这张脸了，认准我是阔太太出身，所以家里有的是值钱的玩意儿，我说的对不对？”

“我可没这么想。我对您并不了解。您别忘了我是头一次拜访您。”

“我的话说重了吗？”她突然一怔，扭过脸来，眼睛微微一睁，眸子像是黑夜里闪动的小火炭，被风轻轻一吹，火苗腾地跳动起来，那小火苗直视着我，透着深邃。

我像是被她的那小火苗烫了一下，赶紧搪塞道：“没，没有，您的眼里还能揉沙子？”

“那你如实说，这个瓷杯子是不是古董？”

“我看不像。”

“不是古董，它还那么值钱吗？两三万？哈哈，是你说的吧？”

“我这不是……”

“逗我玩对吧？小伙子，一回生，二回熟。下次可别跟你白姥姥过哈哈了。听见没？”她突然看着我，径自咯咯笑起来。

我猛然感到她的目光，不像我刚进门时那么柔和慈祥，让你觉得那么亲近了，而是有些冷淡，深不可测，像是两口古井，看似平静无波，但一不留神，你就会掉下去。

猫碗

这老太太可不是简单人物。我生怕她跟我盘道，问出我来找她的目的，更怕她知道我跟罗呗儿的关系。我不敢跟她的目光对视，不由自主地转身向窗外看了一眼。

这时，那只波斯猫跑了过来，一下子蹿到白姥姥的膝盖上，温顺地把脑袋依偎在她的怀里。她用手在猫身上梳理了两下说：“瞧你这淘气劲儿。是不是又饿了？”

说完，她把猫拍下地，站起来，走到窗台，随手拿起一个小碗，碗里有猫食。她把小碗放在地上，冲着猫说道：“吃吧，跑半天了，你也该吃点东西了。”

这个小碗让我看了一惊，它不正是罗呗儿说的那个碗吗？刚刚因为那个瓷杯，我跟老太太过了招儿，怎么她突然又亮出这个小碗来，难道她已然知道我是奔着什么找她来的吗？

“你真不懂瓷器吗？哦，我说的是古董，你不玩吗？”白姥姥一边看着猫吃食，一边问我。

“还没预备玩这个的胆儿。这里头的水太深。”我淡然一笑道。

“是呀。古玩可不是什么人都能玩的。可是有人不自量力，总寻思着捡着个宝贝发大财，饶世界憋宝捡漏儿。你看见这个猫碗没有，嘿，有人惦记上了，非要把它买走。这个小碗是个老物件，没错儿。其实也不是什么值钱的东西，可是它跟了我大半辈子，你说我舍得把它卖了吗？”她的目光凝视着我，让我感到挺不自在。

“它是个老物件吗？”我所答非所问地一笑说。

“干吗？你不会又跟我过哈哈吧？”她十分温和地瞪了我一眼。

“我哪敢呀？您别总拿我当孩子呀。”我跟她半开玩笑说。

“你说说看，我一直拿这个碗喂我的这个小家伙。这小家伙也怪了，就认这个碗，换别的碗喂它，它不吃。我要是把它吃饭的家伙什儿给卖了，它还怎么活呀？”

“就是，还是您慈悲，冲这只猫，您也得留着这只碗。”

“可是有人非要买，你说怎么办？”她的小火炭似的目光，又烫了我一下。

我心里忽悠了一下，妈爷子！这老太太可真是太厉害了。话说到这份儿上，可以肯定，她已经知道我登门是冲着什么来的了，只是话里话外地不愿捅破这层窗户纸罢了。

“那还不好说，您的物件您做主，谁来，您也是俩字：不卖！”我装傻充愣，继续顺着她的话茬儿说。

“哦，还是作家同志通情达理。”她莞尔一笑,走到猫跟前，猫腰拿起那个小碗。那只猫像是跟主人心有灵犀，喵喵叫了两声，非常伶俐地跑到了床上。

她把小碗递给我，笑道：“你看看这只碗，它真那么值钱吗？”

“您不怕我惦记上它吗？”我笑着说。

“瞧你这孩子，净说些不正经的。”她嗔怪道。

我拿起那只猫碗看了看，这只碗，如果冷不丁一看，跟人们平时吃饭的碗差不多，但是细看，会发现它的胎质和釉色非常精细，碗口是一圈金边，外壁有釉下彩色图案，不过，让猫食和油垢弄得已经看不出画的是什么了。

这不就是一个很普通的小碗吗？罗呗儿他们头儿的老丈人什么眼神呀，怎么偏偏看上它了呢？我心里嘀咕着。

就在我打愣儿的空当儿，那只猫警觉地喵喵叫了两声，倏地从老太太的床上跳下来，转眼之间就跑到了院子里，紧接着传来一阵女人的笑声：“吆喝，这小花花真是机灵呀！刚进院，它就跑出来迎接我，甭问了，白姥姥准在家候着我呢。”

改名

随着说话声，进来一位三十多岁的少妇，手里拎着两个不大的纸盒子。她相貌平平，小鼻子小眼，身材也小巧玲珑，脸上身上没有多余的肉，皮肤也很白净，不过，她的白跟白姥姥的白不一样，是那种没有血色的苍白。

她姓宋，叫宋婉荣，跟末代皇帝溥仪的妃子婉容的名儿同音，白姥姥觉得这名儿不好，婉容应名是皇妃，但是命太苦，没享受过爱的滋味，末了儿痛苦郁闷，染上了大烟瘾，年纪轻轻便死在吉林，成了孤魂野鬼。

“那您替我改个名吧。”小宋很信服白姥姥。

白姥姥琢磨了两天，对她说：“姓宋的不好起名，再好的名也给送出去了。我看你干脆把那个‘荣’字去掉，把‘婉’换成‘琬’，改叫宋琬吧。”

小宋问：“这个‘琬’字，有什么讲儿吗？”

白姥姥说:“这个带玉字边的‘琬’，是美玉的意思。”

小宋笑道：“这名好听，寓意也好，您以后就这么叫我吧。”

名字不过是人的符号，但是这个符号一旦上了户口和身份证，再改可就费大劲了。中国人基本上是一名定终身，当然您还可以起笔名、化名、网名。叫来叫去的，人们只知道小宋叫宋琬，反而不知道她户口簿上的名字是宋婉荣了。

宋琬这个名字并没给她带来好运。她原本在一所大学的图书馆当图书管理员，丈夫是农业局的技师，有一个正上幼儿园的女孩，日子过得很平静。没想到二十九岁那年，一次例行的体检，她被查出了子宫癌，属于中期，癌细胞已经开始转移。大夫给她断的是还有半年到一年的活头。她等于被医院判了死缓。毫无疑问，犹如晴天一声霹雳。她陷入了绝望之中。

在她万念俱灰的时候，白姥姥帮她度过了恐怖的三个月。她以自己的坎坷经历开导宋琬，凡事都要想得开，劝宋琬做了子宫切除手术，在化疗之后，又陪她游历了佛教的四大名山，让她皈依了佛门。她除了坚持吃药，还把斋念佛，修身养性。

虽然白姥姥不是佛教徒，但她乐观向善，从容不迫的人生态度，影响了宋琬，让她有了活下去的勇气和信心。信佛以后，她的人生有了信仰，她觉得，信仰是人能坚强地活下去的一种依托。

宋琬每天焚香念佛，到公园散步，练气功，隔三岔五到白姥姥家聊天解闷儿，心里越来越亮堂，不知不觉之中，癌细胞没影了。一晃儿，四五年过去了，她好像越活越筋道。她视白姥姥为教母，认为是白姥姥让她获得了第二次生命，所以，她待白姥姥比自己的亲妈都好。

冷落

现如今，老百姓都讲究吃无公害的有机食品，其实，头二十年前，人们就有这种意识了。宋琬的丈夫在农口儿，专门搞无化肥的生态农作物实验。近水楼台先得月，宋琬时不时地孝敬白姥姥点儿肉啦，蛋啦，菜啦的，所谓“绿色食品”。

老太太见了宋琬像看见自己的亲闺女，顿时笑逐颜开：“呦，是宋琬来了。快，屋里坐。”她站起身，朝门口走去。

“姥姥，下雨，屋没漏吧？”宋琬随口问道。

“瞧你说的，这么大点雨，屋子就漏，那这房子还能住人呀？”白姥姥说着，把宋琬让进了屋。

“姥姥，家里的鸡蛋快吃没了吧？这是我们那位昨儿拿回来的柴鸡蛋，还有两斤鸽子蛋，您也尝尝。”宋琬说着把手里的纸盒子放在了桌子上。

“你们留着吃吧。”

“家里还有呢。”

“多可人疼的俩孩子，有新鲜物，总想着我。”白姥姥笑道。

宋琬转身发现了我，冲我微微一笑点了一下头，算是打了个招呼。我本以为白姥姥会把我介绍给她，没想到她老人家似乎把我给忘了，旁若无人地继续跟宋琬寒暄：“前天你从我这儿拿走的藤萝花，做没做藤萝糕呀？”

“做了，可能面没发好，蒸出来不到位。可不好吃了。”宋琬咧了咧嘴说。

“哎呀，回头从我这儿拿走点儿面肥，再摘点儿藤萝花儿，按我上次教给你的法子，接着做一回。”

白姥姥透着喜欢琢磨吃，聊起吃来，津津乐道，已然把我晾在了一边。我觉得再待下去，有点索然无味，没多大意思了，便起身告辞。直到这时她好像才想起我来，把我介绍给宋琬。

不过，她像是并不想让宋琬多接触我，只是轻描淡写地对宋琬说我是作家，别的都没提。当然，我跟白姥姥也是头一次见面，她对我也不了解。

“干吗那么赶落得慌？茶也没顾上喝，天儿也没顾上聊。再坐会儿您。”显然她说的是礼数上的客套话。

“您甭客气。我还有事儿，改天再来看您。”

白姥姥和宋琬把我送到大门口儿。“得空儿，就过来坐吧。我可没把你当外人。”她用手轻轻掠了一下头发，对我嫣然一笑说。

“您真欢迎我来吗？”我端视着她，不自然地问道。

“瞧你说的，只怕你这个当作家的瞧不起我这糟老太太呢。你瞧，这院门敞开着，我随时恭候。”她说着，把疏朗的眉毛向上轻轻一挑，眼睛里的眸子跳了两跳，荡漾起异样的眼波。难道老太太在跟我暗送秋波？嘿？什么意思？我怔了一下，惊诧的目光跟她炁媚的眼神撞到了一起，好像被什么东西烫了一下。

她的笑意实在令人难以捉摸。头一次见面，她不冷不热的态度，就已经让我心里有些不痛快，再让她的这种眼神“烫”这么一下，我心里突然蹿出一股无名火，难道这老太太在捉弄我吗？北京话，这叫来哩哏愣，玩人呢。我的这股火儿还没到嗓子眼儿，老太太和宋琬已经转过身，大模大样儿地回院儿了。

第四章

盘道

说老实话，头一次跟白姥姥见面，她并没给我留下什么好印象，尽管她的容貌和气质在她的那个年龄段，绝对算是出类拔萃的，她的长相甚至会让一些好色的中年人想入非非，但是她的个性也很鲜明。我觉得这个老太太很不简单。当然，对一个人很难以第一印象来妄加评论，但是不管怎么说，白姥姥绝对是一个有故事的人。

我搞不懂老太太为什么跟我见的头一面，就让我看那个猫碗。而且直截了当地跟我递牙签子[①]，明说这个小碗她不会出手。我怀疑罗呗儿跟老太太说了什么，让老太太对我有了警觉和猜忌。

第二天，我给罗呗儿打电话，把他约到我跟他的发小儿“瓜条”开的酒楼。一见面，我就问他：“你有话，明说行不行？甭跟我打哑谜。你跟白姥姥到底是什么关系？”

“我跟一个老太太有什么关系？真逗。我们俩没关系！”他跟我瞪着眼珠子说。

“你们是怎么认识的？”我问道。

“嘿，认识，就是有关系？真是的。”他气不顺地说。

“没关系就没关系呗，你来什么劲？”我把脸一沉，说道。

他看我要动气儿，又服软了，沉了一下说道：“我跟她是通过我们所长他老丈人认识的。其实，我们也不熟，拢共也就是见了两三面儿。”

“你是跟她怎么介绍我的？”

“我就说你是专栏作家，想采访她有关老北京勤行的事儿。

① 递牙签子——老北京土话。用言语挑逗对方，使其恼怒，并与之过招儿的意思。

她知道我了解她爷爷是京城勤行红案高手。所以，很痛快就答应了。”

“你没跟她提那个你想要的猫碗的事儿。”

“傻呀我？我能跟她说这个吗？”他拧着眉毛说。沉了一下，他问道：“怎么了兄弟？出师不利吗？这老太太挺好说话的呀！”

我不想把见白姥姥的感受跟他明说，拐了个弯儿说道：“也许是头一面吧，她对我不冷不淡的。我以为你跟她说什么了。”

“没有，真没说什么。因为她知道有人惦记上那个猫碗，保不齐会对生人起疑心。不碍事，老太太有文化，心眼多但不坏。作家也是文化人，她对文化人肯定会以礼相待，放心吧。猫碗的事儿，你只要见机行事，也没问题。”他好像把着老太太的脉，说的话透着有底气。

“你怎么知道她爷爷的事儿？”我问道。

“你忘了我有个舅舅是厨师。京城老一点儿的厨师都知道她爷爷于大舌头，他的故事很传奇。你能从白姥姥那儿采访到很多东西，不蒙你。猫碗的事儿，捎带手儿你就办了，真的，一举两得。”

“你说得那么轻巧。”我瞪了他一眼。

“作家什么人没见过？这点事儿，对于你来说，张飞吃豆芽，小菜一碟儿。”

临分手时，罗呗儿对我说：“这老太太真是厨师的后代，特喜欢摆弄吃，还好喝两口儿，而且就认好酒。过两天我备两瓶茅台，你再见她时带上。”

藤萝糕

还真让罗呗儿说对了。两天以后，我接到了宋琬的电话。她告诉我，白姥姥请我到她们家吃藤萝糕。我推让了半天，也没抵挡住宋琬的盛情。

第二天下午，我如约来到了白姥姥住的老院子。刚进院门，那只波斯猫不知从什么地方蹿了出来。它好像认得我，朝着我喵喵叫了两声，转身朝里院跑去。我紧走了两步，到了藤萝架下，白姥姥像是听到了我的脚步声，出门迎了过来。

“呦，大作家来了，快屋里坐。”白姥姥微笑着跟我打招呼。

她穿着一件蓝底小白花的衬衣，衣服有点掐腰，衬出她的苗条身段，齐肩的短发，下边烫着小卷儿，脸还是那么的细白光润，身上和手上没戴任何饰物，却尽显雍容华贵的气质。我端详着她，发觉她的眉毛和嘴唇略微修饰了一下，但妆化得非常巧妙，一般人不易觉察。我心里暗忖，难道她知道我要来，特意捯饬了捯饬吗？

“您甭客气，上次见面，您不是说不把我当外人吗？”我笑了笑说。

“是呀！到这儿就是到家了。千万别跟我这老太太见外。”她把我让进屋，找了把椅子，让我坐下，笑道：“上次你来，多有慢待，你这当作家的，可得多担待呀。”

“您这是说哪儿去了？您的岁数跟我母亲差不多，我在您面前是小字辈，您干吗那么客气？”

“那天赶上宋琬过来，我心里想着跟她说什么事，怕回头忘了。唉，没照应好你。你走了以后，我心里这不落忍呦。得了，往后再找补吧。”

跟那天比，白姥姥像是换了一个人似的，为上次我来没照顾好，一个劲儿地打圆场。

我笑着说：“您千万别过意不去，按咱老北京的礼儿，我这个晚辈对您应该更尊重才是。”

“得嘞，话说多了也就絮叨了。今儿让你过来，是想让你尝尝我做的稀罕物。”

“什么稀罕物呀？”

“藤萝糕，你吃过吗？”她看了我一眼，莞尔一笑道，“今儿早上刚做的。”

“藤萝糕？还真没吃过。哦，我想起来了，那天我来的时候，您教宋琬做，她没蒸好的那种糕，是不是就是藤萝糕?”

“嘿，你的记性真好。没错，就是我教她做的那种糕。”说着，她转身进了小厨房，扭脸端出一盘子用藤萝花做的花糕，用刀切了一块，递给我。我吃了一口，感觉味道不错。

老北京人喜欢把一些能吃的鲜花，拿面做成各样的蒸糕，用什么花就叫什么糕，如桂花、槐花、菊花、玫瑰花，等等，这几种花糕我都吃过，白姥姥做的藤萝花糕，我还是头一次吃。

“怎么样吃着？”白姥姥笑眯眯地看着我问道。

“嗯。”我又吃了一大口，点了点头说，“味道好极了！这藤萝花您是从哪儿淘换的？”

白姥姥脸上露出得意之色，笑道：“上哪儿淘换呀？就是院里的那棵藤萝开的花儿呀。”

“是吗？这可是真难得。”我忍不住朝窗外的藤萝架看了一眼。

“这棵藤萝，还是我爷爷当年种下的。”

“哦，到现在，快有一百年了吧？”

“敢情！你是没见过，当年这棵藤萝，每到春末夏初，也就是这会儿，那花儿开得一个艳呀！”白姥姥感叹道，“那当儿，东四牌楼‘聚庆斋’饽饽铺的老掌柜陆子元，每到藤萝花开的时节，便请我爷爷到东安市场的‘东来顺’吃涮肉，然后又请他到吉祥戏园子听出戏。干吗？把我爷爷伺候好喽，他好让人到我们家的院里摘藤萝花。摘回饽饽铺，他们做藤萝饼，溜溜儿能卖一个多月。你想想，这花开得有多盛吧。”

“藤萝饼什么样儿呀？”我问道。

“你吃过翻毛儿点心吧？就是现在人们说的酥皮点心。藤萝饼的做法，不过是把里头的豆沙或枣泥馅，换成了藤萝花馅，吃的时候，你会感觉有股淡淡的香味。是吧？”

“嗯，这种花糕有一种香甜味儿，您是怎么做的？”

“其实，特别简单，一学就会。把藤萝花洗干净，记住了，只留花瓣，然后用白糖、松子、香油把它拌匀当馅，再把发好的面像蒸千层饼那样，一层馅，一层面，叠起来上锅蒸，蒸好后，切成块吃。当时，我们家女眷都会做这种吃食，我小的时候，我妈每年要给我们蒸几锅，满院子飘着藤萝花糕的香甜味儿。”她意味深长地咂咂嘴，就跟她已经闻到了那香甜味儿似的。

“儿时的记忆特别深，您说是吧？”我随口说道。

“是呀！有机会，我再跟你聊过去那些陈芝麻烂谷子的事儿，不知你爱听不爱听？”她笑了笑说。

“当然爱听了。我就是想听您的故事来的。”

“好，爱听我唠叨，你以后就常来。”

“只要您不烦我，我肯定是您这儿的常客。”我笑了笑道。

典故

聊着聊着，我突然想起宋琬，问白姥姥：“她怎么今儿没来？”

“哦，她女儿上的学校开家长会，她得去呀。唉，她现在的全部精力都放在相夫教子上了。自己身子骨儿也不大结实，也怪不易的。”白姥姥把宋琬点儿背的遭遇讲给了我。

“不过，她很乐观。看不出来是得过癌的人。”我说道。

“人的喜怒哀乐惊恐忧，是心里头的事儿，可不都写在脸上。你看我像受过大灾大难的人吗？”

“看不出来，真的。您多少相！外貌比您的实际年龄，至少要小二十岁。”

“小伙子，你真会夸人。我还少相呢？净拣好听的说。”

“这会儿，我又不是大作家，成小伙子了。”我说。

“嗐，这么叫着不是亲吗？”她咯咯笑了起来，我发觉她笑得是那么开心，在那张成熟的脸上，我仿佛看到了儿童般天真的神情。

这当儿，那只波斯猫跑到了她的脚下，她一抬手，那小家伙便跳到了她的膝盖上，她用手轻轻地摩挲着它的白毛，看了我一眼，说道：“你长得挺面善，看得出来是个随和人。我喜欢跟你这样的人一块堆儿聊天。”

“您可真逗，聊天儿还挑长相？”

“那当然了。小伙子，你还年轻，不懂老人的心态，跟面善的人在一块堆儿，你心情舒畅。跟要心眼儿的人在一块堆儿，忒累心。你说是不是？”

“嗯，您说得有道理。”我顺水推舟地点了点头，答非所问地说，“您经历的事多，肚子又宽绰，跟您聊天长学问。”

她扑哧笑了：“长学问，你可别找我。我说的都是家长里短那些事。跟我在一块儿，你能长点儿吃喝的本事倒是真的。俗话说，龙生龙凤生凤，老鼠的儿子会打洞。这话一点不假。我爷爷我爸爸都是红案厨子，到我这儿不会鼓捣点吃，对得起谁呀？”

“这也有遗传？”我被她给逗笑了。

“知道什么是红案和白案吧？”

“这还不知道。简单说，炒菜炖肉的叫红案，做面食的叫白案。对吧？这应该是老北京‘勤行’的叫法。”

“你说得没错。看来你对吃还懂点儿。”

“吃喝玩乐，吃是第一位的事儿。‘民以食为天’嘛。您说是吧？”

“喜欢吃好呀。平时在家做饭吗？”她随口问道。

“您可真是哪壶不开提拉哪壶。我只会动嘴吃，不会动手做。”

“一点儿也不会，不能吧？”

“哦，我就会熬粥煮挂面。哈哈，说出来不怕您笑话，有一年，我看家里冰箱放着肉和白菜、蒜黄，便突发奇想，试着把肉剁成馅儿，把菜剁巴剁巴包了饺子。您猜怎么着，折腾了六够，临完，饺子一下锅，嘿，成片儿汤了。”

“哈哈，你这可好，豆腐脑打卤，汤里来汤里去。”她笑得合不拢嘴，说道，“你还不如把肉和菜切切直接下锅呢。”

“是呀，后来，我还真就像您说的那样，把剩下的肉呀菜呀，切巴切巴扔到锅里，做成一锅大杂烩吃了。”

白姥姥顿了一下，眨了眨眼，笑道：“大杂烩？哈哈，你让我想起一道当年轰动美国的中国名菜。”

“什么名菜？还轰动了美国？”我纳着闷儿问道。

“嗯，这道菜，跟你做的大杂烩是一个意思。”她若有所思地说，“这事说来话长。你喝茶，自己倒呀。”她指了指桌上的茶

杯说。

“好，您甭客气。”我倒了杯茶，端到她面前。

“你知道李鸿章吧？”她啜了一口茶，沉吟道。

“当然知道，李鸿章，李合肥，近代史上的大名人。小学生都知道他。”我想了想说，“前两天，我在报上看到一篇文章说，日本鬼子这个词，是从李鸿章这儿来的。”

“是吗？这是怎么个话儿说的？”

“八国联军打北京那年，慈禧太后不是跑了吗？谁来收拾残局？老佛爷琢磨来琢磨去，末了儿，还是把李鸿章给请了出来，让当时已经七十七岁的老爷子，跟那些洋鬼子议和，据说议和期间，举行了一个记者招待会，日本的外交官装孙子，当着众人的面，出了一副对联的上联，让李鸿章当场对下联。上联写的是：骑奇马，张长弓，琴瑟琵琶，八大王王王在上，单戈作战。李鸿章一听，这不是公然叫板，侮辱清廷吗？老爷子不由得怒发冲冠，但当着众多外交官和记者的面，不能暴粗口，他脑瓜一转，对出了下联：伪为人，袭龙衣，魑魅魍魉，四小鬼鬼鬼犯边，合手即拿。这‘四小鬼’指的就是日本鬼子。”

“敢情‘鬼子’这个词儿，是这么来的？”她的脸上挂出点疑问的”神情。

我突然觉得自己在老太太面前有点卖弄学识的嫌疑，赶紧往回找补：“估计这都属于演义传说之类的稗官野史，本来李鸿章就是传奇人物，所以在他身上添加点有意思的作料，在所难免。您想李中堂跟八国联军谈判的时候，已经快八十了。他再有才，脑子也不会反应得那么快，人家出个上联，他脑子一转，跟着对出个下联来，这也太神了。您说呢？”

白姥姥微微一笑道：“你以为人快八十了，脑子就跟不上趟儿了吗？我看不一定吧？你念过《三字经》吧？那里头说五代后宋的老头儿梁灏，八十二了，在金殿上，跟皇上对答如流，最后力压群贤，高中了状元。”

“是呀，《三字经》里的‘若梁灏，八十二，对大廷，魁多士’我从小就会背。人越老越能体现出他的价值来。也许我理解错了，保不齐这副对联真跟李鸿章有关。”

我突然意识到自己在跟一个老太太聊天，说话绝对不能抬杠，一切都得顺着她来。其实，《三字经》里的这句话本身就是以讹传讹。梁灏实有其人，《宋史》上说，他是北宋郓州须城人，少年有才，二十三岁中了状元，可惜，四十二岁就暴病死了。您说真人跟传说的事差哪儿去了？可是，这话我不能跟白姥姥说，她说梁灏八十二中状元，就八十二吧，说一百二也不碍我什么事，我别为这个惹老太太不高兴。

话又说回来，《三字经》里让孩子们励志的故事流传久远，已经被人们认可，谁出面更正里头的讹传，也是白搭，也没什么意义，跟《三国演义》里的人物一样。

果然，我这儿一顺水推舟，让她心里舒服了，也逗出她更多的话来。

她瞄了我一眼，眉毛向上微微一蹙，笑道：“看来你对李鸿章有过研究？”

“谈不上研究，学过近代史，他的事儿，多少知道一些。”

“你听说过李鸿章杂碎的事儿吗？”她的脸上隐现着几许得意之色。

“没有，李鸿章杂碎？不会是骂人的话吧？”

“骂人？哈哈，你想到哪儿去了？”她忍不住笑起来说，“你也许不知道，中国的杂碎在美国，就像美国麦当劳的汉堡包那么有名。在美国，一提杂碎，就会让人说到李鸿章。”

“这里头有什么典故吗？”我被她的笑所感染，笑着问。

“当然有典故了。嗯，很好听的故事呢。但你这个大作家肯定不爱听这类故事。”她端视着我，卖关子道。

“谁说的？除非您舍不得让我听。”我笑道。

李鸿章杂碎

白姥姥喝了一口茶，沉思了一下，笑道：“老北京有句话，闲着没事嗑瓜子，磨牙玩。说这话，是在你刚刚讲的庚子之乱之前的事。那年，李鸿章七十四岁了，对了，刚过了坎儿年。朝廷派他去俄国，参加尼古拉二世的加冕大典，之后呢，访问欧洲和美国。这是绕着地球多大一圈儿呀！”

“真是开了洋荤了。”我笑道。

“哪儿呀！这位李中堂可瞧不起也吃不惯洋人的饭菜。也是为了摆谱儿，你想，大清国的大臣出访，不能在洋人面前栽面儿呀！他随行带去了自己的厨师。”

“至少得两三个吧？”

“两三个？那能体现出中堂的派头吗?跟你说吧，不算打下手的，光厨师就十八个，还有一整套的厨房用具和李鸿章平时爱吃的东西，想想吧，多大的排场。”

“就差带炉灶了。”

“这个厨师团也是精挑细选，除了厨艺得好，长得也得是样儿，差不多都是三十啷当岁的青壮年。估计出国前，中堂大人没少对他们进行调教，这些厨师出门都是长袍马褂，一举一动像个绅士。”

我笑道：“也算是在洋人面前露了脸。”

白姥姥接着说：“在美国纽约，为答谢美国人的盛情招待，也是想在洋人面前拔拔份儿，李大人特意在下榻的饭店，让厨师做了两桌中国饭菜，招待国会议员和外交官。八成是这些厨师们的厨艺太棒了，让这些洋人的胃口大开，桌上的十多道菜很快就被他们给吃得盘干钵净。李鸿章看着这些洋人风卷残云，还意犹未尽，舍不得撂下手里的刀叉，没有离席的意思，便把领厨叫过来，接着走菜。他这道令，可让总厨坐了蜡。敢情后厨是按事先定好的菜谱来备料的，到这会儿，宴席已经到了尾声，菜的原料已然用完了，而且不可能再出去买料。怎么办？”

“是呀！巧妇难为无米之炊。”

“领厨回到后厨房，跟众厨师一说。大伙儿都面面相觑，嘬了牙花子。中堂大人已经在洋人面前许了愿，还有菜马上就上。没有原料，上什么呀？一个厨师说，干脆把咱们的脑袋剁了，让他们端上去吧。”

“这不是气话吗？”

“当时那种情况，搁谁身上都得吃不了兜着走。你想李鸿章可是要脸面的人，他要是因为菜没上桌，在洋人面前栽了面儿，能轻饶得了这些厨师？大伙儿的心一下子提了起来。情急之中，领厨拍了拍脑袋，灵机一动，有了主意。他把众厨师炒菜用剩下的海鲜头尾和肉的筋头巴脑什么的，还有其他的余料，菜帮子菜叶子，混搭着一股脑儿地扔在了锅里，加上从国内带来的调料，在灶上一咕嘟，做了一盆像什锦火锅似的大烩菜，大大方方地端上了桌。”

“这位领厨真够聪明的。”我插话道。

“领厨心想，反正这些洋人吃到这会儿，肚子已经填得差不多了，临时抱佛脚，这道杂巴凑儿的菜，连汤带水地溜溜缝儿，也许能应应场，挡挡饿。但能不能对付洋人的胃口，会不会被他们识破真相，他心里也没底。”

“是挺让人揪心的。”

“想不到这些蓝眼睛大鼻子的洋人吃了这大杂烩，竟然纷纷叫起好儿来。一位官员笑着对李鸿章说，总督大人，宴席临近尾声了，才把这道中国名菜端上来，是不是想给我们一个意外惊喜呀？李鸿章也没想到这么瞎凑合的一道菜，到了洋人这儿却成了名菜，让他们吃对了口儿。他赶紧顺水推舟说，在中国，这道菜叫压桌菜。我们中国人讲究把最好的菜，放在宴席的后头上。这位洋人又问李鸿章，这道菜的菜名叫什么。”

“这不是给中堂大人出难题吗？”

“是呀，东拼西凑的一道杂巴凑儿，哪来的菜名？可是李鸿章就是李鸿章，他能让洋人给问住吗？他随口说道：好吃，好吃吧？好吃！嘿，谁承想，这好吃俩字和英文杂碎的发音差不多。于是，他就问李鸿章，难道说这道菜叫杂碎？翻译官把这话翻译过去。李鸿章听了，击掌笑道：对呀，对呀！杂碎，杂碎！你猜怎么着，第二天，美国的各大报纸便把头天宴会的这个细节登了出来。报道直接把杂碎这道菜贴上了李鸿章的标签，从此，李鸿章杂碎在美国就成了一道中国名菜，而且是美国的中餐馆看家的一道名菜。直到现在，你如果去美国，在中餐馆还能吃到这道菜。”

“真是歪打正着。太有意思了！”

“有意思的还在后头，头年，我在报纸上看到一条消息，美国新出了一部电影，翻译过来就叫《杂碎》，报上说，电影是导演根据1999年出版的《杂碎俱乐部》这本书改编的。你说，杂碎在美国的影响有多大吧！”

“杂碎俱乐部，我还是头一次听说。”

“嗯，它在美国很有名呢。”

“也许美国人觉得‘杂碎’这个词，如果按中国话的原意翻译过去，特有文化内涵，让这些洋人觉得耐人寻味吧？”

“不，你这个当作家的把它想得复杂化了。杂碎在美国人眼里，就是一道菜而已。”

“为一道菜，成立一个俱乐部？太有意思了。”我笑了笑说。

她顿了一下，意味深长地说道：“你知道吗？美国人跟咱们中国人一样，是很在乎吃的。中国有句名言叫：民以食为天。美国也有一句名言：‘要想获取一个人的心，最好的方式就是先获取他的胃。’”

美国的那句名言，她是用英语说的。

“您的英语底子真好！”我赞叹道。

“别忘了，我可是教英语的老师。”她释然一笑道。

名分

胃口文化实际上是全人类的文化，谁跟吃有仇呀？不过，芸芸众生，会吃、真懂得吃的人，毕竟还是少数。

白姥姥说的这句美国名言，与中国的“民以食为天”异曲同工。我想了想，笑着问白姥姥：“这句话蛮有哲理。看来您对美国的吃还有所了解。您是不是去过美国？”

“当然去过。我的两个女儿都在美国。”她淡然一笑道。

“原来如此。我说您对美国的情况那么熟呢！”

“你又说错了。归摟包堆儿[1]，我只去过两次美国，前后加起来不到一年的时间，那儿的情况我能知道多少呀？你说是不是？我给你讲‘李鸿章杂碎’，主要是想告诉你一件事。”

“什么事？您说。”

“你知道当年替李鸿章挡驾，做出那道杂碎的领厨是谁吗？”她微微一笑，问道。

“谁呀？”我急切地问道。

“我的爷爷！”

“您爷爷？是那位赫赫有名的‘红案于’于子鸾吗？”

“对呀！”

“敢情李鸿章杂碎这道菜，是您爷爷发明的？”

“那算什么发明？只不过是他随机应变，临场发挥做的一道应景菜。他原本是李鸿章家的厨师，从小跟我的太爷爷学厨艺，会做的菜太多了。何况这道杂碎是李鸿章起的名，杂碎没名儿，人有名。自然，‘李鸿章杂碎’就叫起来了。谁还记得真正做出这道菜的厨子？”她释然一笑说。

“您不是还记得吗？”我笑了笑说。

“我当然会记得，那厨子是我爷爷呀。”她笑道，“其实，过去中国的厨师，几乎没有什么社会地位，你把它叫‘于子鸾杂碎’，反倒没人认了。”

“那倒是。不过，您爷爷在勤行，也是很有名的人物。”

“听小罗说，你来采访我，就是想写写我的爷爷？”

“是呀。不过，跟您聊了两次。我觉得能认识您，跟您交个忘年的朋友，比采访更重要。”我笑道。

“嗯，小伙子进步很快呦。这话我爱听。头一次你来，直截了当说采访，我听着就不舒坦，嘿嘿。”她朗然笑道。

“我年轻，北京的老礼儿知道的少，您以后多指教。”

“指教什么呀？指教吃吧！哈哈，你瞧，老了老了，成吃货

---

① 归摟抱堆——老北京土话。合起来计算的意思。也可写成归里包堆。

了。”她沉了一下说道：“刚才咱们聊了半天杂碎，勾起了我肚里的馋虫。今儿是来不及了，下次你来，我请你吃杂碎怎么样？”

“好极了！我先预定下两碗。”

“瞧你，像个小馋猫。”白姥姥冲我莞尔一笑。

第五章

糟改

跟白姥姥见第二面以后，我突然觉得她对我的态度，来了个一百八十度的大转弯儿，不但看不到任何戒心，而且还有点儿巴结我的意思。是不是她想让我帮她办什么事呀？我隐隐约约有这样一种感觉。也许是职业病吧？当作家的跟人打交道，有时很敏感。

事儿也巧了。两天以后，宋琬就给我打电话，说白姥姥要请我吃杂碎。

“刚给我讲完杂碎的故事，就亲自操刀做出来了？”我在电话里对宋琬说，“那么大岁数了，又买又做得多不容易。你跟她说，不麻烦她了。”

“哎，她不是跟你说好了的吗？要请你吃她做的杂碎。”

“我以为她随口那么一说呢，谁想到她会这么上心？”

“你不知道，白姥姥就是这么热心肠。东西都买好了，你不去，会让她不高兴的。她会觉得你看不起她。”宋琬在电话里细声细气地对我说。

话已经说到这份儿上，我不得不去了。

那天，还到别的地方办事，为了节省时间，我骑自行车去的。刚走到白姥姥住的院门口，我被一个花白头发戴眼镜的老太太叫住。

她长得长脸小眼，身材细瘦，脸上的皮肉已然干瘪，皱皱巴巴，像是搁时间长了的橘子，带着一种苦相。身上穿得也很随意，甚至有些邋遢，看上去有六十多岁。从气质和装束上看，不是单位不景气提前退休，就是被买断工龄下岗的工人。

“您是报社的记者吗？”她打量着我问道。

“不是，我只是一个靠码字儿吃饭的。您有什么事儿吗？”我说。

“哦，是这么回子事儿。”她转过身，神情诡秘地四外看了看，压低声音对我说道，“如果您方便的话，耽误您几分钟，到我们家坐一会儿，我跟您说点儿事。”

“您家住哪儿？”

“离这儿不远，在中关村。”她笑了笑说。

啊？东单和中关村，一个在市中心，一个在西郊，离着有十多公里地。还不远？什么距离感呀？“得嘞，您饶了我吧。有什么话，就在这儿说吧。”我对她说。

“那好吧。咱们找个僻静点儿的地方。”她看出我不会去她家，便拉着我走到胡同的一个拐角处。

看看四周没人，她对我淡然一笑，问道：“你是不是要采访白姥姥？”

“您是这么知道的？”我看着她，纳着闷儿问道。

“怎么知道的，您先别管。您是作家，要采访胡同里的人，是不是也该跟街道居委会打个招呼呀？”

“按说应该事先跟街道居委会言语一声。但我采访白姥姥属于个人行为，只是私人接触，还没决定写不写她，我跟居委会打什么招呼？”我说。

这几句话，一下子把她给噎在那儿了。她怔了怔，眼镜片后面的小眼挤咕了一下，说道：“哦，我明白了。虽说您不是代表组织来采访她，但您既然要跟她接触，我还是有必要给你提个醒儿，采访这老太太，您得留点儿神，长点儿心眼儿。”

“她怎么了？难道她有什么事儿吗？”我诧异地问道。在北京土话里，“有什么事”的含义很多，既包含好事，也包括坏事，但多数是指坏事儿。

“这老太太可不是简单人物。”她拧着脖子转遭儿扫了一眼，神神秘秘地对我说，“嗑瓜子嗑出个臭虫来，不是什么好人儿（仁儿），明不明白？”

接着她开始历数白姥姥的“罪状”。我怀疑她要不是跟白姥姥有几辈子的深仇大恨，不会这么在我面前咬牙切齿。她说了半天白姥姥的坏话，舌头根儿一点儿不留情面，生把个老太太“卷得”成了西太后，可是，我洗耳恭听，白姥姥并没有多少值得她嫉恨，甚至于咬牙的罪孽。她说得最多的是白姥姥好吃懒做，讲吃讲穿，一身的资产阶级思想意识。此外，她道德败坏，作风有问题，经常勾引男人，伤风败俗，是这一带有名儿的“老破鞋[①]”。

“老破鞋”这词儿我当时听着非常刺耳。曾几何时，“破鞋”是风流女子或者说是那些有伤风化、有作风问题的女性的代名词，带有典型的人格侮辱。当然，现在已经很少有人说了。“破鞋”还不行，非要加一个“老”字。这个老女人跟白姥姥有多大的仇呀？

“我看你还挺年轻，怕你上当受骗，才跟你讲这些的。”她看出了我的不耐烦，赶紧找补了一句。

“得，那我谢谢您的好心。您说的我都知道了。”我也借她喘息的空当儿，把她的话给拦住了。

诡异

让我没想到的是，在我跟她分手的时候，白姥姥突然从胡同东口走过来。跟我聊天的老太太，打老远便看见了白姥姥。她打了一个愣儿，脸上流露出非常复杂的神情。也许是刚听了这位老太太在背后数落白姥姥，说曹操，曹操就到。我有点儿替这老太太挂不住脸了。当然，我也感到有些不自在。

可是，出乎我的意料，白姥姥见了这老太太，迅捷地摘了眼镜，像见了老朋友，又是问好，又是寒暄。更让我差点儿惊了个倒仰的是，刚才在我面前说白姥姥坏话的老太太，突然像变了一个人，那张像橘子皮似的老脸，一下子多云转晴，露出了微笑，尽管那笑容是生挤出来的，但看上去，比刚才的哭丧脸要稍微让人好受一些。

她迟疑了一下，笑着走到白姥姥面前，热情得让人身上起痱子，拉着老太太的手说道：“白姥姥呀！老没见了，你可想死我了！”

---

① 破鞋——老北京俚语。对作风不正派、与男人鬼混的女性的蔑称。

她如同是跟久别的老街坊相逢，又嘘寒又问暖的，言谈话语透着亲切。

老太太的这种瞬息变脸，专业的变脸演员都会望尘莫及。她看了我一眼，好像刚才的事情从没有发生一样。

两个老太太之间的事，真是把我搞糊涂了。我愣怔怔地看着她们，就像看两个老戏骨在舞台上表演。但是，很显然她俩是在人生的舞台上斗心眼儿过招儿。这种面子上的闪转腾挪，北京土话叫“转影壁[1]”。外面上看是和风细雨，温情脉脉，其实心里头却是电闪雷鸣，刀光剑影。

这个老太太是什么人呢？她怎么知道我要采访白姥姥？她跟白姥姥是什么关系？我一时解不开这些闷儿。不过，有一点，不用问我心里也明白，她跟白姥姥肯定有过节，而且不是一般的怨恨，否则的话，她不会在胡同口堵着我，背后给白姥姥身上扣屎盆子。她们之间到底有什么恩怨呢？我当时来不及细琢磨。

她们相互拿捏着火候，表演了一番之后，那个老太太见好就收，跟我和白姥姥道了声：回头见。然后，摆了摆手，转身走了。

白姥姥看着她的背影，难以名状地微微一笑。

“您跟她是老街坊吧？”我试探着问白姥姥。

“街坊？谈不上。”她不置可否地笑了笑，说道，“咱不聊她了。你是什么时候过来的？”

“刚到。咱俩算是前后脚吧。”我说。

事后我才知道，这个老太太也非等闲人物，她是彭三爷的大姐彭璟华。

白姥姥当然知道我不认识这个老太太，若无其事地对我说：“知道你来，我让宋琬在白魁老号买了两碗杂碎，她忘了买小料。没有小料怎么吃呀？得，我跑一趟吧。”她对我释然笑道，脸上平静的神态，好像压根儿没碰上那个扫兴的老太太。当然，她也没问我怎么跟这个老太太搭上了话，她都跟我说了些什么扯老婆舌

① 转影壁——老北京土话。形容有意躲闪回避而不见面。壁，读bi。

的话。

“走吧。有什么话，咱们家里头说。”她让我跟她进了她住的院子。

京味儿杂碎

推开她家的屋门，便能闻到一股淡淡的肉香味儿。宋琬在厨房忙着。我不明白她为什么让老太太出门买小料，自己却没动窝。

她好像看出我的疑问，笑道：“姥姥想让你知道什么是‘李鸿章杂碎’，特地让我出去买了两碗老北京的杂碎，可我不懂杂碎还要配小料。姥姥怕我不会买，所以自己跑了一趟。”

说完，她接过白姥姥手里的塑料袋道：“该下锅的肉菜料都备齐了，就等着您下手了。”

“好，你跟作家同志先聊着，我这就动手做。”她说着，进了厨房。

宋琬在这儿像是在自己家，转过身给我沏了杯茶，告诉我，她现在每天一早一晚要做的两门功课，一个是练两个小时气功，另一个是接送孩子上下学。其实孩子已经上小学五年级了，完全可以自己回家，但是当家长的还是觉得不亲自接送，心里不踏实。

她说话的语速非常慢，慢得让你听她说话，心里起急。她跟我聊起她们小时候上小学的往事：“那会儿上学放学哪有大人接送的？放学都是排着路队往家走。后来，怕过马路撞着，每人顶个小黄帽。”

我笑道：“那会儿都是就近入学，差不多都住胡同，住家离学校近，路上也没这么多汽车。现在跟那会儿没法比了。那会儿，一家好几个孩子，孩子磕了碰了，家长可能不会太当一回事。现在几乎都是独生子女，一个个都是家里的掌上明珠。孩子出门能心里踏实吗？所以，你这当妈的就得多付出点辛苦。”

她并没有因为每天要接送孩子有什么怨言，相反，倒觉得是一种快乐，或者说是幸福的责任。我们俩闲聊了一会儿，白姥姥做的杂碎出锅了。

宋琬帮白姥姥打下手，把杂碎盛到碗里，又把小料调好，看准备工作都弄好，就差动筷子了，她洗了洗手，跟白姥姥告辞。我劝她留下尝两口。她笑道，她常年把斋吃素，每天吃点东西跟我们不一样。她要赶回家，给孩子准备饭。

“让她忙去吧。她快成仙人了，早已经吃不了我们人间的烟火了。”白姥姥打了哈哈儿说。

宋琬走后，白姥姥看着我说：“还愣着什么？动筷子吧。”

看着摆的一桌子的碗碟，我一时不知怎么吃了，假模假式地说了一句：“味道好诱人呀！都是白姥姥您的厨艺吗？”

“瞧你，看花眼了吧？不知道该先吃哪个了？我教教你吧。”她说着从一个瓷盆里盛了一碗杂碎汤，递给我说：“尝尝吧，这叫杂碎汤，地地道道的老北京的小吃。”

我接过碗，笑道：“今儿个在您这儿又能吃上好吃的了。”

她淡然一笑说：“这算什么好吃的？在早，这叫‘穷人美’，穷人吃不起涮肉、烤肉，怎么办？吃口杂碎，解解馋吧。这东西摊儿上就能吃到，两个大子儿一碗，谁都能吃得起。现在却成了好东西，就跟鸡爪子、鸭脖子似的，过去北京人谁吃那东西。现在可好，鸡爪子成凤爪了，听说成了一道名菜，都上大席面儿了。桌上有麻酱、香菜、辣椒油调的小料，觉得不够咸，那边还有韭菜花。对了，吃杂碎汤，要就芝麻烧饼。早起，让宋琬买了，忘了给你拿。”

“我去拿吧。”我到厨房拿了两个烧饼，就着杂碎汤吃了。也许是有点儿饿，我一连喝了两碗杂碎汤。当然，那碗很小，还想盛第三碗，白姥姥把我拦住了。

“先别那么贪吃。好吃的在后头呢。”她笑道。

白汤

“嗬，您还留着一手呢。”我放下碗笑着说。

“这杂碎汤你吃着怎么样？”白姥姥端详着我问道。

“够味儿。”我咂咂嘴说。

“光觉得够味儿就行了？这杂碎汤你不能白吃呀。姥姥得考考你，你得说说怎么个够味儿？够什么味儿？”

“好吃。香！”我笑道。

“光说出一个香字可不行。”她又让我喝了口汤，笑了笑说，“你呀，得要说出在这汤里，都吃出什么东西来了。”

我嘬了一个牙花子，笑了笑说：“姥姥，您这不是有点儿难为我吗？我不是跟您说过吗，我就会吃，不会做，也不会品。还是听您说吧。我在您这儿长长学问。”

白姥姥扑哧乐了，笑道：“你虽然不会说，可是态度还是谦虚和诚恳的。得，不给你出难题了。这是宋琬从外面买回来的，做法上欠着功夫，你说也说不明白。”

“真是行家一上口，就知有没有。您觉得哪儿欠功夫？”我问道。

“你这当作家的，真会编词，人家老话说的是：行家一上手，就知有没有。到你这儿，嘿，上手，改上口了。”

“咱这儿不是说吃呢么。在吃上，您是行家，不，应该叫美食家呀！”

“你知道吗？这杂碎汤，准确的叫法是羊杂碎汤，又叫白汤杂碎。原料都是羊身上的下脚料，羊肚、羊肺、羊心、羊肠子，还有羊头肉什么的，杂碎嘛，你想能有上席面上的东西吗？这些东西先用白水煮，煮到六七成熟，捞出来，按不同的部位，分别切成丝或者条、块。然后，再下到白汤里接着煮。”

“还挺麻烦。干吗要煮第二回呢？”

“这白汤可不是一般的汤，必须是用牛棒骨和羊肉单吊出来的汤，通常至少要熬七八个小时，要把它熬成白白的色儿。为什么要分开煮呢？因为羊肺头啦羊心啦，煮出来颜色深，行话说容易染汤，所以要单煮，然后再跟别的羊杂碎一起在白汤锅里煮，这么着，汤才能保证不变黑，老是白的。白汤杂碎，汤必须要白。”白姥姥指着瓷盆说，“你看这汤就不怎么白，虽然是牛棒骨熬的，但火候不到，而且汤里没放羊肉，味儿就差远了。老北京的羊杂碎汤，虽然便宜，但那会儿的人厚道，实在，在工和料上一点儿不敢马虎。所以，这道很普通的小吃才能流传到今天。”

“您说得在理。”我点了点头说。

“其实，乳白色的杂碎汤，看着是很诱人的。虽然是下脚料做的，可是有牛棒骨熬的汤，所以营养价值还是很高的。可惜要找回地道老北京杂碎汤的味儿很难了。”白姥姥感叹道。

不吃杂碎不咽气

说到老北京的杂碎，后来，我听说发生在白姥姥身上的一个故事：

那是上个世纪七十年代的事，住在东城一条胡同的一个老头，七十多岁，是老北京拉洋车的，肺癌晚期，病入膏肓，眼瞅大限已到，突然想起这辈子吃的最难忘的吃食：杂碎。

二十岁那年冬天，天上飘着小雪花，小风一吹，像刀子拉。他拉车，从清河到沙滩的骑河楼，半天没吃饭，又赶上要车座儿这主儿是个大胖子，他把客人拉到地方，又累又饿又冷，一个跟头栽倒在地。是车口儿上的俩兄弟，把他搀到一个小摊，一碗热乎乎的杂碎汤，让他缓了过来。这碗杂碎让他记一辈子。就像当年朱元璋吃的那个“珍珠翡翠白玉汤”。

老爷子原先就好这口儿，但“文革”以后，京城会做杂碎的，都改炸油饼去了，想吃这口难了。眼看要咽气，他跟儿子闺女们，提出了自己的临终愿望。

不就是一碗杂碎吗？儿女们怎么着也得满足老爷子的这个心愿。开始，他们以为这事并不难，俩儿子骑车在南城兜了一圈儿，愣没找到卖杂碎的地方。接着仨闺女骑车，又分头在西城、东城、北城转悠了两天，也没买到这杂碎汤。

当时正值“文革”中期，人们的主要精力都放在“阶级斗争”上，谁还顾得上做这种耗时费火的杂碎汤呀？说老实话，那会儿，北京市民早起能吃上油饼、火烧、豆浆这“老三样”，就念阿弥陀佛了。眼看老爷子一天不如一天，一会儿不如一会儿了，儿女们为淘换这碗杂碎汤，着了大急。

老头的二儿子心有不甘，第三天，又骑车上了街，接着踅摸，他转到东单菜市场北边的一个小吃店，在那儿吃了一碗炸豆腐（也是一种北京小吃），他一边吃一边琢磨，这个小吃店能做炸豆腐，是不是也能做杂碎汤？于是他找到小吃店的一个老师傅，把他父亲的情况跟他说了，恳求他帮忙做碗杂碎汤，多少钱他都掏。

老师傅对他苦笑道，你算找对人了，他从小就跟他爸爸学做杂碎，新中国成立前，他们家做的杂碎，四九城有名。但现在他是专政对象，别说做杂碎，炸油饼都没资格了。他在店里干的是最脏最累的活儿，接受群众监督改造。老头的二儿子说，能不能事先买好原料，下了班，把他请到家里做。那个老师傅拨楞着脑袋说，您这不是害我吗？我现在每天晚上，得低着脑袋挨批斗，偷着跑你们家做杂碎汤？大爷！这是多大罪过呀？

老头的二儿子扑通给老师傅跪下了，甩着哭腔儿央告他，无论如何，也要满足一个老北京人的这么一点心愿。老师傅被他说得掉了眼泪，他哽咽道：我是实在是有这个心，没这个胆儿，我一家老小七八口子，都指着我的工资吃饭。为这档子事儿把我饭碗砸了，上哪找饭辙去？正这工夫，白姥姥凑了过来，敢情她正在一边吃炸糕，他俩刚才的那番话，她听得真真儿的，不由得动了恻隐之心。

白姥姥对老头儿二儿子说，您要理解老师傅的难处，你爸爸不是就想吃碗咱老北京的杂碎吗？这事儿，我来办吧。老头的儿子对白姥姥千恩万谢，那个老师傅也对白姥姥肃然起敬。白姥姥问清楚老头儿住哪个医院，对他儿子说，明天下午一准给他送去。

这会儿，老头已经气若游丝了。儿子在他耳边反复地说：您要吃的杂碎，正在给您做着呢，马上就送来。八成就是靠这个念想托着，这口气一直没咽。挨到第二天，一家人盼星星盼月亮似的等着白姥姥。直到下午两点半了，白姥姥还没露面。一家人的心开始冒凉气了，再看老爷子，“嘿儿嘿儿”有上气儿没下气儿，一口接一口地，开始一个劲儿地捯气了。眼看这一口气上不来，就要翻白眼了，白姥姥拎着一个挂釉的砂锅来了。一家人赶紧大呼小叫地喊老爷子：杂碎！杂碎汤来了！

令所有人感到意外的是，气若游丝的老爷子，听到“杂碎”这两个字，像是被什么东西烫了一下，身子骤然一紧，缓缓地睁开了眼。盛杂碎的砂锅盖一掀开，满屋飘起浓浓的骨香和肉香。奇怪的是，老爷子嗅到这香味，嘴唇翕动了一下，眼珠子转了转，居然有了光亮。

白姥姥给他盛了一碗，让老头儿的孩子给他端过去。老爷子伸出手，要挣扎着坐起来。儿女们急忙上前，把他轻轻地扶直了腰身，然后用小勺一口一口地喂他吃，他居然吃了一小碗。

在吃最后一口杂碎时，他凝神看着白姥姥，嘴角动了动，显然是对她表示一种难以言传的谢意。没等白姥姥说话，老爷子心满意足地咽下了最后一口气。

精粹

这个故事，让我回味了好些日子。它好像从另外一层意义上，印证了“民以食为天”的平凡真理。当然，它还有更深的含义：一个人的味觉记忆，是相伴终生的。为了那一口杂碎汤，这老爷子竟然能起死回生。不吃这一口，不去见阎王爷。也许他知道，阎王爷那儿，吃不着杂碎汤了。

当然，这会儿，我吃白姥姥做的杂碎，又是另外的一种味道了。从我跟她最初见面，她就把杂碎俩字挂在嘴边儿，似乎不让我吃上这口儿，就对不住我。

“杂碎，这个词其实容易让人产生许多联想。”我意味深长地说。

“其实，杂碎，就是‘乱炖’的翻版。各地方有不同的配料，也有不同的做法。当然了，叫法也不同。”白姥姥笑着说。

“您对杂碎真有研究。依我看，您以后干脆开一门课，单讲中国的杂碎得了。”我笑道。

“你还别说，单说杂碎，还真有的可讲。”

“您瞧，还是您有学问吧。一个杂碎，整出这么多门道来。您让我说，我可就四大金刚的琵琶，没得谈（弹）了。哈哈！”

“嘍，你还会说俏皮话呢？”她忍俊不禁道。

我笑道：“孔圣人面前卖《三字经》，让您见笑了。”

“什么呀，就见笑？你往后在我这儿，可别来这酸文假醋的。姥姥喜欢口无遮拦的人。”

“得，不跟您练贫了。看来这老北京的杂碎，跟‘李鸿章杂碎’不是一回事儿，是吧？”

“刚才我不是说了吗，老北京杂碎，是老北京杂碎，‘李鸿章杂碎’，是‘李鸿章杂碎’。我今儿个请你过来，就是想让你知道什么是‘李鸿章杂碎’。”她莞尔一笑说。

“我知道这两个杂碎，同名不同姓。对吧？”我不假思索地说道。

“你可真会编词儿。”白姥姥笑着说，“什么同名不同姓的，它们都叫杂碎，只不过做法不同就是了。”

她说着换了一个小碗，从另一个汤盆里，给我盛了一碗杂碎，递过来说：“换换口儿。你再尝尝这个。”

“这杂碎肯定姓李。”我逗了一句，拿起汤勺，一边吃一边咂摸味儿，把一碗杂碎给吃进肚。

“怎么样吃着？碗小，还没咂摸出什么味儿，就见底儿了是不是？再来一碗吧。”她又给我盛了一碗，自己却不动勺子，用一种审视的目光看着我吃。

“得，您受累。”我客气道。

“这碗下去，能吃出点味儿来吧？”她笑了笑说。

“您是不是又想考我呀？”

“考你干吗？你又不想当厨子。”她笑道，“我问你两种杂碎吃了，吃出有什么不一样的滋味没有？”

“肯定不一样，一个是老北京的，一个是李鸿章的，不，准确地说是您爷爷的。那味道怎么能一样呢？”

“别耍嘴皮子，说，味道哪儿不一样？”

“您爷爷应该属于南派吧？反正李鸿章是安徽人。”我想了想说。

“瞧瞧，你又说错了吧。从菜系上说，徽菜应该算北方菜，这是一。第二个，我爷爷于子鸾的红案功夫，也不能完全归到南方菜系，他是土生土长的北京人。第三个呢，即便‘李鸿章杂碎’是李鸿章发明的，你要是考证他的从政生涯，在北方待的时间比在南方要多多了，别的地方不说，光在天津，前后就待了二十六年。你能说他发明的菜，就一定是南方菜吗？”

“您瞧，在您面前，我总是露怯。”我有意捧她一句，“听您一席话，胜读十年书。还是听您给我上上课吧。听您聊天，真长学问。”

“你又给人家改词了。人家老话说的是：听君一席话。”她瞥了我一眼说。

“对对对，是您说得对。可我要是说君，跟您不是平辈了吗？”我打了个哈哈说道。

“别拿我这老太太开心了。你倒是说呀，后来这两碗杂碎，你吃出什么味儿来了？”

“起码有两样，不，有四样东西。”

“哪四样？”

“有鱼片、海参、木耳、黄花菜，还有猪肝、猪肚什么的，对吗？”我用筷子在汤里搜寻了一下，说道。

“嗯，这几样算你说对了。其实，我在这汤里，放了有二十多样东西，除了你说的这几样以外，还有五花肉、猪心、猪肝、猪肺、猪排骨、鸡丝、鸭肉、海参、海米、虾仁、香菇、粉丝……哦，对了，关键是用鸡汤来调味儿。”

“我还真吃出鸡汤的味儿来了。”我笑道。

“其实，杂碎这东西，杂无定法，你放多少种料都行，关键是你想吃什么味道的汤，还有就是你想要做什么档次的。高档的，可以放鱼翅鲍鱼，低档的放猪的内脏下水。总之，什么人都可以吃。有人说，‘李鸿章杂碎’加了安徽的贡白菜，豆腐，宽粉，还有保定府的槐茂甜面酱，除了有津味，还带有徽味和冀味。”

“他在这些地方都待过。”

“他在哪待过，就得有什么地方的味儿吗？不见得吧。”

“我琢磨着这都是后人牵强附会，杜撰出来的。”

“我不是告诉过你吗，‘李鸿章杂碎’是在特定的时间地点，非常偶然做出来的一道普通应景菜，而且，它的做法非常简单，谈不上什么发明不发明。只不过让后人给演绎了，夸张了。”

“跟老北京杂碎汤一样，其实，它也属于‘穷人美’一类的吃食，对吧？”

“嗯，烤煳了的烧饼，放在锅里和盘里都一个味儿。所以我说，‘李鸿章杂碎’说白了就是大杂烩。杂烩跟杂碎是一个意思。什么李鸿章，王鸿章的，你叫它什么杂碎，就是什么杂碎。”

“原来如此。我现在明白杂碎是怎么回事了。它是真‘杂’真‘碎’呀！”我笑了笑说。

沉了一下，白姥姥若有所思地看着我，问道：“你说北京人为什么爱吃杂碎呢？”

“杂碎好吃呗。”我随口说道。

“你这句话，只说了其然，没有说出所以然来。”她笑了笑道，“你想想杂碎是什么？是猪的五脏六腑呀！你说动物身上，除了大脑，哪些器官重要？”

“当然是心脏，还有肝、胆、胃、肾、脾什么的。”

“这些不都是动物身上的精华吗？动物没有五脏六腑，哪来的肉呀？而这些不正是做杂碎的原料吗？所以，杂碎做出来好吃，又有营养。”

“照您这么说，杂碎还是动物身上的精华呢。”

“你去琢磨呀！看我说得对不对？但很多人一听杂碎这俩字，就以为它是下脚料，不值钱，也不雅。杂碎嘛，能好吃吗？所以它只能在小吃摊生存，上不了大席面儿。”

“没错儿，喜庆宴会，您上一道杂碎，等于骂人呢。”我笑道，“所以，杂碎还属于有待人们重新认识的吃食。”

杂碎人生

白姥姥听了我的话，哂笑道：“杂碎，还需要人们再认识吗？你又把问题给弄复杂了。”

“那您是什么意思？”

她顿了一下，沉吟道：“杂碎是什么？你明白了吗？你没明白！”

“难道它还有什么寓意吗？”我问道。

“你不觉得这两个字，很有意思，耐人寻味吗？”她看了我一眼，笑了笑说。

“杂碎这个词的确很有意思，跟北京王致和臭豆腐似的，名儿不好听，好吃。”我笑道。

“是呀。不知道你琢磨过没有，为什么杂碎这道菜，安在了李鸿章的头上，就出名了。而且隔着门缝儿吹喇叭，名声在外，在美国家喻户晓，人们一提中国菜，首先会想到‘李鸿章杂碎’，这是为什么？”

“我还真没琢磨过。嗐，我琢磨它干吗？”我自我解嘲地笑了。沉了一下，我说：“这也许是名人效应吧。”

“中国到过美国的名人多了，为什么偏偏把杂碎这道菜安在了李鸿章的头上？”

“不瞒您说，我还真没琢磨过这事儿。您在美国待过，您肯定对这个问题有研究。您说说。”

“我说说，你听听，再想当初。咱俩这儿干吗？说相声呢？”白姥姥情不自禁地乐了。

“哈哈，您太有意思啦！”我也忍不住大笑起来。

白姥姥的笑戛然而止，沉了一下，说道：“你呀，净拿老太太开心玩儿。其实，这是个越琢磨越深奥的话题，可惜，没人琢磨。”

“这是怎么个话儿说呢？”我故作深沉[①]地问道。

“我琢磨杂碎这道菜，搁李鸿章头上再合适不过了。”她想了一下说道。

---

① 深沉——老北京土话。有两个含义：一、说话的内容含义深，让人费解，而其中藏有心计。二、说话触及对方隐私或短处，也引起对方不满，也叫深沉。但加上一个“玩”字，是第一种意思。

“为什么？”

“因为李鸿章这一生，整个就是一碗杂碎汤。”

“啊？您这话，让我听着新鲜。”我用诧异的口吻说道。

“不是我妄自尊大，斗胆给一个历史上的大人物盖棺定论。你对李鸿章应该多少了解一些吧？前几年，我们可是一直把他当卖国贼宣传的，对吧？现在还他历史本来面目了，不过，他毕竟不是国家的功臣。可是国家在裉节儿上又离不开他。你说，他应该算哪类人？杂碎，对吧？他的学问、功名、思想体系，整个儿是两个字：杂碎！哈哈。”她说完，情不自禁地笑起来。

“杂碎？对，杂碎，您说得太精辟了！”我笑道。

“所以我说，还是洋鬼子把李鸿章琢磨透了，把杂碎这道菜冠名给他了。他的治国理念，说白了就是杂碎理念。什么山珍海味，什么筋头巴脑，什么内脏下水，什么鸡毛蒜皮，只要是人能吃的东西，都可以烩到一起。但是杂而不乱，他有基本章法，有一个基本标准，那就是有汤管着。”

“说得妙！他也得讲究点烹饪技巧，掌握火候。”我随声附和道。

“那是，《道德经》里有一句话：治大国若烹小鲜。李鸿章李大人算是把这句话琢磨到家了。杂碎的理念已然渗透到他老人家的骨血里了。你想，他要跟多少人斗心眼儿，要跟慈禧太后，跟那帮王爷和宠臣斡旋，还要跟革命党人，跟洋人打交道，杂碎，小鲜，哈哈，它能适应各色人等的胃口。”她一本正经地说。

我突然觉得这个老太太很不简单，她思考的问题已经远远地跳出了吃的范畴，或者说她把吃，升华到更高的人性的意义。她的高论，让我对她肃然起敬。

“您的这个观点太有学问了！”我用敬畏的语气说道。

“嘿，你怎么说着说着，又拿老太太打镲呀？我既不是专家，又不是学者，有什么学问可言？咱们是话赶话，说到这儿了，我跟你聊聊我的一点看法。自然，这只是我一个痴老太太的一孔之见。”

“您太谦虚了。您都从一碗杂碎汤，聊到人，聊到人性了。”

我说。

“你还年轻，且琢磨不到这儿呢，虽然你是作家。当然了，你才经历多少事呀？顺着我刚才说的思路，再往深处琢磨，其实，人生也如同这杂碎呀！你说人这一辈子，吃过的饭，走过的路，说过的话，干过的事，想一想，看一看，不就是一碗杂碎吗？”她想了想，沉吟道。

“井底雕花儿，深刻。”我想起一句俏皮话来，“杂碎人生。这句话太经典，太有味道了，哈哈！”我说。

“老子的《道德经》，头一段话就是：‘道可道，非常道。名可名，非常名。无名，万物之始也。有名，万物之母也。故恒无欲也，以观其妙。恒有欲也，以观其徼。’知道这段话的意思吧？”她笑着问我。

“知道。人世间的道理，有些是看不到的。对吧？”我想了想说。

“也可以这么理解吧。”她微微一笑道。

“从一碗杂碎，聊到了李鸿章，聊到了老子的《道德经》，聊到了人生。您还说自己没学问呢？”我端详着她说。

“为什么聊到《道德经》呢？因为聊到了杂碎，不由自主地让我想起一个人来。”

“您说的是谁？”我听了一愣。

“我将来会告诉你的一个人。”她淡然一笑道。

“您的爷爷于子鸾！是他吧？”我看着她笑道。

“不，不是他，是我最想知道的一个人。”说到这儿，她像被什么东西碰了一下，突然怔住了。迟疑一下，她像看一个陌生人似的，审视着我说：“作家同志，我琢磨着你找我，不会就为了喝碗杂碎吧？”

“您这是……什么意思呀？”我本想跟她打个哈哈，但是看她的脸色黯淡下来，到嘴边儿上的话，我又咽了回去。

变脸

“什么意思？你心里还不明白吗？”白姥姥的脸上，突然挤出几个笑纹儿来。

“让您说得我都糊涂了。”我真有些莫名其妙了。

“不会是揣着明白装糊涂吧？你不是为了采访我爷爷才来找我的吗？”

“哦，我是想写写这位京城名厨。”我恍然大悟道。

“其实我爷爷跟他的主子李鸿章一样，也是杂碎脑袋。但他这碗杂碎，跟他主子的杂碎可是没法比。”白姥姥微微蹙了蹙眉头，沉吟道。

“他不是活得也很精彩吗？”我笑道。

“是呀。可是他的爷劲儿做得再足，也不过是个厨子。骑驴吃烧鸡，骨头还不知道扔在哪儿。”

“我觉得这不是您心里由衷的评价。”

她叹了一口气道：“大厨于子鸾，我要是不跟你提起他，你恐怕不知道，在老北京城还有这么一号人。”

“我得拦您一句，您可是又谦了虚啦。在老北京‘勤行’，您要提于子鸾，可能没几个人知道，您要提于大舌头，那可是无人不知无人不晓。”

“他有那么大的名儿吗？作家同志，你是不是在老太太这儿故弄玄虚，想挖走点儿家族隐私呀？”她说话的语气突然又变了。

“瞧您，想到哪去了？我可不是那种专找花边新闻的小报记者。”我突然感觉到她在跟我闪烁其词，所以想不失时机地“烫”她一下，“我要是那种记者，刚才在胡同里，您见到的那个老太太，我就采访她了。”

没想到我的这句话，像是一把刀子捅到了她的心口窝，她腾地一下站起来，陡然色变：“什么，你说什么？采访她？你怎么不去呀？采访她，你跑我这儿来干吗？”她厉声说。

“瞧您，这是怎么了？我这不是跟您解释吗？我是冲着您来的。她算哪个庙的和尚呀？”

“你啊，什么也别说了，麻利儿给我走人。该采访谁，你去采访谁。我这儿猪八戒摆手，不侍候（猴）了。”她像是动了真气，立马就要赶我走，而且，那张本来慈眉善目招人喜欢的白脸，突然变成了枣红色的关公脸。也许是带着气性，她的脸变得很难看。

“别介呀，姥姥。您瞧，本来聊得好好的，我的一句话，把您给惹翻了。这是哪一出呢？”我没想到这老太太的性子是小孩儿的脸，说变就变。事已至此，我哪能让走就走呀？我赶紧赔着笑脸，跟她说好话。

“我看你是拿着麻花不吃，专看这个拧股劲儿。”她的脸上阴云密布，马上就要下雨的感觉。

“不是这么回事，您就让我吃杂碎了，没给我麻花呀！”我跟她逗了句咳嗽。

“你别跟我耍贫嘴。”

“我哪敢呀？姥姥。”我忍不住叫了她一声。

“还愣着什么，唱戏的拿马鞭，走人。赶紧的！”她依然不依不饶。

“姥姥都怨我，有眼不识金镶玉，说话没有把门的。您呀，姥姥，大人不计小人过，就原谅我这一回吧。”我连哄带劝，还加上点逗闷子的话，一个劲儿央告，把她的嘴给堵上了。

“你的小嘴倒是甜呢。”她的脸色开始还原了。

“那还不是吃您的杂碎吃的。我的亲姥姥哟！”我的这句话把她给逗乐了。

“谁是你亲姥姥？我有那么老吗？”她像一个小孩儿似的，径自笑了。

“得，我的白姥姥哟，我又说错了。”我打了个哈哈说道。

“你没错儿，是我不该跟你发脾气。”像哪儿刮来一股清风，她的脸突然云开雾散，由阴变晴，说话的语气也随之温和起来。

“是我的错。我不该哪壶不开提哪壶，提哪门子的老太太呀！”我释然一笑道。

她打了个沉儿，突然问道：“那个女人都跟你说什么了？”

“什么也没说。”我哪敢把那老太太的话告诉她呀？怕她不相信，我又找补了一句："看她那样，好像是有什么话要跟我说，可是还没来得及说呢，不就见着您了嘛。"

"狗嘴里吐不出象牙来。唉，她愿意说什么就去说什么吧，反正那张嘴长在她脸上。"沉默了一下，她叹了一口气，说道。

事后我才知道，敢情那个老太太跟白姥姥并没有什么深仇大恨，只是因为白姥姥跟她哥哥的事儿，让她产生了嫉妒，最后竟然成了冤家对头。看那老太太长得像苦菜花似的，穿得也那么村妇，其实，她退休前，正儿八经是大学的老师，而且曾经是名牌大学的高才生，不能说有一肚子墨水，也得说有半肚子。大概是为了在生活的舞台上演戏吧，她有意让自己变得这么寒酸。

也许正因为这老太太的出现，白姥姥越觉得家丑不可外扬。像任何一个老人一样，白姥姥也有怀旧的情怀，挺爱在我面前聊一些往事，但一说到故事核儿，往往在裉节上打马虎眼，或闪烁其词。我心里琢磨，她一定有什么事瞒着我，但我又不好意思深问。

第六章

人情

从打那次，白姥姥跟我由翻车到重新修好，我发觉她对我越来越有好感了，也越来越信任我了。我隔三岔五便到她家，听她讲于大舌头的传奇故事。每次到她家，她都会给我做一道菜或一种小吃。她不愧是于大舌头的后代，几个月下来，做出的吃食，愣没有重样儿的时候。

当然，我每次去，也不会空着手，总要顺路在农贸市场，买点儿应时当令的蔬菜或水果。她对我送给她的东西，看得非常金贵，似乎给她一根草棍儿，她都当宝贝。每次见我带着东西走进她的家门，她几乎都会惊讶地叫道："啊，你又给姥姥带好吃的来了！太好了！太好了！"眉眼之间透着那么动情动容。

那样子，让我想起小时候，天傍黑，母亲下班回家，见到她给我带回好吃的情景。那一刻，白姥姥脸上的神情也确实像是孩子。

其实，这是非常有意思的事。别看她见我带着吃的进门，那么高兴，甚至那么激动，实际上，是不是真喜欢，还得两说着，吃不吃，也是另外一回事了。

有一次，我给她带去几斤大白杏，告诉她，这是西郊北安河产的。她听了，激动得几乎要雀跃："太好了！多少年都没吃过北安河的大白杏了！你真是知道姥姥爱吃哪口儿。太可人疼了！"

可是，几天以后，我去她家，冷不丁发现那口袋白杏，放在柜子上几乎没动。又过了几天，我去她家，那口袋白杏扔在了院里的墙角，已经烂成酱了。我心想，她舍不得扔的原因，可能是想要杏核儿。

这也许是北京人的一种礼数。小的时候，我住大杂院，街坊四邻做点儿新鲜吃食，都要给各家送点儿尝尝。一次，邻居一位大妈包了几盖帘荠菜馅儿饺子，煮熟出锅之后，挨家送了一碗。

第二天，这位大妈见到我问："昨儿，大妈包的饺子好吃不？”孩子嘛，不会说瞎话。我直截了当地摇了摇头说：“不好吃。我吃了一个就吐了。”

我妈在旁边听到了，赶紧走过来，赔着笑脸说：“这倒霉孩子净瞎说。您包的那饺子真好吃，快赶上您上次送的‘都一处’烧卖了。谢谢大嫂。”当然，这话让这位大妈受听。

等这位大妈进了屋，我妈把我拉到一边，给了我一巴掌，数落我说：“哪有你这么说话的？人家好心好意送给你饺子吃，你还说这话，这不是给人家添堵吗？”

我觉得挨这巴掌，有点儿委屈，说道：“本来就不好吃嘛。您不是也吃了一个，强咽下去，剩下的都喂了猫。”

我妈见我顶嘴，又给了我一巴掌说：“记住喽，往后再不能这么说话。人家送的东西再难吃，也要说好吃。再没用，也要说有用！”

您说这叫什么逻辑？但我妈这两巴掌，能让我记一辈子这条“反着说”的理论。长大以后，我才明白，这就是所谓的人情世故。看来，白姥姥也悟透了这里头的人情。

犯嘀咕

我跟白姥姥聊天，听她讲故事。因为熟了，我们俩还时不时地插科打诨，逗逗闷子，她觉得跟我在一起挺开心，所以也愿意敞开心扉，到后来，我们就无所不聊了。

“什么家丑不可外扬？我都这把岁数了，还挂虑这些，你还不觉得我活得累呀？”她笑着对我说，语气里带有自我解嘲的意味。

其实，她还是很在乎旁观者的眼神的。有一次，我去她家造访，进门的时候，她正对着镜子描眉，听见我的脚步声，扭过脸来。我注意到，看到我的突然出现，她的神情有些慌乱，连说话的语气也显得有些不自然了。

难道她不希望我知道她化妆吗？我心里嘀咕了一下：这老太太，化妆还不好意思。

还有一次，她从胡同里的农贸市场回来，手里拎着一塑料袋黄瓜、西红柿。正赶上我进院，见她手里拿着东西，我赶紧迎了上去，把东西接了过来。在她迈小院门槛时，我下意识地用手搀着她，当然，搀她的时候，我们的身体贴得很近。

恰在这时，住在后院的邻居老李走过来。白姥姥一抬头，发现老李正看着我们俩，她的脸腾地红了，看上去像是个羞涩的少女。那个邻居好像并没多想什么，笑着跟她打了个招呼。她却突然变得一时举足失措了。这件事让我很长时间不得其解。

老李看上去有六十多岁，满脑袋花白头发，脸上褶皱巴囊的，一副邋遢相，好像有脑血栓的后遗症似的。我看不出来他跟白姥姥会有什么情感上的瓜葛。即便是往偏处想，也轮不到这位爷。

白姥姥身上的许多事儿，有时确实让我觉得莫名其妙，又匪夷所思。

有一天，我到她家，她买了两个西葫芦，特意给我做了几个糊塌子。我头一次见到正宗的老北京糊塌子的做法。做糊塌子的铁铛是特制的，中间鼓，四周低。白姥姥告诉我，这个铁铛还是她奶奶留下来的呢。

“今儿个的糊塌子，你可不能白吃。”白姥姥看我吃着顺口，笑着对我说。

“怎么？您是不是要收费呀？”我跟她打了个哈哈儿。

“那你可掏不起这钱。可着四九城，你能找出第二个这种铁铛来不？我做的这糊塌子，金不换。”

“呦，那您怎么个不让我白吃法儿？”

“我跟你这儿淘换点儿喝的东西。”

“喝的东西？您说吧，只要不是‘敌敌畏’，我都可以给您淘换去。”

“瞧你说的，‘敌敌畏’？你倒没说耗子药。”她扑哧乐了。顿了一下，她说道：“我好长时间没喝茅台了。昨天看别人喝，闻到了味儿，把肚子里的馋虫给勾出来了。”

“嗐，不就是茅台酒吗？这还不好办。”我随口说道。但话出口，我突然瞥了她一眼，愣了一下：“您喝茅台？还真看不出来，您喝白酒。”

“你呀，小伙子，在白姥姥身上，看不出来的东西多了。”她冲我嫣然一笑说。

家里有几瓶放了十多年的茅台，是朋友送的，因为北京人喝酒认口儿，相比酱香型的茅台，京城的老少爷儿们，更爱喝清香型的二锅头，所以，这几瓶酒一直放在床底下没动。转过天，我拿了两瓶茅台，给了白姥姥。

酒是给她了，但我心里一直犯嘀咕：这酒真是她喝吗？后来去她家，我总是下意识地寻找空的茅台酒瓶子，但一直没发现。肯定是她送人了。但送给谁了呢？好长时间，我没解开这个扣儿。

汤泡饭

这天，我在家门口，碰上了“汤泡饭”。他的大号叫汤玉祥，是跟我原来住一条胡同的老邻居。他儿子汤作栋，外号“瓜条”，跟我还是小学同班同学。

老汤是山东人，从小来北京，跟一个老棚匠学徒，后来在房管所的修建队当棚匠。他的糊棚手艺绝对高超，糨糊和高粱纸在他的两手之间，像变戏法似的，动作飞快，看得人眼花缭乱。做出来的活儿是样儿，而且干净利落，甭管顶棚面积多大，他糊出来的棚顶一无水印，二不起褶，看上去像是一张大白被面，匀称地铺在那里。

老北京人大都住平房四合院或大杂院，那当儿的平房用白灰或水泥吊顶的很少，大多数平房都是用高粱纸糊的顶棚。一年到头，烟熏火燎和虫吃鼠咬，顶棚糊得再好，撑死了三四年就得重新糊。所以当年老汤是房管所的大忙人，而且家家户户都拿他当香饽饽供着，当然，他干活的时候，也是好茶好烟地伺候着。平时，老汤在胡同里走道儿都挺着胸脯。

但是，老汤做梦都没想到，有一天他会失业。从上世纪七十年代开始，京城的平房顶棚陆续更新换代，到八十年代中期，原来纸糊的顶棚基本被淘汰了。您的手艺再好，没人糊了，那不是聋子的耳朵，摆设吗。一种从二十多层楼掉下来的失落感，让老汤心里熬头得差点儿没脑血栓，弹了弦子。为此，他还跑到故宫的筒子河边，号啕大哭了一场。为什么跑那儿去抹眼泪？他怕街坊四邻看见寒心。

其实，随着社会的进步，老北京的不少行当，都陆陆续续被淘汰了，比如焊洋铁壶的，锔盆锔碗[①]的，盘炉灶的，修笼屉的，摇煤球的，等等，老汤没必要这么伤心。但老汤属于要里儿要面儿的人，丢了糊棚的手艺，谁还拿他当回事呀！实际上也的确如此，糊棚的活儿没了以后，老汤别的手艺没有，只能在修建队当筛沙子和泥的小工。

那当儿，老汤刚五十出头，离退休还有几年，手艺人干力气活儿，他自然心有不甘，却又无可奈何。没脾气，他只能在活儿上找齐，天天磨洋工，一天的活儿，他能干一个礼拜。北京人管干活糊弄局，叫“汤泡饭”。正好他又姓汤，所以落下了这么一个外号。叫着叫着，人们只知道他的外号，而不清楚他的大名了。

一晃儿，二十多年没见了，老汤真的老了。不过，我还能认出他来。他是我的长辈，我当然不能直呼他的外号。但是说老实话，我看到他时，真忘了他叫什么名了，只记得他的外号。

倒是他自己用外号报的家门：“还记得我吧？我是老汤，‘汤泡饭’呀！”

“怎么能把您给忘了呢？小时候，我还在您家喝过您在护城河里捞的蛤蟆骨朵呢。”我笑着说。

每年的春天，北京风大，气候干燥，老北京人怕小孩上火，往往要让小孩喝活的蛤蟆骨朵，也就是小蝌蚪。老人们说喝这个能去火排毒，其实并没有什么科学根据。但从老年间一直传下来，已然成了习俗。

老北京，每到春天，专门有卖蛤蟆骨朵的小贩，走街串巷吆喝着卖这东西。几分钱一碗。一碗里头有十几只游动的蛤蟆骨朵。买

---

① 锔盆锔碗——老北京的一种行当。过去人们过日子节俭，盆、碗裂了，要用专用的锔子给锔上。锔盆锔碗的，就是特指专门干这行的人。

完，小孩儿当场一仰脖把它喝下去。胡同里长大的孩子，大都喝过这东西。当然，到了上世纪七八十年代，小孩儿喝这个的很少了。

“嚄，你的记性真好。这还记得呢。”老汤笑了笑说。

票房①

“汤泡饭”还是那么爱说爱笑，嗓门也还是那么高。他告诉我，找了我有两三个月了，打过好多次电话，知道我太忙，整天在家里爬格子，时不时地还要到街面上采访，没辙，他只好来堵家门了。算上今天，已经在我们家门口儿蹲过三次“坑儿”了。

不管怎么说，总算见着我了，老爷子显得很激动，握着我的手有十分钟才撒开，好像怕我飞了似的。

我们站在路边，聊起了这二十多年家里和个人的变化。他告诉我，他已然七十有一，从房管所退休有十多年了。胡同拆迁后，他家搬到了北郊的芍药居。我的小学同学汤作栋在家里最小，他上边有三个姐姐，四个孩子都已经成家单过了。

这些年，“汤泡饭”早就不“泡饭”了，但改成汤“泡戏”了。退休以后，他一直跟老伴单住。他老伴儿的身子骨，还马马虎虎说得过去。他却透着精力旺盛，一副“老郎神”的劲头。前些年，把扔了多年的京剧捡了起来，跟十几个老戏迷搞了个“票房”。

这些老戏迷都是七老八十的人，有的能哼哼两口儿，有的只是爱听，一个个都是烟酒嗓，唱起来不是有板没眼，就是有眼没板，缺五音少六律。您想他们凑到一块儿，票房倒是热闹了，人们的耳朵受得了吗？老汤还是当年的派头，不管怎么样，我们这是京剧票房。他攥着我的手，感觉有点麻了，让我有时间一定到他们的票房看看。

---

① 票房——老北京业余戏曲爱好者排练的地方。业余戏曲爱好者叫票友，“票房”一词由此而来。

我点头答应了。但我从老爷子的眼神里看出，他不是因为这个特意来找我的。

“您还有想说的话没说吧？”我笑着问道。

“可不是吗！你瞧我这脑子，差点儿把正事给忘了。”他拍了一下脑门，咽了一口气说，“你还记得原先住一条胡同的老罗吧？”

“您说的是罗呗儿他爸吗？”

“对，就是他。你知道吧，老罗在京剧院是打小锣的。他比我大七八岁，他们家后来搬到安慧桥那边了。退休以后，他闲的没什么事儿。我看他在家待得心烦，就想请他到我们票房，跟我们一起玩。可人家是专业的，我们是一帮老家伙玩票。你知道老罗的派头儿，他哪看得上我们？后来，票房里有个专业唱老旦的认识他，知道他的脾气秉性，说让他到票房打小锣，人家当然不愿意。他出了个主意，老罗肚子里有玩意儿，会的戏多，干脆请他做艺术顾问，让一个离休的副部级老领导，给他亲自发聘书。没想到这招儿真灵。老罗以前在报纸上，看到过这位老副部长的名字，现在这位副部级老领导，亲自屈尊给他下聘书请他，这是多大的面儿，他能不接着吗？”

“这么说，老罗现在又跟您走到了一块儿。”我看他说话有些絮叨，赶紧把他的话截住了。

“是呀，我心说，都是住了多少年的老街坊了，现在老了老了，又凑到了一块儿，每天过过戏瘾，乐和乐和，多美的事儿呀！唉，没想到他这个顾问当了才一年多，就只有顾，没法问了。”老汤嘬了个牙花子说道。

“怎么？出什么事了？”

“病了。肺癌。”老汤皱了皱眉说，“真没想到这老爷子会得这病。”

“是吗？”我惊诧得几乎叫起来。

脱相

我突然想起来，罗呗儿好长时间没找我了，八成是因为他爸爸得病的原因。“有多长时间了？”我随口问道。

“小两年了。发现时已经扩散了。大夫告诉，多说还有一年的寿数。老爷子身体还算结实，你忘了他当年老下馆子，没亏过嘴，底子打得好，所以扛到了现在。但最近病情不妙，估计也就这几天的事。”

“啊，这么快？”我诧异地问道。

“要不我着急呢？两个月前，我去医院看他，他就嘱咐我，他临‘走’之前，一定要见你一面。好像他有什么话要跟你交代。我就一直玩命地找你。”

“他住哪个医院了？”我问道。

老汤把医院的地址告我，然后又叮嘱我说：“都是多年的老街坊了。他这辈子也不容易。你再忙，也要去一趟医院。”

我点了点头说：“放心吧您。我一定去！”

“你可得抓紧点时间。再耗两天，我怕你就见不着他了。”老汤的眼圈儿有些湿润。看得出来，他是一个多愁善感的老人。

都是多年的老街坊，老汤已然把话说到这份儿上了，我哪还敢耽误时间？第二天上午，我便跟单位的头儿告了会儿假，奔了医院。在住院处，我见到老罗时，眼泪差点没掉下来。

老罗，罗元鹤，那是多要样儿多拿派的人呀！现在让病魔给“拿”得几乎脱了相，因为多次化疗，他的头发已经快掉干净了，眼也抠了，腮也塌了，脸也瘪了。瘦，瘦得已经看不出他是老罗了。身上的皮肉松弛得像卷烤鸭的薄饼，包裹着骨头和裸露的青筋，这可是真正的瘦骨嶙峋。因为有二十多年没见过老罗了，脑子里还是他当年“车鬼子”的形象，所以这种强烈的反差，让人挺受刺激。

因为是特护病人，病房里只有老罗这一张床。罗呗儿的爱人钟学秀和他二姐志敏，在病床前照看着老罗。见我进来，她俩站起来跟我打招呼。都是老街坊，彼此都认识。

老罗的身上插着四支输液的管子，床头挂着五六个吊瓶，床的另一头放着心脏监视仪，荧光屏上显示着他的心率非常缓慢。他平躺在床上，脸色苍白，两眼微阖，呼吸急促。志敏俯身在他耳边，告诉他，我来看他了。他听了这句话，像是触了电一样，身体抖动了一下，眼睛微微睁开一道缝，头朝向我，嘴角咧了咧，从喉咙里发出极其微弱的声响，像是要说话，但出不来音儿。

我冲他点了点头，算是打了招呼。

“他好像一直在等着你。”志敏叹了一口气，对我说道。

“已经不能说话了吗？”我轻声问道。也许是小时候老罗留给我的印象太深，现在看到他被病魔给折磨成这样，我挺伤感，眼泪不由自主地夺眶而出。

“嗯，昨天，大夫已经让我们给他准备后事了。”志敏说。

钟学秀冲志敏使了一个眼色，然后把我叫出病房，在走廊里，向我介绍了老罗的病情。她说话的语气有些沉重：“估计也就这一两天的事儿。”

“志成呢？这个时候他应该在老爷子身边呀！”我在她面前不好意思叫罗呗儿的小名。

“他说单位里的事太忙，请不下假来。唉，家里的事儿指不上他。”钟学秀皱着眉头说。她告诉我，老爷子住院后，她跟罗呗儿的一个哥和两个姐姐，一直倒换着在医院照看，罗呗儿没来过几回。

“这家伙，真不像话。”我当着小钟的面，数落了罗呗儿几句，又转过话口儿说，“又要带孩子，又要照看老公公。秀儿，你可真不容易。”

罗密欧

钟学秀的小名叫秀儿。他爸爸老钟跟罗呗儿的爸爸老罗，是一个京剧团的。老钟是非常有意思的人，他原来是解放军“四野”的，参加过“辽沈”“平津”“淮海”三大战役，负过伤，立过功。后来从部队转业到剧团，当办公室主任。但他酷爱玩乐器，觉得坐办公室没意思，主动把主任给辞了，到乐队拉二胡，后来乐队的司鼓病逝，他把这差事接了过来。在京剧的场面上，司鼓就像乐队的指挥，当然管着小罗。所以，老罗见了老钟，总是点头哈腰的。

秀儿比罗呗儿小五岁，是一家三星级饭店的会计。名字叫秀儿，模样可并不怎么秀气，身板儿也单薄。当然，女人结了婚，一天到晚管孩子忙家务，模样儿秀不秀的也就无所谓了。秀儿跟罗呗儿是在有一年夏天，剧团组织家属去北戴河疗养的时候认识的。

罗呗儿那会儿还是小伙子，长得挺帅，加上那两片能说会道的嘴皮子，挺讨女孩子们喜欢，秀儿对他也有好感。有一天晚上，一帮年轻人吃了晚饭，相约一起游泳。回来后，秀儿觉得有些饿，罗呗儿假充大方，说要请秀儿到海边大排档吃海鲜，秀儿挺高兴。俩人吃了海鲜，结账的时候，罗呗儿耍了个花活儿，一摸口袋说自己忘带钱包了，其实他压根儿就不想掏这个钱。秀儿比他大方，也比较单纯，以为罗呗儿真忘了呢，便主动把账给结了。罗呗儿也觉得带女孩出来吃饭，临完让女孩掏钱没面子。赶紧拿话找补："欠你一次，回北京一定补上。"

也许是因为就着海鲜，喝了几瓶啤酒，俩人从海边回来，没有一点儿睡意，于是，就坐在疗养院里的葡萄架下聊起天来。罗呗儿能侃，打开话匣子就关不上了，俩人一直聊到了后半夜。虽说俩人都已到了多情和怀春的年龄，但秀儿当时还在绒鸟厂做绒鸟，她的相貌平平，人瘦，胸也平平，不但没有性感，也缺少点儿淑女的气质和韵味。罗呗儿那会儿已经进了工商所，穿上了官衣，心气正高，以他的眼光，当然看不上秀儿。所以，那天晚上，他跟秀儿，纯属有一搭没一搭地闲聊淡扯。

但秀儿却当了真，以为罗呗儿看上了她，聊得非常认真。用她的话说叫倾吐衷肠。也许那天夜里，罗呗儿把秀儿给侃晕了，让秀儿生出点儿浪漫的情调，她想起了莎士比亚的《罗密欧与朱丽叶》。罗呗儿和罗密欧，倒都"姓"罗。音儿，都是那带响儿的铜器：锣。

俩人谁都没想到，第二天，他俩夜里喝酒聊天的事儿，在这些来北戴河的家属中成了绯闻。也许是来疗养的人实在闲极无聊，有影没影儿都想弄出点故事来。传来传去，罗呗儿和秀儿那天夜里上了床。人们再见了罗呗儿，甚至跟他开玩笑，问他什么时候请大伙儿吃喜糖。您说这不是“乔太守乱点鸳鸯谱”吗？

罗呗儿也觉得自己比窦娥还冤，那天夜里，除了身上让蚊子咬了十几个包，他没动秀儿一个手指头。当然，如果秀儿长得貌若天仙，他也认头，关键是秀儿在他眼里，属于那种够十五个人看半个月的困难户。“您说这不是倒霉催的吗？”罗呗儿对这帮人骂娘的心都有。

按说这种打哈哈儿的事儿，属于伏天的雨，就一阵。这阵热闹劲儿过去，也就烟消云散，没人再提了。偏偏秀儿是一根筋。她认准了罗呗儿是罗密欧，她是朱丽叶。如果“罗密欧”对她没意，在北戴河能聊到深夜？这就叫缘分。

这位“朱丽叶”还真不白给，她似乎把着“罗密欧”的脉，见第三面，就给“罗密欧”买了一条羊绒围巾。“罗密欧”一看围巾还是名牌，以为占了多大的便宜，殊不知围巾把脖子都围上了，人还跑得了呀？果不其然，交往了几个月后，“朱丽叶”便真跟“罗密欧”上了床。刺刀一见“红”，罗呗儿想不当罗密欧也难了。

秀婚①

罗呗儿是那种爱耍小聪明的人，北京人管他这种人叫“爱抖机灵”。他以为秀儿再怎么追他，也是剃头挑子一头热。只要他不点头，秀儿永远也成不了朱丽叶。但他偏偏忘了，平时抖机灵没抖好，砸了脚面，撑死了栽个面儿也就是了。这回他是猴骑骆驼，玩大的，在婚姻大事上抖机灵，那可不单单是面子上的事了。

之前，他也交过不少女朋友，也有跟人上过床的记录。他以为秀儿也跟那些女孩一样，说甩就甩呢。谁知秀儿可不是省油的灯，

① 秀婚——秀，有作秀的意思。以作秀的手段骗取到的婚姻，叫秀婚。

她还属于气迷心，觉得既然上了床，就是一加一等于一，成一家人了，覆水难收，木已成舟，想拿她当鼻涕甩喽？门儿也没有！罗呗儿当然不会轻易缴械投降。谁知“朱丽叶”还有撒手锏，裉节上，把他爸给搬了出来。

巧劲儿，老钟在剧团刚被提升为副团长，正是春风得意之时。知道女儿恋上了老罗的儿子，他还觉得罗家门槛低，有点儿不情愿。但老婆告诉他秀儿已然以身相许，他也只好将就了。哪知没过多长时间，秀儿抹着眼泪告诉他，罗呗儿要打退堂鼓。他当时气得把手里的茶杯摔了，连夜就去找老罗。老罗多会来事儿，他知道老钟已经不是新官上任三把火，哪敢得罪这位爷？他怕老钟的一把火烧到他头上。

“孩子们的事还用您操心？秀儿能看上罗呗儿，是罗家的造化。老哥哥，我们可是高攀了。您放一百个心，只要秀儿愿意，结婚的事儿冲我说了。”老罗当时就在副团长面前拍了胸脯。

罗呗儿再不想娶秀儿，架不住十面埋伏，三面出击。老罗一念紧箍咒，他的心神已乱，最后秀儿又一亮底牌，仿照《骆驼祥子》里虎妞的做派，一指肚子：这儿可有动静了。这一招儿，把罗呗儿置于了死地，他只好束手就擒。

俩人结婚后，罗呗儿问秀儿：“你真有了？”秀儿跟他装傻充愣：“什么有了？”罗呗儿说：“咱俩的孩子呀！”秀儿嗔怪道：“你装什么呀？咱俩每次干那事儿，都带着套儿。能有什么呀？”罗呗儿急了：“没有，裉节儿上，你指什么肚子呀？”秀儿笑道：“指肚子，就是有孩子呀？我是肚子咕噜响，要放屁。”“嘿，您这包袱抖的！”罗呗儿差点儿没气个倒仰。

其实，秀儿除了眉眼长得不大秀气外，没有什么让罗呗儿可挑眼的。她最可人疼的地方是心善，干什么事儿都通情达理，善解人意。拿她照料得了癌症的老罗来说吧，她这个当儿媳妇的，比老罗的亲生儿女还尽心。几年前，罗呗儿的母亲得脑血栓，在床上躺了三四年，一直是秀儿一把屎一把尿地床前伺候，直到老太太咽气。

现在老罗住了两个多月医院了，她几乎没睡过囫囵觉，没黑天没白日地在病床前照料，让罗呗儿两个姐姐都感到过意不去了。

吊儿郎当的罗呗儿，找这么个贤妻良母型的媳妇，还一天到晚地瞅着她不顺眼，这也不是那也不是的。想想，这小子真是身在福中不知福。

临终

在医院，看到秀儿一脸憔悴的样儿，忍不住让人心疼。

“几天没睡了？瞧你困得嘀了当啷的。”我在病房的楼道里问她。

“唉，秀儿，可真难为你了。我得替罗呗儿对你多说几句谢谢。”我说这话，是替罗呗儿感到难为情。

“唉，这不是应该的吗。”秀儿冲我淡然一笑道。顿了一下，她凑近我，轻声说：“我感觉老爷子好像对你有什么话要说。你能不能多来看他几回？他的日子不多了，真的。”

这之后，罗呗儿的大姐和二姐也央告我多来看看老罗。说来也怪了，老罗一见我来，像打了吗啡，一下儿还了阳，有点儿回光返照的意思。我前后四天，看过他三次，也许是他把留在这个世界该说的话都说了，我第五天看他时，他已经咽了气。那天正赶上“汤泡饭”也来看他。这老哥儿俩见面就逗闷子，打了一辈子哈哈儿，一个是真有点糊涂，一个是揣着明白装糊涂。到这会儿，还不忘幽一默呢。

老汤趴在老罗的身上，准确说，这会儿已经是遗体了，似哭似笑地说：“兄弟，你到那边先等着我去。这边，咱的票房还离不开我，我还得汤泡饭呢。”顿了一下，他嘿然一笑：“想起来了，我这外号，还是你老小子起的呢。得了，你走了，我得有个念想，从今儿起，我把这个外号捡起来，接着汤泡饭了。”

旁边的人听了真有点儿忍俊不禁。我当时真希望老罗能睁开眼，跟老汤逗句闷子，再来两个响屁。唉，他已经早就吃不了萝卜了。

我感觉老罗直到死，脑子都不糊涂。每次我去看他，身边都有他的亲人。第三次看他时，他撇了撇嘴，示意让她们都出去，要跟我二两棉花，单谈（弹）。

他说话的声音极其微弱，比蚊子声还小，我快跟他脸贴脸了，才听明白是怎么回事，原来他有一个叫王北岳的老朋友，是玩古琴的大家，手里有十多个自己整理的古琴曲谱，老人年纪大了，身子骨儿也不好，再不把他手里的这些玩意儿进行搜集整理，一旦他死了，这些曲谱就会跟他一起进棺材。因为他知道我是作家，所以曾经跟这位老先生许过愿，说我会来采访，写他。但他在生病之前，一直没找到我。眼看自己的大限快到了，再不跟我说这档子事，恐怕就会成为永远的遗憾。

阎王爷好像怜恤他这份情，不见到我，不让他咽气。他颤颤巍巍，费了很大的劲儿，从枕头底下，取出一张纸条，交给了我，那上面有王北岳家的地址和电话。

我对着他的耳朵说："您放心吧。过几天，我就跟这位王先生联系。"

他的嘴角微微一动，想笑已然笑不出来了，但我分明看到他的脸上，漾出几分欣慰的神色。他拉着我的手，示意他还有话要跟我说，让我还来看他。

转过天，我又来到病房，他还像头天一样，让看护他的人都出去，当他看到病房里只留下我一个人时，他让我坐在他跟前。

沉了半天，他又颤颤巍巍，费了好大的劲儿，从床底下，摸出一个早已退了本色的信封，交给我，然后微微张开嘴，从喉咙深处发出一长串沙哑的声音，到底说的是什么，我一句也没听明白。

"您再说大点儿声！"我贴着他的耳朵说。

他让我把耳朵对着他的嘴，努了半天劲，我隐隐约约听见他说："白，白，白……白……我喜欢她，爱，爱她……一辈子……真的爱她……"这番话说完，他好像如释重负，两眼直勾勾地凝视着天花板，好像时光倒流，他又返老还童，回到了久远的青年时代。阳光透过窗户直射在天花板上，那上面是白晃晃的光晕，在光影里，他爱的人恍若在对着他微笑。他刚才的那些话，仿佛不是对我说，而是对着那个他深爱的人说的。

他默然无语，沉了大概有五六分钟，两行热泪从他的眼眶涌出，泪水顺着面颊一直流下去，洇湿了枕头。

这可真是刻骨铭心，死去活来的爱呀！

他爱的是谁呢？显然不是罗呗儿他妈，他妈已经死了好几年。再者说，他爱自己的老伴儿，也没必要叫我过来。那这个女人是谁呢？当着老爷子的面儿，我没好意思把他给我的信封打开。

老照片

从医院回到家，我才打开信封。我从信封里找出一张照片，这张照片起码有五十年了，相纸已经发黄，大约有四寸吧，是照相馆照的那种人头像。照片上的女人有二十岁左右，长得非常漂亮，像是哪个电影明星，我突然觉得照片上的人面熟，好像在哪部电影里看过她演的什么角色。

难道老罗爱上她了？她是哪个电影明星呢？这个谜团困扰了我好长时间。

罗爷真好像是等着我说事儿。在把那个信封给我的第二天夜里，老爷子便驾鹤西行了。

"他一定是找那个电影明星去了吧？"我听到丧信后，忍不住心里说。

大约过了有一个月，一天，我在白姥姥家，碰到了宋琬。她刚写了一篇描写胡同的散文，让我给她润润色。我在挎包里找笔的时候，把老罗给我的那张老照片翻了出来，掉在了地上，让宋琬看见了。她从地上捡起来，看了一眼，笑着问我："你从哪找的这张照片？"

我答非所问地反问道："我还想问你呢？你知道她是哪个电影明星吗？"

"电影明星？"她情不自禁地"咯咯咯"笑起来，"你可真逗。她，你还不认识吗？"

她这一笑，倒把我笑毛了，我怔了一下，问道："我真不认识。谁呀她是？"

"你是什么眼神呀？"宋琬回头向窗外看了看，当时，白姥姥不在屋，到邻居家教念初中的小孩学英语呢。

“我看有点儿像王丹凤，还有点像秦怡，但肯定不是她俩。”

“你再看看她是谁？”

“真看不出来。你就说吧，别卖关子了。”我装作起急的样子说。

“你呀！亏了人家有好吃的总想着你呢？你再仔细看看，这不是白姥姥吗？”

这句话让我大吃一惊，我拿过那张老照片看了看，确实有白姥姥的影子。“还真是她！太让我意外了！”我诧异地看着宋琬说。

“这是她年轻时照的。你没见过白姥姥年轻时的照片，可漂亮了！真像是电影明星。”宋琬笑道。

也许因为这张照片是罗爷给我的，所以我压根儿就没往白姥姥这儿想。当然，再给我几个脑子，我当时也不会把罗爷跟白姥姥联系在一起。但眼前的事实，让我不得不往这上头想。我蓦然想起罗爷，在到另一个世界报到之前，对我吐露的心声。我记得真真儿的，他含含糊糊地说到了这个“白”字。难道他一直深爱着白姥姥，是白姥姥的老情人？

哎呀！我突然想起罗爷的那辆“白金人儿”自行车，忍不住叫出了声：“真是痴情人呀！”

“谁呀？”宋琬见我一惊一乍的，惑然不解地问道，“你说谁是痴情人？”

“哦，我是说，现在很难找这种人了。”我跟她打了个马虎眼，说道，“问你一件事。你跟白姥姥这么熟，知道不知道她认识一个姓罗的老头？”

“姓罗的老头儿？没听她念叨过呀？怎么，你又采访到什么奇闻异事了？”宋琬问道。

“你不知道就算了，我是随便问问。”我突然觉得这事问得忒小儿科了。即便白姥姥知道罗爷对她痴情，又能怎么样？那会儿迷恋她的人太多了。话又说回来，这都是陈年往事了，白姥姥怎么会把自己的这些隐私告诉宋琬呢？

第七章

北岳先生

老罗死了有一个多月以后，我在西四北大街一条老胡同的大杂院，采访了王北岳先生。这可真称得上是杂院，各家各户接出来的房子，已经把院子挤得密不透风，连推自行车的路都没有了，对面过来一个人，您得侧半个身子，人家才能过去。院子里的几棵老槐树，也给围进了接出来的小房里。

王北岳就住在这样的一间北房里，这是北房的一间小耳房，面积有八九平方米。原本推门是北房与东房之间的一个小天井，大约有十多平方米，天井里有一棵老槐树，从粗细程度上看，这棵树少说有五十年了。现在这个天井已经成了北岳先生的卧室兼书房，那棵老槐树成了他书房的一景儿。

由于把天井给接出来了，北岳先生住的居所加起来有二十多平方米。屋里到处堆的都是杂物，这些东西，有值钱的有不值钱的，满眼皆是，凌乱不堪，除了一个方桌前有把老式的圈椅能坐人，小屋简直没有立足之地。屋里最显眼的是那棵树干上挂着的一把古琴，此外墙上还挂着两把。

北岳先生瘦高个儿，长得很精干，浓眉大眼，颇有神意，但脸上棱角分明，胡子拉碴，皱纹纵横，如刀雕斧凿，一看便知他阅历不凡，饱经风霜。从相貌上看，他有七十开外，但是看他的举止还透着利落，言谈也颇有底气，像是六十挂零儿。虽然已经入秋，但他还穿着一件宽大的圆领背心，桌子上还扔着一把扇子，好像他舍不得跟夏天挥手告别似的。

他从墙角的杂物堆里找出一把杌子[①]，让我坐下。然后在桌子上找了个茶杯，拿起暖瓶倒了点水，涮了涮，把水倒在地上，在一个

① 杌子——不带靠背，类似单人坐的板凳。

生了锈的铁筒里，捏了一小撮茶叶，给我沏上，端到我跟前。

“您是作家，难得屈尊到寒舍一坐。”他说话不紧不慢，言谈举止中透着斯文。

“您别客气。老罗对您的事，一直牵肠挂肚。”我跟他提起了罗爷。

他喟然长叹道：“唉，他是个热心肠的人。可惜呀！比我还小一岁呢，说走就走了。”

“我跟怹是多年的老街坊。可以说，我是怹看着长大的。”我跟他聊起了当年在胡同里生活的往事。

“怹？难得你也知道这个称谓。”他重新打量了我一眼。“怹”是老北京人对第三人称比较敬重的称谓，如同“你”和“您”，一般是晚辈对长辈的尊称。但近些年，改口了。所以很多年轻人，并不知道有“怹”这个词儿。

“嗐，胡同里长大的孩子嘛，从小就听老人们这么称呼。”我笑了笑说。

他一边抽着烟，一边看着我：“这么说，你对罗元鹤还是知根知底的是吧？”他不苟言笑地问道。

“知根知底还谈不上。我跟怹毕竟是隔代人。您跟怹是怎么认识的？”我问道。

“嗯，说来话长啦。那时，我们都还年轻，在一起玩车。哦，那当儿，北京人都管我们叫‘车鬼子’。”他若有所思地说。

“你们玩的是自行车吗？”我问道。

“嗯，是自行车。那当儿，也叫‘单车’和‘脚踏车’。一晃儿，我跟罗元鹤有几十年不见了。我这个人平时很少出门。唉，鬼使神差的事。那天，我到邮局取汇款，刚出胡同，元鹤迎面骑着一辆自行车过来。也许是年轻时玩车的缘故，我对自行车特别敏感，用北京话说叫‘眼毒’。我一眼就看到他骑的是老‘凤头’，在我的印象里，这种1940年款的车，全北京也就是七八辆，这是当年。过了这么多年，能传下来，品相还说得过去的，我估摸着也就两三辆了。”

“怹骑着车，您都能认出是什么牌子的？”

“当然，因为年轻时玩车太痴迷了。出于本能，我喊住了骑车人，说老实话，我没别的想法，就想过过眼瘾。他像是遇到知音，一骗腿儿，从自行车上跳下来，把车支在路边。他穿着一件宽袖长摆的风衣，脚穿黑皮鞋，大背头油光锃亮，戴着一副墨镜。一见他这身打扮，还有下车支车的动作，我愣了。要知道这种范儿，只有当年我们玩车的人才有。我打量了他一眼，觉得眼熟，这时他摘了墨镜，叫了我一声。我也认出他来：罗元鹤！我没想到他还玩车。唉，真是老‘车鬼子’了。”

“您后来不玩了？”我问道。

“嗯，没这条件了。”他沉吟道，“就这样，我跟他算是接上了头。他告诉我，他早就从剧团退休了，那会儿待得闷得慌，在一个票房给一帮老戏迷说说戏。有一年的大年三十，他看我一个人孤单，拎着不少年货，到我的这个小屋，跟我一起过年，我们俩喝了一宿，也聊了一宿，在这小屋过的除夕。最后，我用那把古琴，给他弹了一曲《广陵散》，他听了止不住老泪纵横，我也掉了泪。他说从没听过这么好的古琴。这一点，我不能谦虚。南方，我不敢说，北京，我敢说这话，古琴能到弹到我这水平的没几个。末了儿，他对我说，我的这些玩意儿如果没人整理，将来跟我一起进了火葬场，实在太可惜了。他说要找个记者帮我整理。我以为他是随口那么一说呢，没想到他会一诺千金！”

“是呀！您为了找我费了不少劲。”

“我没想到他‘走’得这么快，还是急茬儿。我都没来得及送送他。”说到这儿，他的眼睛湿润了。

“您跟您这么熟，没听到您有什么绯闻吗？”我用调侃的口吻，打了个哈哈说。

“绯闻？”他好像对这个话题特别敏感，凝视着我，沉了半天，才说道，“恕我这些年孤陋寡闻。不过，我压根儿不知道罗元鹤还有什么绯闻。不知道，真不知道！”

看得出来，他为人处世谨慎小心，不是那种爱打听闲事招惹是非的人。想从北岳先生这儿，知道罗爷跟白姥姥的关系，有点儿难。

古琴

第一次跟王北岳老人见面，我们聊得还算投机。但是我发觉，他跟一般老人有所不同，在聊天中，他很少谈他的家庭和个人的经历。也许是一种职业病，我这人跟人聊天，还特别喜欢刨人家的“祖坟”。不但他本人的历史我爱刨根问底，甚至于祖宗三代的事儿，我都想知道。我觉得这对我的写作是素材的积累。

但是在北岳先生这儿，我却碰了钉子，老先生一说到他们家或自己从前那些事，不是绕着走，就是闪烁其词，跟我打个哈哈，不提这一段了，弄得我一头雾水。但话里话外，我还是大概其地知道，他们家在旗，老祖在宫里当过差，当年也是有头有脸儿的人物。北京的地面儿上，真是藏龙卧虎。看上去不显山不露水，穿布鞋的主儿，他跟您一亮家谱，不是沾着皇亲，就是沾着皇气儿。

北岳先生家兄妹五个，他上边有俩哥一姐，下边有一妹。兄妹五个，他算是最有出息的，他是老清华大学的高才生，而且国学的底子非常厚实，诗书琴画无所不通。但他赶上了“阶级斗争”的年代，在兄妹中最有出息，也是最倒霉的一个。其实，他的大姐和小妹也是大学生，但不像他受到的磨难那么多。

也许是他从二十多岁就开始走“背”字，一直到老才翻过身来，所以他一辈子没结过婚，到我见到他时，他依然是王老五。这是我根据他在聊天中说的事，猜测到的未婚原因。究竟是不是这么回事儿？我不便深问。

我发觉北岳先生除了谈古琴的时候眼里有神，甚至可以说兴趣盎然，谈其他问题，都有些索然无味，有一搭没一搭的劲头儿，尤其是说到他的个人生活时，他是三缄其口。难道有什么难以启齿的事儿吗？我心里不由得犯起嘀咕来。

有一次，他似乎看出了我的疑惑，笑着对我说：“你这个当记者的，可能更喜欢写人对吧？”

“您说得没错儿，写事儿，怎么能离开写人呢？”我随口说道。

他沉默了片刻，若有所思地对我说：“是呀，写事儿就要写人。唉，每个人都是一本书，谁的经历都有春秋。但人跟人不一样，有的人到了我这岁数，不愿意回过头去看自己走过的路，既然已经蹚过了河，翻过了山，在泥里滚过了，在沟里摔打过了，还提那些事干什么？往事如烟，空谷回声。寸心不昧，万法皆明。我现在无欲无求，我的世界已经没有春夏秋冬了。请你多多包涵。”

“我能理解您的心态。”我淡然一笑说。

他顿了一下说：“学佛的人说，什么时候你能放下，什么时候你就没有烦恼了。难道不是吗？你看我活到这把年纪，真是家徒四壁，一贫如洗。但我的财富不是因为我拥有多少，而是我本来就要求得很少。”

“所以您也是富翁，精神上的富翁。”我笑道，“您真是活明白了。”

“到我这岁数，还活不明白，那不就是白痴了吗？”他咳嗽了一下说。

“这世上，还是没活明白的人多。”我随口说道。

他看了我一眼，朗然地对我笑道：“不聊这些了，我们还是多聊聊古琴吧。”

谈古琴？是呀！罗爷让我干吗来的呀？可说心里话，我对古琴一点儿都不感兴趣。但我怎么着也别辜负了罗爷临终的一片苦心呀！

北岳先生似乎看出了我的心气儿，在我第三次采访他的时候，他意味深长地对我说：“古琴属于阳春白雪，不只是现代，在古代懂琴的人也不多。你知道俞伯牙摔琴谢知音的故事吧？在那个年代，会弹古琴的人找到一个知音都很难，更不要说现在了。”

我迟疑了一下，对他说：“北京的地面儿，藏龙卧虎。虽然我不懂古琴，但我可以找懂古琴的。王先生，我想您会找到知音的。”

他的嘴角咧了咧，露出一丝苦涩的微笑，看了我一眼，沉吟道：“你误解我的意思了。其实，你还不懂我的心思。我并不想找什么知音，你懂不懂古琴也并不重要。老罗明白我的初衷。你是记者，找你来，主要是想让你知道，这世界上还活着一个懂古琴的人，而且会弹许多古曲。这个人已经奔八十了。有朝一日他故去了，他弹的曲子如果能留下来，这就够了。”

“您是说，让我帮您整理古曲？”我笑了笑问道。

“我哪敢劳动您呢？不，我只想跟您认识一下，交个朋友。至于说古曲的事儿，我们慢慢来，我想我还不至于像老罗那样，说走就走了。我们还有时间。”他顿了一下，叹了一口气说：“唉，日子过得真快！我有时都感到不可思议，怎么活着活着，就这岁数了？人生苦短呀！所以我们要趁还活着，干点事儿。”

“您说干事儿，指的是？”

“我现在每天都在整理我会弹的古曲，一方面，我要录音，另一方面，我要把曲谱记录下来。唉，在外人看来，这是很枯燥的事，但别人又干不了，只能我自己动手了。”他苦笑了一下说道。

“用不用我帮您找一个助手？”

“不必了。哦，有件事我忘跟你说了，我已经老了，上岁数的人喜欢安静，不想让人打搅。所以我的事情，请求你一定替我保密。换句话说，你一个人知道就行了，不要告诉别人。你来，我随时欢迎，其他人，对不起，恕不接待。”

“您这不是等于把自己封闭起来了吗？”我淡然一笑道。

“呃，我喜欢独处。请你谅解。”他不动声色地说。

“我明白了。一切，以您满意为好。您放心，我不会把您的事儿外传的。”我觉得要不把这话撂下，恐怕老爷子晚上睡觉都不踏实，别的都是瞎掰，先给他吃个“定心丸”吧。

憋宝

去北岳老爷子家的第二天，我接到罗呗儿电话，约我晚上吃饭。

在做东请朋友吃饭上，罗呗儿永远透着那么大方，绝对不属于那种“抽烟不带火，买单上厕所，打的坐后排，婚礼永远躲”的小气人。这么多年，几乎每次跟他见面，他都张罗做东请客，几乎没让我掏过钱。即便我事先跟他说好要买单，他也会借上厕所的机会，抢先一步，把账给结了。

在他看来，请客，是自己活得体面的最好注解和证明。每次结完账，他都会突然觉得自己比别人高出一头去。回到餐桌，他都会用一种得意的眼神，跟每个人对视一下，那眼神好像在说：怎么样兄弟，我比你们活得滋润，活得体面吧？他是死要面子活受罪那种人。为了维面儿，他甚至会跟人借钱请朋友吃饭。

当然，一般情况下，他请客十有八九是求你办点什么事儿。正所谓：礼下于人，必有所求。这次他又在“一般情况下”张嘴请客，肯定有什么说词。但我似乎能把住他的脉，保不齐又是为了白姥姥的那个猫碗来找我的。我跟他最近一次见面，还是在他爸爸的遗体告别仪式上，那些天，他正服丧，跟丧事无关的事，不便多谈。

果不其然，一见面，他就直截了当地问起猫碗的茬儿：“兄弟，我让你找的那个小碗呢？”

“嚄，你倒是直奔主题呀！”我笑着说，“你以为白姥姥是那么通融的人，我一张嘴，她就大大方方地把碗给我吗？别看她拿着那碗喂猫，就觉得它不值钱，实际上，那碗是人家的传家宝呢。”

“嘿，你的谍报工作搞得不错呀。人家的传家宝，你都探听出来了。”他跟我逗了句闷子。

“照你这么说，我成你派去卧底的了。你来点儿正经的行不？”

“为什么让你接触这老太太呢？主要是想让你见识一下她。怎么样？我说得没错吧？这老太太，不是简单人物。想从她手里得到这个猫碗，不来点儿猫腻，没戏。”他诡秘地一笑道，“听说过这个段子吗？”

“什么段子？”

“在一个村里的老太太，在村口摆了一个茶摊儿，还养了一只猫，过往的行人，常到老太太的茶摊儿喝茶。有一天，一个专门跑农村收活儿的古董商，在茶摊喝茶，突然发现老太太喂猫的碗是件古董，拿起一看，果然是件雍正粉彩，而且品相不错。他装模作样地跟老太太盘起道来，绕了几个圈，最后给老太太五十块钱，要收这个碗。老太太告诉他：这碗不能卖，她还要拿这碗招人呢。古玩商以为她说的是招人到这儿喝茶呢，便拿出一个漂亮的小碗，跟她换。没想到老太太说，在你之前，已经有一百多人要买这个碗了。古玩商一听傻了，敢情老太太拿这碗‘钓鱼’呢。”罗呗儿说到这儿，径自笑了起来。

我没觉得有什么可笑的，问道：“后来呢？”

“后来？这还用问吗？古玩商就走了呗。”

“你说这个段子是什么意思？是不是你不想要白姥姥的那个碗了？”

“恰恰相反。我讲这个段子，只不过是想告诉你，世界上的老太太不好惹。在白姥姥那儿，你得打持久战。”

“嘿，你还鹞鹰啄人，咬上就不撒嘴了。”我烧搭[1]了他一句。

“不过，你可得快着点儿，这碗可不是我要，是我们所长的老丈杆子要。回头你弄不来这个碗，他可要砸我吃饭的‘碗’。”

“瞧你这吊儿郎当的劲儿，你的饭碗早就该砸了。”我突然想起在医院病床前，侍候他爸爸的秀儿，瞪了他一眼，说道：“你们老爷子的事儿，我还没跟你算账呢？他住了两个多月的院，你去侍候过他几天呀？”

“我不是忙吗？官身不由己呀！”他嘬了个牙花子说。

“少废话吧。你至于这么忙吗？那可是你亲爹！你呀，念秀儿的好儿吧！要不是她，你们老爷子活不了那么长时间。”

“得得，都是我的罪过行了吧？在你们眼里，秀儿永远是贤妻良母，我呢，永远都是陈世美。我他妈冤不冤呀！”他睖睖着眼说道。

“你还以为你是模范丈夫呢？”我没好气地说。

“行了吧你！现如今都什么时代了？还当模范丈夫，我他妈傻不傻呀？”他撇着嘴说。那嘴撇得，真有点儿像煮破的饺子。

“这辈子你也成不了模范丈夫。咱不聊这个了。我问你一件

---

① 烧搭——老北京土话。用言语刺激对方，冷嘲热讽的意思。

事，你们家老爷子留下的那辆‘凤头’自行车，到谁手里了？”为什么问他这事？我突然想起来，前几天，北城有个叫张杉的老“车鬼子”，求我牵线搭桥，要买这辆车。

京城玩车（老牌自行车）的“车鬼子”，连老带少拢共三四百号，谁手里有什么车，相互之间都通着气儿。罗爷死后，“车鬼子”们知道他的后人没有玩车的，也不懂怎么玩，所以都憋着捡“漏儿”，惦记买这辆“凤头”的有十多个人。

“早让我姐和姐夫他们给抢先一步推走了。我这人，你还不知道，不爱跟他们争这些。家产？你说我们老爷子能留下什么家产？他是手里有钱不过夜的主儿。这些年，那点儿退休金月月光，他倒好，光屁股来，在这世上溜达一圈儿，又光屁股走了。所以我说，谁有本事，自己到社会上去扑腾，别指望沾家里什么光！”他说得振振有词，我觉得每句话里都有水分。以他的做人做事风格，他姐把那辆“凤头”推走，他会心甘情愿？怎么可能呢？

我将信将疑地对他说：“别的我不知道，老爷子留下的东西里，我看还就那辆自行车是个玩意儿。”

“物有新主，谁也别惦记它了。”他咧了咧嘴说。

这顿饭吃得索然无味。罗呗儿净跟我这儿“转影壁”，让我捉摸不透他找我的真实目的。跟这小子打交道忒累，我心里骂道。

马虎眼

当然，吃到最后，还是他买的单。结账的时候，服务员告诉他，打了九折。他跟人瞪起眼来：“骂人呢？爷吃饭什么时候打过折？”弄得那个小伙子有点儿不知所措了。估计他从来没碰上过这么摆谱的人，也没遇到过给人打折，反倒挨骂的事。但我心里明晰，他这句话是有意说给我听呢。

走出酒楼的时候，我突然想起罗爷给我的那张白姥姥的照片。我问罗呗儿：“跟我说句实话，你们家老爷子认识不认识白姥姥？”

罗呗儿愣了片刻，挤咕了一下小眼儿，问道：“你问这个干吗？”

“干吗你先别管。我就问你，他们认识不认识？”我不容他跟我再玩弯弯绕，一竿子捅到底。

他想了想说道：“认识。那是早年间的事了。你知道我爷爷是拉二胡的，当年给好几个名角当过琴师。白姥姥的爷爷和父亲都是京剧票友，那会儿，他们家有钱，经常办堂会。我爷爷常到他们家，给那爷儿俩伴奏，当时我爷爷跟他们家走得挺近，我爸又是打小锣的，他跟白姥姥就是那会儿认识的。”

“哦，这么回事儿。难道他们只是认识吗？”我笑了笑问道。

“那还能怎么着？打个比方吧，他们俩是星星和月亮的关系。我们家老爷子是星星，白姥姥是月亮。你说星星跟月亮能怎么着？”

“怎么说着说着，整出个星星和月亮来了？你又绕搭我是吧？”我“烧”了他一下。

他嘿然一笑道：“你能看出来，白姥姥年轻时长得特漂亮，不能说倾国倾城，在那会儿的四九城，也得算是排在前几位的大美女。追她的人肯定得排大队。我们家是操琴打锣的，跟人家怎么比？所以说，我们家老爷子跟白姥姥，也就是相互认识而已。后来，白姥姥家在‘反右’时倒了霉，我们家就跟他们断了来往。”

“这么说，你认识白姥姥，并不是通过你们家老爷子，而是自己认识的？”我直视着他问道。

“那还有错儿？”他随口说，沉了一下，反问道，“你打听我爸跟白姥姥认识不认识，是不是听到点儿什么？”

“没有，我只是随便问问。你别这么敏感好不好？”我笑着，打了个马虎眼说。

“得了，不关我的事儿，我操这份心，吃饱了撑的？正格的，白姥姥的那个猫碗，你上点儿心，争取尽快这个……”他诡谲地一笑，用右手做出了一个向前抓挠的动作。

第八章

尝鲜儿

宋琬快成白姥姥的传声筒了，她一给我打电话，我就知道是白姥姥有事找我。

白姥姥有什么事儿，从不直说，前边要做大量的铺垫，像是相声演员，包袱总是放在嘴后才抖。我已经摸透了她的脉。所以，在白姥姥这儿，永远要跟着感觉走。如果你直截了当地问她：您找我有什么事？老太太肯定会奚落你一顿：干吗？非得有事才找你吗？看来，你心里压根儿就没我！得啦，咱顺水推舟，随遇而安吧！

果不其然，跟白姥姥一见面，她先将了我一军："这些日子，你的饭局排上队了吧？"

"没有呀。您这是……"我有点儿丈二和尚，摸不着头脑了。

"没有，你怎么不过来呀？非得我用八抬大轿去请，是不是？"她笑着说。

"瞧您说的。宋琬一个电话，我不就过来了吗？说老实话，外面的饭局，还真没您做的饭菜好吃。尤其是您做的杂碎，几天不吃就馋得慌。"

"真的吗？"

"我还敢蒙您？姥姥，那杂碎里，您是不是放大烟壳了？"我跟她逗了一句闷子。

当时，京城有家火锅店的涮羊肉火得一塌糊涂，每天饭口都排长龙，来的大多是回头客，据说港台演艺界的明星专程坐飞机，到这儿吃涮羊肉。为什么这么诱惑人？有人说是火锅和作料里放了大烟壳。当然，这只是一种猜疑，后来警方介入调查，并没发现有什么可疑物。

白姥姥瞥了我一眼，"咯咯咯"笑道："放什么大烟壳？我直接放的是大烟。"

"我说呢，那东西怎么吃了会上瘾。"

“想吃，姥姥就给你做。下回吧，今儿个是来不及了。”

我跟白姥姥逗贫这工夫，宋琬已经把蒸好的五只螃蟹端上了桌。

白姥姥笑道：“知道今儿请你是干吗来的了吧？我的学生小琳，上午刚拿过来的。我想让你过来尝尝鲜儿。”

“呦，正经天津胜芳镇的大蟹，‘壳薄胭脂染，膏腴琥珀凝’。”我冷不丁想起两句古诗，随口说道。

“嗬，都让你有诗意了。”宋琬冲我笑了笑说，“我可都嫉妒了。您瞧，姥姥有点儿好吃的，先想着你。”

“谁让他是个馋猫呢。”白姥姥笑道。

“馋，也先别急着动嘴。等等，我去拿调料。”宋琬看了我一眼，说着转身去了厨房。

“姜末，三合油要多放醋！”白姥姥扭过脸，对宋琬叮嘱道。

“知道了，姥姥。”宋琬应声道。

“一会儿，姥姥让你尝一道菜。这道菜，你保准没吃过。”白姥姥转身对我笑着说。

“好呀。每次来您这儿，都能尝鲜儿。”我看了她一眼说。

宋琬吃素，她在白姥姥家，很少动筷子。白姥姥分配：五只螃蟹，她吃一只，意思一下，剩下的都归了我。

“那我就不客气了。见着好吃的客气，对不起主人。是不是姥姥？”我跟白姥姥逗了一句。

“吃还堵不住你的嘴。”白姥姥瞪了我一眼，笑道，“俗话说‘七团八尖’。知道这是什么意思吧？”

“团是蟹黄，尖是蟹膏。换句话说，尖是公，团是母。农历的七月，吃螃蟹吃的是黄儿，八月吃的是膏儿。对吧姥姥？”

“你呀，不愧是个吃主儿。”白姥姥笑道，“吃的时候，把蟹腿和蟹夹子给我留着，我一会儿给你做道菜。光啃螃蟹，哪儿管饱呀？到了姥姥这儿，饿着你这个大记者还行？”

我蘸着作料，嚼着螃蟹，笑道：“这顿美餐，得感谢您的学生小琳。”

“是，小琳这孩子，越来越漂亮，越来越懂事了。”白姥姥沉了一下说。

“她是您教出来的学生吗？”我问道。

“不，不是。”白姥姥告诉我，小琳原先跟她住一条胡同，她上小学四年级的时候，父亲出车祸去世了，第二年，母亲嫁了一个台湾的商人，抛下她去了台北。她只好跟她八十多岁的奶奶一起生活。她奶奶没文化，她又不好好念书，整天跟一些不学好的孩子鬼混。眼瞅这孩子要学坏，她奶奶求到白姥姥头上，她知道白姥姥当过英文老师。

白姥姥了解了小琳的身世后，让小琳住到自己家，一方面跟她学英语，一方面教她怎么做人。一年多的时间，小琳像变了一个人，中考居然考上了重点高中，而且英语考试全校第一名。后来高考，小琳考上了大连海运学院。

她上高中的时候，奶奶去世了，是白姥姥供她吃喝，供她上学。她也很懂事，一直没忘白姥姥的恩情，每年的中秋节前后，必要在大连买些螃蟹，坐火车回来看白姥姥。

“多感人的一个故事。”我对宋琬说，“咱们姥姥净做善事。”

“这叫什么善事？”白姥姥不以为然地莞尔一笑道，“街里街坊的，这还不是应该做的吗？你这个当作家的，对什么事都特别敏感是不是？将来可别把这写到书里去，活到我这岁数，已经不需要笔墨侍候了。明白吗？”

“知道呀！谁说给您写书了？”我笑道。

“姥姥不是警惕性高吗？”她自我解嘲地微微一笑，扭脸对宋琬说：“把这些蟹腿蟹夹子，帮我拿钳子夹开。”

“得。姥姥，我来吧。”宋琬说着，把桌上我吃剩的蟹腿蟹夹子放在盘子里跟白姥姥一起进了厨房。

眼里不插棒槌

她俩在厨房忙着的时候，那只波斯猫看我待得闷得慌，跑到我的脚下，跟我起腻。我把嚼过的螃蟹壳扔给它。它嗅了嗅，觉得不是味儿，转身跑到窗台上。那里有它吃饭的家伙：小碗。它用爪子挠了挠那个小碗，又舔了舔小碗的碗边，里头并没有什么吃的东西。它又失望地跳下窗台，跑到我的脚边，“喵喵”一连叫了几声。

我走到窗前，拿起那个小碗，仔细端详起来。这就是罗呗儿朝思暮想的那个小碗。我看了半天，反复把玩了一会儿，并没看出所以然来，当然，也没看出它哪儿值钱。

我把它放回原处，这时听到白姥姥的笑声传过来。“快把桌子拾掇一下，腾出地方，放汤。”她朝我大声说道。

随着她的吩咐声，宋琬已经端着冒着热气的一个砂锅，从厨房走出来。我赶紧在桌上给她腾了块地方，让她把砂锅放下。随口说道：“嚄，这么快就做得了！”

“尝尝姥姥的厨艺怎么样？”白姥姥嫣然一笑道。她从厨房端出一盘芝麻烧饼，放在桌上。

“肯定好吃，带着鲜味呢。”我啧啧说道。

“别上来就说恭维话！还没吃，也没喝，你怎么就知道鲜呢？我不爱听这虚头巴脑的话。要先尝后说，明白吗？”她瞥了我一眼，笑道。

“好，听您的！听人劝，吃饱饭。您说对不对？”我跟她打了个哈哈儿道。

白姥姥给我盛了一碗汤，又递给我一个芝麻烧饼。我喝了一口汤，确实很鲜。

“螃蟹只是一个开场白，那东西吃着不新鲜。我今儿个请你，主要是让你尝尝这汤。好吃不？”白姥姥又让我吃了几口，说道。

“我要说不鲜，对不起我的舌头。我要说鲜，又怕您不爱听。”我笑了笑说道。

“就知道耍贫嘴。你知道这汤，是怎么做出来的吗？”她嗔怪道。

宋琬在旁边打趣道：“你肯定说不上来。你要能说对，我请客。”

我笑道：“你请客，我肯定不去。全素，谁受得了呀！姥姥，您就说出来吧，我也别瞎猜了。”

“你看看汤里都有什么？要说，你也不是一点都说不上来。只是你不知道怎么做的。其实非常简单。就是把蟹腿蟹夹用钳子敲开，放进大棒骨熬的汤里煮，开锅后，放上切好的油条，起锅的时候，撒上香菜码，齐活。简单吧？”

“您说得简单，真做起来，可能就难了。”我说。

宋琬接过话茬儿：“是呀，你知道吗？那骨头汤可是熬了十多个小时。”

“骨头汤熬得时间越长越香。好厨子的绝活，都在吊汤上呢。”白姥姥笑道，“这道菜的做法，是当年跟我爸爸到前门的正阳楼饭庄吃的时候，‘偷’出来的呢。正阳楼是老北京饭庄的‘八大楼’之一，那会儿，每到秋天，正阳楼的蒸螃蟹最有名，但人们最爱吃的还是最后上桌的这道汤。螃蟹属阴，吃多了容易伤脾胃，但有这道充满阳气的热汤，就把螃蟹的阴气全给解了。当然，人们认这道汤，主要是因为它鲜。”

“没错儿，您一下让我吃五只螃蟹，受得了吗我的脾胃？得了，我多喝几碗汤吧。”我笑道。

“你哪儿吃了五只呀？盘子里还有三只呢。”宋琬指着桌上的盘子，揭发我说。

“我那是留给姥姥明天吃的。宋小姐，您就饶了我吧。五只都吃了，我的肚子里该成螃蟹窝，明天我也就横行霸道了。”我笑着说。

这句话把白姥姥给逗乐了。她坐下，盛了碗汤，一边喝着，一边看着我吃。“看你吃东西的样子，也是一种享受。”她笑道。

“您这可是寒碜我呢。我知道我的吃相不雅。没辙，小时候老挨饿，养成了见到好吃的就狼吞虎咽的毛病。”我笑着说。也许是白姥姥做的汤忒好吃了，加上忙了半天，这会儿真的饿了，我一口气吃了三个芝麻烧饼。

宋琬是横竖不动筷子。她看了看表，带着虔诚与歉意说要去接孩子，打了个招呼，转身走了。那只猫“喵喵”叫了两声，像是张罗着送客。

“这小家伙在唱‘空城计’呢。”白姥姥笑道。

她起身给猫碗里放了点儿猫食，又盛了一勺汤，放在地上。那猫又叫了两声，跑到猫碗前，仰头看了一眼白姥姥，然后，有滋有味儿地吃起来。

看着这只波斯猫吃食，我笑着对白姥姥道：“猫跟着您都享福。好吃好喝儿伺候着，用的碗都是名贵的古董。”

她看了我一眼，怔了一下，说道：“怎么，你还惦记着这个猫碗呢？”

我迟疑了一下说：“不是我惦记，是有人在惦记它。”

“瞧瞧，说走嘴了吧？”她扑哧一笑说，“你呀，是不是在跟姥姥这儿打马虎眼来着？跟你实说吧，从你头一天到我这儿来，我就知道你是奔着这个碗来的，对不对吧？当然了，你是受人指使才来的，没错儿吧？”

“行，您的眼力够毒的。真是眼里不揉沙子！”我笑道。

“不是我的眼睛毒，是你的心里搁不住东西，有什么心事，脸上都挂着相儿呢。”她看了我一眼说。

“啊？我这么没城府吗？”我吃惊地看着她，问道。

在北京饭店地下出土

真没想到白姥姥对这个猫碗，一直张着神。

沉了一下，我直言不讳地问道：“姥姥，那您说说，谁让我来的？”

“还能有谁？那个工商所的小罗，对吧？”她眨动着那双美丽的大眼说道。

我抬起头，目光正好和她的眼神交织在一起，我猛然发现那眼神像小火炭似的灼人。我仿佛被这小火炭烫了一下，连忙说道：“嗯，没错儿。是他。”沉了片刻，我问道：“您是怎么知道他呢？”

她淡然一笑道：“他惦记这碗已经有两三年了。”

“在他之前，有没有一个老头到您这儿来过，看上了您这个喂猫的小碗？”我想起罗呗儿说的工商所长的老丈人。

“老头儿？没有，没有。我这儿喜欢小伙子，可不待见老头。”她说完扑哧笑了。

“那您是怎么认识工商所的小罗的？”

“哎，我怎么就不能认识他呢？”她瞥了我一眼，笑着问道。

“我是说，这也许是巧合，我也认识他不是。”

“怎么是巧合？你上我这儿，难道不是他让你来的？”她眼里的小火炭，又烫了我一下。那眼神太厉害了！

“没错儿，没有他，我还认识不了您。您跟他早就认识吗？”

“怎么说呢？我爷爷跟小罗的爷爷是朋友，我跟小罗的爸爸很早就认识了。”

“敢情你们是这层关系。”

“其实，我和他们家几十年没有走动了。小罗也是很偶然的机会，到我们这个院来办事，看见了这个小碗。”

“看到眼里，就动了心。是吧他？”

“唉，你忘了有句老话：不怕贼偷，就怕贼惦记。错来，我跟他见的头一面，他跟我提他爸爸，我想了半天，才记起京剧团那个打小锣的老罗，因为有一年，他上我们家，要买我爸爸骑的自行车。那辆车什么牌子，我忘了，总觉得它是辆很不错的自行车，我爸爸没舍得卖。想不到多少年以后，碰上了他儿子。他儿子也像他爹似的，看上了我的喂猫的小碗。我当然不舍得卖了。不卖就不卖吧，这不是很正常的事吗？所以，没过多少日子，我就忘了这茬儿。他却不然，保不齐见天算计这个小碗。”

“算计？”

“嗯。不瞒你说，在你之前，已经有四五个人来我这儿，要买这个碗了。”

“也是这位小罗授意来的吗？”我问道。

“我想除了他，没有谁会留意我这个喂猫的破碗。”

“您觉得这是个破碗，有人觉得它是很值钱的宝贝呢。”我说。

“宝贝？这要看怎么说了。在我眼里，它还就是宝贝。”

“为什么？”

“这个碗，是我爷爷的一个念物，而且它非常传奇地到了我手里，你说我能轻易把它卖了吗？”

“是呀，您爷爷传下来的东西，多少钱也不能卖呀！”我随口附和道。

“可说呢。”白姥姥说着，走到窗前，从地上拿起那个猫碗。那猫已经把碗里的食都吃了，而且把碗舔得很干净。她随手从桌上抓起一块抹布，擦了擦那个小碗，若有所思地说：“你可能不知道，这个小碗有故事呀！”

“本来您爷爷就是一个传奇人物。他看重的东西，肯定会有不同寻常的来历。”我接过她的话茬儿说。

“听我爷爷说，这个小碗算是出土文物呢。你知道现在的北京饭店吧？”她问道。

“北京人没有不知道的。”我笑道。

“可你知道五百多年前，那地方是干什么的吗？”

“那我哪知道呀？”我愣了一下说。

“北京饭店在东长安街，它的后身是霞公府。在五百多年前，那地方是明朝的会同馆。会同馆是朝廷专门接待外国使臣和通商使节的宾馆。但是到了清末民初，这一带已经成了民居，会同馆早就灰飞烟灭了。民国初年，两个法国人在这儿建了北京第一家连吃带住的饭店，就是北京饭店。因为它的外观是红砖砌的，北京人都叫它‘红楼’。但当时的北京大学也是红楼。人们为了跟它有所区别，又叫它‘新红楼’。‘新红楼’的大厅，有个大舞池，能容下三四百人在那儿跳舞。当时，京城的饭店，除了中南海的怀仁堂，就属它豪华了。”

“那时，中南海的怀仁堂也对外营业吗？”

“对，当时的中南海，跟北海一样，都是公园。”

“原来如此。”我站起身，给她沏了杯茶，端到她面前。

白姥姥冲我笑了笑，接着说：“北京饭店离东交民巷使馆区不远，又挨着繁华的王府井大街，所以生意非常好。大概是在一九三几年前后吧，他们在红楼旁边扩建新楼，干活的工匠在刨槽打地基的时候，在当年会同馆的旧址上，挖出了许多明代的瓷片，还有一些比较完整的瓷器。那会儿，也没有文物法什么的，谁挖出来，谁捡着，就是谁的。有下手快的，捡到好玩意儿，就偷着密了。这只猫碗就是这么来的。”

“它是怎么到您爷爷手里的呢？”我问道。

“你接着往下听呀。当时，有家报馆的记者，得知工地挖出文物的事，把它报道出去。这事一见报，可了不得了，老百姓都奔那儿去捡宝，于是惊动了巡警厅。他们派人把工地给封了。这时，有学者教授还有文物专家站出来说话了，他们说经过鉴定那地方出土的东西都属文物，尤其是瓷器。巡警厅怕干活的人把文物偷跑，于是将工地上的人都带到太庙，关了好几天，又是搜身，又是背靠背举报揭发。别说，巡警还真搜出几件明代的官窑瓷器，其中就有成化青花碗和一件成化斗彩龙纹碗，非常值钱。当然，这些文物都归了公。”

一个铺子换了一个碗

白姥姥喝了口茶，接着说：

“这个猫碗是怎么来的呢？说起来，还真有点传奇性。原来，在工地干活的有个安徽籍姓曹的石匠，工地挖出宝贝的时候，他在众多碎瓷片当中，发现了这个成化斗彩小碗，这家伙眼疾手快，捡起来，顺手揣在了怀里，周围的人谁也没有看见。当天晚上，他把这个小碗包好，埋在了护城河边。几天后，姓曹的听说巡警厅要追查捡宝的人，他胆小了。他抖了一个机灵，用凉水浇头，让自己感冒着凉，连着两天没上工地。但就在第三天，巡警突然袭击，把工地上所有的人一网打尽，都给弄到了太庙，接受检查。姓曹的得知后，吓得不敢在工地干了，当天卷起铺盖，凉锅贴饼子，蔫出溜了。

“那会儿，北京还有城墙和城门，他担心被人发现，不敢出城，只好找他的同乡老高。这位老高是永泰茶庄的经理，那会儿在走背字。他抽大烟，欠了一屁股的债，正走投无路。姓曹的没敢对老高说实话，只求他给安排个差事。老高把他留下，让他在茶庄打杂。半年以后，姓曹的见风声已过，拿着那个小碗奔了琉璃厂的古玩铺。古玩商看了，当时要给他两百块现洋，收了。他没敢卖。

“偏巧，快到年根儿，老高的债主子追着他，要封茶庄。永泰茶庄是我爷爷的买卖，封茶庄等于打于家的脸，老爷子哪受得了？他觉得永泰晦气，想舍了不要了，于是，他在买卖地放出风：卖永泰。谁出三百块大洋，连门脸带铺底子一勺烩。这可是打着灯笼都没地方找的甜买卖。姓曹的找到我爷爷，拿出了这个成化斗彩碗，告诉我爷爷，它至少值三百块大洋。而且他也没敢瞒我爷爷，告诉他，这个碗是怎么来的。我爷爷那会儿财大气粗，他看了看那个小碗，非常喜欢，觉得有眼缘。他连个嗑呗儿都没打，就拍了板，把铺子给了姓曹的。

“我爷爷仁义，知道姓曹的还要对付老高，又给了他五十块现洋。姓曹的把五十块现洋给了老高，帮他度过危机，也算是感激他收留自己。他比较鸡贼，总觉得到手的是不义之财，转过年，他没敢多要价儿，把永泰盘给他的一个老乡，拿着三百块大洋，回了老家，后来在合肥，开了个很大的茶庄。

“我爷爷等于用一个铺子换的这个小碗。他到晚年，吃斋念佛，闭门谢客，看书写字，同时大量舍财，开了四个粥厂，办了三所义学。还把钱给了进步学生，资助共产党的城工部，给西山八路军秘密送药送钱粮，做了许多善事。到他1942年去世，我们家的十多个铺子，都让他舍了。所以，新中国成立后，把我们家定为资本家，确实有些冤。我说这是什么意思？就想让你知道我爷爷的为人，十分慷慨大方，他真是北京爷，拿钱不当钱，只当是玩意儿。所以，拿一个铺子换一个小碗，对他来说一点儿不新鲜。”

成化皇上与万贞儿

“后来我才知道，我爷爷为什么喜欢这个小碗？敢情他特同情成化皇上朱见深。”说到这儿，白姥姥仰起脸来问我：“你应该对明史了解点儿吧？知道朱见深吧？”

“嗯，他是明英宗朱祁镇的长子。哦，我想起来了，有一年我去十三陵游玩，走到一个陵，叫茂陵，埋的就是这位皇上，对吧？我觉得，他当皇上最露脸的，就是平反了于谦的冤案。”我想了想说。

“看来你只关注他政治上的作为了。他的另一面，你可能并不了解。他应该算是历史上出了名的痴情皇上。”

“哦，怎么个痴情法？”

“他一直迷恋着比他大十七岁的贵妃万贞儿。”

“大十七岁？在那个年代，十七岁，都可以当他母亲了！”

“是呀，如果万贞儿小皇上十七岁，可能你不觉得是痴情。问题是大他那么多呀！”

“这倒是能流传千古的爱情故事。”

“这位成化皇上也是苦孩子，爹死得早，父皇的皇位沉浮铸就了他的不幸，他从小是在养母和宦官身边长起来的。他是个结巴磕子，所以不爱跟人聊天。他三岁就被册封为皇太子，这时，万贞儿就在东宫侍候他。他是四十一岁死的，可以说，他跟万贞儿相爱了三十八年。万贞儿还给成化皇上生了个儿子，可惜只活了十个多月，还没来得及取名，就死了。但万贞儿因生皇子，晋升为贵妃。皇上的后宫有那么多年轻貌美的娘娘，他还有皇后和好几个皇妃，但他偏偏就爱这个比他大十七岁的万贵妃。”

“要不怎么说他是痴情皇上呢。”

“的确，他太痴情了。万贞儿五十八岁那年，得暴病而死。自己亲爱的人死了，成化皇上还活着有什么意思？他对身边的太监说：‘贞儿去了，我亦将去。’想不到，一语成谶，他果然忧郁成疾，紧随其后，也跟着驾崩了。万贵妃是正月死的，他是同年的秋天，死在了乾清宫。”

“前后脚儿。真是步了唐明皇和杨贵妃的后尘：‘在天愿作比翼鸟，在地愿为连理枝。’”

“也许是一种巧合，这位万贞儿是山东诸城人，跟江青是老乡。”

我笑道：“您瞧，山东不但出了个潘金莲，还出了几个能把皇上弄得五迷三道的奇女子。”

“你净瞎琢磨。”她笑道。

“我爷爷后来喜欢研究明史，他发现明代成化瓷没有大器，小巧玲珑的物件很多，女人味浓，这跟万贵妃有关。因为皇上太宠爱她了，对她可以说百依百顺。那时，景德镇专门有给皇上烧瓷器的官窑，很多瓷器的器形，都是万贵妃设计的。所以，我爷爷认为成化斗彩，也是万贞儿的创意。”

“看来这个万贵妃，还有点儿艺术细胞。”

“所以，爱屋及乌，我爷爷对这个斗彩小碗，特别喜欢。当然，他对成化皇上和万贞儿的爱情故事，这么情有独钟，还有另外一个缘故。”

“什么缘故呢？”

“同病相怜！你不知道，我爷爷也是，从小亲生父母就没了，是养父母把他养大。他二十出头，在当李鸿章的厨师之前，爱上了一个比他大十多岁的女人。这女人有个好听的名字，叫喜鹊，是个有夫之妇，两个人爱得死去活来，难舍难分。他们还有一个孩子，这个孩子就是我的父亲。”

“后来呢？”

“后来，他们还是分开了。我爷爷到天津投奔李鸿章，以后李鸿章任两广总督，他又跟着李鸿章到了南方，在那儿结婚生子。‘庚子事变’后，李鸿章代表清朝政府跟八国联军议和，我爷爷又跟着李鸿章回到北京。这时，喜鹊已经被八国联军打死了。但我爷爷对喜鹊一往情深，直到他死，都念念不忘这位大他十多岁的女人。这也许正是他喜欢我父亲，喜欢我，也喜欢这个成化小碗的原因吧。”

差点到孔祥熙手里

我没想到这个看上去不起眼的小碗，居然有这么多感人肺腑的爱情故事，不禁感叹道：“这可真是个神碗，盛了多少让人听了掉眼泪的故事呀！”

“是呀！小的时候，我经常看我爷爷默默地把玩这个小碗，嘴里还不停地念叨着什么。有一年夏天，我吃得不对付，起夜拉肚子，突然看见我爷爷的房间亮着灯，出于好奇，我偷偷推开了他的屋门，看到他焚着三炷香，手里拿着这个小碗，对着窗外的月亮，默默祷念，满眼都是泪。他对我的亲奶奶喜鹊，真是爱得深切。喜鹊奶奶没有留下任何影像，我到了儿，也没看到过她的照片，不知道她长得什么样，但在我爷爷的潜意识里，这个小碗就是他心爱的喜鹊。”

“是的，人的思念和冥想，有时候需要物化。换句话说：一个物件，往往是人们思念和情怀的载体。一个小碗，可能外人看来没什么，但您爷爷对您奶奶的所有感念和情爱，都凝聚在这个物体里了。要不人们怎么说，睹物思人，触物伤情呢。”我感叹道。

“你说得很对，还是你有学问。”

“您爷爷真是一个多情善感的老人！”我情不自禁地拿起那个小碗看了看。

“有时间，我再给你讲我爷爷和喜鹊的故事吧。”白姥姥叹了一口气，沉了一下说，“听我爸爸说，我爷爷去世之前，京城有名的古玩商靳云鹏找到我爷爷，要拿重金买这个小碗。”

“难道说这个小碗，还惊动了京城的古玩界？”我诧异地问道。

“说不上惊动，只是让靳云鹏知道了。”

“靳云鹏，那可是京城的大玩家！”我想了想说。

白姥姥微微一笑道：“为了这个小碗，靳云鹏和另一个古玩商林肇基还结了梁子。”

“怎么回事？”我问道。

“这档子事儿的起因是，孔祥熙要办五十大寿，国民党的一个大官为了晋级，要给孔祥熙送一份寿礼。那个大官知道孔祥熙喜欢收藏瓷器，便找到了在交通银行做监理的林肇基。林肇基喜欢玩古瓷器，跟我爷爷也熟，他知道我爷爷手里有成化斗彩小碗，便跟那个大官说了。那个大官不懂瓷器，对林肇基说，只要能讨孔祥熙喜欢，他不怕花钱。林肇基正准备跟我爷爷说这事呢，没想到靳云鹏却先行一步，找到我爷爷了。”

“是不是那个大官也跟靳云鹏说了？”

“不，是给林肇基拉包月（洋车）的车夫，走漏的信息。你不知道，老北京古玩商为了抢商机，大面儿上一团和气，背地里也使绊儿下家伙。一些精明的古玩商还有自己的眼线，给他们提供情报。”

“听着怎么跟搞特工似的。”我忍不住笑道。

“没你想得那么神秘。买卖地儿的尔虞我诈，这不是很正常吗？”

“结果呢？”

“还用问吗？我爷爷要是让那个大官孝敬了孔祥熙，你现在还能见到这小碗吗？”白姥姥顿了一下说，“那会儿，我们家可热闹了。前脚，靳云鹏拎着‘天福号’的蒲包，来说服我爷爷；后手，林肇基拎着“脯五房”的礼盒，来央告我爷爷。转过天，走马灯似的又来一轮。可逗了，像在戏园子看戏一样。”

“是呀，在古玩商看来这是一笔大买卖。”

“这两个人斗法，你加五百，他加一千，后来让他俩把这个小碗给抬到了八千现大洋。”

“嚄，在当时，这可是了不得的大数呀！”

“敢情！饶是这样，我爷爷也没动心。他对靳云鹏和林肇基说，这个小碗，是个念物，多少钱也不会出手。最初，他们并不知道我爷爷的心气，林肇基以为是靳云鹏在耍手腕。靳云鹏认为林肇基在玩猫腻。俩人掐得不亦乐乎。其实，我爷爷那儿是你有千言万语，我有一定之规。掐到最后，看我爷爷是花岗岩脑袋，他们才死了这份心。特有意思，他们没能从我爷爷手里买走这个小碗，可送上门的点心、熏肉什么的，让我们这些孩子吃了好多天。”

沉默了一会儿，我说：“看起来，这个小碗，在您爷爷心里的位置太重要了。”

白姥姥看了我一眼，意味深长地说：“简直说，跟他的生命都快融为一体了。我爷爷死的时候，北京还实行土葬。按我爷爷的临终遗嘱，这个小碗成了他的随葬品。他父母的坟地，在海淀北边凤凰岭的山坡上，他就埋在了山坡下面。”

“既然这个小碗，最后成了您爷爷的随葬品，那它怎么又……？”我惑然不解地问道。

“唉，说来话长。”她怔了一下，怅然道，“咱们今天就聊到这儿吧，姥姥有点儿累了。”她拿起那个小碗看了一眼，把它放回窗台，叹了一口气说。

我端详着她，发觉她的额头微蹙，眉毛轻轻向上一挑，那双颇有神意的大眼睛，突然黯淡下来。难道她有什么难以启齿的内心隐痛吗？虽然故事的戛然而止让我有些失望，但我不敢再往下问了。

“好吧，您心情好的时候，我再听您接着讲。”我淡然一笑说。

第九章

人走“背”字

我的脑子里一直装着那个成化小碗，还有那个于大舌头和喜鹊的故事，所以，转过天，我又来到白姥姥家。

路上，我特意绕了圈儿，在农贸市场，给白姥姥买了几斤“玫瑰紫”葡萄。白姥姥吃东西念旧，现在的葡萄品种挺多，但她就认小时候常吃的“玫瑰紫”。

“来就来吧，还拿什么东西呀？”白姥姥嗔怪道。

“新下来的，我知道您好这口儿。”我把葡萄放在桌上，笑道。

“得，那我得谢谢你。能吃上你这个大记者给我买的葡萄，也是姥姥的造化。”她微微一笑道。

白姥姥的礼数大，外人送的东西，甭管爱吃不爱吃，喜欢不喜欢，那是心里的事，嘴上永远是爱吃，喜欢。

“姥姥，礼下于人，必有所求。您说是不是？”我跟她逗了一句。

“嗬，敢情这葡萄还不白送。哼，让我白高兴了。说吧，求我什么？”白姥姥也有意跟我打哈哈，其实她早明白我说的是什么意思了。

“昨儿，讲您爷爷的故事，您可给我拴了个扣子。”我说道。

“哦，合着送葡萄，是让我给你解扣子。”她笑道，“你要明白，姥姥为什么要给你拴扣子？”

“为什么？”

“还不是想让你多来姥姥这儿几趟吗？平时你那么忙，舍不得到姥姥这儿坐一会儿，是不是呀？”

“这么说，是我逼得您给我留扣子喽。得，只要您不怕我把门槛儿踩破了，我往后就常上您这儿来。”

“这就对了。”白姥姥让我去洗葡萄，她转身给我倒水沏茶。

我把洗好的葡萄端上来，她揪下一个葡萄珠儿，放在嘴里嚼了嚼，咂吧了两下，笑道：“嗯，是玫瑰紫的味儿，吃吧。”

“我是给您买的，您吃。我等着听您解扣子呢。那个成化小碗，不是跟您爷爷一起下葬了吗？它怎么又到您手里了？”我笑着问道。

“唉，你问的这个，算是扎到我的穴位上了。”她长叹了一口气，轻声说道，“你还以为姥姥真是有意给你留什么扣子呢？我一个老太太，跟你动这心眼干吗？唉，往事不堪回首，我是实在不愿意提这段让人伤心的旧事。可是，话赶话说到这儿了，我又不能不说。”她的眉头微蹙，像是跟我说，又像是自言自语。

“您喝水。”我把茶杯端到她面前，说道。

“从哪儿说起呢？”她沉了一下，若有所思地凝视着我，陷入了对往事的追忆中，“我有一个好大哥，他在家行三，我就先叫他三爷吧。三爷命运多舛，他是老清华的大学生。北京刚解放的时候，大学生很金贵，偌大的北京，大学生不能说千里挑一，也得说几百人里才有一个，当时，高中毕业，就算是知识分子了。”

“所以刚一解放，共产党先搞扫盲运动嘛。”

“三爷学的是工科，机械制造专业，按说这是个热门专业，很好找工作。但是这位三爷年轻，血气方刚，为人热情，豪爽侠义，爱主持公道正义，是那种路见不平，拔刀相助，又不考虑得失的人。新中国成立初期，政治运动一个接着一个，你想，他这种容易冲动的人，能不倒霉吗？”

“真倒霉了？”

“等我心情好的时候，再给你讲他为什么倒霉的吧。俗话说，凤凰落架不如鸡。虽然这位三爷是大学毕业，但是因为父子反目，父亲举报他有政治问题，稀里糊涂地被劳教了两年。他出来以后，等于有了‘前科’，谁敢用他呀？他成了无业游民，可是还得活着呀！没辙，他只好去当临时工，在煤铺当送煤工，在运输公司当装卸工，在工地当和泥筛沙子的小工，唉，什么苦他都吃了。他有个叫秦纲的大学同学，看他一个大学毕业生，整天像个黑李逵似的，蹬车送煤，实在是惋惜。秦纲在教育局管点事儿，就写了一封推荐信，帮他在海淀北安河西边的一个山村小学，找了个教书的差事。虽说也是临时的，但好赖算有了份工作，能享受正式教师的待遇，每月发粮票，也能挣钱养活自己了。”

“而且也远离都市的喧嚣了。”我接过话茬儿道。

白姥姥若有所思地说：“他以为躲到山村就消停了，实际上，整个社会都没有‘避风港’这一说。更大的灾难和厄运在等着他。”

从墓里出来

白姥姥的额头微蹙，陷入了对往事的追忆中。她沉思道：“那是一个山村，嗯，很小的一个村，村里的小学叫小学，不过三十多个学生，三个老师，一个校长，五间教室。一、二、三年级，都在一间教室上课。”

“条件够苦的。”我说。

“是，生活环境可想而知。但山村比较清静，平时，就他一个人吃住在学校。他一个人教着五、六年级，十几个学生。教书的第二年，他教的八个学生，五个考上了离北安河不远的北京四十七中学。”

“这可是一所名校呢。看来他教书有两下子。”我插话道。

“是。他干什么事，都十分投入。由于他是大学生，教学水平又高，所以村里的人，也高看他，他跟村里人关系比较好，有时，懒得做饭了，就到村里的农民家吃一口。当然，他不白吃，到谁家吃饭，自己都记着账，月初发工资时，分头给人家粮票和饭钱。”

“真是规矩人。”

“有一天，他教的一个小名叫狗子的学生病了。下午放了学，他到狗子家给他补课。狗子是要强的孩子，他五岁的时候，母亲病故，是他爷爷和他爸爸把他带大的。狗子的爷爷长得慈眉善目，平时见了三爷总是打招呼，嘘寒问暖地关照他。当天晚上，狗子的爷爷特意宰了一只鸡，留三爷在他家吃晚饭。三爷跟他们都熟了，当然也不客气。那会儿，村里还没通电，夜里，农民照明，都用油灯。”

“够艰苦的。”

“农村嘛，跟大城市没法比。”她咽了一口气，接着说道，“吃饭的时候，他突然发现，狗子家点油灯的小碗非常别致，忍不住拿起来，细看了看。因为光线暗，他当然也没看出个所以然来。狗子的爷爷是个木匠，看他对这个小碗挺感兴趣，于是，一边吃饭，一边给他讲起这个小碗的来历：几年前，他到山下的韩家川村，给一户人家盖房，在干活的时候，他发现原来老房的窗台上，扔着这么一个小碗。他随手拿起来一看，碗里原来盛过机油，落满尘土，脏得面目全非。他找了几张废报纸擦了擦，觉得小碗还不赖，心想家里的油灯碗刚摔，正好拿它代替了。当然，他不能就这么把这小碗拿走。于是就跟盖房的主人张了嘴。那会儿的人，都非常厚道，不会说一句瞎话。盖房的主人说，这个小碗是从墓里挖出来的。”

“墓里出来的？”我吃了一惊，忍不住问道。

“是的。狗子的爷爷也纳闷，墓里出来的？难道房主是盗墓的？那个房主告诉他，几年前，村里为了扩大土地耕种面积，在这一带平了很多坟，这个小碗就是平坟的时候挖出来的。”

“这么说，您爷爷的坟，被村民给平了？”

“那会儿，出了内城，也就是现在的二环路，到处都是坟地。新中国成立后，北京城平的坟地，真是太多了。当然，平坟的时候，挖出的宝贝东西很多，按规定，值钱的东西，都要交公。这个小碗，大伙儿都觉得不值钱，谁也没拿它当回事儿。房主的儿子是开拖拉机的，觉得正好拿它盛机油，于是就到了他的手里。这会儿，房主得知狗子的爷爷想拿它当油灯碗，二话不说，让他一定拿走。狗子的爷爷觉得，白要人家一个碗不合适，跑到合作社，掏钱买了一盒大前门牌香烟，送给了房主。”

“那会儿的北京人，可真够诚实的。”我感慨道。

“咱们的这位三爷听了这个故事，并没往心里去。他觉得这个小碗，不过是闲聊的一个话茬儿，聊完了也就完了。没想到，第二天，狗子的爷爷把那个小碗擦洗干净，直接给他送到学校来了。老爷子看咱们三爷头天晚上教他孙子那么认真，心里非常不落忍，瞧他喜欢这个小碗，一定要送给他，表达一下自己的心意。三爷推让半天，老爷子依然要给。三爷知道，山里人实在，不收下这碗，等于不给人家面子。他当下收下这碗，谢过老人，转过天，他也到合作社，买了两包大前门香烟，送给了狗子的爷爷。”

碗缘

我突然感到这个小碗的命运，有点儿跌宕曲折。顿了一下，我纳着闷儿问白姥姥：“到这会儿，这位三爷知道这个小碗，是您爷爷的吗？”

“他怎么会知道？他也没见过我爷爷。他得到这个小碗，并没把它当回事，只是觉得它烧制得很精美，与众不同，就把他放在了平时吃饭和写东西的小桌上。”

“敢情这时候这个小碗还埋在沙子里呢。”我感叹道。

白姥姥看了我一眼，接着说：“大概是过了半年多，我记得已经是深秋了，我到他所在的学校去看他，他带我在山下的北安河村玩了半天。北安河在西山脚下，是南北东西，几条路的交会处。村子很大，交通方便，像是个小镇，非常热闹。那会儿，村里有十多家客栈，还有几个大庙，村西有一条上妙峰山的古香道。他带着我在山上，摘了许多黑枣和柿子。”

“你们还挺浪漫嘛。”

“那会儿的人，不能讲‘浪漫’两个字，认为这是小资产阶级的情调，谁浪漫，谁就要受批判的。”说到这儿，她情不自禁地苦笑了一下，接着回忆道，“我那时已经结婚，有了两个孩子。他还孤身一人。那会儿的人守旧，两个年轻男女在一起，容易让人猜疑，他怕给我找麻烦，当天晚上，让我住在了老乡家。那天是礼拜天，学校放假，中午，他亲自动手给我炒了两个菜。我在他的小桌吃饭的时候，发现了这个小碗。”

“特别意外吧？”

“是呀。我当时愣了半天，拿起来看看，放下。过一会儿，又拿起来看看，再放下。如此这般，看了有十多遍，眼证儿是我爷爷的那个小碗。因为，对这个小碗，我印象太深了。之后，三爷又给我讲起了这个小碗是怎么来的，让我更加确定无疑了。”

“您当时一定特激动是不是？”

“倒谈不上有多么激动。因为那个年代的人，对物质生活的追求，是很淡漠的。虽说还到不了‘不以物喜，不以己悲’的境界，但你说谁意外得着一个宝贝，有多高兴，高兴得几天几夜睡不着觉，这种事很难发生。我当时就是觉得，跟这个小碗有缘分，而且不是一般的缘分。否则的话，怎么会阴差阳错地到我手里了呢？”

“您说错了。这会儿，这个小碗可还是人家三爷的，没到您手里呢。”我笑道。

“在他手里，不就等于在我手里了吗？”她嫣然一笑道。

“看来，您跟三爷不是一般关系。”

“我们是二班关系。”

“铁瓷！”我跟她逗了一句。

她冲我不以为然地笑了笑，接着回忆道：“当下，我把我爷爷和这个小碗的故事，讲给了他。他听了以后，也觉得有些不可思议。是呀，这个小碗怎么在阴阳两界转了一圈儿，又回来了？但回来了，就拿着吧。他把小碗给我，让我把它收藏好。不管怎么说，它也算是我爷爷的一个念物。按理说，爷爷的念物失而复得，应该高兴对吧？”

“是呀。这种失而复得，在现实生活中的概率太小了。”

“但是谁也没想到，冥冥之中，这种失而复得，不是幸运，而是灾难。”

“灾难？”我诧异地问道。“怎么会是灾难呢？”

“你相信这个世界上有灵异吗？”

“灵异？您说的是神鬼之类的吗？”

“也不完全是神鬼，我想大概是人的灵魂出窍一类的情况吧。其实，我也不信这些东西。别看我从小是在教会学校念的书，但我是一个唯物论者。但我爷爷这个小碗的故事，真是太神奇了。有些事，让我活了这么多年，也没解开这些闷儿。”

“怎么？您是说这个小碗有灵异吗？”我诧异地问道。

她迟疑了一下，喃喃自语道：“也许是吧？”

灵异

难道这个小碗会有灵异出现？我从窗台拿起这个小碗翻来覆去地看了几遍，并没发现有什么异样。

白姥姥看着我“咯咯”地笑起来，说道：“你呀！傻得挺可爱呀！”

“您可别吓唬我。我这人胆儿小。”我把那个小碗轻轻地放回原处，跟她打了个哈哈说。

“我就猜到了，一说灵异，你们这些当记者的，肯定特别敏感。其实，你说这世上到底有没有灵异？”

“没有吧？”

“你别跟我用‘吧’。到底有没有？其实你也说不清楚。我当然也说不清楚。我说的灵异，只能说是我的感觉，是我的经历。”

“是这个小碗吗？”

“不，不完全是这个小碗的事。但到底是怎么回事儿，我也说不大清楚。三爷把这个小碗给了我之后，我拿回家，把它用布包好，放在了柜子里。因为那会儿，我也在学校教书，一天到晚，忙得连睡觉的时间都没有，顾不过来去琢磨它了。谁知，大概过了有半年吧，三爷给我来了一封信，让我有时间，尽快到他所在的学校去看他，他有重要的事儿告诉我。那会儿，北京的交通不方便，通讯也落后。别看都在一个城市里生活，平时互通信息，一般都靠写信，贴四分邮票就齐活。接到他的信，我心里起了急。一般情况，他不会给我写这样的信。”

“您去啦？”

“赶到下一个礼拜天，我一大早，就坐郊区的公交车，奔了他那儿。一见面，我发觉他瘦多了，脸上的气色也不大好。我问他是不是出了什么事？他对我说没出什么事，但听到了一些不好的消息。当时全社会都在进行‘反右’运动，我还以为他说的是这事。

没想到他对我说，这事跟政治没关系，是那个小碗的事儿。我问他：那个小碗怎么了？他说：出人命了。原来，给他小碗的狗子的爷爷，本来身体好好的，前些日子给人盖房，晚上吃饭跟人喝酒的时候，突发脑出血，一口气没上来，死在了饭桌上。”

“这跟那个小碗有什么关系？”

“可说呢。但是三爷说，狗子的爸爸觉得老爷子死得蹊跷，就开始琢磨了，琢磨来琢磨去，就想到了那个小碗。因为它毕竟是从坟里挖出来的。老北京人是比较忌讳用死人随葬的东西的，觉得那些东西阴气太重，会给人带来晦气。狗子的爸爸特意去了趟韩家川村，找到当初给他爹小碗的那个房主。房主告他，由打他儿子在平坟的时候，挖出这个小碗，把它带回家，他们家就没消停过，先是他大病了一场，紧接着，那个挖出小碗的儿子，开着拖拉机跟大卡车撞上了，当场就没了命。狗子的爸爸听了恍然大悟，他也是好心，赶紧把这些怪诞的事，告诉了三爷。狗子他爸，对他老爹把这个碗送给三爷非常后悔，希望三爷赶快把这个小碗给扔掉，免得沾上晦气。”

“三爷信吗？”

“他听到这个，一开始也是将信将疑。跟我一样，他也是一个不信鬼神的人，但一想到狗子的爷爷活得好好的，怎么会‘嘎嘣’一下就死了呢？他免不了心里也犯嘀咕。而且，老爷子死的前一天，还来学校，给他送来一口袋野生的蘑菇，说是刚从山上采的。老爷子下葬的第二天夜里，三爷睡觉做梦，梦见了老爷子。老爷子说：那个小碗是猫变的，白天摆在那儿，是个小碗，夜里，它就会变成一只猫。他问老爷子，他该怎么办？是把这个小碗扔了呢？还是留着它？老爷子看着他哈哈大笑。笑过之后，他说：把它扔了，你舍得吗？三爷问：为什么舍不得？老爷子笑道：你自己心里明白。他愣住了，喊道：我明白什么呀？但他半天没听到老爷子回音。再看老爷子，早已没了踪影。他赶紧往前去追，追到一个路口，见到了老爷子的身影。老爷子转过身，冲他招手。他拔腿要追过去，突然脚下一滑，身子往下一沉，他坠入了万丈深渊。‘啊！’他喊了一声，一下子惊醒了。当然这是一个梦。”

“好奇怪的一个梦呀！”

“是呀。这个梦，让他疑惑不解，也让他总觉得有一种不祥之兆。他有了心病，生怕这个小碗会给我带来什么不吉利的事儿，所以才赶紧给我写信，让我把这个小碗处理掉。”

“是把它扔了，还是送人？”

“按三爷说的，这个小碗已经有了晦气，都莫名其妙地死了两个人了，能再送人吗？咱不能干那没德行的事儿呀！三爷的意思是让我趁早把它扔了。可是说心里话，我是真舍不得扔了它。我一直觉得，这个小碗能到我手里，是多么难得的缘分呀！既然它已经回到我手里，我为什么要把它扔了呢？不，我不干。说什么也不能把这个小碗给扔了。我只觉得这个小碗，是我爷爷的一颗心。捧着它，就像捧着我爷爷的一颗心。我能把我爷爷的心扔了吗？”

“是呀，干吗非要把它扔了呢？”我十分不解地说。

“三爷跟我说，是那个死了的老头给他托的那个梦，让他心里不安了。他死说活说，让我把那个小碗扔了。他这人是轴脾气，是干什么事儿都一根筋。我看出我要是不答应他把那小碗扔了，他会不让我走。于是就答应他：回去就扔。他这才转忧为喜。其实，他大老远让我来这一趟，就为了这件事。你说他把这事看得有多重要吧。后来，我才琢磨过味儿来，他当时肯定有什么不祥的预感。否则的话，他不会让我跑这么一趟。”

“那您回家真把那个小碗给扔了吗？”

“真要扔了，你现在还能见到它吗？我真舍不得扔。真真儿的！可你说这事儿邪性不？过了也就是七八个月吧，三爷真遇到麻烦了，紧跟着我也碰到了伤心的事儿。”

晦气

“怎么了？”我诧异地问道。

“唉，三爷让人给算计了。本来不关心政治的他，愣给打成了‘右派’，这不是倒霉催的吗？那会儿，‘右派’就是阶级敌人。你想他能有好果子吃吗？他的事儿还没消停，我们家又出事了。

先是我的三岁儿子，大脑炎死了，紧接着，我的丈夫也被打成了‘右派’。”

“屋漏偏逢连夜雨。怎么倒霉的事儿，都赶到一块儿了？”

“是呀，这让我想起了那个小碗。难道它真有晦气？那次三爷专程让我到他那儿说这小碗的事儿之后，又给我写过一封信，他怕我不忍心把它扔了，特意嘱咐我一定不要留着它。家里连着出了几档子事以后，我也胆小了。那天，夜深人静，我从柜子里，把这个小碗拿出来，用水洗了又洗，用布擦了又擦，反复地看呀看呀，想呀想呀。我在想我爷爷当年把玩这个小碗的样子，他的神情是那么专注，眼珠一动不动，能凝视着它十几分钟，有时甚至半个多小时，好像要把他的全部思念、冥想、情愫都印到这个小碗里，要把他的灵魂渗透到这个小碗里。爷爷太爱我的奶奶了。当然，爷爷也爱我。在我的记忆里，他晚年最开心的事，是把玩这个小碗，还有就是抱着我亲吻，哄我玩。后来我长大了，他也老态龙钟，抱不动我了，他就把我搂在他的怀里，逗我玩。有时，他长久地、满怀深情地搂着我，两眼望着窗外，望着天空，哦，那可真是直勾勾地凝望。我的耳朵贴着他的胸，可以听到他的心脏‘嗵嗵嗵’的跳动声。有一次，我在他的怀里，听着他的心跳，天真地对他说：爷爷，我已经钻到了您的肚子里了。逗得他开心地笑了半天。这么慈祥善良，疼我爱我的爷爷，他会化身为这个小碗，来害我吗？我怎么也想不明白呀！”

“我觉得你们碰到的倒霉事，跟这个小碗没什么关系。您爷爷怎么会害您呢？”

“但这些晦气的事儿，都好像安排好了似的，不期而至，尤其是我儿子的死，对我的打击太大了，这件事，让我伤心透了。我那时已经有些神经错乱了。对三爷说的，我已经不敢再有任何怀疑，如果我再留着这个小碗，真不知道还有什么倒霉的事会发生。”

“这么说，您真把这个小碗扔了？”

“就在那天夜里，我拿着这个小碗，看了有两三个小时，最后一咬牙一跺脚，决定把它扔了。我舍不得摔了它，又怕随便扔到哪儿，被人捡走，把晦气带给人家。怎么扔？我费了半天脑子，最后，我还是决定把它扔到垃圾站，让清洁工把它当垃圾拉到城外，用土掩埋，回归大地。因为，之前我带学生参观过垃圾的处理过程，知道城市垃圾的归宿。你应该知道那会儿，北京人把垃圾叫脏土，对吧？”

“对。那会儿，几乎每条胡同，都有一个倒脏土的地界，一般各家各户晚上把家里的脏土倒在那儿，凌晨，清洁队派拉脏土的卡车，把它拉走。为什么叫脏土？因为那会儿还没通天然气，家家户户做饭取暖都用煤炉子，煤炉子产生的炉灰渣土，远远多于生活垃圾，所以才叫脏土。”

“正因为炉灰和渣土多，我想这个小碗，才有可能避免坚硬的东西磕碰，也许它的寿命会长些。”

“看来，您是把它当一个小‘生命’来对待了。”

“确实像你说的似的，我把它当成了一件‘活物’。我找出一件我儿子穿过的衣服，把它裹上包好。裹之前，我又一遍把它贴在我的脸上，亲了又亲，吻了又吻，真有点儿生离死别的意思。唉，那么的难舍难分呀！趁着天黑，我悄没声地出了家门。当时，大概齐有两三点钟吧，胡同里漆黑一片，阒无一人，我留了个心眼，没敢把它扔在我们那条胡同倒脏土的地方，而多走了两条胡同，来到临街的一个倒脏土的地方，四外看了看，没有任何动静，我才把用儿子衣服包着的小碗，扔在了脏土堆上，不，应该说是放在了脏土堆上。因为我生怕把它摔了，是猫下腰，轻轻地把它放下的。放下后，借着昏暗的路灯，我还深情地看了它几眼，在转身离开的刹那间，我实在忍不住，泪水夺眶而出……”

“您是真舍不得把它扔了呀。”

“唉，实在是舍不得。回到家，我就后悔了。说出来不怕你笑话，那天夜里，我怎么也睡不着觉，扔了那个小碗，我不但没觉得自己甩掉了什么负担，反倒增添了块心病。我思来想去，还是舍不得扔了它。挨到天快亮的时候，我再也沉不住气了，穿上衣服，出了门，像疯了似的奔了那个倒脏土的地界。你都难以想象，我刚走到街口，就远远地看见清洁工把最后一板儿锹脏土撮到卡车上。等我奔了过去，拉脏土的卡车正好从我的眼前开了过去。”

“没辙了。怎么这么巧呢？这也许是命吧？”

“是呀，当时我站在那儿，望着拉脏土的车远去，心里想，这也许是一种天意吧。这难道不是上天的安排吗？老天爷不让我拥有这个小碗呀！我突然觉得所有的疑惑，一下释然了。也突然之间感到心里踏实，没有什么舍不得的，也没有什么遗憾了。”

“您这叫‘顿悟’，是吗？”

“但是世界上的事，有时真是不可思议。我那会儿，觉乎着扔了那个小碗，这下儿心里轻松了，踏实了，再也不去想它了，可是，就在我把脑海里有关这个小碗的记忆，一点一点地忘掉的时候，它呢，像只小鸟儿似的，从笼子里飞出去，又飞回来了。”

“什么？那个小碗又回来了？”我惊诧地瞪大眼睛，难以置信地看着她，问道。

“不可思议吧？”

“确实。”

“到现在，回想起这些事儿来，我仍然觉得它太神奇了。”她看着我，沉静地笑了笑。

第十章

黏手

我发觉白姥姥在陷入沉思状态的时候，那种文静和淑雅的气质更有女人的魅力。她是不是那个成化斗彩小碗的化身呀？在听她讲这个小碗的故事时，我突发奇想。

“您压根儿就不该扔了它。”

“可是让三爷说得我，总疑惑它沾着晦气。它毕竟是从坟里挖出来的呀。在我扔了那个小碗有一个多月吧，派出所的警察，来到我教书的中学找我。听说警察找我，我心里有些忐忑，因为当时三爷被打成‘右派’后，正等待发落。我以为他那儿出了什么碴口儿。没想到警察见了我，第一句话就问：您是不是丢了什么东西？我被问蒙了。但我很快镇定下来，告诉他：我没丢什么东西。他让我再想想。我说：不用想，我确实没丢什么东西。警察说了句对不起，耽误您点时间。然后，让我跟他去派出所。”

“这是怎么话儿说的？警察怎么到学校提拉人来了？”

“算不上提拉，那个警察对我挺客气，他只是说让我去看一样东西。我当时很纳闷儿，看什么东西呢？我琢磨了一路，也没想出是什么。到了派出所，警察把那东西拿出来，我一看，真是大吃一惊：原来是那个小碗！”

“那个小碗？怎么跑警察叔叔手里了？”

“是呀！太奇怪了。警察拿起那个小碗问我：这个小碗是您的吧？那还有什么说的？我说：是，是我的。他皱着眉头问我：这么好的一个小碗，您为什么要把它扔了呢？我被他问得一时无言以对。我当然不能说实话，因为这会引起警察的误会。我知道警察办事是讲理性，讲原则的，民间迷信的说法，在他们这儿行不通。怎么办？我低头瞥见包小碗的那件小孩衣服，突然灵机一动，对他说：我的儿子死了，这个小碗是他生前用的，我看见它，就会想起儿子，所以才把它扔到了倒脏土的地方，我并不是迷信，而是想让这个小碗，跟这些土回归自然。我说的时候，真想起了我死去的儿子，所以眼里一直含着泪。想不到我说的这些，激起了警察的怜悯之心，他们对我说的，一点儿也没怀疑。”

“您说话的时候，表情那么丰富，谁会起疑心呢？”本来我想说：您的面容那么美丽动人，怀疑您的话，都对不起自己的眼睛。但是，话到嘴边，我又咽了回去。

她莞尔一笑道：“最后，那个警察把小碗重新包好，交给我说：多好的一个小碗呀！您干吗非要把它扔了呢？对您来说，它是您儿子留下的一个念物，还是留着它吧。也许您现在正为失去儿子而伤心难过，但过些年，您就会觉得留着它有意义了。就这样，这个小碗又回到我手里了。”

“它是怎么到警察手里的呢？”

“说起来，还真有戏剧性，那天夜里，我扔那个小碗的时候，正好赶上一个老工人下夜班，走到那个倒脏土的地方，看见我黑灯瞎火地在那儿磨磨叽叽扔东西，老头心里起了疑心。那会儿的人，都讲阶级斗争觉悟，他以为我是‘阶级敌人’，或是台湾特务，搞什么阴谋和特务活动呢。”

“也是，正常人谁深更半夜，跑倒脏土的地方扔东西？”

“所以，这位老爷子提高了警惕，躲在一边，看着我的一举一动。等我把那个小碗扔掉，抹回头往家走，他一直跟着我，直到我进了院门，他才转身回到倒脏土的地方，拿起我扔的那个小碗。当然，他也看不明白这是怎么回事，但他的警惕性高，拿着这个小碗，直接奔派出所报了案。现在，你在大街上捡到一个小碗，也许不足为奇，可是在‘以阶级斗争为纲’的年代，这就是‘大事’了。”

“可不是吗？深更半夜，跑大街上扔个碗，掉头就走，不怀疑您是阶级敌人，也得疑惑您是不是有病。”

“我有一个学生的爸爸，是派出所的所长，事后，对我说：您可不知道，这个小碗差点儿成了‘事件’，让他们一个多月没睡踏实觉。当时，正是政治敏感期，分局的领导不敢忽视这个小碗的出现，把它当成‘阶级斗争’的新动向，还拿着它，到科研单位进行了化验。”

“是不是怀疑它是化学武器呀？”我笑道。

“估计他们也琢磨不透，我为什么要深更半夜扔这个小碗。当然，他们也把我查了个底掉。多亏我们家没有重大历史问题，我的历史也还清白，否则的话，真会把我当成特务嫌疑，给抓起来。当然了，我还得感谢我教书的学校，警察到我们学校调查时，学校领导也替我说了好话。”

“我觉得，主要是您在派出所的那番话，把扔小碗的初衷，给人情化了。”

“我要不是用儿子的死，圆了这个场，指不定他们会分析推理成什么结果呢。”

“没错儿，如果您直说小碗有晦气，把它扔掉是扔晦气，这种说法在警察那儿绝对是站不住脚的。看来，还是您聪明。”

“聪明什么？我让这个小碗弄得都快神经了。你说留着它吧，怕它给亲人带来晦气。扔了它吧，转了一圈儿，又回来了。湿手抓面，甩也甩不掉了。”

“那个小碗是不是也有魂呀？它还是舍不得离开您。”我笑道。

杠夫

我觉得白姥姥聊起小碗，总是那么煞有介事。我笑着对她说：“胆儿小的人听了您说的这些，晚上都不敢一个人出门了。”

“不是我故弄玄虚，这是我的亲身经历，这个小碗的确挺诡异的。”她淡然一笑道。

“三爷知道这些事吗？”我问道。

“这些熬头事儿，我怎能跟三爷说？他那儿已然走‘背’字了，不能再给他添堵了。当然，这些事儿，我也不可能跟我的丈夫说，他是一个老学究，两耳不闻窗外事。有什么娄子，我只能自己扛着了。”

“您说这事儿闹得，想甩都甩不掉了。”我笑了笑说。

“是呀，怎么处理这个小碗，成了我的一块心病。”白姥姥说，“有一天，我到我的学生潘振国家家访。潘振国的爷爷是老北京人，我叫他潘爷。听他把脉，跟我一说，我才开了点窍儿。”

“潘爷？干什么的？”

“一看就知道他是场面人，对老北京的事儿，知道得特别多，尤其是一些老的民俗，他都能说出个子丑寅卯来。后来一打听，敢情他在新中国成立前，是杠房的杠夫。”她冲我笑了笑说。

“从前老北京，家里办丧事，都找杠房。杠房的杠夫，说白了，就是抬死人的。对吧？”我问道。

“是。发送死人的。”她点了点头说。

“因为杠夫干的是跟死人打交道的差事，脚踩阴阳两界，所以知道的典故多。”我说。

“没错。潘爷有七十来岁，为人热情爽快，说话高音大嗓。他告诉我，他这辈子最得意的是出过两次‘皇杠’，‘皇杠’是皇亲国戚，比如亲王、郡王、贝勒出殡的时候，用的八十人大杠。他说，那杠的阵仗好大，两根大杠长三丈六，拴好后长五丈五，十六面‘拨旗’，四名‘执鞭压差’，前后‘对尺’指挥。他当杠夫的时候，已是民国，没有‘皇杠’一说了，但有些从大清国过来的官们摆谱儿，依然延续老例儿。他出的这两次‘皇杠’，一次是袁世凯出殡，一次是民国二十九年吴佩孚出殡。都是八十人大杠，三班倒换，杠夫加上执事好几百人。聊起这些，他总是眉飞色舞。”

“那会儿，这些老杠夫都还活着。要搁现在，找个出过‘皇杠’的杠夫，可就太难了。”

“我喜欢听他聊，一来二去的，跟他熟悉了，也不见外了。有一次，我趁屋里没人，便把那个小碗的故事讲给了他。因为他年轻时，接触死人多，我问他有没有晦气一说。他非常肯定地说：有。人只要一闭眼，便进了阴间。所以死人待的地方都有阴气。沾上阴气和晦气不碍什么事，关键是您得有方儿，‘去阴气’或是‘解晦气’。我问他，假如这个小碗沾上了晦气，我又舍不得扔了它，怎么‘去晦气’？他想了想，问我：你养猫吗？猫？我不养。我那会儿孩子还小，教书的工作又很辛苦，哪有时间养猫呀？他对我说，要想去这个小碗的晦气，最好的主意就是，家里养只小猫，拿这个小碗喂猫食。老话说：猫有九命。猫的命多命大，只有它能降伏住妖气、狐气、晦气、脏气。”

“敢情这就是您拿这个小碗喂猫的原因！”我恍然大悟道。

“是的。潘爷真是古道热肠，他不但为我找了只特别好看的小白猫，还给这只猫备了不少食。看我没时间伺候它，老爷子隔三岔五过来照看。这只小猫，后来跟我的两个女儿都混熟了，成了她俩的好伙伴儿。”

灵性

“您一直拿这个小碗喂它食吗？”

“对。‘文革’的前一年，潘爷去世了。特别奇怪，那只猫好像知道老爷子归天了似的，也不吃也不喝，整天无精打采的，没多少日子，它就死了。你说这猫有没有灵性吧？”

“这么说，您现在养的这只猫，是后来抱的？”

“唉，已经是孙子了。当初抱的是它的奶奶。那只猫也很神奇，‘文革’初，红卫兵抄我们这条胡同一个老太太的家。老太太姓王，是国民党一个大官的姨太太，家里很有钱，她有一个儿子，但已经结婚单过了。独门独院，平时，家里就老太太和那只猫。红卫兵在老太太家，抄出了蒋介石的画像，还有国民党的党徽。这在当时，被红卫兵认为是最反动的东西。老太太本来就胖，有血压高，红卫兵小将的一顿皮带，老太太当天晚上就断了气。”

“‘文革’当中，这种冤魂真是太多了。”

“正是夏天，老太太被抄家后，两三天没人进去，那遗体很快就臭了。那只猫每天都在门口，‘喵喵喵’地叫着，但没有人知道它在叫什么。”“也是，‘文革’那么乱，人心惶惶的，有谁会留心一只猫呢？”

“我那时，也在走‘背’字。我们家那会儿也被抄了，因为我一直教外语，又是在教会学校毕业的，而且平时穿衣服比较合体，加上我丈夫是老‘右派’，所以红卫兵造反派认为，我身上充满了资产阶级的香风臭气，是帝国主义的走狗，是特务嫌疑分子。本来我是烫发的，被红卫兵给剪成了‘阴阳头’，天天在学校坐‘喷气式’，挨斗，一直到晚上，才让我回家。”

“真是让您受了大委屈。”

“受委屈的不是我一个人呀！我那时，已经被折磨得没了人样儿，在回家的路上，生怕熟人认出我来。我戴了顶布帽子，低着头，溜着墙根儿走。那天晚上，当我走到王老太太的院门口，猛然听到那只猫的叫声。也许是刚刚挨了批斗，心里正沮丧，那猫的叫声在令人压抑的夜晚，显得那么凄厉悲怆，甚至有些哀凉，一下子刺痛了我的心。我走了过去，那猫像是看见了久别的亲人，跑到我的脚下，用爪子不停地挠着我的裤子。我养过猫，知道它是有什么事要让我知道。我正要给它找点吃的喝的，它突然转身跑到了院里。我本能地跟着它，也进了院。天色已黑，院里是抄家后的景象，满目狼藉。那猫把我引到北房，北房的屋门洞开，屋子里被翻得乱七八糟，这时我猛然嗅到一股浓臭味儿，借着月光，我突然看到屋里的地上躺着一个人。我走了过去，猫腰细看，哎呀妈呀！吓得我头发根儿一下子都立了起来，这是我见到过最恐怖的死人面孔，也许是死前做过十分痛苦的挣扎，老太太的胖脸上五官已经扭曲，龇牙咧嘴，面目狰狞，身上散发着奇臭无比的味道。我吓得快要瘫在那儿，惊恐万分地喊了一声，转身跑出了小院。”

“确实太吓人了！”

“跑出院门，我惊魂未定，那只猫好像一直没离开我，这时又跑到我的脚下，‘喵喵’地叫着。说来让人难以置信，此时此刻，这只猫的叫声，让我骤然紧张的心缓和下来，我蹲下身，用手梳理着它脏兮兮的毛，这时我才意识到这只猫对主人的忠诚，它是告诉我，那老太太死了，遗体躺在那儿没人管，让我快点儿想办法。我能有什么办法呢？我当时的处境，如履薄冰，泥菩萨过河，自身难保。我实在是无能为力。可是看到对主人这么忠诚的猫，脑子里转悠着老太太那恐怖的脸，我又不忍心就这么走开。正在我一筹莫展的时候，我忽然看见我教过的学生潘振国。”

“是那个潘爷的孙子吗？”

“就是他。他和两个同学，胳膊上都戴着红卫兵袖标，大概是刚抄完谁的家，正兴冲冲地从这儿路过。潘振国先瞧见了我，笑着跟我打了个招呼。这小子身上有点儿他爷爷的范儿，并没有因为我挨批挨斗，就躲着我，或落井下石。见了他，我像见到救星，但在当时的情况下，我怕给他找麻烦，不敢多说什么，只是告诉他，院里老太太被打死了，让他帮忙告诉老太太的儿子，赶紧把后事办了。他点了点头说，放心吧，他想办法。听他说这话，我心里踏实一些，赶紧跟他告辞。等我转身回到家，发生了让我意想不到的事儿。”

“什么事？”

“那只猫跟着我回了家。”白姥姥释然一笑道。

猫有九命

“这么说，它一直跟着您呢。”

“是呀，我当时顾不上给孩子做饭，先给它找吃找喝。它吃完喝完，跑到我脚底下，‘喵喵’叫了两声，又跑回老太太家了。两天以后，我路过老太太住的那个院，只见大门关得严严实实，而且也闻不到有什么臭味了。我估摸着是老太太的儿子出面，把老太太的后事处理完了。就在那天晚上，那只猫又来到我们家，这回，它像是找到了新的主人，赖着不走了。”

“也许它知道您是它的恩人。”

“在我们家，它跟我老伴儿关系可好了。我老伴儿有心脏病，两次死里逃生，多亏了它跑去叫人。我老伴去世的第二年，它也跟着死了。在这之前，它跟一只纯种的波斯猫坐了胎，生下两只，一公一母。那只公的送了人，我留下的是母的，就是这只猫的妈妈。你说它有没有灵性吧？”

“确实。可猫有九命是什么意思呢？”

“我问过几个老人，他们告诉我：猫的生命力强，你看它从房上树上掉下来，都不会摔死，命多大呀！后来，我看了《佛经》，才知道这句话是从《佛经》里来的。《佛经》里说，佛在向弟子讲经的时候，有一只猫卧在佛座下，静静地听着。一个弟子问佛：这只猫听得懂您讲的这些深奥的佛理吗？佛说：猫有灵性，其命有九，人只得一。所以猫的灵性，是人没法比的。《佛经》里还说：猫有九命，这九命是通、灵、静、正、觉、光、精、气、神。”

“看来那位潘爷，让您拿这个小碗喂猫，还是有道理的。您拿这个小碗喂猫之后，难道晦气就真没了吗？”

“唉，这只是解决了一种心理暗示，或者说获得了某种心理安慰而已。其实，我和三爷都是无神论者，并不迷信什么东西。只是生活中，太多的巧合我们解释不通，让我们不得不信了。”

“其实迷信，有时候就是一种心理暗示。”

“不，应该说是心理安慰。”

“哦，这，您比我有体会。”

“自从用这个小碗喂猫，我心里踏实多了，总觉着猫的灵性，能压住这个小碗的晦气。所以，后来罗志成看上这个小碗，我跟他说：只要你帮我把事给办了，这个小碗，就是你的了。他还以为我骗他。我跟他说：小子，我爸爸跟你爷爷是老交情了，我跟你爸爸也早就认识。我这么大岁数，蒙你干吗？再者说，东西再好，到了我这岁数，也能看明白，都是身外之物。放心吧，这个小碗放在这儿多少年了，没人敢动它。你办去吧！办成了，你就大大方方把它拿走。”

“您求他办什么事儿呀？”

“三爷的户口。”她意味深长地笑了笑说。

下套儿

我有点儿莫名其妙地对白姥姥问道：“三爷没有北京户口吗？”

“没有。”她摇了摇头，说道。

“为什么？他不是老北京吗？”我纳着闷儿问道。

“他大概齐是1958年初被判的刑，劳改的地方在青海。当然，人一走，北京的户口就注销了。”她不紧不慢地说。

“我记得改革开放以后不久，对全国的‘右派’都进行了平反，难道三爷没被落实政策？”

“他的情况比较特殊。这么多年了，一直没解决。你这个当记者的最清楚，现在办什么事都得有人，有关系。办北京的户口又非常难。所以，小罗跟我说他能办，我真信了。我想他在工商所上班，认识的人肯定多，这事儿对他来说，也许不算什么事。”

“他嘴上是这么说，真办了没有？”

白姥姥撇了撇嘴，顿了一下，突然笑了起来：“他要办了，我还跟你啰唆这些事干吗？”

我也忍不住笑了：“是呀，他要是帮您把事办了，我也许在您家就见不到这个小碗了。”

“这人看着挺是那么回事的，可做起事来，就糠了心的萝卜，没有多大的辣气了。”

“您看人还是挺准的。”我随口说道。

这个罗呗儿可真敢开牙，什么事呀？就满应满许，这可是北京市户口！就你那两下子，办北京户口？拉琴的丢唱本，没谱儿了。我估计这家伙当时要那个小碗心切，老太太提什么条件，他都敢应下来。

“我跟他咸菜拌豆腐，有言（盐）在先，你得把户口帮我办了，我才能给你这个碗呢。他可倒好，户口的事儿，哩哩啦啦拖了有两年多，也没给办，却张嘴要碗。他跟我说，为办三爷的户口，又请人吃饭，又给人送礼，破费了几千块钱，让我拿这个小碗补偿。这不是跟我玩花屁股[①]吗？我跟他红了脸，甭在我这儿炸庙，吃饭也好，送礼也好，我都没瞧见，我哪儿知道有没有这回事。一切以事儿办成了说话。户口没办成，想拿走这个小碗，门儿也没有。”

“他怎么说？”

“那他还有什么话可说的。唱戏的拿马鞭，走人啦。”

---

① 玩花屁股——老北京土话。耍心眼儿，玩花招儿的意思。

“后来他没再骚扰您？”

“打发你过来，算不算也是骚扰呀？”她咯咯笑起来，“他呀，转来转去，没别的，就是惦记我这个猫碗了。这倒像他爸爸，当年为了买我们老爷子的那辆自行车，也是这么黏人。”

我又把那个小碗拿起来，仔细看了看。非常奇怪，在没听白姥姥讲这个碗的身世之前，觉得它也就是一个碗而已，尽管也知道它是明代的官窑瓷器，身价不菲，但说了归齐，它毕竟只是一个瓷碗。可是当我知道它的来历后，再看这个碗，突然感到它不仅是个碗了，碗只是它的外在形体，它是有生命的，是有灵魂的。看着这个小碗，仿佛在面对于大舌头和他的前妻。也许正因为它是有灵气的，当然，在白姥姥看来，它也沾着晦气，所以，她才敢把这么贵重的物件，放在显鼻子显眼的地方，拿它喂猫。

“多奇妙的一个碗呀！”我把它放回原处，感喟道。

“怎么，你也看上它了？”白姥姥凝视着我，问道。

“不是看上它，是看见了他。”我若有所思地说。

“看见谁了？说得这么神神秘秘的。”

“看见了您的爷爷，还有您的奶奶。我想跟他们对话。”

“瞧你说着说着又跑偏了。我们家可没闹过鬼，听见没有。”她突然笑起来，“你呀！时不时地跟姥姥玩幽默。它不就是个碗吗？你能从它这儿看见什么？还对话？可别把姥姥吓着。”

“真的。这个碗是有生命的。”

“有什么生命呀？你可真是个作家，真能想象。快别那么想了，回头再犯了病。听姥姥的，那就是一个喂猫的碗。没你想象的那么神奇，也没你说的那么神秘。”她自我解嘲地看着我说，“它要是真那么神奇，我能答应把它送给小罗吗？”

“可您送给小罗是有原因的，这碗是三爷给您的，三爷晚年，户口问题是大事，所以您才提出，谁给他把户口的事办成，您把这个碗给谁。是吧？”

“对呀。”

“我觉得冥冥之中，这个小碗一直在您手里，似乎就等着这个结局。”

“嗐，谁能想到有小罗这一出呀？不瞒你说，这几年，为三爷户口的事儿，我可没少托人弄戗的费神，也许是没点到穴位上，梁山伯的军师，无（吴）用。所以，小罗伸进一条腿来，我把他当成了真神。”

“您不会有种上当受骗的感觉吧？他到现在，并没放弃努力。”

“是吗？那你替我给他带个话：白姥姥还是那句话，什么时候把三爷的户口办回北京，这个碗就是他的。拿钱、拿别的说话，干脆说，甭想！”

“就要户口，身份证都不行！对吧？”我跟她过了句哈哈儿。

“你这孩子，净跟姥姥逗！有户口，不就有身份证了吗？”

“敢情您懂呀！”

“去，一边去！净跟老太太逗贫。行啦，咱今儿不聊碗了。”她的脸上流露出一丝倦意。

我借机跟了一句：“行行，不聊就晚了，再聊更晚了。姥姥，我该走了，下午单位还有事，再聊可就真晚了。”

“什么晚不晚的，这儿让你说绕口令呢？班儿上有事，你就去忙。什么时候闲在了，你就过来，跟姥姥这儿磨磨牙，解解闷儿。”

“哪儿是解闷儿？解馋！”我又跟她逗了一句。

“你这张嘴呦，倒跟得上呢！”她扑哧笑了。

“跟您聊天，话茬子跟不上还行？”我站起来，跟她打招呼告辞，“我知道您疼我，有好吃的总想着我。”

“这么说，没好吃的，你就不来了？”白姥姥的嘴头子，确实挺厉害。

“瞧你说的。只要您一个电话，我招之即来。”我笑着出了门。

第十一章

心眼儿

白姥姥的那个猫碗，还有那位三爷的故事，在我脑子里转悠了好长时间，也没理出头绪来。可以肯定这位三爷，跟白姥姥不是一般的关系。但她跟他到底是什么关系呢？让我一时猜不出来。还有那个猫碗，难道真像老太太说的，谁能给三爷办回户口，就给谁吗？也许这只是她的说辞。那为什么她把这话撂给了罗呗儿，难道她知道这碗有晦气，特意要给他？还有老罗为什么手里有她的照片？而且临终前还念念不忘？她跟罗家到底是什么关系？这又是让我绕脖子的事。总之，这老太太身上还有许多谜团，我只能一点一点解了。

让我想不明白的是，罗呗儿为什么要骗我？这小子真能胡诌八咧，编排出一个所长的老丈杆子，在我这儿蒙事儿。实在搞不明白，他这是哪一出？那几天，我真想打电话，约他出来，把那个小碗的事谈开，看看他葫芦里究竟卖的是什么药。但那一阵子，我手头的事特多，一时没腾出空来。

说来也是巧合，那天，我到西城采访，中午吃饭，同桌有两个穿着工商制服的人。跟他们二位一聊，敢情花椒大料，两位（味）都是工商所长，其中一位副所长，是罗呗儿的顶头上司。他姓刘，老北京人，五十多岁，黑瘦，长脸，寸头杂毛，小眼巴叉，不苟言笑。

我想起罗呗儿说的所长老丈人那个茬儿，笑着问他：“老泰山高寿了？”老泰山就是老丈人。

刘所长眯缝着绿豆小眼，看了看我，迟疑地笑了笑。

八成他心里纳闷：这位好模耷秧儿地问我老丈人干吗？

沉了一下，他说道：“我老丈杆子是个‘老八路’，早就见马克思去了。”

我忍不住笑起来，弄得这二位有点儿丈二和尚摸不着头脑了。

“你们所里，是不是有个叫罗志成的？”我改口问刘所长。

“罗呗儿？哈哈。”另一位所长笑道，“这是他手下的好兵帅克。”他是军队的转业干部，湖南人，普通话说得不大利落。

“别再帅了，再帅，我这身衣服该脱了。”刘所长撇了撇嘴说道，“谁当他的头儿，谁累心。不过，我的这身衣服没脱，他先脱了。”

我听了一愣：“怎么，他不在你们所干了？”

“辞职了。”刘所长不冷不热地说，“是他自己提出来的。时髦的说法叫：他炒了单位头儿的鱿鱼。牛吧？”

“嗐，他也是实在待不下去，才三十六计，走为上。”另一位所长道。

“人家这叫潮流，光屁股‘下海’。保不齐几年后，京城又多了一位富翁。”刘所长不以为然地说。

“骑驴看唱本，走着瞧吧。”听得出来，这位所长并不待见罗呗儿。

“他犯什么事儿了吗？”我问道。

两位所长对视了一下，刘所长端详着我，问道：“你跟罗呗儿熟吗？你怎么认识的他？”

“哦，我跟他原先住一条胡同，是小学同学。”我直言不讳地说。

“敢情你们是‘发小儿’。”刘所长淡然一笑说道，“嗯，他没犯什么事儿，就是自己不想在我们这儿干了。人各有志吧。再者说，干我们这行，工作是体面，但挣得忒少。没什么事儿，他挺不错的。”

显然，刘所长知道我跟罗呗儿是发小儿后，有些事不愿深说。不过，说话听音，锣鼓听声。我从他冠冕堂皇的这番话里，感觉到罗呗儿出什么事了。否则的话，以他那么要脸面的人，怎么会辞职呢？至于所长说的“下海”，我知道他不是做买卖的材料，也轻易下不了这决心。

“他什么时候辞的职？”我问道。

“有半年多了。”刘所长说。

我还想问他们点儿罗呗儿的事儿，但这二位似乎不愿再聊，刘所长不失时机地转移了话题。

已经半年了！我琢磨着所长的话。看来，罗呗儿一直在跟我打马虎眼，他在见我之前，已然辞职“下海”了。我说怎么自打头一面，他穿着工商制服，以后就一直没见他穿官衣呢。难道这小子是在我面前作秀？后来，他告诉我懒得穿那身皮，其实，他已经没资格再穿了。

贴秋膘儿

当天下午，我给罗呗儿打电话，约他见面。我想问问他，到底是怎么回事？想不到他在电话里说，正想见我。

“我请你。咱们去‘东来顺’吃火锅，贴贴秋膘儿。”电话里，他透着爽快。

“你呀，净弄这故事由儿，都什么时候了，还贴秋膘儿？”我抻掇①他一句。

老北京有“贴秋膘儿”一说，但正日子是农历的“立秋”这天。所谓“贴秋膘儿”，就是“立秋”这天吃点儿肉。因为熬过了一个炎热的夏季，身上掉了不少肉，“立秋”了，天儿凉快了，得把身上掉了的肉贴补回来。但这是老事年间的习俗。那会儿的北京人，瘦子多，胖子少，人们都喜欢身上长肉。现如今，已经调过来了，北京人胖子多，瘦子少，人们巴不得减肥呢，您还让他贴？所以，“贴秋膘儿”这个习俗，已然过时了。

“东来顺”的老店，最早在王府井的东安市场，现在它在京城已经有十几家店了，罗呗儿请我吃涮锅子的店，离建国门地铁站不远。他比我早到半个多小时，我进来的时候，他正喝着茶，抽着烟，看当天的晚报。

“请了会儿假，早出来了。”罗呗儿放下报纸，对我解释道。

---

① 抻掇——老北京土话。埋怨、数落的意思。

“请假？你不是辞职‘下海’，跑‘单帮[1]’了吗？出来吃饭，还用请假？”我心说：你别这儿屎壳郎趴门板，跟我这儿装大铆钉了。戳你的老底儿，我干脆直给吧。

“你听谁说我‘下海’了？”他像被什么东西烫了一下，腾地挂不住脸了，睖睖着眼睛说道，“谁呀？嘴这么欠！干得好好儿的，我辞哪门子职呀？嘁。”

“你别这儿跟我装了。谁？你说谁？你们所长是不是姓刘？”我想一下点到他穴位上，省得他再给我编故事。

“你听他说的？那傻帽儿知道什么呀？”他咧了咧嘴，那口气，简直没把所长放在眼里。

“你没辞职吗？”

他撇了撇嘴，说道：“他们丫的懂什么呀？我那叫辞职吗？上调，知道吗？”

“上吊？你倒没说抹脖子！”我调侃道。

“抹脖子干吗？上调就是自杀呀？告你说，是调到了他们的上边儿，专管他们的。”他的嘴咧得像煮破的饺子。

“嗐，上边都不知道？没法跟你聊了。上边，国家工商总局呀！”

“什么？你调到国家工商总局了？”我不由得吃了一惊。

“干吗呀，这么大惊小怪的。调到国家工商总局，有什么新鲜的？”看他脸上的神情，谁说他不是国家工商总局的人，他敢跟谁玩儿命。

“怎么？你还憋着进国务院呀？”

“也不是没有可能。”

“麻袋片儿做龙袍，您是那块料吗？那我问你，所长的老丈杆子是怎么档子事儿？”我想一下把那层窗户纸捅破。

“嗐！咱哥儿俩好多年不见了，士别三日，当刮目相看。我不是想跟你逗逗闷子吗？你说，一见面，就让你帮我找那个老太太要

① 单帮——不与他人合作，自己单干的意思。一般通称“跑单帮”。

碗，显得我多小市民呀？”他自我解嘲地笑了笑，说道。

“你可真行。所长的老丈人？怎么编出来的？能告诉我，你嘴里有几句实话吗？”我真想上去给他一拳。

“嗐！你怎么还是小时候的劲头儿，给个棒槌就当真（针）？这年头，有几个说实话的？人一说实话，准会坐蜡。信不信吧？”他故意把嗓门提高，好像是对着饭馆里涮锅子的人们说的，弄得服务员直回头看他。

“你说话小点儿声，别往外散德性了。”我瞪了他一眼。

他好像没听到我的话，依然旁若无人地说：“实话告诉你，我嘴里十句话有八句是假的，还有两句，一句在胳肢窝里藏着，一句在嘴里含着呢。哈哈，所以说，你呀，千万别跟我说的话较劲。”

“只有心虚的人、憋着不干好事的人，才说假话呢。你要是再当瞎话篓子，我可跟你说‘对不起’了。”

“什么意思你？”

“泥瓦匠不给神作揖，知道你是哪块泥了。”

“别介呀兄弟！我跟谁说瞎话，也不敢跟你说瞎话。咱俩谁跟谁呀？”他咧了咧嘴说道。

每到我要跟他翻脸或是不想再搭理他，他都会用这话来搪塞我。因为一说到“咱俩谁跟谁”，就会让我想起我姥姥。想起我姥姥，就要想起他对我姥姥的救命之恩，自然，跟他也就没得说了。这个罗呗儿，我算服他了。

“得了，先不聊了，上锅子，开涮吧。上了一天的班，你也饿了吧？”他叫过服务员，让他端火锅，上肉。之前，他已经把要涮的肉、菜点好，随便又点了两瓶啤酒。

刷锅

吃得差不多的时候，我问罗呗儿：“你在电话里说要找我，什么事儿呀？”

“当然是掰不开镊子的事儿了。要是我自己能解决的事儿，就不让兄弟你劳神了。”他把杯里的啤酒，一口喝干，自己又倒了一杯。

“说吧，什么事儿？直截了当，听见没？”

“我说了，你可别骂我。”他点着一根烟，犹豫了一下说道。

“瞧你这吞吞吐吐的劲头，肯定不是什么好事儿。你倒是说呀，别让我着急了。”

“那什么……我琢磨着我跟钟学秀该换届了。”他抽了口烟，迟疑了一下，诙谐地笑了笑说。

“换届？”我怔了一下，问道，“什么意思？”

“什么意思？美国总统克林顿，不是到年头儿，换届下去了吗？钟学秀也该换届了。”他嘿然一笑道。

“什么？你要跟秀儿离婚？”我诧异地问道。

“嗯。”他哼了一声。

“行！离婚不叫离婚，换届！你倒没说刷锅。厨师每炒一道菜之前，都得刷锅。炒一道菜，刷一次锅。你是不是也想上一道新菜？”我没好气地说。

“嘿，刷锅这词儿形象！看来这次我还真被人给刷锅了。”他啧啧了两下，说道。

“你觉得离婚时尚是吧？”我问道。

“那是，现如今，‘原装’的东西已经过时了。没听过这个顺口溜吗？‘结婚是失误，离婚是觉悟，再婚是谬误……’”

“还有呢：‘复婚是执迷不悟，没有情妇是废物，生孩子是天大的错误，一个人过什么都不耽误。’”

“都什么乱七八糟的，也不谁编的！离婚就是追时髦、赶潮流？我能信这个吗？嘁。”

“那你好模搭秧儿地离哪门子婚呀？”

“不是跟你说，到点儿了嘛。知道什么是换届吧？”

“我知道你大爷！”我骂了他一句。

他笑了：“我大爷早死了。”

“少废话！明说吧，你这是哪一出儿呀？秀儿怎么你了，你要休人家？是不是你上调到国家工商总局，地位高了，架子大了，不知道自己吃几碗干饭了？”

“你瞧我说什么来着？一提换届，你们肯定会说是我怎么着了。好像是我多对不起她似的。这回呀，你想错了，不想过了是她先提出来的。”

“得了吧你，以我对秀儿的了解，‘离婚’这两个字，她说不出口。你们的孩子都上中学了吧？这么多年，就你那点儿出息，她要是想离，早就跟你拜拜了。”

“问题是这之前她不想离呀。都是在胡同长起来的，咱们从小受老人教育，‘糟糠之妻不下堂，烈女不嫁二夫郎’。我也知道这‘二锅头’再怎么好喝，也不如‘头锅’的净流醇厚。所以，不管怎么说，我也得维持着这个家，她也是这意思。可这回她改主意了，非要逼我换届不可。”他苦笑了一下。

“我怎么总觉得你在跟我打镲呢。”我看了他一眼，笑道，“离婚可是折磨人，让人心里熬头的事儿，我怎么没看你带出相儿来呀？”

“嘿，合着你非让我哭着来找你，是不是？”他拧着眉毛说。

“得，就只当你和秀儿真要离。你找我干吗？让我替你写离婚协议？”我嘲讽了他一句。“嗐，真到了那一步，我还用麻烦你吗？”

“那你倒是直说，让我怎么着？”

“让你当说客，劝劝秀儿。”

“你是让我劝她离呀，还是不离？”

“真要离，就不找你了。”

“这么说，你不想离是不是？”

“你讲话，孩子都上中学了。离婚？我抽什么风呀？”

“照你这么说，是秀儿抽风了。得了，既然你求到我头上了，我抽空跟秀儿聊聊，看看她到底是什么想法。你还别说，我有日子没见她了。”

“得，我先给你作揖了。”罗呗儿站起来，敬了我一杯酒。

跟这位爷打交道，您永远都会在云里雾里待着，他一会儿云，一会儿雨，说话办事，真真假假，虚虚实实，来回跟你这儿转影壁，让你白吃瞪眼食[①]，没的抓挠。那天也如是，涮了半天火锅，也聊了半天他的婚事，最后弄得我直发昏。我想问他的事儿，他躲躲闪闪藏猫儿玩，到了儿也没说清楚。

当然，他和秀儿离婚的事儿，我也没完全当真。用他的话说：我已经不是给个棒槌就认真（纫针）的岁数了。不过，无风不起浪，既然他说出来了，我还不能不当一回事，不管怎么说，我得先见见秀儿，在她那儿摸摸底。

瓜条

没容我腾出空儿来跟秀儿联系，“瓜条”给我打电话，说找我有事。“瓜条”的大号汤作栋，“汤泡饭”汤玉祥的三儿子。他跟我和罗呗儿，都是小学同学。

为什么叫这么个外号呢？现在的人可能不知道什么叫瓜条了。瓜条是北京特产果脯里头的一种。早年间，北京特产除了“全聚德”的烤鸭、“六必居”的酱菜、“王致和”的酱豆腐，就得说果脯了。来北京出差的人，通常都要带上两斤果脯回去，让亲朋好友尝尝。但时代变了，现而今，血压高、糖尿病等富贵病，侵扰着老百姓，人们普遍怕吃甜的，所以昔日的“宠儿”果脯，也不受人待见了。

果脯是用各种水果做的，其中有一道是用新疆的哈密瓜做的，但当年交通不照现在这么发达，所以哈密瓜透着金贵。于是做果脯的师傅，就用西瓜皮和冬瓜做的瓜条代替，但西瓜皮和冬瓜没有哈密瓜甜，味道也不一样，所以知底的人买果脯，往往告诉售货员，

① 瞪眼儿食——老北京土话。有两层意思。其一，指寄食于亲戚朋友家，自己不劳而食，吃饭的时候，让人瞪着眼睛看着自己，心里自卑。其二，指过去路边小吃摊儿卖的小吃。因为过去有的小吃摊儿是食客吃了再算账交钱，摊主就一个人，得在旁边看着食客吃了多少好算账，所以有“瞪眼”的谑称。

不要瓜条。知道瓜条是什么，汤作栋为什么叫这个外号，也就不用再啰唆了。

“瓜条”小时候，家里穷，吃的穿的玩的，好多东西都是“冒名顶替”，比如，胡同里的孩子玩玻璃弹球，他爸买不起，就用泥搓成球儿，让他弹着玩。胡同里的孩子玩玩具枪，他爸舍不得掏钱给他买，就用木头给他做“手枪”“步枪”，还用木板给他做了两辆小汽车。

总之，胡同里孩子玩的，“瓜条”一样也不缺，但他玩的是模仿。可您能说泥球不是球，木头手枪不是玩具吗？就跟瓜条似的，您能说西瓜和冬瓜不是瓜吗？他爸常常自我解嘲：“汤泡饭”也是饭呀！

就像谁也想不到，那么好吃又体面的北京果脯，有一天会“落魄”一样，胡同里的人，没有谁会想到被人瞧不起的“瓜条”，有一天能成大款。的确，我们听到“瓜条”当了“万元户”的时候，都吃了一惊。上世纪八十年代，大多数人的月工资，不过七八十块钱，当时面值最大的人民币钞票是十元，因为上面印着各族人民大团结的画面，所以人们又叫它“大团结”或“一张儿”，那会儿的“万元户”，不逊于现在的亿万富翁。

“瓜条”完全是靠自己练摊儿，当倒爷发起来的。高中毕业，他被分配到了首钢，当电焊工，因为给他师傅的儿子结婚盖房，他偷了工厂两块石棉瓦，结果被开除了公职。

在家闲了一年多，赶上了改革开放，允许市民干个体。他背水一战，把他爸爸“汤泡饭”给他娶媳妇攒的一千来块钱做本钱，花钱租车，从大兴的庞各庄拉西瓜，在胡同口儿摆了个西瓜摊儿。这跟他“瓜条”的外号倒是对上碴儿了，“瓜条”就是西瓜皮做的嘛。谁也没想到他卖了两年西瓜，挣了几千块钱。

那会儿的几千，相当于现在的几万还得拐弯儿。手里攥着几千块钱，他有了底气，率先领了个体营业执照。先在西单夜市练摊儿，倒服装，接着又在北滨河路的烟市，倒“外贸”烟，挖到了第一桶金后，他透着底气十足了，傍着一个高干子弟倒煤，倒电器，倒汽车，一下子发了几笔大财。随后，在西城开了一个非常豪华的海鲜大酒楼，又火了一把。等到邓小平南行讲话以后，国内兴起“下海潮”、经商热的时候，他已然转战深圳和海南，玩房地产去了。在南方，他一气儿开了两个公司。

当然，他的买卖有聘的经理照应，他乐得逍遥自在，整天跟商圈的朋友吃喝玩乐，打牌、打网球、泡妞儿。看似闲在，其实脑子整天转悠的是商机，许多生意上的大单，他都是在饭桌上搞定的。

讨技

“瓜条”把我约到他开的大酒楼。我跟他有几年不见了，上小学那会儿，他长得又瘦又高，这也是为什么有“瓜条”这个外号的一个原因。后来我见他时，身上也没多少肉，想不到这些年，他跟气吹的似的，脸也圆了，脖子也粗了，肚子也鼓起来了，比原来膨胀了好几圈儿，走在街上，我绝对认不出他来。”

“你也胖了。”他端详着我，笑道，“这都是改革开放给咱们带来的实惠。身上不长点儿肉，好像对不起社会，是吧？”他说话总是用询问的口气，最后要找补一个反问句：“是吧？”“是不是你说？”

也许是想在老同学面前拔拔份儿，他点了一桌子菜，还打开了一瓶茅台。

“来，咱们一边吃，一边聊。这样两不耽误，是不是你说？”他透着直率和热诚。

当然，跟这些发小儿，我从来不客气。客气就意味酸文假醋，北京人讲话：这叫装孙子玩。都是在胡同一块儿长起来的，谁是什么坯子，都知根知底儿，没必要装着玩。问过了双方老家儿的近况，又寒暄了两句，我拿起了筷子。他端起酒杯，跟我碰了一下，然后一口干掉。

在商海打拼了十多年，他变得老练成熟了，说话不紧不慢，有板有眼，跟罗呗儿完全是两个风格。我知道“瓜条”的时间金贵，闲聊了几句，直奔主题，问他找我什么事？他淡然一笑，问道：“白姥姥你肯定认识，是不是？听说你现在正采访她对吧？”

我愣了一下，想不到“瓜条”也认识白姥姥。“是呀！白姥姥，你怎么知道她的？”我反问道。

他点着烟，深深地吸了一口，沉吟道：“哦，是这么回事，我认识一个做工程的老总，姓李。李总喜欢琢磨吃。那天，他来酒楼吃饭，给我讲了他爸爸临终时，吃到白姥姥做的一碗杂碎的故事。他告诉我，当时，白姥姥端过去的那锅杂碎，他爸爸只吃了一碗，剩下的，让他和他哥都给吃了。那杂碎做得确实地道。他后来在京城碰到过十多家做杂碎的馆子，碰上，他就吃，但吃来吃去，都没找到白姥姥做的杂碎的味儿。我听了挺受感动，也挺受启发。杂碎汤是咱老北京的最普通小吃，为什么吃不到原先的味儿了呢你说？所以，我想请你帮个忙，你看行不行？”

“帮什么忙？你尽管说。”

“听说白姥姥的前辈，是京城名厨，她手里肯定有不少绝活，但我就想要她做杂碎的绝招儿。她上了岁数，我琢磨着如果把她请到我们酒楼来，肯定不大合适，你说是不是？所以，我想让我的厨师，登门求技。麻烦你给搭个桥，多少钱我都出，你看怎么样？”

我迟疑一下道：“这不是钱的事儿。你不了解白姥姥，她可不是厨师。人家是英语老师，讲的是面儿。”

“我知道这种人讲面儿，要不我也不麻烦你，你说是不是？”他笑了笑说。这一笑，让我想起小时候他淘气的样儿来。

“好吧，我说说试试吧。”我点了点头说。

“得，为了这，我得敬你一杯。”他端起酒杯，又跟我干了，“怎么样这酒？这可是我从厂子里直接拉回来的，市面上假的忒多。”

“嗯，喝着不错。”我突然想起白姥姥喜欢喝茅台，跟他要了两瓶，没想到“瓜条”透着大方，让我拿走一箱，六瓶。而且他还让司机直接给我送到家。

临散席的时候，我问“瓜条”，怎么知道我跟白姥姥认识？他告诉我听罗呗儿说的。我想到了是他。随口问“瓜条’，知道不知道罗呗儿调工作的事儿？谁知这一问，把罗呗儿的那点儿潮底子给兜出来了。

“他的事儿，你不知道？你们之间，不是走得挺勤的吗？”“瓜条”诧异地问我。

也许正因为走得勤，他才蒙得我一愣一愣的。但这句话我没说出口，都是老同学，我怎么着也得给罗呗儿留着面子。

“我们见了面，聊的都是他们单位的事儿。个人隐私，他很少聊。”我笑了笑说。

“瓜条”不以为然地扑哧乐了：“丫还有隐私？你还真把萝卜当盘菜了。”

把罗呗儿踩咕一通，接着，他讲起了罗呗儿这两年摊上的麻烦事。

泡妞儿

敢情那位刘所长说得没错儿，罗呗儿确实丢了“铁饭碗”，但他不是辞职，是被开除公职。而罗呗儿遭遇开除，又跟这位刘所长有关。原来这位刘所长的爱人，在中科院下边的一个研究所工作，三年前，公派到美国一所大学进修。媳妇一走三年，孩子送到了姥姥家，刘所长每天下班回到家，未免会感到孤独寂寞。而且在媳妇走的第二年后，来信越来越少，电话一个月来不了一次，要命的是说话的语气越来越凉，刘所长渐渐地心里长了草，有一种没着没落的感觉。

所长的心事挂在脸上，他手底下的那帮人坐不住了，解不了忧，也得给所长解解闷儿呀？那会儿工商所的权力不小，个体户起照、年检，都得找他们，刘所长手下这帮弟兄，大小都管点事儿，也都有一些联系单位。花钱的事儿，只要跟下面的企业打个招呼，就什么都不用操心了。

为给所长解闷儿，他手下那帮弟兄轮着班儿地陪着，下了班，先找地儿吃饭喝酒，酒足饭饱，奔歌厅卡拉OK，当然每次短不了有小姐“三陪”，跟小姐起完腻，嗓子眼儿过够了瘾，才打道回府。

一来二去的，他们跟西城地面上的歌厅老板和妈咪都混熟了，也了解这位所长的心思了，有时碰上他可心的小姐，便主动给他开房。刘所长当然知道干这种事的风险。他很精明，每次开房跟小姐起腻之前，都让罗呗儿他们找小姐先开房，一来为堵他们的嘴，二来让他们先蹚道儿，预热。等他们玩得差不多了，他才开房，踏踏实实地跟小姐缠绵。

罗呗儿原本不是好色之徒，对卡拉OK和三陪小姐也没多大兴趣，但刘所长是他的头儿，他一切都得看所长的眼色行事。所长喜欢泡妞儿，他当然也得鞍前马后地照应着。他知道，稍有怠慢，得罪了所长，得吃不了兜着走。

自然，罗呗儿也不傻，他心里明镜似的，所长这么玩下去，早晚要出事儿。于是他跟其他几个弟兄商量，想给所长找一个固定的傍家儿，那会儿的流行语叫“喇蜜”。给所长找个“小蜜”，这样既解决了所长的寂寞问题，他们这帮弟兄也算得到解脱，不至于见天晚上陪着所长“刷夜”了。但还没等罗呗儿他们的“阴谋”得逞，他们就蹚了“雷”，出了娄子。

原来刘所长有个竞争对手姓梁。老梁干工商这行比刘所长年头长，岁数比他大，能力也比他强。本来这个副所长的位子是姓梁的，但姓刘的窥视这个位子已久。在上边要提拔姓梁的关键时刻，姓刘的该出手时就出手，在背后捅了他一刀：举报姓梁的吃贿，并且在所管的企业占有股份。

这当然不是小事，上边的纪检部门便进行调查。一查，姓梁的还真不干净。于是把姓梁的贬到郊区的培训中心，不久，提拔姓刘的当了副所长。

姓梁的心里一直窝着这口气，在一次陪朋友到歌厅唱歌时，听妈咪说，刘所长跟他们这儿的几个小姐都有染。他心中暗喜：终于找到了报复刘所长的机会。

顶包

这天，刘所长他们酒足饭饱，开着车来到这家歌厅。罗呗儿已然打好了“前站”：先到一步，让妈咪把长得漂亮的小姐，单给刘所长留着。刘所长依然是原来的路数，唱完歌后，他回到车里养神，让罗呗儿开房，先跟小姐缠绵。那天，另外三个同事说家里有事，都提前走了，只留下了罗呗儿。

刘所长在车里，刚点着烟，想眯一会儿，就见三四辆警车开过来，转眼之间，从车上跳下十多个警察，把歌厅给包围了。刘所长立刻明白是怎么回事，他打了个激灵，立马儿开车颠了。当然，罗呗儿倒了霉。在包房，他光着身子正跟小姐腻歪，让警察给捉了个现行。

当时，正赶上严打歌厅“三陪”和卖淫嫖娼，像罗呗儿这种“真刀真枪”被抓的“现行”，至少得关半年。后来秀儿求“瓜条”出面，托人弄戗地让他在拘留所待了一个多月才出来。用北京话说，这叫：想玩，没玩好，玩现了。当然，现了这么大个眼，名声毁了还在其次，主要是饭碗没了。

裉节儿上，那位刘所长掉了链子。为了保自己的乌纱帽，他毫不犹豫地“牺牲”了罗呗儿。美其名曰：丢卒保车。罗呗儿还算爷儿们，出了事，任打任罚，全都自己扛，没给刘所长泄一点儿底。倒是那位姓梁的很失望。他玩的这个攒儿，主要是冲着刘所长去的，没想到让罗呗儿折了，该着罗呗儿点儿背。

刘所长毫发未损，但他觉得欠着罗呗儿的，罗呗儿从“局子”里出来，他摆了桌席，给罗呗儿压惊。罗呗儿并没有因为丢了官差，带出点儿倒霉相儿，相反，他比原先更精神了。他要的就是这种“旌旗不倒，阵脚不乱”的劲头，在面儿上，他不能输给谁。

在饭桌上，他说出自己要“下海”开公司的计划。刘所长认为他不是这块料，还是端铁饭碗保险，他给罗呗儿开了张空头支票，说他的大学同学在国家工商总局当处长，有机会就把罗呗儿调到总局去。这不是扯吗？但罗呗儿却把这句话捡了起来，拿着鸡毛当令箭，以为自己真要去总局呢。

罗呗儿离开工商所，自己起了个“照”，开了个文化公司。但他一直单枪匹马，东一榔头西一棒子地瞎扑腾。那个公司，也是个“皮包公司”。也许是他要维自己一个整脸，在我面前没好意思说真话，一直让我觉得他还在工商局吃官饭，这样显得自己有身份。

“那他这两年，靠什么吃饭呀？他可还有老婆孩子呢？”我问

“瓜条”。

“瓜条”淡然一笑道：“说起来你可能都不相信，这小子现在靠他们老丈杆子活着呢。”

“靠秀儿他爸爸活着？这是怎么回事儿？”我感到匪夷所思，不解地问道。

活“存折”

“瓜条”告诉我，秀儿她爸在剧团当了几年的副院长，五十多了，天上飘来一块云，他自己都感到突然，来了官运。

原来他一次开会，碰上了当年打淮海战役时的老连长，他曾经冒死救过老连长的命。老连长现在已经是副部级干部了，一问老钟，才是副处级。老连长觉得心里不是味儿了。他亲自出面运作，帮着老钟调了两次单位，最后到离休时，他已经是正局级了。

当然，正局级离休，享受的是高干待遇了。说这话是二十世纪九十年代初，老钟离休后，每月的离休金加上各种补助，有五千多块钱，而当时罗呗儿在工商所当科员，每月的工资和各种津贴、奖金加起来，也就是八九百块钱。

老钟没福气，解放战争负过伤，抗美援朝渡过江，临离休碰上了老连长，辛辛苦苦一辈子，本来离休后，应该享享清福，没想到刚过七十，就得了脑溢血，嘴歪眼斜，偏瘫两年多，又得了“帕金森”，说话语无伦次，拿东西浑身上下乱抖。

原本家人雇了个保姆，侍候老爷子，但干得好好的，保姆的丈夫出了车祸，她只好辞了工，回了老家。正赶上罗呗儿被开除了公职，没着没落儿地在家待着，秀儿便跟他商量，先让他顶替保姆，到她家侍候老爷子。

因为泡妞儿被开除，罗呗儿在秀儿这儿有了短儿，所以，秀儿说什么，他只好应什么。及至接手侍候老钟后，他渐渐发现，老爷子就是一个活着的“存折”，一个月五千多，只要老爷子有一口气，政府一分也不少给。

他跟秀儿说，肥水不流外人田，这活儿他干了。秀儿在家是

“老疙瘩”，上边俩哥一姐，混得都比她好，跟他们一商量，都没意见，于是从老爷子每月的离休金里，拿出一半给了罗呗儿。

罗呗儿成了专职“保姆”，吃住都在老丈杆子家，侍候老爷子吃喝拉撒睡。他对秀儿还有个说词：泡妞儿有罪，这叫在家修行，“劳动改造”。

当然，罗呗儿对外不敢这么说，他得要面儿，有时上街还穿原来的那身官衣，只是不敢戴徽章了。所以街坊四邻，以为他还在工商所就职呢。

“瓜条”说话还算靠谱儿，他也没有必要蒙我。我问他知道不知道罗呗儿想离婚的事儿？“瓜条”忍不住笑起来，说道：“这小子说话真不着调。他离婚？他离了钟学秀，上哪吃饭去？你甭听他瞎嘞嘞。”

“你们有多长时间没见面了？”我想了想问道。

“大概有几个月了。我把丫从大狱里捞出来，好像就见过两次面。”“瓜条”皱了皱眉，说道，“我懒得见他。烦丫撒头拍子的劲头儿。混得什么都不是，他还比谁都有本事。”

我觉得罗呗儿肯定欠着他的情儿，要不就是觉得他人头儿实在太次，拎不起来，否则“瓜条”不会当着我的面，这么贬罗呗儿。

“嗐，小时候他不就是这德性吗？都活到现在了，别跟他计较了。”我对“瓜条”笑了笑说。

虽然“瓜条”说罗呗儿的事儿都是实情，但看得出来，他并不了解罗呗儿的内心世界。罗呗儿是个喜欢到处张罗的人，把他拴在家里，一门心思侍候老爷子，他能坐得住吗？

再者说，假如他一直在家里侍候老爷子，怎么会有空儿跑到白姥姥家，憋着那个猫碗呢？还有他说要跟秀儿离婚，到底是怎么回事呢？我一时半会儿还解不开这些谜。

第十二章

使性儿

既然应了“瓜条”杂碎汤的事，我总得上心。这天下班后，我来到白姥姥住的小院。因为没有提前打招呼，感觉有些冒失。可巧，老太太在家呢。走到院门口，我没看见那只会通风报信的波斯猫，想起白姥姥跟我说的“使声”，使劲咳嗽了一下。

有一次到白姥姥家，我进院后，直接去敲门，惹得老太太挺不高兴。事后，她告诉我，老北京人到谁家串门，都讲究“使声”，这是一种礼数，也是常识。什么叫“使声”呢？就是您到谁家去串门，或者拜访谁，进院后，不直接去敲房门，而是站在院里咳嗽一下，或者说句“今儿天儿真好”之类的话，总之要出声，让主人知道你来了，打出点儿提前量，做做准备。打那儿以后，我再到谁家，不敢闷头敲门了，想方设法总要出点儿声。

白姥姥半天才开门，我估计她在拾掇“门脸儿”，老太太要样儿，每次见人，总要先捯饬捯饬。

“我琢磨着你该找我来了。”一见面，她先入为主地笑道，好像把着我的脉。

“为什么呢？”我问道。

“三爷的故事，还没给你讲完嘛。”她嫣然一笑道。

“合着您还等着给我解扣儿呢。”我顺水推舟说，“您快成能掐会算的诸葛亮了。”

“什么猪葛亮马葛亮的，我要是能掐会算，知道你今天过来，早提前给你预备好吃的了。”她朝厨房看了一眼，啧啧了两下，说道，“下午我到宠物医院给猫打针去了，也没顾上买菜。”

“正好，您给我一个请您到外面吃饭的机会。”

“得嘞，姥姥今儿吃你一次请。”

“咱们吃什么？请您，得听您的。”我笑道。

“你好不容易请一次客，姥姥得宰你一下。我馋‘谭家菜’

了。身上带的银子多不多？咱们北京饭店吃‘谭家菜’，怎么样？”她的脸上露出异样的神情，兴奋得像个小孩儿。

“没问题。今儿个咱们就北京饭店了。”我知道‘谭家菜’要价儿，但我身上带的钱，足够我们俩饱餐一顿的。

她见我真做出要走的样子，突然“咯咯”笑了起来：“你呀，真够实在的。你以为姥姥真要宰你呢？你说句心里话，外头厨师做的饭菜，有白姥姥做的可口吗？”

“还真没有您做得好吃。”

“这不结了吗？刚才姥姥逗你呢。咱上哪儿吃呀？哪儿也不去，就在姥姥家吃。今天虽说没准备，姥姥就地取材，做样简单的，让你尝尝。”她笑了笑说。

“越简单的吃食，越要功夫。姥姥，您看我给您带来了什么。”我从提包里，取出两瓶茅台，放在桌子上，笑道，“这是京城有名的大酒楼的老板，给您进的贡。”

“酒楼老板？你别吓着我。”白姥姥不以为然地笑道。

“这是我的一个发小儿，小学同学。”我把“瓜条”想请她传授杂碎汤秘方的事告诉她，“人家想高价买您的杂碎汤秘方呢。”我跟她半开玩笑说道。

想不到她听了，突然把脸一沉，抻掇我道：“你当我是专门炒菜做饭的厨师吗？还花钱买秘方？”

“我这是跟您开个玩笑。”

“别拿老太太到处‘卖’，知道吗？”她的脸阴了上来，“谁让你到外头跟人说我的事儿了？”

“嗐，我不过是话赶话说到这儿了。再说，我也没说您什么，就说您做的杂碎好吃。真的。”我赶紧跟她解释。

“你甭跟我这儿描了，越描越黑。杂碎好吃，那是你说。话又说回来了，那杂碎是我特地给你做的。你凭什么拿这个，在老板面前吹嘘？”她的话里话外，好像都带着气儿。

我实在弄不明白晴朗的天空，为什么会突然阴云密布？话说得好好的，她怎么突然会发起脾气来？难道就因为那个杂碎汤？她这么在乎它吗？

“姥姥，我真没吹嘘您什么。我只不过……”

“你不要再跟我矫情了知道吗？”她打断我的话，冷然一笑道，“老板有什么了不起？别以为他有钱，谁都得恭维他。没你那事儿！钱就真那么灵验吗？他一句话，我就得去侍候他？想容易了！你告诉他，杂碎汤人人都能做，没有什么秘方，也没有那么玄妙。姥姥上了年纪，喜欢的人，我可以动动手。八竿子打不着，不认识的人，猪八戒摆手，不伺候（猴儿）！”

打圆场

我忽然觉出，是一上来就说“瓜条”是老板惹她不高兴了。她为什么烦老板呢？我有些莫名其妙。不过，老太太让我醒过味儿来，跟她说事儿得平民化，还要以情来打动她。我真想给自己一巴掌，怎么把白姥姥给临终的老头儿做杂碎的茬儿给忘了呢？

“您瞧您，话跟得太快了。我刚才的话还没说完呢。”我赔着笑脸，对她说，“您知道是谁想起您做的杂碎来了吗？”

“除了你，还能有谁呀？”她迟疑了一下问道。

“您可能都不记得了吧？十多年前，有个病危的老头儿，想吃老北京的杂碎，到处买，没买着，是您给老爷子做了一锅，让他临终前，了了一大心愿。有这回事儿吧？”

“嗯，我想起来了。”她的黛眉微蹙，突然破颜微笑道，“哦，是有这么档子事儿。”

“您知道那老爷子的儿子，当时也尝了您做的杂碎，让他印象挺深，也非常留恋。那天，他跟我的小学同学聊起这事儿，说后来吃过不少家餐馆做的杂碎，都没有您做得好吃，特希望您能给他一个怀旧的机会。所以，我的小学同学才想让您给他再做一次，了却他的一个心愿。”我笑了笑说。

“嘍，你这小嘴可真够能说的。刚才还说酒楼老板，让我传授做杂碎的秘方，现在又改老爷子的儿子，想吃我做的杂碎了。”

“这是真的，我这嘴不会说。要是会说，能让您刚才生我的气吗？”我打了个圆场，说道。

“那叫生气呀？”她的脸突然多云转晴，说话的语气缓和下来，微微一笑道，“我只是想让你知道，我对钱看得没那么重要。老板手里的钱，在我这儿可不是万能的。他以为有了钱就怎么着了呢？一招手，老太太就屁颠屁颠儿过去了？别说杂碎汤，珍珠翡翠白玉汤也甭想。他以为自己是朱元璋呢？人家可是皇上！”

“嗐，姥姥您想多了。我这个发小儿还真不是那种发了财就发烧、不知道天高地厚的人。他也喜欢老北京文化，所以才让我求您，有幸能尝尝您做的杂碎。”

“嗯，这话才让我觉得中听。”她莞尔一笑道，“想吃杂碎汤，那还不好说吗？有空就让他们过来。是不是你的朋友？”

“是，是我的朋友。”

“那跟姥姥还有什么说的？还提什么钱？这不是打老太太的脸吗？”她扑哧乐了，掩嘴道，“你说你能怪姥姥生你的气吗？做一个杂碎汤，又什么秘方吧，又什么高价买吧，还什么传授绝技吧。你要干吗呀？想让姥姥当杂碎专家呀？你当这是造原子弹呢？你呀！让我怎么说你好呢？”

“得，得，姥姥！我这嘴该掌。我给您作揖！”

“还作揖呢？干脆跪下吧你！”她径自笑起来，“去，别紧溜儿跟我这儿逗咳嗽了。麻利儿的，帮姥姥把吃饭的家伙什儿归置归置，我给你沏茶去。”

“得，您甭动，我来吧。”我赶紧说道。

惑与祸

我站起来，收拾了桌子上的碗筷，拿到厨房洗干净，又擦了桌子扫了地，抹回头来对白姥姥说：“您上次说的三爷户口的事儿，我心里头一直想着呢。”

“嗳，你这话，我爱听！三爷的户口，这才是姥姥现在最上心也是最伤心的事儿呢！”她给我倒了杯茶，说道。

“真那么难办吗？”我装作十分不解的样子，问道。

“我问了不少当年被打成‘右派’，跟他类似经历的人，人家户口都办得挺顺当，可是到了他这儿，唉，简直就像一团麻，扯不清，理还乱。”她叹了一口气说道。

“您别着急，只要找对了路，问题总能解决的。看病不是讲究对症下药吗，您说是不是？”

“我也一直这么想。”她凝视着我，点了点头。

“您上次说，三爷是被发配到了青海，他在那儿肯定吃了不少苦。”

“唉，差点把命搭进去。他有时对我说，什么户口不户口的，能全须全尾儿回来，就已经知足了。可我咽不下这口气。话又说回来，人上了岁数，没有北京户口，处处为难，看病就医，养老补助，等等，现在，没有北京户口，什么都享受不到。问题是他明明白白是北京生北京长起来的人，现在年纪大了，想叶落归根，为什么不允许呢？我真想不明白！”

“其中必有原因吧。他当时肯定是被迫害，才去的青海。”沉了一下，我说道。

她皱了皱眉道：“唉，说来话长。你还记得我跟你说的这个小碗的事儿吧？”

“怎么能忘呢？当初您不是认为它沾上了晦气，总想把它扔掉吗？”

“是呀，当时，三爷很偶然地从一个老农手里，得到了这个小碗后，从此工作和生活一直都不是很顺。所以有人认为，是这个小碗带来的晦气。”

“说得那么玄妙。您觉得是这么回事儿吗？”

“嗐，都是在迷茫中，希望找到一种答案，渴望得到一种解脱，自己欺骗自己，自己安慰自己而已。其实，从心里说，谁信呀？依我看，一般老百姓的所谓信仰，都是为难之时，危机之刻，找不到出路，看不见光亮，寻求的一种心灵安慰和思想解脱罢了。真信吗？真信，您平时干吗去了？临时抱佛脚，佛能帮你什么？”

“照您这么说，您并不完全信？”

“是呀，以三爷的性情，赶上了那个年代，不出事儿反倒让人觉得不正常了。照我看，一切都是命运的安排。”

“难道三爷后来真倒霉了？”

“不是倒霉，是倒大霉了！”白姥姥长叹了一口气，说道，“唉，有时候，我静下心来想他的事儿，就是一步棋没走好，结果满盘皆输，一辈子没翻过身来。真应了那句话：一失足成千古恨，再要回头百年身。”

“难道他犯什么错误了吗？”我大着胆子问道。

典型

白姥姥苦笑道：“什么叫错误？那年头，正确和错误本身就没有标准。”

“那倒是，您忘了民间有句话：官大表准。”我随声附和道。

“是呀，谁官大，谁说了算。他的话，哪有错误一说？”白姥姥意味深长地说，“三爷是书生气，加上北京人的爷劲儿，你想他说话办事，能不得罪人吗？得罪了一般老百姓，撑死了人家骂你几句，或恨你几天，睡几宿觉，也就过去了。要是得罪了当官的，那可就是犯错误了。这错误，像吹气球，想要它多大，就多大。”

“三爷不就是一个小学教师吗？猫在山旮旯里，他能惹什么娄子？”

“要不怎么说，人要是倒霉，喝口凉水都塞牙呢。”

“怎么回事呢？”

“三爷在村里的小学，虽然是临时工，但他教书特别认真，用现在的话说，他特别敬业。一年，除了寒暑假之外，他都吃住在学校，而且跟村里的村民都能打成一片，跟谁都混得很熟，村里人没有不夸他的。最主要的是，他教出的学生，有多一半考上了区里的重点中学。那会儿，咱们国家跟苏联，好得跟一个人儿似的，我们管他们叫老大哥，什么都学他们。当时苏联有一部电影叫《乡村女教师》，说的是一个女教师，在偏僻的农村教书怎么不容易的故事。那会儿，各个区的教育局都组织老师们看这部电影，意思是向这位女教师学习，同时，也想宣传咱们的乡村教师。这一找乡村好教师的典型，找到三爷头上了。因为当时，像他这样大学毕业，在山村当小学老师的真是凤毛麟角。”

“选他当先进，这不是好事吗？”

“好事？这分怎么说，从本心来说，三爷不愿意出这个风头，他不是那种喜欢抛头露面的人。但区里非要树这么一个典型，偏偏挑上了他。谁也没想到，本来平静的生活，让上边这一找典型，给弄得鸡飞狗跳了。”

“怎么呢？”

“宣传一个典型，总要让他脸上有光，身份体面。当然，还要写宣传材料捧他。材料报到上边，领导觉得事迹很生动，再一问，敢情三爷还是个临时工。这怎么成呢？领导当时一句话，很快，三爷就摇身一变，成了正式在册的教师了。”

“嘿，这要是自己办，托人弄戗的，估计得几年？”

“几年？以三爷的脾气秉性，恐怕一辈子都没戏。”

“看来三爷要时来运转。”

“确实有转运的势头。他好像一夜之间，就成了香饽饽。一家大报社派来了一个记者，在村里住了两天，跟踪采访三爷，回去写了一个长篇报道。报道的口气，完全按当时的政治需要，把三爷人为地拔高了，说三爷思想觉悟怎么怎么高，每天晚上都学毛主席著作。他是按毛主席的教导，全心全意为人民服务，扎根在山区农村教书育人的，等等。”

“噗，写的这还是三爷吗？”

“其实，这个记者在采访三爷的时候，打了马虎眼，没有明说要报道他。真要明说，三爷肯定不会接受采访的。你想三爷从小是公子哥出身，他教书努力认真，完全是凭自己做人做事的热心和真心，压根儿就不是像那个记者写的，靠的是什么阶级觉悟和思想觉悟。当然，他更没有天天学《毛选》这码事儿。”

“这不是愣给三爷脸上‘贴金’吗？我估计这也是当时政治宣传的需要。那会儿报道，都得戴这种‘高帽’。”我笑道。

“这要是碰上别人，会觉得脸上‘贴金’是好事，或者觉得无所谓。偏偏赶上爱较真的三爷了。那会儿，报纸报道一个人，稿子写出来，要经过单位审，还要经过本人同意。区教育局的头儿看了那个记者的稿子，觉得写得非常感人，同意报社发表，报社的领导也批了，还准备派摄影记者给他拍配文照片。编辑排出了小样，最后让本人过目。谁也没想到，三爷看了小样，坚决不同意发表。他说记者写的不是他，而是另外一个人。他压根就没有什么阶级觉悟和思想觉悟。”

“这不是捅马蜂窝吗？他一下得得罪多少人呀？”我感叹道。

骨头

白姥姥沉吟道：“其实，不光是得罪人的事儿。那会儿，一有什么事儿，都要‘上纲上线’，这一上纲上线，那不是麻烦了吗？”

“我觉得他们领导肯定得急了。”我接过话茬儿说。

“可说呢。首先，区里领导的脸上挂不住了，用北京话说：本来人家拿您当个角儿，想捧捧您，没想到您却给脸不兜着。这不找不自在吗？其次，报社那儿，也觉得这事匪夷所思，按常理，谁不愿意自己登报出名呀？区里领导先后派了几拨人，劝三爷同意发表这篇报道。三爷就是不给面儿。他坚持自己的观点：我啥也不要，就要两个字：真实。如果你们非要报道，那就写一个真实的我。”

“得，还较上劲了。”

“僵持了一个多月，以三爷不肯让步而告终。我常常想，这事儿看起来不过是三爷生活中的一个小插曲，但却是他人生的一次重大转折。假如那次他上了报纸，被树为乡村教师的典型，生活肯定会发生大的变化，当然他会走鸿运，八成还会走上仕途，当个一官半职的。真是这样，也许就不会有后来那些倒霉的事了。但他当时偏偏要一轴到底，非要较这个劲。唉！”

“也许真像您说的，是他的性格使然。”

“他这次较劲，自然得罪了上边的领导。人家刚给他转了正，想好好栽培栽培他，他却这么不开面，让上上下下的领导来了个烧鸡大窝脖，面子上很难堪。你想领导能不忌恨他吗？当时的领导，大都是老干部，人家一查他的历史，敢情还有‘前科’。得，就这么着，他被领导记录在案了，只要有什么碴口，必定老账新账一块儿算。用句北京话说，您就擎好儿吧！所以说，表面看，这事过去后，风平浪静了，其实，暴风雨正等着三爷呢。”

“我估计三爷肯定看不出来这些潜在的危机。”

“他要能看出这些，那不早就顺杆爬了吗？这事平息后，他该教书教书，该干吗还干吗，压根儿也没把这当回事。但就在这事儿过去一个多月之后，他们的校长，却不失时机地在背后捅了他一刀。”白姥姥的淡眉向上轻轻一挑，“唉！”她长长叹息了一声。

我听了一愣：“校长？他们那个比芝麻还小的学校，还有校长？”

“怎么能没有呢？有学校，就得有校长。三爷他们学校的校长姓曹，跟三爷岁数差不多，他家住在临村，算是本地人。高中毕业后，回村当了小学老师，因为他有个二伯，后来当上了公社书记，他跟着沾了光，当上了中心小学的校长，同时也兼着三爷所在的小学校长。中心小学的规格，要比村里的小学高，主要设五、六年级，通常孩子们在本村念到四年级，然后就到中心小学念五、六年级，毕业直接考初中。”

“有点儿过去高小的意思，是吧？”

“嗯，但他们那个中心小学的老师，教学水平不高，连着几年，考上区里好点中学的学生没几个，考上重点中学的，一个也没有。三爷来了以后，知道了这种情况，就跟曹校长商量，他教的本村孩子，五、六年级也在村里的小学念，不上中心小学了。曹校长觉得三爷逞能，不上中心小学更好，少个学生省份心，也就依了三爷。他没想到三爷教书那么认真，头一年，就有两个六年级毕业的孩子，考上了区重点中学。”

“这还不在他们那些老师中炸了窝？”

“是呀，三爷在那些乡村教师中，被另眼相看了。接着两年，他教的六年级学生，又有好几个考上了区重点中学，有一个还考上了清华附中。三爷一下出了名。这时，曹校长开始玩心眼儿了。先是想把三爷调到中心小学，三爷没答应。接着，他又给三爷往上打小报告，想把三爷挤对走。没承想，三爷当时还是临时教师，本来就不在编。他这儿给三爷一上‘眼药’，歪打正着，反倒让区里的领导知道乡村教师中有三爷这一号了，为他日后当先进垫了底儿。”

“这么看，三爷是碰上小人了。也许三爷的性格，用北京话说叫‘犯小人’。”

“其实，真让他恨上三爷，还是因为我。”

“什么？您招他惹他了？”我惊诧道。

色坯子

白姥姥对我耐人寻味地苦笑道：“嗐，女人嘛，我那会儿还年轻。”

我恍然大悟道：“是呀！您长得太漂亮了，真是楚楚动人！很容易招惹男人的眼球儿哟。”

“长成什么样，是爹妈给的。这难道也是我的错儿吗？我那时，经常照着镜子问自己：我要是长个丑八怪的脸，也许就没有这么多厄运了。”

“您可真逗，女人哪个不希望自己长得光彩照人。哪有希望自己长得丑的？”

“但在那个年代，长得漂亮是一种负担。不，是一种错误。唉，别提这些了。”

“难道那个校长对您有想法了？”

“岂止是想法？简直可以说是一种病态。”

“这么说，您遇上色狼了？”我不可思议地问道。

白姥姥沉了一下，说道：“说来也是怪了。我两次去三爷那儿，都碰上了这个曹校长。他长得倒是一表人才，言谈举止也还有里有面儿。我当时还在三爷面前夸了他两句呢。谁能想到他居心叵测呀？后来，我才知道，敢情这家伙看上我了，还想在我身上打主意。”

“是您太有魅力了。”

“我自己都常常纳闷，我有什么魅力呀？其实，我那时已经

三十多，是两个孩子的妈妈了。况且我的心里只装着三爷，任何人对我献殷勤的谄媚，我都不屑一顾。别看这个乡村小学校长，在三爷面前神气活现的，在我眼里，他什么也不是。但他挺无赖的，直截了当地跟三爷说，他喜欢我。自从看到我以后，他像魔怔了，一天到晚，脑子里转悠的全是我。他那时也结了婚，并且有了一个孩子。但为了我，他甚至跟媳妇离了婚。”

“这不是快神经病了吗？”

“当时，三爷给我写信，告诉我这件事。我非常懊悔。当时我还想去找他，面对面谈一谈。但三爷写信告诉我，千万不能再见到他，他怕这家伙真犯了病，会发生什么意外。其实，三爷后来才发现，这些都是这小子装的，原来，这小子好色，是个‘花匠’，早就看上了另一个村的姑娘。他离婚，是因为把这个姑娘弄大了肚子，人家的家长不干了。他没辙，想了这么一个退身步，娶了这个姑娘。当然，他看上我，是想在我身上占便宜。”

“这不是癞蛤蟆想吃天鹅肉，痴心妄想吗？”

“当他发现三爷和我的关系后，这小子真是嫉妒死了。但他城府很深，表面什么也不流露，而且还装作对三爷很关心，后来三爷才知道，这家伙非常卑鄙，他不但老在上边给他使坏，还偷看我给三爷的信。”

“这可是犯法呀！”

“嗐，那会儿，在穷乡僻壤的山村，有什么法呀？这事儿被三爷发现后，他恼羞成怒。当天晚上，他在学校，炒了两个菜，留曹校长单独喝口儿，曹校长以为是三爷巴结他，很爽快地留下了。刚喝了两口酒，三爷就揭了他的疮疤。他还想狡辩，三爷的脾气上来，狠狠儿地暴打了他一顿。从此，俩人算结下了梁子。但这位曹校长对三爷的嫉妒和怨恨，却深藏不露。虽然挨了三爷一顿打，被打得乌眼青，在家躺了好几天，但没过多少日子，他好像把这茬儿给忘了，跟三爷见了面，有说有笑的，好像什么事儿都没发生似的。三爷向来大度，永远是大人不记小人过的范儿，自然，跟他也和好如初了。其实，曹校长那口气一直窝着呢。没缝儿，他还憋着下蛆呢，别说有缝儿了。”

“什么缝儿，让他逮着了？”我惑然不解地问道。

中枪

说到曹校长找碴儿，白姥姥沉吟道：“还用问吗？当然是树优秀乡村教师典型这件事儿。”

“这事跟他也有关系吗？”

白姥姥皱了皱眉，说道：“他开始并没掺和。因为当时，他正在市里的教师培训学校进修。虽然也有耳闻，但他很有心计，一直静观。当得知三爷没给上边领导面子，横竖不愿事迹见报，让上边领导很恼火的事儿以后，这小子再也坐不住了。他迫不及待地跑到上边领导那儿，吹耳边风，鸡蛋里挑骨头，把三爷踩咕了一通儿，说三爷是马尾巴串豆腐，提不起来，他压根儿走的就是资产阶级‘白专’道路。上边应该树走无产阶级‘又红又专’道路的典型，言外之意，这个典型应该树他。但上边领导还算不糊涂，树他，他有什么事迹呀？不过，让他这么一通儿贬，三爷等于又降了一档，快被拉到了悬崖边上了。”

“这家伙真够阴险的。”

“阴险的在后边，转过年，全国上下开始‘反右’，曹校长终于等到了算计三爷的机会，一棍子把三爷打入冷宫。”

“什么招儿，这么狠？”

“‘反右’之前，先搞的是‘引蛇出洞’。什么叫‘引蛇出洞’呢？说白了，就是号召党内外人士，给领导提意见。姓曹的鬼，他知道三爷平时说话比较直，不会拐弯儿，便撺掇他给上边领导提意见，在学校里说还觉得不解渴，区里开这种会，本来应该是他参加，但他闪了，说三爷是大学文化，有学问，把他推到了风口浪尖。结果，三爷中了招儿，他受人诱惑，在大会小会上，说了许多对社会和领导不满的话，几个月后，‘反右’开始，他首当其冲被打成了‘右派’。他的‘右派’言论和罪行，是那个曹校长亲自整理的，我看了，足有八十多条。”

“妈耶！八十条罪状，都是什么呀？”

“说起来，简直像是天方夜谭。比如那个送三爷小碗的狗子的爷爷，土改划成分时，定的是富农。三爷跟他们家走动比较多，这就是一条罪状，叫跟地主富农一起，谋划‘变天’。而且他还给三爷找出证据来：有一年夏天，响晴白日的，突然飘来几块阴云，三爷对他说：要变天了，出门带着雨具吧。他掐头去尾，就留下中间那句：要变天了。‘变天’，就意味着要推翻共产党的领导，回到新中国成立前。想想吧，这是多大的一条罪状呀！”

“这些罪状，不是莫须有吗？”

“唉，和尚梳辫子，没有的事呀！他不是赶到点儿上了吗？那会儿整人，一句话就能把你置于死地。三爷本来就有‘前科’，后来拒绝上报纸那档子事儿，也成了对抗领导的一大罪状，再加上八十多条‘右派’言论，你想，他的罪过有多大吧！大会批，小会斗，三爷的轴劲儿上来，就是不肯低头，他坚持自己跟党跟领导是一心一意的，打死他，他也不承认自己反党、反社会主义。后来，他被戴上了一顶‘顽固不化’的大帽子。本来要把他发配到房山，去‘改造思想’，这时，他还只是政治问题。没想到，曹校长从中使坏，把他列为‘重点’，发配地改成了黑龙江的‘北大荒’。”

“好像嫩江一带有个改造‘右派’的农场，他去了吗？”我问道。

爷劲儿

“你听我慢慢给你讲呀，去东北的名额定下来后，那位曹校长，作为中心小学的党支部书记，亲自找三爷谈话。这小子鸡贼，怕有意外，特地找了两个老师陪着他。”

“做贼心虚吧。”

“这会儿，他跟三爷说话的口气已经变了，不光是居高临下，而且是趾高气扬了。三爷听他把教育局党委的决定念完，忍无可忍，问道：你们就这么把我处理了？曹校长说：这是给你改造思想、重新做人的机会。三爷问道：你们凭什么这么处理我？说呀？曹校长义正词严：凭什么你自己还不明白？反党反社会主义是你！

对抗党的领导，对抗群众是你！顽固不化，死不认账是你！你说还要凭什么？这几句话，把三爷那几个月积压在心里的火，一下给拱了起来，他抄起桌上的茶杯，照着曹校长的脸砸过去，曹校长没想到他会发怒，被这一茶杯砸了一个后仰，三爷没等他缓过神来，一下子扑了上去，抄起捅炉子的铁通条，没头没脸地打下去，一下，两下，一连打了他五六下，曹校长的脑袋顿时冒了血。跟着他来的那两个老师，被吓傻了，直到见了血，他俩才醒过味儿来，冲上来抱住了三爷。要没他俩，保不齐三爷那天要跟曹校长玩命。”

“但三爷这一动手，可能性质一下子就变了。”

“是呀，曹校长被送进医院，脑袋上缝了十四针，三爷当时被派出所的警察给抓了起来，几天后，转到了分局，并且作为现行反革命犯立了案。曹校长是党支部书记，你想，右派分子把党支部书记给打了，这在当时，那是多大的事呀！按曹校长的话说，党支部书记，就是代表党的，反他就是反党。现在不光心里反，嘴上反，直接动起手来，你说不是鸡蛋往石头上撞，找死吗？”

“唉，人被整到了那种地步，我估计心里已经崩溃了。更别说，三爷是爷呀！”

“他的这种爷劲儿，我从骨子里喜欢。可是，成也萧何，败也萧何。他倒霉，就倒霉在他的爷劲儿上了。等我知道这些事，三爷已经在大狱里，啃了几个月的窝头，法院快要给他判刑了。‘进去’以后，他知道自己惹了大祸，肯定要判重刑，但他一点不后悔，反倒觉得把曹校长打了一顿，解了恨，也解了气，过了把瘾，再受什么罪，他也不觉得冤了。”

“真是位北京爷！”

“这时，他最担心的是我，他怕我再给他往学校写信，‘进去’后的第二天，他就给我写了一封信，非常短的几句话：我已经调到新的单位，先不要给我写信，待我安顿好再联系。保重！但是这封信，我两个月以后才收到。我跟三爷有个约定，不管我们在哪儿，保证半个月左右相互写封信。信，就是心的传递！哪怕信纸上只有一个字呢，我似乎也能感受到他的呼吸，感觉到他跳动的脉搏。”

“写信，是那个年代传递感情的主要手段。”

“因为三爷那封信，我当时没有看到，不知道他已经出了事，所以还像往常一样，给他写了一封信。因为快到端午节了，我随信还给他寄了二十多斤粮票。这是我平时省吃俭用，从牙缝里挤出来的。三爷来信总是说，粮票不够用。后来我才知道，敢情他跟我要粮票，是供养村里的一个老人。老人是他的学生狗子的远房大爷，一辈子没结过婚，赶大车时，骡子惊了，两条腿被大车轧折，瘫在了炕上。老头儿新中国成立前是地主，所以，村里人并不待见他。三爷看老头儿实在可怜，便每月给他买点儿口粮，悄没声地放在他家门口。”

“多善的一个人呀！”

“但那会儿，一切都要讲阶级斗争，三爷给地主送吃的，就等于成了地主阶级的孝子贤孙。这条罪状比什么都厉害。”

“唉，没有人性啦。您写的信，三爷收到了吗？”

“这封信发出一个多月，我才收到他的回信，信的内容很短，没提粮票的事儿，只是说山里的杏熟了，让我去找他玩。我怎么琢磨怎么不像他的口气，可是看字体又确实是他写的。我百思不得其解，没辙，又给他写了一封信。我说特别想去看他，如果有可能，我在‘夏至’前后过去好不好？但这封信寄出去如石沉大海，始终没有回音儿。我心里犯起嘀咕来，也越来越感到不踏实了。”

“是够让人心里起急的。”我的心都被提拉起来。

人面兽心

“转眼到了七月，我实在放不下心，便找了个礼拜天，一大早坐公交车，奔了北安河。那天，天阴得很沉，到了三爷教书的学校，天下起了毛毛雨，这种阴霾的雨天，就像我当时的心情。到了那儿，我才知道，敢情三爷早就被警察带走了。学校的一个女教师告诉我，三爷至少被抓起来有五六个月了。我当时心里犯了嘀咕，两个月以前，三爷还给我回信呢，发信的地址，明明白白就是村里的小学校呀。怎么回事呢？那个女教师说，这只有校长知道。后来我才知道，我给三爷写的几封信，被那个姓曹的校长偷着拆开看了，然后他模仿三爷的笔体，给我写的回信。”

“这不是犯法吗？”

“唉，那时候哪还有法这一说？校长代表的是组织，组织有权看私人的一切信件。这似乎是天经地义的事。可当时我对于这些，还蒙在鼓里。学校的那个女教师劝我去找校长。我正在犹豫，只见校长叼着香烟，人五人六地朝我走过来。”

“是那个姓曹的校长吗？”我问道。

“还能有谁呢？他把我叫到办公室，又让座儿又沏茶，透着殷勤。我问他三爷为什么被抓走？他说是政治审查，不能算抓走。我问他还能不能回来教书？他说也许能，也许不能。要看对他审查的结果。我又问他三爷到底犯了什么罪？他说问题很严重，有可能要判重刑。我听他这么一说，心里凉了半截。但看他的举止言谈，似乎对三爷的遭遇很同情。出于对他的信任，我对他说：能不能想办法让我见见三爷？他当时很痛快地答应我了。可是接下来，他跟我东拉西扯，就不谈三爷的事了。而且我发觉他看我的眼神不对。”

“怎么不对呢？”

“眉来眼去有点儿色眯眯的。小的时候，听我妈说：男色小眯眼儿，女色黑眼圈儿。我隐约感觉他想在我身上打主意，但为了三爷，我不但不敢得罪他，还要有求于他。那天，在他办公室聊了有一个多小时，他提出请我吃饭。我一看表，已经到饭口儿了，但三爷的遭际，弄得我心里已然乱了章儿，哪还有心思吃饭呀？可曹校长透着热情，死乞白赖要拉着我去吃饭。我实在是不好驳他的面子，便答应了他，因为山村到下面的北安河村，还有几里路，他骑自行车带着我下的山。那家小饭馆的人跟他很熟，他点了几个菜，要了两碗米饭，才给了人家半斤粮票。菜上来后，他要了四两散装的白酒，说是喝口酒，为了给我压压惊。”

“您也跟着喝了？”

“我平时是不沾酒的，但当时曹校长不停地劝，加上他拿三爷说事儿，我被逼无奈，只好陪他喝了三小盅。后来我一直怀疑这酒里，是不是放了什么东西？因为这三盅酒进肚，我便觉得头昏脑涨，眼睛沉得快睁不开了。当然，也搭上那些日子心烦意乱，寝食不安，整宿失眠，那天又一早出来，忧心忡忡的，加上那小饭馆做的饭菜，让我倒胃口，所以，这顿饭没吃完，我就腾云驾雾，晕晕沉沉地在半空儿飘悠了。我也不知怎么回到村里学校的。等我睁开眼，才发现自己躺在了曹校长的床上了。他站在床边，手里拿着一个大把缸子，要喂我水喝。”

“他的床上？是他家吗？”

“不，是他的办公室。这个小学非常简陋，办公室也是宿舍。当时学校早已放学，院子里死一般沉寂，只能听到淅沥的下雨声。我下意识地要从床上爬起来，这时，曹校长非常警觉地一下把我按住，说我喝醉了，劝我再躺下歇会儿。我突然发现他脸上皮笑肉不笑的样子，没怀好意。挣扎着坐了起来，但头晕目眩，一阵恶心，‘哇’的一下，把胃里的东西都吐了出来。曹校长透着殷勤，忙不迭地替我擦净了吐出来的龌龊物，又让我喝了不少水。这一吐，倒让我脑子清醒了许多，我抬头看了一眼墙上的挂表，已经是下午五点半了。不能再待下去了。我当时唯一的念头，就是得马上离开这儿。曹校长说外面正下雨，现在下山很危险。劝我在学校住一宿。我说明天学校还有课，今天必须得回城。”

“他能放过您吗？”

“他见我执意要走，便露出了狐狸尾巴，死乞白赖地缠着我，不让我走，后来竟动起手来。我推了他一把，做出要跟他急了的样子，对他说：你放庄重点儿，别忘了你是校长。没想到他听了这话，不但没收敛，反而更放肆了，一下把我搂到他怀里，我真气极了，拼命地从他身上挣脱开，又推了他一下，他向后退了两步，扑通给我跪下了，恬不知耻地说，他想我已经好长时间了，想得快要发疯。他就想得到我的爱，哪怕只有今天晚上。让他干什么都行，哪怕让他去死，他也会义无反顾。我气得浑身直哆嗦，我还从来没有见过这么不要脸的人。‘你在说什么浑话？滚！’我气急败坏地又推了他一把，站起来跑到门口，一拉门，门已经被他锁上了。这时，他也从地上站了起来，像饿狼一样朝我扑过来，一下把我按倒在地，然后撕扯我的衣服。我下意识地喊起来，他用右手捂住我的嘴，对我说：‘我知道你心里只有他。明告诉你吧，他现在已经被警察抓起来了。但只要你今天能陪我一宿。我会找人把他放出来，圆你们的好梦。怎么样？咱们君子协定。’‘流氓！混蛋！畜生！你痴心妄想！你放了我，你不放了我，我就跟你拼命！’我使出浑身的力气，冲他骂道。此时，他已经兽性大发，什么话也听不进去了。他死死地按住我，后来又用手掐住了我的脖子，眼看就要窒息了……”

历险

白姥姥讲得快让我窒息了。“啊！”我忍不住惊叫起来。

她接着说：“就在这千钧一发之际，不知是什么心灵感应，让我突然灵机一动。我放开抓着他的手，冲他点了点头，他的手也一下松开了。我缓了口气说，我答应你今天留下来，但我不能这个样子跟你上床，我很饿，我现在想吃口东西。这家伙见我依顺了他，便把我从地上扶起来，又换了一副面孔，对我说，自从他第一次见到我，就一直魂不守舍，幻想有一天能拥抱我，占有我。今天他终于梦想要成真，怎么能放我走呢？我跟他说，我成全他。让他放心。但我现在又渴又饿又累又乏，现在就上床，太缺少情调了。我让他先给我做点吃的喝的。他见我说了这话，心态一下放松了，叫了我两声小白鸽，说只要我不走，什么都好办。我为了麻痹他，装作真不走的样子，把我的外衣脱了，跟挎包一块儿放在椅子上，然后躺在了他的床上。”

“他真让您给迷惑住了？”

“他瞧我在他的床上躺下了，而且一脸疲惫的样子，便打开了屋门，扭过脸来对我说，你先休息一会儿，我这就把火捅开，先给你煮碗挂面汤吃。我冲他点了点头。因为火炉子在房檐接出来的棚子里，他回过头看了我一眼，转身出门去捅火。这时我的脑子在飞快地转，我在想：第一步已经成功地把他稳住了，下一步我该怎么跑出去？跑到哪儿最安全？我对这里的一切是那么陌生。怎么办？想来想去，我只有一条路，那就是跑到有人的地方。只要有第二个人，他就不敢把我怎么着。他把火捅开后，转身又回了屋。我则闭上眼睛，装作睡着的样子。他走过来，推了我一下，又摸了摸我的脸，见我都没反应，便出门到院子里拿了棵白菜，准备做汤用。”

“他可能想不到您当时是那么沉着，以为您已经成了他到嘴边的肉。”

“是。这时，我睁开眼一看，屋门开着，门外的天色已经暗下来，雨已经停了，他在院里干活。心说，不能再等了，一会儿天大黑，我就跑不出去了。我悄没声地下了地，走到门口，探头看了看，只见他背对着门，蹲着在洗菜。我抱起外衣和挎包，蹑手蹑脚地出了屋门，他居然没回头，直到我出了学校的大门，他才发现我。我不顾一切地朝村子里跑去。他扔下手里的洗菜盆，拼命地追了过来。我一边跑，一边喊，狂奔了有五六百米，跑进了村。这时，有几个村民听到我的喊声，跑了出来。”

“太惊险了！见有人了，他不会再追您了吧？”

“说出来，你都难以想象，这个流氓有多卑鄙！见有人出来，他照样追过来。离着老远，他就冲着我喊。我也不知道他喊什么，快到跟前，才听清他喊：‘于老师，包儿！包儿！’原来我跑得慌乱，把手里的挎包掉在了地上。这小子灵机一动，借着这茬儿来追我。村子里出来七八个人，弄不明白出了什么事？他像刚才什么事都没发生，对大伙说，于老师从城里来看他，急着赶末班车，把包儿忘了，他追我，是给我送包儿。”

“嘿，这家伙，真是太无耻了。”

“听了他这番话，我当时差点气晕了。但我知道这儿是他的地面儿，这种时候，我说什么，这些村民也不会相信，反而会说我污蔑他们的校长。但这家伙说出这话，我只能将计就计，把我的包儿要过来，走到一个中年妇女面前，求她把我带到公交车站。这个村民倒也心善，尽管曹校长执意要一个人送我，但她似乎从我祈求的眼神里，看到了什么，一定要陪我一起到公交车站，她说她认识一条近道儿，走这条道儿，能赶上最后一趟末班车。我真要感谢她，那天要没有她，我真不知道怎么能回家。”

“您这也是好人有好报。”我长长出了一口气。

发配

“唉，这是我一生中受到的一次奇耻大辱，但当我想到这一切都是为了他，我的三爷，我惶愧的心理也就释然了。”

“您当时为什么不去告那兔崽子？”

“在当时那种气愤下，我当然想告那个流氓校长。但冷静下来之后，我又犹豫了，因为三爷已经身陷囹圄，他到底是什么罪，我还不知道，想到那个流氓校长还左右着三爷的命运，我如果这时告那个流氓，他肯定会嫁祸于人，对三爷的案子有不利的影响。再者说，只要不抓到现行，他们是不会听我说的。”

“您是受害人呀！”

“在那个是非颠倒的年代，压根儿就没有受害人一说。他是党支部书记，我告他，等于告党组织。他如果反咬一口，我反倒会成了罪人。想到这些，我只能先强忍着咽下这口气。因为我当时心里最牵挂的是三爷。我担心三爷再遭陷害，不敢给他写信，也不敢再到他教书的学校去了。三爷到底关在哪儿了？我一直拐弯抹角地打听，后来从我丈夫教的一个学生那里，打听到三爷关在了半步桥的第一监狱。我到‘一监’探视过他两次，每次只允许交谈十多分钟，因为怕有监视，我们也不敢深说什么。我只是给他带去一些衣物和吃的。曹校长非礼我的事，我当然也不敢告诉他。我想如果我跟他把这事说了，他非疯了不可。但是我从他的只言片语中，能觉察出来是那个姓曹的陷害了他。对强加在他头上的罪名，他当时并不服气。我预感到他有可能会被判刑，但没想到会那么快，而且那么重。等我第三次去‘一监’探监时，他已经不被允许跟亲属见面了。我为他的命运忧心忡忡。两个月以后，收到他从青海劳改农场给我来的信，我才知道他已经判了刑，罪名是现行反革命分子，刑期是十年。”

“就这样给他发配到了青海？唉，这个姓曹的，真是太恶了。善有善报，恶有恶报。我想，这家伙后来不会有好下场。”

“我一直对善恶有报深信不疑。但三爷跟曹校长的恩怨，并没有因为三爷被判刑而了结。”

“已经让三爷蹲了大狱，他还想怎么着呀？难道非要把三爷打入十八层地狱，他才死心？”

“三爷这辈子，毁就毁在他手里了。为什么三爷的户口这么难办？跟他有关呀。”白姥姥长长地叹了一口气说道。

“什么？跟他有关？这么说他现在还活着？”我诧异地问道。

“唉，都是他后来造的孽。”她不置可否地沉吟道。

她的话，让我有些惑然不解。本来我还想往下深问，但她脸上流露出的倦意，让我把到嘴边的话又咽了回去。显然这个话题触动了她敏感的神经。她不想再在痛苦的回忆中，捡拾光阴的碎片，感受心灵的折磨了。

看起来，三爷的户口问题，跟他的老冤家曹校长有关，但这位曹校长如果活着的话，也得有七十多了。难道三爷有什么短儿被曹校长在手里抓着呢？改革开放都那么多年了，现在国家的法律，已经没有“政治犯”这一说了，再者说，他们都已经是行将就木的人了，他能抓住三爷什么？那这位曹校长会给三爷制造什么障碍呢？会不会他的阴魂未散，还惦记着白姥姥呀？

想到这儿，我不由得吃了一惊。生活中确实有对一个女人一辈子都穷追不舍的例子。难道曹校长现在还没有放弃白姥姥吗？

我不由自主地端详着白姥姥，心里暗自惊叹，以老太太现在的风韵，足可以让跟她同时代的老男人牵魂动魄。莫非曹校长老树发新芽，在人生的最后一个路口，在生命的末班车上，等着白姥姥吗？

第十三章

话里话外

我想来想去，要想弄清楚三爷的北京户口为什么办不成，得找罗呗儿。不管怎么说，他一直憋着得到那个猫碗，所以对三爷的北京户口不能不上心。罗呗儿被开除后，一直没有固定的单位，要想找他，只能给秀儿打电话了，但连着几天打电话，都没找到秀儿。

这天，一个从湖南来的书商，约我到金城宾馆谈一部书稿的事儿，我猛然想起来，秀儿在这家宾馆上班。

真是无巧不成书，在宾馆大厅，我跟秀儿走了个对脸儿。

她看上去比前两年我见她时瘦了许多，瘦得有些发柴了，脑袋下面的小细脖子，像是一根棍儿倒插着一个馒头。颧骨和腮帮子显得格外突出，下巴颏也尖了，虽然面色有些憔悴，但那对平淡无奇的肉泡眼，因为配了一副金边眼镜，却比以前显得有几分文静了。她在这家饭店搞财务，手里拿着一摞报表，看她步履匆匆的样子，透着挺忙。

寒暄过后，我问她罗呗儿的近况。

“你想找他？他去广州出差了。”秀儿漠然一笑，对我说道。

“去广州了？”我听了一愣。“瓜条”跟我说，他不是在伺候秀儿的爸爸吗？难道老爷子“走”了？“你老父亲身体怎么样？”我急忙问秀儿。

“他还是老样子。年纪大了，身体是一天比一天差了。”秀儿用手理了理散落下来的头发，脸色骤然一紧。

“你现在是不是特忙？”我问道。

“再忙，也没有你这个当作家的忙呀。”她看着我笑道。

“那好，今天既然走到你这儿了，等你下班，我做东，请你吃饭怎么样？”我说。

“好吧。我一会儿给家里打个电话。”

“你找地儿吧，挑你爱吃的。”我笑着对她说。

“哪儿也别去了，我们饭店一层有个湖南风味的饭馆，菜做得味道不错。”

“好吧，咱们就那儿了。五点半怎么样？能下班了吧？”

“可以，那我们一会儿见吧。”她的话刚落地，一个年轻的女孩手里拿着几张单子，来找她。她冲我点了点头，转身跟那个女孩，朝电梯间的方向走了。

我跟那个书商谈完事，提前半个小时就到了宾馆的二楼餐厅。秀儿因为快到月底，财务报表比较忙，晚到了十多分钟。

也许是为了见我，她特地在脸上施了些粉底，还抹了些口红，淡眉好像也描了描，这一捯饬，确实比刚才见到的她，年轻了一些。

秀儿是个非常要强的女人，单位的工作压力大，家里的事儿多，孩子还小，正上小学四年级，加上找了个不让她省心的丈夫罗呗儿，一天到晚，忙得她像钟表上了弦。说老实话，也真够她受的。

我根据她的口儿点了四道菜，又要了两瓶啤酒。等菜上桌的时候，我跟她聊起了她女儿上学的事儿。她告诉我，女儿在实验二小念书。我说这是西城最好的小学。她说这还是当年罗呗儿他们工商所的刘所长帮忙，才进的这所小学。

“他对孩子的事儿，从来不上心，就跟这孩子不是他的似的。”她话里话外，流露出对罗呗儿的不满。

“唉，男人嘛，都以事业为重，顾家的不多。”我笑道。

“我知道你跟他是发小儿，会替他说好话。男人可以在外面忙事业，但像他这样不顾家，不顾媳妇的脸面，不顾媳妇的心理感受的人，实在是太少了。”她叹了一口气说道。

“你们可是从小自己认识的，父辈又在一起工作，可以说是‘青梅竹马’了。他有什么不对的地方，你呢，心比他宽，睁一只眼闭一只眼就过去了，你说是不是？”我打了个哈哈儿说。

“我想你是受人之托，来找我的吧？”她端视着我，笑着问道。

我从她的这句耐人寻味的话里，突然发现她脸上的神情里多了几分自信。以前，如果我说这话，她一定会咬咬嘴唇，眨巴眨巴那双肉泡眼，笑笑说：唉，这么多年了，不就是这么凑合过来的吗？或者低下头去，笑而不答，显出她对罗呗儿忍辱负重的宽厚。现在，她居然会面不改色地反问我了。

我猛然想起罗呗儿说他们要离婚的事。我原先有一百个理由，认为这是罗呗儿跟我打镲。以我对秀儿的了解，即便是罗呗儿“进去”了，秀儿也会心甘情愿地等着他。可现在看秀儿脸上的神情，我有点儿含糊了。俗话说：世情看冷暖，人面逐高低。难道秀儿真变了？

“我跟罗呗儿之间，还用什么托不托的。一块儿弹球、拍三角、摔泥饽饽长大的，都多少年的交情了。”我打了个马虎眼说。

“路遥知马力，日久见人心。年头长，不见得对他全了解。他跟我都隔着心，何况你们了？”她苦笑了一下说。

我正要接过她的话茬儿，服务员把菜端了上来。我给她倒了一杯啤酒，她居然没有推辞。记得以前她是不沾酒的，以我的经验，人只有在心里烦闷的时候，才会跟酒做伴儿，显然她最近心里有什么不痛快的事儿。

吃了几筷子菜，喝了一杯啤酒，她的小脸上有了一抹红润。我看了她一眼笑了笑，试探着问道：“是不是这程子，罗呗儿又惹你不高兴了？”

她怔了一下，问道：“怎么？你是不是听到点儿什么？”

“没有，我从你说话的语气里感觉出来的。”我笑道。

“嗬，真是当记者的。看来跟你说话，得多留几个心眼儿才成。”她扑哧笑了。

那天晚上，我们边吃边聊，谈得挺尽兴，她把这些年跟罗呗儿在一起生活的苦衷，一股脑儿都倾吐出来。

起腻

敢情罗呗儿早就不在老丈杆子身边侍候他了。原来，罗呗儿是奔着老钟的离休金去的。但侍候脑瘫的病人，首先得有耐心，其次手脚要勤快，不怕脏累。您想罗呗儿哪是侍候人的人？这两样，他一样也没一样儿。没干两天他就烦了。但老爷子的病，身边一会儿也离不开人，烦，他一时半会儿还找不到脱身术。

偏巧，那天，秀儿的大哥来看老爷子，罗呗儿打了个谎，跑了出来。离开秀儿爸爸家，他直奔他犯事的那家歌厅。干吗？他要找他泡过的那个小妞儿，让这个小妞儿替他侍候老爷子。

赶到了歌厅，他才知道这一阵子正在“扫黄打非”，歌厅的小姐都在“家”（在北京租的房子）里猫着呢。他觉得这正是个机会，这些小姐在家闲着也是闲着，出来挣点钱，肯定愿意。

其实他这个机灵又抖歪了。凡是当过小姐的女孩，宁可家里蹲着打漂儿，也不会出去打工。您琢磨呀，当小姐来钱多快呀，干脆说，吃喝玩乐就舒舒坦坦把钱挣了。您让她忍气受累给人打工，挣那辛苦钱，姥姥她们也不干呀！

这个小姐的“艺名”叫小霞，四川绵阳人。听罗呗儿说让她去侍候老人，差点没把他给推楼底下去。

“你也太瞧不起人了。”她的嘴撅得能拴两个醋瓶子。不过，她对罗呗儿还算够意思。自己不愿意干，她把一个堂姐介绍给了罗呗儿。她这个堂姐姓何，在北京的一家四川饭馆当刷碗工。听说侍候老人，每月能挣八百多，比她刷碗挣的钱多出一倍，没打嗑呗就同意了。

罗呗儿找到替身后，又抖了个机灵，应名儿还是他照顾老爷子，他也隔三岔五地来看看，所以老爷子的每月离休金，得照旧给他两千元，他再从里头拿出八百来，给小霞的堂姐小何。里外里，他净落一千二。

这里头的猫腻，当然瞒不了秀儿，您别忘了她是干财务的。但她在这事上确实睁一只眼闭一只眼了。没想到罗呗儿又得寸进尺了。原来小霞这位堂姐，虽然比小霞大七八岁，长得却比小霞还漂亮，虽说她只上过小学二年级，没什么文化，加上外出打工，奔波劳碌，面色难免憔悴，但她皮肤白净，眉清目秀，尚有七八分姿色。

这样的女子到了罗呗儿的身边，您想他能放过吗？在歌厅泡妞儿的时候，他就听说，川妹子裤腰带松。所以小何到了老爷子身边，他便跟小何眉来眼去地暗送秋波。

小何没文化，不懂什么是秋波。但她是过来人，当然明白罗呗儿的意思。开始，她还绷着，把精力放在照顾老人上，可架不住罗呗儿的挑逗，而且罗呗儿干事儿，直奔主题，不拘细节，宽衣解带，三下五除二，嘁哧咔嚓。他倒是有一样，偷人不偷情，不占小何的便宜。干事儿，一把一利索，每次腻歪完，给小何一百块钱。

小何三十有几，正是当打之年，而且老公又不在身边，跟罗呗儿碰到一块儿，有点儿干柴遇烈火的感觉。侍候老人每月有饷，跟罗呗儿起腻，又单拿一份银两，她何乐而不为？

东窗事发

有句老话叫：夜长梦多。一晃儿，小何在老爷子身边干了几个月，她干活麻利，人也勤快，照顾老爷子也很周到，秀儿的家里人对她印象不错。罗呗儿以为老爷子脑瘫，已经不会说话，所以跟小何起腻，有时无所顾忌，有几次甚至在老爷子的眼皮底下，这两块料就“干柴烈火”起来。

他们以为老爷子是个废人，其实，老爷子心里还明白事儿。他正经了一辈子，哪容得下这个？气得老头儿浑身乱抖。这两块料还以为老爷子犯了病，紧溜儿给他按摩吃药。

这天，罗呗儿和小何不在屋，老爷子把他大儿子拉到身边，要过纸笔，哆哆嗦嗦费了一个多小时，写了五个字：一对狗男女。秀儿的大哥看了半天，终于明白怎么回事。但他并没声张，悄悄把这事告诉了秀儿。起初，秀儿还不相信，大哥出了个点子，在那两块料散德性的时候，哥儿俩突然进屋，当场捉奸。秀儿这一撞脸，差点儿没背过气去。大哥一怒之下，把罗呗儿和小何臭骂一顿，又赏了他俩几个大嘴巴。小何没脸再在这儿干了，罗呗儿也臊眉耷眼，不敢再在钟家露面了。

罗呗儿以为小何还没成家，事儿败露之后，给小何几百块钱，让她哪儿来的还回哪儿去，自己跟她的事就一笔勾销了。哪知这小何不是省油的灯，她不但早就结婚了，而且还有两个孩子，大的已经上小学了。被钟家赶出门后，她“吃”上了罗呗儿，三天两头找罗呗儿腻歪，大面儿上是再续离情别恋，实则是掏罗呗儿的腰包儿。她知道罗呗儿在女人身上大方，而且信守一把一利索的规矩，所以咬上他就不撒嘴了，见一次面，二百元，甭多喽，见三次四次，就让罗呗儿见怕了。他离开了老丈人，等于丢了活期存折。您掏他的钱包，他还不知找谁伸手呢。

正要另打主意，小何的老公来北京找她，原来他在老家打牌，输了十多万，债主在屁股后头追钱，他没了辙，跑到北京找媳妇。见小何有些异样，跟踪了几天，终于发现小何跟罗呗儿的隐情，一顿暴打，小何说了实话。老公心中暗喜，媳妇替他找到了还债的人。于是，小何的老公左手拿着菜刀，右手拎着敌敌畏，来找罗呗儿。他不管一把利索不利索，反正他老婆不是“鸡”，你把他老婆占了，得拿钱跟他说话。多少钱？他把欠人家的债条拿了出来。“给不给钱吧？或是你把我砍了，或是我喝敌敌畏。两样，你选！”“选？你得容我想想。再说，钱也不是用气儿一吹，就能出来。”罗呗儿知道碰上了不要命的主儿，找了个退身步，缓了一闸。

扭过脸，他赶紧搬救兵，去找小霞，但小霞已然到海南重操旧业去了，鞭长莫及。小何这会儿也闪了。罗呗儿只能自认倒霉。光认倒霉不灵，他上哪儿找这十多万去？小何的老公天天在门口堵着他，这事还不敢跟秀儿明说。

其实他不说，秀儿也知道了。只是秀儿到这会儿，已经对他心灰意冷，是云是雨，就任他去了。这一切苦果都是罗呗儿自找。到这会儿，他谁也不怨，只怨自己点儿背。点儿背，喝口凉水都塞牙。他不想再塞牙了，怎么办？三十六计，走为上。

正在这时，他认识的一个玩古玩的小老板齐放，要到山西农村淘换玩意儿。跑外应酬，得能抽能喝能熬夜，这三样他都不灵。身边缺这么一个跑跑颠颠能张罗的人，他相上了罗呗儿。于是他跟着齐放，开着面包车奔了山西。秀儿说他到广州出差，是替他打幌儿，实际上，他是躲避纠缠，跟小何丈夫转影壁。

无奈

秀儿说完罗呗儿的事儿后，我苦笑了一下，对秀儿说道：“这个罗呗儿，真是一个有故事的人。几天不见，就有新情况。也真够难为你的。”

秀儿皱了皱眉，沉了一下，低声道：“唉，忍到这一步，我已经再没退路了。你是他的发小儿，你说还让我怎么跟他过下去？到歌厅泡妞儿，进了局子，丢了工作，现那么大眼，我都忍了，想不到他欺负人到这种地步，当着我父亲的面儿，跟小保姆干那事儿。想想都让我无地自容！我能忍，我们家人能忍吗？”

“确实，罗呗儿做得有点儿过了。”我突然觉得秀儿是那么的无辜和无助。我用同情与安慰的口气问道：“你觉得无法挽回了？”

秀儿明白我问的是他们的婚姻。她无奈地笑了笑说：“其实这种关系早就名存实亡了。他如果爱我，还会出去泡妞儿吗？他要是顾及我的心理感受，能在我父亲面前干那种事吗？让你说，这种婚姻还能不能维持下去？话又说回来，即使我再让着他，我们家人也不会答应了。”

本来我还想劝劝她，但她已然说出这话，让我的脸都挂不住了。我长叹了一声，问道：“你跟他谈了？”

“我们俩早就分居了。谈不谈，他心里还不明白吗？反正孩子他压根儿就没上心管过，这个家，他也没什么可牵挂的。”她冷冷地说。

什么叫积重难返呀？看来罗呗儿是真把她的心伤透了，否则她不会这么义无反顾地要和他分手。

那天晚上，我们一直聊到九点多钟，是我打了辆“面的[①]”，把她送到了家门口儿。

---

① 面的——微型面包出租车，流行于上世纪八九十年代。出租车，英文翻译过来的音是“的士”，所以把这种车叫面的。的，读 di。

我实在搞不明白，罗呗儿为什么跟一个没文化的川妹子搞到了一起？对了，不能叫川妹子，应该叫孩儿他妈了。难道这个女人真有多少魅力？后来，我还真见过这个川女，长相并没有罗呗儿说的那么可人疼。您想都两个孩子的妈了，整天为吃喝奔波劳碌，脸上早就没了鲜灵劲儿。

也许是造化弄人，阴差阳错地让罗呗儿认识了她，末了儿，还把婚姻断送在她的手里，小命还差点儿被搭上。这真是应了那句话：不知道脚底下的哪块石头子儿绊人。

开涮

那天晚上回家后，我为罗呗儿捏了一把汗，一是替他难以挽回的婚姻惋惜；二是担心他对付不了小何的丈夫，回头再出点什么事。

其实，我这是看《三国》掉眼泪，替古人担忧了。大概过了有一个多星期，我在“瓜条”的酒楼吃饭，碰上了罗呗儿。他是陪玩古玩的齐放，到这儿宴请山西古玩商的。他俩头天刚从山西回来。

罗呗儿穿着西服革履，还扎着一条挺艳的领带，透着自己是个“角儿”，从他一脸的得意之色上，看不出来他正闹离婚，而且摊上事儿了。您找不到一点忧愁的影子。

当然，他是驴粪蛋，表面光。您看他，不能细瞅，脸上油光铮亮，后脖颈子也许几个月没洗，黑得像车轴。别的甭说，他一伸手，您细看他的指甲盖，长长的指甲缝儿里藏污纳垢，瞅着让您反胃。西服确实是名牌，烫熨得也还算笔挺，但如果您多瞧两眼，就会发现上面的油垢和抽烟烫的小窟窿眼儿，他一个礼拜刷一回牙就算多的，抽烟喝酒，打牌泡妞儿，您琢磨去吧，他身上的味儿，比当年他打的臭萝卜嗝能好到哪儿去？但是他烟不离手，一天到晚烟雾缭绕的，把这些难闻的味道都给遮掩了。

“最近怎么样？”我打量着他，发觉比上一次见时胖了不少，肚子都有点见凸了。“好，好着呢！”他冲我大大咧咧地一笑说。

我估计他们家着火，他孩子掉井里，你问他怎么样？他也会说这话。

因为当着齐放和山西的古玩商的面儿，有些话不好直给，我约罗呗儿改天单聊。他很痛快地答应了。

两天以后，罗呗儿约我到西城的太平桥大街的一家火锅店吃火锅。

这家火锅店透着“火”。门脸儿撑死了有五百平方米，摆着二十来张桌子，在店门口儿还加了十多张圆桌，正是饭口儿，里里外外坐满了人，老北京的铜火锅，炭火的烟气缭绕，一盘一盘的机制羊肉摆上了桌，人们一边涮着，蘸着小料嚼着羊肉，一边喝着二锅头，还一边高声聊着，透着吃得那么酣畅淋漓。大凡北京爷们都好这一口。羊肉这么涮着吃，解气，痛快，也更能彰显北方人的那种大口吃肉，大口喝酒的豪气。据说当年成吉思汗和忽必烈的军队，就是吃着涮羊肉，所向披靡，征服四方的。

老北京人吃涮羊肉比较讲究，通常“立夏”以后，火锅店就会把锅子擦洗干净收起来，改做炒菜了。到了“立秋”以后，再重新烧锅子开涮。因为那当儿没有冰箱，羊肉不好保存，此外，羊肉属于发物，天热了，吃这东西容易上火。

这一坚持了几百年的风俗，到了改革开放以后给破了，从上世纪八十年代末开始，京城的餐饮业兴起了“火锅热”，不但打破了秋冬两季涮的传统，无冬历夏，什么时候都可以涮。而且火锅店如雨后春笋。

在早，京城只有“东来顺”“又一顺”等四五家有名的涮肉馆，现在已经有一百多家了。有意思的是，火锅店一个个都透着牛，店名大都叫“火锅城”。

罗呗儿认识这家“火锅城”的老板。他对我说，当年这个火锅城是个包子铺，老板的执照是他在工商所时帮着办的。

“还有地儿吗？你们老板呢？”进了门，他把服务员招呼过来，问道。

话音刚落，老板颠颠儿跑过来。老板跟我们岁数差不多，方头大脸，胖乎乎的，看着挺憨厚。天热人多，忙得他满头大汗，喘着粗气说：“呦，罗哥来了！谁没地方坐，也得有您的。快里边请。

小叶茉莉花茶，都给您焖着呢。”

“瞧见没有？这就是爷的范儿！”罗呗儿瞥了我一眼，怡然自得地笑道。

“敢情！您是谁呀？”小老板不失时机地捧了他一句。

“得了嘿。咱别说你咳嗽你就喘，说你脚小你就站不住了行不？”我烧了他一句。

“到哥们儿开的店吃饭，得享受哥们儿待遇。生客来了得排号等座儿，哥们儿来了就有座儿，而且落了座儿，锅子跟着就端上来。”罗呗儿点着手里的烟，抽了一口，冲我撇了撇嘴，脸上露出得意之色。那意思是说：瞧见没有，咱哥们儿牛吧？

断弦

这副模样，让我想起他跟川妹子的“官司”，八成已经让他摆平，或者让他暂时丢在脑袋后头了。他永远是就管眼前，得乐且乐，阎王爷弄小鬼，舒服一会儿是一会儿，当然，这种时候，如果我问他“走麦城”的事儿，他一准儿跟你装傻充愣，掏不出他的实话来。

他看我没搭理他，又换了一种口气说：“瞧见了吧？咱哥们儿的店生意多火！”

我瞪了他一眼，说道：“火，也是老妈儿抱孩子，人家的。你跟我这儿牛什么？”

“嘿，哥们儿的店火了，我不也跟着沾光吗？”

“得了，你别沾光，沾‘包儿’吧。”我有意跟他打岔，胳肢了他一下，“你交派给我的，我给你问了。你跟我说实话，是不是真想跟秀儿离婚？”

他愣了一下，马上又露出不以为然的样子说：“你见秀儿了？嗐，事已至此，我也想开了。天要下雨，娘要嫁人，没辙的事儿。”

“你不想挽回吗？”

“瓜秧已经断了，还能往一块接吗？没意思了。”

“瓜秧断了，也是你弄的，是不是吧？”

“我知道她肯定跟你说了不少我的不是，还有那个川妹子的事儿。唉，这种事说得清楚吗？”

“本来嘛，你做得有点儿忒过分了。”

“你不了解真实情况。说出来挺没意思的，以后你就明白她为什么跟我离婚了。真的，这里头的事儿，只有我跟她心里明白。”他冲我苦笑了一下说。

“什么事儿一到你这儿，就变得那么神秘。到底什么原因，让你们俩过不下去了？”

“求求你了哥们儿，咱别哪壶不开提拉哪壶行不行？现在一提她，我心里就堵得慌。今儿你找我要是说这事，那我可就对不起了。”他抽了一口烟，站了起来。

“对不起又能怎么样？把我撂下，你走是吗？”

“走？这么多羊肉没吃呢？走干吗？我这儿给你跪下了，还不行吗？”

“你得了吧，真让你跪，你跪吗？甭跟我这儿演戏。”我看了一眼，锅子里的水已经滚开，冒着热气，对他说：“动筷子嘿。先涮着，然后再跟你说正事儿。”

说着，我夹了一筷子羊肉片，放进了锅子里，罗呗儿也跟着开涮。就着五六杯二锅头，三盘羊肉被我们俩涮进了肚，身上开始发热，罗呗儿撂下筷子，点着烟，对我嘿然一笑道：“说吧兄弟，你找我什么事？”

“说，你可别跟我转影壁。我想问问你，当初你想要白姥姥那个猫碗，白姥姥让你帮着给三爷办户口，你到底帮他办了没有？”我直视着他问道。

“当然帮着他去办了。”

“你别打幌。办没办是一回事，办成没办成是另外一回事。”

“你想呀，为了那个碗，我也得当回事去办呀！可你知道老太太的这位三爷的户口，有多难办吗？我溜溜跑了小半年，末了儿还是没戏。”他跟服务员要了一瓶啤酒，倒了两杯，递给我一杯，自己拿起一杯，喝了一大口，抹抹嘴角，挤咕了一下小眼说：“是不是老太太说我诓她？她太认死理，总以为我说瞎话骗她。没辙，疑心太重了。”

我拿起啤酒杯，喝了一口，问道：“怎么就那么难？卡在哪了？”

“一言难尽，兄弟。你知道老太太跟这个三爷是什么关系吗？老情人！”

“三爷叫什么？”

“姓彭，叫彭璟如。他是一个老‘右派’，却是按现行反革命罪判刑劳改出的北京，后来在青海又二次判刑，中间还越狱逃跑，逮回后又加刑，户籍所在地就乱了。其实这也无所谓，关键是在北京，他没有合法接收人。这个最要命。”罗呗儿咧着嘴说道。

我想了想问道：“他没有家人吗？”

“他要是家里有人，还用费这么大的劲？”

“你见过这位老爷子吗？”

“没有。老太太也一直没让我见呀。我估摸着这老头儿病病歪歪的，可能都下不了地啦。”

“没见过他，你怎么知道人家下不来地了？”

“还用过去给他相面吗？你琢磨呀，老头儿这辈子受了多大的罪呀，老了老了，身子骨儿能好得了？我还真没问过他身体怎么样，反正是老了，办户口，本人可以不露面儿。”

“这会儿，你又聪明了。”

“问得够细的。”他把杯子里的酒，一口喝干，眨巴眨巴小眼，诡秘地一笑，“怎么着？你这个当记者的路子宽，认识的人多，能不能做回善事，把户口这事儿给接过去？”

“干吗？替你把那猫碗要到手？”我笑道。

“这当然是我求之不得的事儿。但你这也算是扶危济困，积德行善，圆两个老人的一个梦。”

“嘎，你这张嘴会说着呢。既然是积德行善，你还要人家的猫碗干吗？”我瞪了他一眼。

他似乎看出我真想管老头儿的事儿，笑道：“我明白你找我是什么事儿了。得，兄弟，我先给你作揖了！”

“我找你什么事呀？你就先入为主，给我这儿瞎码棋[1]？”

“不就是问老头户口的事儿吗？你要是不想管，瞎掺和这事干吗？肯定想伸出援助之手，对不对？我知道你不是那种见人家有难，袖手旁观的人。”

“给我往沟里带是不是？”我说道，“好多事儿，你净跟我这儿打马虎眼，我找你来，就是想知道三爷的户口你是真管过，还是压根就没管过。”

“这是怎么话说的？我要没管过，能知道老头儿那么多事儿吗？”他做出要起急的样子说。

“得了，我明白了。”我看了一眼冒着热气的锅子，拿起筷子，对他说，“喝酒，接着涮。”

---

① 码棋——老北京土话。替别人支招儿、出主意的意思。说成瞎码棋，通常带有贬义。

第十四章

舍艺

北京爷们儿对吃比什么都上心。那位想吃白姥姥做的杂碎的主儿，见着“瓜条”就提白姥姥。“瓜条”对我说：“这小子肚子里肯定有馋虫儿，不吃这口儿，他恨不能要找根绳上吊。”

“别逗了。为口杂碎汤去上吊？说得有点儿悬了。”我笑道。

其实，白姥姥是守信用的人。她让宋琬给我打了两个电话说这档子事儿，只是因为我脱不开身，把这事儿往后推了有个把月。

白姥姥的意思是，她家地方窄憋，最好她带上材料，到“瓜条”他们酒楼去做。那天，白姥姥跟宋琬一大早儿就奔了酒楼。之前，她已经让酒楼的厨师备好料了。老太太特意叮嘱我，她教完厨师怎么做，待一会儿就走，不用给她在酒楼备饭，因为她上了岁数，已经不习惯在外面吃饭了。我知道这是老人家的一种说辞，她怕给人家添麻烦。这种场合，我必须得露面儿，换句话说，得给白姥姥撑台。当然，“瓜条”也早早儿在酒楼候着白姥姥了。只是那位吃主在外地出差，赶不过来了。

那天，白姥姥非常认真。她雍容大方的容貌，穿上“瓜条”单给她预备的白大褂，戴上帽子，我感觉她不像厨师，倒像一个大夫。两种杂碎的做法，她都献了出来，一种是京味儿杂碎，另一种是李鸿章杂碎。

她一边操作，一边给那几个厨师讲解，一直在忙乎，直到厨师按她说的，把杂碎汤做得，她尝了尝，点了点头，才落座，喝了口茶。几个厨师对她连连称谢，“瓜条”在一边也恭维地夸她的厨艺：“您真不愧是名厨的后人！”

白姥姥微微一笑说：“其实这并没什么神秘的，也称不上什么绝活，只是一层窗户纸，一捅就破。说心里话，看到你们会做，能让更多的人吃到地道的杂碎，这多让我高兴呀！”

说完，她起身告辞。“瓜条”怎么留也没留住。老太太坚决不吃饭就走。“瓜条”要用自己的汽车送她回家，也被她婉言谢绝。

白姥姥和宋琬走后，我对“瓜条”说：“这老太太的个性忒强。她认准的事，谁也甭想搬杠。”

“真是一个好人！看得出来，人家是大宅门里出来的。说话办事透着大气！”“瓜条”赞叹道。

“那是。你以为是个人就会吃呢？老北京人有句话：七辈子学吃，八辈子学穿。知道什么意思吗？”

“不知道，你说说，我长长学问。”“瓜条”笑道。

“这句话的意思是：您家里得富七辈子，才懂得怎么吃。富八辈子，才知道怎么穿。”

“嗯，说得有道理。吃可真是学问。并不是有钱就会吃，这里头的深沉大了。”“瓜条”想了想问道，“你看咱怎么谢谢老人家？”

之前，我已经告诉“瓜条”，千万不要跟老太太提报酬的事儿。

“就当是老太太的一次友情出演吧。”我笑道。

“那可不合适。这么大岁数，跑这儿来传经送宝，连顿饭也没吃。而且人家把自己的绝活，毫不保留地给了酒楼，就这么‘白了白[①]’，我心里能踏实吗？兄弟，我可不想让人戳我后脊梁。”“瓜条”对我嘬了个牙花子说。

他执意留我在酒楼吃饭。我跟他用不着客气。吃饭的时候，聊到了他父亲办的京剧票房。他说，那个票房每年得往里搭几千块钱，但为了哄老爷子高兴，这些钱他也不在乎。他说话的语气，让我想起小时候，夜里我跟他拿着手电筒，从墙缝儿逮土鳖和蝎子的事儿。

那会儿，家里都穷，为了弄俩零花钱，胡同里的这帮孩子经常找点儿来钱的道儿。这些虫儿可以入药，中药铺收，一个土鳖二分

① 白了白——北京新流行语。与土话“黑不提白不提”的意思相近。白，即“白不提”，也就是白干了的意思。

钱，一条蝎子五分钱。小时候，“瓜条”比较愣，有一次，我们到老城墙逮蝎子，不知怎么捅了马蜂窝，他的脸被马蜂蜇了，肿得像发面馒头。我问他，还记不记得？他扑哧乐了：“怎么会忘呢。”

聊着聊着，话题又回到白姥姥这儿。“瓜条”打了个沉儿，问我：“你跟老太太走得近，知道不知道她现在生活上有什么需要？”

“你指的是什么？”我迟疑了一下，反问道。

“什么都行，只要是她需要的。”他淡然一笑说。

我想了想，说道：“人到了她这岁数，几乎是无欲无求了。但你非要问她现在最想办的，就我对她的了解，那就得说三爷的户口了。这可以说是她最上心的事了。”

“三爷的户口？这是怎么档子事儿？”他感然不解地问道。

我把三爷的故事，大概齐跟他讲了一遍。他叹了一口气，说道：“看来这事还挺复杂。北京的户口是挺难办的，这还不光是花钱的事儿。头几年，我爸给我在山西插队的二哥办回京户口，差点儿没给老爷子折腾得脱一层皮。唉。”

我们又聊了会别的，他好像是有什么急事要办，突然站起来，跟我打了个招呼，出去了。

钱拿着烫手

我等了“瓜条”一会儿，看他还不回来，有点儿等不及了，正预备着要告辞，他手里拿着一个纸袋，笑呵呵地进了屋。

“对不住了兄弟，让你候着了。”他冲我不无歉意地笑道。

“没关系，你这个当老板的事多。”我站起来拿起挎包，做出要走的样子，对他说道，“我也不是闲人，酒足饭饱，咱们改日再聚吧。”

“白姥姥到这儿传经送宝，多亏你的面子。兄弟，咱哥们儿，我就什么话都不说了。”他握住我的手说。

“咱俩还用客气吗？”我笑道。

“那什么，这个包是我的一点心意。”他把拿进来的那个纸包，递给我说。

我纳闷道："包里是什么呀？你就让我拿着。"

"哦，一点儿小意思。"

"钱呀？"

"你不是说，现在白姥姥最上心的事儿，是那个叫什么爷的户口问题吗？我琢磨着也帮不上老太太什么忙，备不住这事得你出面。这是两万块钱，兄弟，你拿着。这年头，干什么都得用钱说话。你帮老太太办这档子事的时候，肯定得托人弄戗地打点，保不齐还要到外地跑。这笔钱用得着。不够，你说话。用不了，你给白姥姥或那位三爷留着用，反正这事交给你了。"他的样子非常诚恳。

我突然明白，他刚才出去，是让会计到银行去取钱。他这个人，向来是大大咧咧之中透着精细。很多事都想得那么周全，难怪他能发迹呢。

"这……"我一时无言以对。

"干吗手软？兄弟，拿着吧。"他笑道。

"这钱，我拿着可有点儿烫手。"我看了他一眼说。

"怎么？嫌少吗？"

"我长这么大，头一次拿这么多钱。"我跟他开了个玩笑说。

当时的两万块钱，还是个大数。我那会儿，每个月工资和奖金加在一块儿，不过八九百块钱。当然，我说这钱烫手，并不是觉得它的数大，而是我当时还没拿定主意要帮白姥姥这个忙。因为我知道它的难度，实在太牵扯精力。但是，如果我接了这两万块钱，就等于我已经没有退路了。我理解瓜条的心意，他不能让白姥姥白帮他这个忙，不表示一下，他心里不落忍。可是他这一落忍，却把我架到火山口上了。

"拿着，你可千万别客气。"他似乎不容我再说什么，执意让我把钱收起来。

我对他笑道："我客气什么？这钱专款专用，又不是你给我的。"

"你先拿去用，不够，随时告诉我，你尽管从我这儿拿就是。”他嘿然一笑道，“白姥姥不就这么一个念想吗？咱有钱的出钱，有力的出力，一块儿把老太太的心愿给了啦不结了。”

他的话已然说到这份儿上，我还有什么可说的？没辙，我只能先把这钱接过来。我心琢磨，这也许是投桃报李吧，白姥姥算碰上了有北京爷们儿味儿的大款了。不管怎么说，这是她传授杂碎汤的一种回报吧。

由打拿了“瓜条”这两万块钱，我添了心病。这事儿还不能跟白姥姥说，她知道了一准跟我蹿秧子。我好像真的没有退路，不帮白姥姥这个忙，有点儿说不过去了。可是，户口的事儿，确实是烫手的山药。您想如果要是好办，他们不会把这事儿往我身上推。

不过，“瓜条”对这事儿还真上心，几天以后，他打电话跟我说，秀儿的二哥是派出所的警察，他跟秀儿的二哥打了招呼，有关办户口的事儿，可以找他咨询一下。我当时正不知从哪入手，“瓜条”这个电话像是及时雨。

秀儿的二哥叫钟学刚，我跟他见过两次面。我在派出所见到他时，他一下就认出我来。我从他那儿弄清了办进京户口的几个主要程序。说起来，六十岁以上的老人，办进京户口并不像人们说得那么难，但有一条最关键，那就是要有接收人。换句话说，您的户口从外地办回来，落在哪儿，得有个交代。

学刚四十多岁，细看眉眼长得很像秀儿，体格细瘦，但瘦而不柴。他当过几年兵，办事有板有眼，说话也非常认真，有些规定怕我听不明白，要重复说几次。当然，他问了我许多当事人的家庭状况。我对三爷的情况知道得太少，一时间，让他问得我哑口无言。

“你先帮他办着，有什么困难和问题，随时给我打电话。”他非常客气地对我说。

“得，给你添麻烦了。以后还真备不住要找你。”我跟他假模假式地握了握手说。

其实，我说心里话，看这位爷谨小慎微的劲头，裉节儿上，也帮不了什么忙。这年头，谁会为一个毫不相干的人，去冒丢饭碗的风险？不过，他说了一句非常关键的话：要把接收人的情况搞清楚。户口到底落在哪儿，你都稀里糊涂呢，这个忙你怎么帮呀？

学刚的话，点醒了我，首先我得弄明白，三爷跟白姥姥到底是什么关系？然后再说下一步的事儿。

打镲

宋琬一连给我打了三四个电话，说白姥姥有事找我，但那几天我手头的事儿太多，一时腾不出空来，只好往后推了。这天上午，宋琬亲自来报社找我，让我下了班一定去白姥姥家。我觉得老太太肯定有什么急事，不然，不会让宋琬找上门来。

下午三点多，我把案头的事处理完，早早儿地奔了白姥姥家。一见面，她就烧搭了我一句："你快赶上诸葛亮了，非得三顾茅庐，你才肯过来是不是？"

"得了嘿，姥姥！真对不住了！我是真忙。但凡能腾出点儿空来，我都得过来看您。"我赶紧求饶。

"是嘴对着心说的话吗？"她莞尔一笑道。

"当然了！您可不知道您在我心里的位置，一日不见，如隔三秋；两天不见，心如绳揪；三天不见，魂魄全丢。"我笑道。

"那一个礼拜不见呢？"宋琬在一边掩嘴笑道。

"七天不见，就要跳楼。"我接过话茬儿说道。

宋琬笑着说："别说你跟姥姥有日子没见，就说我给你打电话都有十多天了。你怎么没跳楼呀？"

"我不是正打算跳吗？你今儿就找我去了。"我笑道。

"别听他瞎逗贫了。他就是那张嘴，哼，巧舌如簧。"白姥姥娇嗔地看了我一眼，笑道，"我说得没错吧？"

"说得是没错，但巧舌如簧应该改一个字。"我笑了笑说。

"改哪个字呀？"宋琬皱了一下眉头，问道。

"应该叫巧舌如鲜。"我卖了个关子说道，"每次到姥姥这儿，都能吃到新鲜的吃食。我来这儿，可一点儿没有赶嘴的意思。我这舌头，好像是专门为了尝鲜儿预备的，所以该叫巧舌如鲜。"

白姥姥扑哧笑道："你确实是有口福的人。你这巧舌如鲜，是新鲜的'鲜'对吧？我看这个'鲜'，得改成神仙的'仙'。"

“为什么？”我笑着问道。

“就好像你知道，今天姥姥是让你尝鲜儿来的似的。你说你是不是个小神仙？”白姥姥雍然笑道。

我怔了一下，笑道：“我可没有这两下子。不过，我一进院，就闻到了炖肉的香味儿。嗯，今儿我的舌头又有功课了。”

白姥姥打了个沉儿，让我坐下，给我倒了杯茶，微微一笑道：“嘿，你的鼻子还挺灵的，难怪你的舌头不受委屈呢。”

“瞧瞧，我说得没错吧？”我笑道。

“没错。今儿你又来着了，姥姥让你尝两道新鲜的吃食。你别咧嘴，准保你没吃过。”白姥姥一边说着，一边进了厨房。

“那还用说吗？一般的吃食，您还叫我过来吗？”我笑了笑说道。

羊双肠

白姥姥和宋琬在厨房忙了一会儿，宋琬端着大盘、小盘、寸碟的汤料和作料，摆上了桌。白姥姥手里端着一个大汤盆，笑着对我说：“那天，到你发小儿开的酒楼，告诉他们怎么做杂碎，我看你的发小儿挺实在、憨厚，我挺喜欢他。回家以后，我就想人家那么拿你当回事儿，你光教人家做一道杂碎汤，那多不合适。我呀，再教他们两样市面上轻营儿见不到的吃食吧。瞧见没有？今儿让你尝尝鲜儿。”

“我是真有口福。这叫什么呀？”我看了一眼，笑道。

“你呀，先尝尝再说。来，宋琬，把我刚才告诉你的汤料调一下。”她吩咐宋琬道。

白姥姥拿勺子给我从汤盆里盛了一碗，又倒上宋琬调好的小料，撒上小葱和香菜码儿，端给我，笑道：“看看这东西，你吃过吗？”

我看了看，碗里的是小拇指粗细的肠子，切成了片，汤是口蘑吊的，加进麻酱香油调的小料，再加上香菜码儿，透着鲜滑。我拿起汤勺，吃了一口，忍不住叫道：“真香呀！够得上‘鲜嫩脆爽’

这四个字！”

吃了第一口，就想吃第二口，在白姥姥打愣儿的工夫，一碗肠子连汤带水的都进了我的肚子。“好吃！尤其是这肠子，越嚼越有味儿。”我抹了抹嘴说。

白姥姥笑道：“你这是急哪门子？吃这个，得就芝麻烧饼，那才更有味儿呢。”

“他就是嘴急。您瞧刚吃完碗里的，又盯上了盆里的了。这芝麻烧饼就在这摆着，他也顾不上了。”宋琬拿起一个芝麻烧饼递给我，说道。

白姥姥又给我盛了一碗，笑道：“真那么好吃吗？”

“好吃，真的！”我咬了一口烧饼，说道。

“好吃不好吃另说，但有一样，你说你以前吃过这东西吗？”白姥姥端视着我，问道。

“没吃过。这叫什么吃食？”我笑着问道。

“这叫羊双肠。”

“羊双肠？哪个‘双’字？是一双两双的‘双’吗？”

“对，就是那个‘双’字。”白姥姥点了点头说道。

“为什么叫‘双肠’呢？”

“它是拿新鲜的羊血和羊脑掺和在一起，灌进洗好的羊肠子里做成的。因为是用羊血和羊脑两种东西做的，所以叫双肠。还有一种说法，做好的羊肠子外表是白色的，看上去像挂着一层霜，所以又叫羊霜肠。这个霜，是冰霜的‘霜’字。羊双肠怎么吃呢？羊双肠做好以后，首先要用滚开的水，像涮羊肉一样，把它焯熟，捞出来以后，就能吃了。可以把它切成小段，拿芝麻酱、酱油、醋、香油调成的小料拌着吃。也可以放在铛上煎着吃、爆着吃，还有一种吃法，就是你现在吃的了。”白姥姥一边说，一边盛了一小碗，自己也尝了尝。

宋琬不沾荤，在一边看着我吃，一边说道：“姥姥说得简单。你可不知道做这道小吃费了多大的功夫？这道小吃几乎失传了，别说有人会做，就是这肠子，上哪淘换去呀？”

白姥姥娓娓说道：“以前，老北京管卖猪肉的铺子叫猪肉杠，管卖牛羊肉的铺子叫羊肉床子，这羊双肠只能在羊肉床子才能买到。因为那羊是现宰的，可以直接取血。那会儿还有一样，一年四季，羊肉床子只有夏天才卖羊双肠。早年间，我爷爷活着的时候，一大早就叫家里人奔羊肉床子，去晚了就买不着了。当然，我爷爷认识开羊肉床子的刘二把，刘爷每天会把羊血和羊脑单给我爷爷留着，拿回家，我爷爷自己灌肠子，所以他做出来的羊双肠与众不同。现在，上哪去找羊肉床子去？因为回教不吃带血的东西，汉民买不到羊双肠，自然会做的人越来越少了。”

宋琬接过话茬儿道：“你知道你吃的这羊双肠，姥姥费了多大的劲儿才找到的吗？她先让我找食品公司牛羊肉屠宰厂的人，正好我先生有朋友在那儿工作，人家费了半天劲，从车间淘换羊肠子，还有十几斤新鲜的羊血和羊脑，然后赶紧送到姥姥这儿，她趁着鲜灌。灌好了，还要上锅焯熟喽。姥姥说，这东西得趁着鲜嫩的时候吃。要不，我怎么紧溜儿打电话催你过来呢。”

“听我爷爷说，这道吃食是唐朝传下来的呢。当年，安禄山和思顺翰一起到长安朝见唐玄宗。唐玄宗用‘热洛河’招待他们。什么是‘热洛河’呢？就是用鲜鹿血灌进鹿的肠子，然后煎炒。史书上说，这是一道很有名的宫廷菜，羊双肠不就是它演变过来的吗？”白姥姥笑道，“别看这道小吃听着不难做，其实，它非常要功夫。”

“是呀，它难在哪儿呢？”我问道。

“首先说灌肠子的时候，羊血和羊脑的比例，你得要恰到好处，血多了做出来老，脑多了糜了，怎么才能松脆适度，不老不糜呢？我的做法是三分血七分脑。其次是上锅焯，跟涮羊肉和爆肚一样，必须要掌握火候，火候不到，捞出来不熟，自然下不去嘴，火候稍微过一点，捞出来吃着就不爽不嫩，没一点嚼头了。所以，这道吃食，看着简单，做起来却很要功夫，但它是咱地地道道老北京的小吃，其他地方没有。我琢磨着，不把它传给后人，过些年，人们从书里翻出这道吃食，却没人会做，那多可惜呀！”

“是呀，您这才叫给后人留下点玩意儿呢。”我说话的工夫，又吃了一碗羊双肠。

白姥姥笑道："留着点肚子呀！姥姥还有一道好吃的没上桌呢。"

"姥姥可真行！感觉您比大厨还有本事，稍微一动手，就是一道菜。是不是您有遗传基因呀！"我笑道。

苏造肉

说话间，宋琬转身进了厨房，从里头端出一坛子肉，放在了桌子上。"这可是姥姥的看家菜。是不是姥姥？"她看了我一眼，又扭脸对白姥姥说道。

"敢情！"白姥姥颇为得意地说道。

"什么肉呀？一上桌，满屋飘香。"我笑道。

"听说过苏造肉吗？"白姥姥问道。

"小时候，听老家儿念叨过。开始我还以为是苏联人做的肉呢。后来才知道，敢情它是老北京的吃食。"我看了一眼坛子里的肉说，"这就是苏造肉吗？"

白姥姥笑了笑说："你吃过没吃过？"

"没吃过。"我笑道。

"得了。没吃过，你就什么也别说了。"宋琬在一旁敲锣边儿道，"为什么我说它是姥姥的看家菜？这苏造肉是姥姥的老祖传到北京的。"

"真的吗？"我诧异地对白姥姥问道。

"怎么，你还有什么疑问吗？"白姥姥凝视着我，笑眯眯地问道。

"不不，我是说，在您这儿是真长学问。"我打了个岔说，"干吗叫苏造肉呢？"

"因为姥姥祖籍是苏州呀。"宋琬抢先道。

白姥姥似有所悟，打了个沉儿道："唉，跟你这个大记者，一见面就聊吃，也没腾出空儿来，聊聊我们老祖的故事。"

"其实，那也是一道好菜。我特想听。"我连忙说道。

白姥姥顿了一下，说道："我们于家怎么进的北京？跟这道苏造肉有关呢。你知道当年乾隆皇上下江南吧？这位乾隆爷特喜欢吃，而且他的口重，喜欢味儿浓的菜肴。当时，我们老祖在扬州城陈巡府家掌灶，乾隆爷下榻在陈府，吃了几顿我们老祖烹炒的菜，让他龙颜大开，于是便把我们老祖带到了宫里的御膳房。我们老祖知道乾隆爷上了年纪，牙口不好，又喜欢味厚的菜品，于是就琢磨出用香料炖猪肉的法子，温火，时间长，味都入了肉里，而且酥软好嚼。果然，乾隆吃了，大加赞赏。因为我们老祖是苏州人，所以，乾隆爷赐名这道肉叫苏糟肉，后来叫着叫着，成了苏造肉。今儿个，你先尝尝这苏造肉，品评一下姥姥的手艺，完后咱们再细聊我们老祖的故事。”

她让宋琬给我从坛子里盛了一盘子肉。我就着芝麻烧饼，吃了几块，味道果然不一般。那肉肥而不腻，酥香滑嫩，味道厚重，到嘴里，甭多嚼就化。“果真名不虚传，这肉做得确实味道特殊。”我啧啧道。

“其实，按我爷爷的做法，还差着点儿意思。你知道这苏造肉贵在哪儿了吗？”

“不知道。”我摇了摇脑袋说。

白姥姥道：“在汤上。它里头放了砂仁、丁香、官桂、甘草、蔻仁、肉桂、桂皮、肉果、广皮十多种中药，所以你吃着觉得味道厚重，但汤里一定要放冰糖。我爷爷说，做这道菜的秘诀就是老汤，每次炖肉的汤都要留一点儿。它原本是宫里御膳房的一道菜，御膳房做苏造肉的老汤，传了有上百年。辛亥革命推翻帝制，皇上后来被赶出宫，御膳房也是霸王的兵，漫散了，老汤也就失传了。没有老汤，做出的肉味儿就显得薄。”

“这话得您说。我可品不出老汤和新汤来。”我笑道。

“在老北京，这是一道下酒的好菜。老北京卖熟食的，有红柜子和白柜子之分，一般卖羊头肉、酱驴肉的柜子不刷漆，所以人们叫它白柜子。”

“您说的这种柜子，实际上是带轱辘的吧？”

“对，那会儿的红柜子和白柜子，都在小车上，有的走街串巷吆喝着卖。有的在河边、庙会、早市上卖，人们一见柜子的颜色，就知道卖什么的了。”

“有点儿像现在北京街头卖早点的，鸡蛋煎饼现做现卖，甭吆喝，人们一看带玻璃罩子的三轮车，就知道是干什么的了。是不是？”

“是不是，全让你说了。那当儿，苏造肉在‘红柜子’卖。老北京做苏造肉最有名的，是什刹海的荷花市场的几个‘红柜子’，还有王府井老东安市场的‘景泉居’。我爷爷是‘景泉居’的老主顾。好多人不知道，‘景泉居’苏造肉的做法，是我爷爷传授的。”白姥姥说道。

“您爷爷这个大厨名不虚传，正经给京城的餐饮留下不少好吃食呢！”我笑道。

“好吃食都有独门手艺，这些手艺不往下传，慢慢就没了。”白姥姥感慨道。

“所以，您想把它传给我的发小儿，对不对？”我似有所悟地说。

“我看你的那个发小儿，要比小罗厚道，人很实在。传给这种人，我放心。”她微微一笑说道。

第十五章

御膳房

我没想到白姥姥对“瓜条”的印象会这么好。她的话，自然让我想起手里还拿着“瓜条”给的两万块钱。这钱可是专款专用，给三爷办户口的，可要想办三爷的户口，必须得弄明白他跟白姥姥的关系。当然直截了当地问，会让老太太起疑心，我只能采取迂回战术了。

“您跟我说的三爷，也是老北京吧？”我笑着问道。

“敢情！”

“要是他这会儿在这儿，吃口您做的羊双肠和苏造肉，该多好呀！”我脑子转了几个圈儿，把话题引到了三爷这儿。

“他？唉，他可没有你这种口福。”白姥姥叹了一口气说道。

“过去难说，现在还没有呀？老爷子不是在北京呢么？”我试探着问道。

“嗯，在呀。叶落归根呀！地地道道的老北京人，老眉咔嚓眼[①]了，不回北京，回哪儿呢？”她感叹道。

“您跟他是……你们早就认识吗？”我迟疑了一下，问道。

“迄小，嗯，两三岁吧，就认识了。你算算我们认识多少年了？”她沉吟道。

“这么说你们也是发小儿了。”我笑道。

“当然是啦。三爷姓彭，说起来，我们两家还是世家呢。”

“世家？难道彭三爷的祖上是当官的吗？”我问道。

“不，我说的世家，是家里几辈人都守着一门手艺，一直没断桩，而且显耀过。”

---

① 老眉咔嚓眼——老北京土话。形容老年人的老态，带有调侃的意味，有时也是老人自己的谑称。也可写成老眉喀嚓眼。

“这么说三爷的老祖也是‘勤行’？”

“嗯，他们祖上在旗，属于内务府旗下的。他的老祖是宫里御膳房的。你对御膳房了解吗？”

“知道个大概齐，御膳房归内务府管对吧？”

“对，但它下面还设有‘五局’：有专门做鸡鸭鱼肉的荤局；有做蔬菜，不沾荤腥的素局；有专门做烧烤之类的挂炉局；还有制作包子、饺子、烧饼、点心的点心局；此外还有蒸饭、熬粥的饭局。”

“嚯，分得够细的。”

“实际上，按勤行分，就是红案和白案。荤局、素局、挂炉局属于红案，点心局和饭局算是白案。有些人以为宫里的御膳房是给皇上和皇后做饭的，其实，御膳房只侍候皇上，皇太后啦，皇后啦，嫔妃啦都有各自的膳房。”

“我明白了，御膳嘛，‘御’字就是皇上专用嘛。所以现在有人说，自己的老祖曾经在宫里做饭如何，就以为是给皇上做饭的，是不可靠的事儿。”

“那倒是。”

“宫里的膳房这么多，那得多少厨子呀？我估摸着得有几百号人了。”

“皇上吃饭没准点儿，也没准地方，有时夜里饿了，想吃口东西，有时到西苑（中南海、北海）散心，突然饿了，想垫补垫补，御膳房得有人盯着。所以御膳房的五个‘局’，平时分为两班，每班设一个主管，六个厨师，各班还要备七个太监，另外还有五个内务府派的执事（官员），负责御膳记录、监护，等等。我说的还不算打杂的苏拉（杂役）。你琢磨去吧，光御膳房就得多少人吧？”

“大概齐得有百十号啦。”

“看怎么百十号了。御膳房的厨师最早那拨人，是内务府从关外带过来的，归内务府统管，以后便形成了不成文的规定：御厨世袭制。也就是说，御厨是一代一代往下传的。”

“那倒是。给皇上做饭，马虎不得。头一样，得用靠得住的人。”

“只有到了乾隆皇上这儿，把这个规矩给破了，他‘六下江南’，从江浙带回来一些厨师，这么一来，丰富了御膳房的菜品。但在御膳房的红案，也形成了南北两派。当然，这两派大面儿上是看不出来的，只有厨师自己心里明白。”

“为什么呢？”

白姥姥想了想说道：“咱聊到御膳房了，我得跟你多说两句。这些都是我听我爷爷讲的。其实清朝皇上入关以后，还保留着满族人的遗风，对吃并不怎么讲究，只是到了乾隆皇上这儿，才开始重视吃了。御膳房的‘五局’，也是他那会儿才形成的。”

膳口儿

白姥姥说的这御膳房的‘五局’设置，我觉得挺有意思。我笑着说道：“看来这乾隆爷太爱吃烤鸭了！还单设了一个‘挂炉局’。”

她看了我一眼，说道：“‘挂炉局’也不光做烤鸭，还烤别的肉。你别忘了，烧烤是满族人的传统饮食呀。”

“那倒是，他们的祖先是游牧民族嘛。”我想了想说。

白姥姥不紧不慢地说：“从御膳房菜品的风味特色来看，乾隆皇上以前，主要是两种，一种是满族风味，满族人最早是北方的游牧民族，喜欢吃牛、羊、鹿、狍、鸡、猪之类的肉，烹制的方法，也很简单，无非是煎炸烧烤，熬炒咕嘟炖，虽然满族的厨师进关以后，学了不少北方汉族人的烹调技法，有些菜品也进行了改良，比如北京风味的烤肉、烧肉，等等，但满族传统风味还是换汤不换药，并没有什么变化。第二种是鲁菜，也就是山东菜风味。其实，北京没有自己的菜系，现在人们所说的京味菜，实际上是山东菜的翻版。”

“那倒是。明清两代，京城餐饮业，几乎是山东人的天下。”

“明代的永乐皇上朱棣定都北京以后，宫里御膳房用的大都是山东人，虽然朱棣是安徽人，但他年轻时就带兵打仗，长期生活在北方，吃惯了山东菜。山东菜进宫后，又经过一番改良，后来又传到了民间，所以北京的山东菜，跟原来的山东菜有了很大变化，最后形成京城以山东菜唱主角的格局。老北京大饭庄有名的‘八大楼’‘八大堂’，都是山东菜。”

“没错儿，‘八大居’也是鲁菜馆。”

“皇上用膳也认口儿。清朝的皇上，进了紫禁城以后，基本承袭了明朝的宫廷习制，自然，山东菜也就成了御膳房的主打菜。鲁菜实际上分为‘济南帮’和‘胶东帮’两派，经过数百年的演练，已经非常适合北方人的口味了，所以清朝的皇上吃着也还凑合。直到乾隆皇上下江南，才发现敢情江南人比北方人更讲究吃。自己在宫里吃的，比在这儿吃的差远了。宫里吃的饭菜，一年到头，翻来覆去的就那么几十样，他已经吃腻了。来到江南，吃了几十天，每天上的饭菜几乎没有重样的。”

“这可让乾隆爷领略到，什么是中华的饮食文化了。”

“江南是鱼米之乡，物产丰富，加上南方人心细手巧，脑瓜灵活，在吃上花样繁多，又讲究一个‘鲜’字，所以让这位爷龙颜大开。”

“要不他怎么是历史上活得岁数最大的皇上呢？他会吃呀！”我笑道。

“是这话。老话说：‘男吃女睡。’男人要想身体好，能长寿，首先得胃口好，能吃能喝。女人要想身体好，能长寿，首先是睡眠要好。乾隆皇上肯定胃口好。当然，胃口好，也是吃出来的。”

“那倒是。他每天都吃什么呀？一顿饭钱，够一草民吃一年的。”我笑道。

“他前后六次下江南，对南方菜吃顺了口儿。他又是食不厌精，懂得吃，也会吃的皇上，所以，几天吃不上南方菜，心里别扭。”

“爱吃的人都这样。于是乎，他把江浙的厨师带到了京城，是不是？”我问道。

“对。我们家的老祖就是这么进的北京。他也顺理成章地进了御膳房，成了荤局掌灶的厨师。”

“这可是乾隆爷的钦点。户口直接就进京了，连个暂住证申请表都不用填。”我打了个哈哈儿道。

“你净逗闷子。那会儿进京，哪儿有暂住证呀？”白姥姥笑道，“当然，江南厨师来的不只我爷爷一个人。他们进御膳房以后，才使御膳房在鲁菜和满族风味的基础上，又增加了淮扬风味。”

膳单

白姥姥的老祖是江苏人，大号于桐春，人称于三胜，跟同治年间的京剧“老生三杰”之一的余三胜同名，余三胜是余叔岩的爷爷，“四大徽班”之一“春台班”的台柱子。俩“三胜”隔着行，一点儿没关系。白姥姥的老祖为什么叫三胜？一是在家行三，二是厨艺有三绝，即有三招胜人之处。

彭三爷的老祖叫瑞祥，内务府的旗人。清宫内务府，其实就是皇上的管家，掌管着宫里七司六都四十八个处。在内务府当差的，从上到下，手脚干净的不多，您想沾钱沾物，常在河边走，哪有不湿鞋。老北京有句顺口溜：“树矮房新画不古，一看就知内务府。”说明内务府的官员，多是俗而无学的暴发户。他们的钱是哪来的？还用说吗？御膳房也如是，得吃得喝，还得拿呢。您会问了：他们这些厨子，整天在案上灶上待着，拿？他能拿什么？

拿什么？您是不知这里的猫腻。敢情御膳房的各局，甭管红案白案，做什么都得有原料，做鱼，得有刚捞上来的活鱼，炒菜，得有新鲜的蔬菜。御膳房有些原料，如大米、白菜等是专供，但大部分原料需要当天进，当天用。于是就得市场上去买。按说御膳房的采买是内务府官员的事，这些当差的知道这里的油水，也愿意干。但御膳房的厨子不干，这么甜的差事能便宜给别人吗？于是他们串通好了，只要是内务府当差的采买的东西，都说用着不对路。一来二去的，是非不断。内务府的总管一看，谁采买事小，把皇上的用膳给耽误了，那可就出大事了，于是，把采买的差事，交由御膳房的各局自己去办，决定权给了庖长。您说这庖长，有没有油水吧？

在早，北京最繁华的商业区是“东单西四鼓楼前”。鼓楼前的地安门周边，商家铺户和市场遍布。这里是镶黄旗的驻地，许多都是皇带子，而且离大内又最近，所以，当年御膳房的人采买东西，主要是奔这儿。

很快，这一带就有不少专吃御膳房的买卖家，其实，这些买卖跟御膳房的人，都有里勾外连的关系。有的就是厨师家里人开的。您想这里的水有多深吧？实际上是家里外头的人绑在一起，赚皇上的银子。远了不说，就说慈禧老佛爷饭桌上的鸡蛋吧，入内务府的账上，是，一个鸡蛋二两银子。实际上，按当时的市场价，一两银子能买一百五十多个鸡蛋。想想吧，这里的猫腻有多少？

瑞祥的爷爷就是给康熙皇上做饭的，到他这儿，在御膳房已经三代了，他不到二十岁，就进御膳房荤局掌灶，到于三胜进御膳房的时候，他已然是膳正了。膳正就是庖长，也就是御膳房各局的头儿，说白了，是管着于三胜的。

俗话说，离得最近的人，可能是离得最远的人。这话一点不假。虽说御膳房的厨师，整天给皇上做饭，但想见皇上一面，那可就难了。有的厨师给皇上做了一辈子饭菜，却不知道皇上长什么样儿，因为他从来没见过皇上，那会儿，也没报纸、电视什么的。宫里，给皇上送饭端菜，叫传膳。从御膳房到皇上用膳的地方养心殿，大概有十几个门，每个门都有一个传膳的太监，一道一道地往里传，直到最后一个传到皇上的膳桌上。早朝觐见，没有他们什么事儿；传膳上膳，也轮不到他们的份儿，您说御膳房的厨师，上哪儿见皇上去？

不过，皇上吃的每顿饭，都有膳单，就如同现在咱们出席宴会时，桌上摆着的菜单。膳单由御膳房的执事抄写，他不但要写上菜品菜名，还要把谁做的这道菜的名字，写在膳单上。皇上哪道菜吃美了，兴之所至，要行赏，这会儿该是厨师露脸的时候了。当然，皇上给的赏银，应名是给某个厨师的，但他也不能一个人独闷儿。执事领赏拿回来后，按工种分配。这也是御膳房厨师的规矩。

御膳房的膳单，在宫里叫“照常膳底档”。清朝从顺治皇上进紫禁城，一直到末代皇上溥仪出宫，历代皇上的每顿饭吃的什么，喝的什么，都记录在“照常膳底档”里了。这些膳底档，都是由内务府大臣过目后，签字画押，作为文书档案保存起来，一直到现在，这些档案都在故宫博物院里保存完好。您想皇上一顿饭，膳单少说就有十几张纸，二百多年，那么多皇上，膳单堆积如山，十几间屋子都装不下。

不过，这些故纸也有用，清朝的皇上，都吃过什么大菜小吃，膳单上都能查到。所以现在有的饭馆酒楼说什么什么菜，是从宫里传出来的，有的商家说自己做的什么什么吃的，当年皇上吃过。其实，谁也甭吹牛，这层窗户纸一捅就破，到故宫博物院一查膳单，全都明晰。

宿怨

俗话说，一山难容二虎，一海不藏二龙。在于三胜进御膳房的荤局之前，荤局一直是彭三爷的老祖瑞祥在这儿拿大。一来他是庖长，二来他的岁数最大，资历阅历也最深，三来他的厨艺也最好。乾隆爷对他做的菜，也比较赏识，时不时地恩赐些赏银。您说这几样凑到了一块儿，瑞祥不当大拿，谁当？

自然，他是庖长，荤局的那些厨师和苏拉都得维着他，这个“维”字，学问大了，既有维护他的面子之礼，又有恭维、巴结、逢迎之意。萝卜虽小长在了陂上。什么年代都如是，头儿嘛，您不维着他，那不找小鞋穿吗？瑞祥原本身上就带着旗人的那种爷劲儿，当了庖长，众人这一个劲儿地捧他，他难免头脑会发热，身子会发飘。一热一飘，眼里可就没人了，当然，御膳房也有点儿搁不下他了。

偏这工夫，乾隆爷从江南回来了。而且，皇上还带回来一个于三胜。您琢磨去吧，他心里能不能容得下这位“远来的和尚”？当然他可不管这个和尚会不会“念经”。他认为：论厨艺，天底下没有人敢跟他这个御厨叫板！

于三胜是老实巴交的规矩人，满脑袋都是灶上的那些活儿，没念过书，不识字，头脑简单，性格内敛，平时少言寡语，性情比较温和。从江南古城来到天子脚下，在皇上眼皮底下侍候皇上，他不但对皇上的赏识感恩戴德，初来乍到，对大内的一切，也还诚惶诚恐，生怕哪句话说错了，自己担待不起，所以，他处处加着小心，对谁都点头哈腰，一脸谦卑，好像他欠了谁多少银子似的。

当然，他一口的吴侬软语，御膳房的老少爷们也听着费劲。那年头，还没有普通话这一说，瑞祥他们说的满口京片子，他也听不懂。这倒好，俩蛤蟆跳井，全不懂（扑通）。您骂他两句，他还跟您满脸堆笑地道谢呢。自然，瑞祥不会儿当面骂他，他呢，也不多说不少道，把心思都放在了案上和灶上。他心说：咱们都是靠厨艺吃饭，一切，灶上见。虽然，世情看冷暖，人面逐高低，他从庖长和其他厨师的眼神上，能看出对他的藐视，但却并不以为然，他知道刚生下来的孩子都不长牙，哪儿的人都欺生。跟他们接触时间长了，彼此熟悉了，也就没得说了。

其实，他不知道御膳房的水有多深。瑞祥大面上礼数纲常地对他客客气气，心里却较着劲。于三胜是乾隆爷从江南带过来的，您想他要是不喜欢吃于三胜做的菜，能大老远地带他进宫吗？自然于三胜得宠，就意味着瑞祥的失宠。皇上每顿饭的膳单，是内务府的官员定的。膳单怎么定呢？一是看皇上每顿饭，哪道菜动筷子次数多少；二是由皇上钦点。由打于三胜进御膳房，乾隆爷就没让他闲着过，每顿的膳单子上，掌灶的主案都是他。

老话说：拉弓靠膀子，唱戏靠嗓子。厨师掌灶，就跟演员唱戏一样，谁的戏叫座儿谁是爷。您说您再是个角儿，但没人捧您，您连登台亮相的机会都没有，谁还拿您当回事儿？瞅着人家在那儿唱，听着众人对人家叫好儿。您说这心里是什么滋味吧？

当然，要是一般的主儿，心理不平衡，发几句牢骚，摔几句咧子，也就认头了，因为，赏识于三胜的不是别人，那可是皇上呀！谁敢叫这个劲呀？金刚怒目，不如低头菩萨。但到了瑞祥这儿，他可不这么想，他觉得于三胜这个“南蛮子”进御膳房，就是跟他这个北京爷来叫板的。当然，他知道于三胜能进宫，是乾隆爷的旨意。对皇上，他不敢说半点不是，让他恼火的是，刚迈进宫门的于三胜，眼里没有他。

这是怎么话说呢？敢情于三胜进御膳房以后，只知道抬头上案，低头上灶，心思都放在了做菜上，对瑞祥自然话不多，也不会巴结逢迎他这个庖长。一般初来御膳房的主儿，头一个月的俸禄得孝敬庖长一半，这叫见面礼。二一个月，也要拿出俸禄的三分之一给庖长，这叫茶礼。您想于三胜从江南古城过来，哪儿知道这些礼呀？瑞祥却不管这些，他觉得我是庖长，你再有本事，也是我的兵，没任何说的，你必须得敬着我，否则，就是找别扭。

您说这是谁找别扭呀？这一找别扭，您想于三胜的处境能好得了吗？俗话说，天长事多，夜长梦多。从打于三胜进御膳房，荤局的红案，以于三胜为代表的淮扬菜系，就跟瑞祥为首的鲁菜和老家菜（满族菜）系，展开了明争暗斗。当然这种斗，主要是斗法，也就是斗心眼儿。有道是：不怕红脸关公，就怕抿嘴菩萨。瑞祥不愧是一位北京爷，把于三胜玩得一愣一愣的，干脆这么说吧，他身子被瑞祥推井里了，还跟瑞祥称爷道谢呢。那些年，多亏乾隆爷赏识他的厨艺，瑞祥不敢下狠手，否则的话，他也许真就断了根儿。

于家和彭家的恩怨，就是这么结下的。也许是瑞祥和于三胜的后人，一直没离开勤行，他们的子孙也各有一支，在御膳房掌灶，所以，这种恩怨一直延续到大清国倒台，末代皇帝出宫。这真是：往事并不如烟，奇事接二连三。

出宫

却说彭、于两家，在清末民初，显出高山和平地来。于家因为于子鸾于大舌头的发迹，而成为京城的大户人家。于大舌头受李鸿章的影响，年轻时，就懂得钱能生钱，只有投资创业才能发展的道理，所以手里有了钱，就往热门行当里投资参股，及至后来单立门户，越做越大。于家的产业涉及粮油、商贸、餐饮、交通运输等多个领域，光商铺门脸儿就有二三十个，在东城也算是大宅门。

彭家人虽然没有于大舌头的眼光和心计，几代人死守“勤行”一门，没有发起来，但是作为御膳房红案的庖长，彭三的爷爷跟地安门外的那些商家铺户、大饭庄里勾外连，那些年，也没少捞钱。

内务府和御膳房的腐败，一直到末代皇上溥仪的时候，才下决心惩治。他不惩治也不行了。那会儿，他已经是逊帝了。什么叫逊帝？说白了，就是挂着虚名的皇上，实际上已经没有皇位了。您想大清国已然被民国政府推翻了，皮之不存，毛将焉附？

按大清皇帝退位时的“清室优待条件”，民国政府给逊位皇室，每年的开支是四百万两银子。四百万两银子，一个省的农民一年的吃喝有富余，可是到了小皇上这儿，根本不够他们的生活挑费。

他身边有明白的老臣，给小皇上算了一笔账，让他大吃一惊，敢情光侍候他，就有几千号人马，光太监就几百号。这些人吃他喝他偷他贪他，末了，还不念他的好儿。小皇上思来想去，横下心来，先遣散了几百太监出宫，接着又对内务府开刀。民国十二年（1913年），也就是溥仪被冯玉祥的国民军赶出宫的前一年，小皇上将内务府的各司各处七百多号人，一下砍掉了一多半，只留三百来人。又将御膳房五个局的厨师进行了大裁员，由原来的二三百人，减到了只剩下三十多号人。

彭三的爷爷是红案庖长，贪了那么多，早让人盯上了。时局的兵荒马乱，让小皇上没心思惩治他们。他只图节约经费开支，自己能苟延残喘，于是打发这些宫里的蛀虫走人完事。

说起来，彭家人也算捡了个大便宜，假如是碰上严厉的君主，深究其罪，他的脑袋不搬家才怪。一下子裁了那么多厨子，当然，也没有原来的“局”了，不过，让彭三的爷爷没想到的是，御膳房的红案白案少了那么多人，却新增了做西餐的“番菜膳房”，添了五六个厨子，更让他撮火的是，掌灶的是于大舌头的徒弟。

嫉妒死了

那年头，徒弟就是师傅的影子。本来被裁出宫，彭三的爷爷心里就窝着一口气，现在于大舌头的徒弟却进宫掌灶，这一“出”一“进”，让他心里撞倒了五味瓶，不由得妒火中烧，但是，以那会儿于大舌头的势力，彭三的爷爷也不敢跟他叫板，撑死了在背后骂几句，出出心头的恶气。

他也想冒坏，通过御膳房留下来的人，给于大舌头的徒弟脚底下使绊儿。主意都想好了，但还没等伸脚，末代皇上就被赶出宫了，自然，逊帝都“逊”不了啦，御膳房还留得住吗？那些人也都放了羊，该干吗干吗去了。

让彭三的爷爷想不开的是，末代皇上出宫，奔了天津，身边带着两个厨子，其中一个就是于大舌头的徒弟。他心里又一次蹿了妒火。诸位有所不知，敢情这嫉妒人引起的心头之火，比什么火对人的伤耗都大，彭三的爷爷一想起这于大舌头，就像万箭穿心，烈火烧身一般。虽说他那当儿才四十出头，但心胸狭窄，小肚鸡肠。加上有血压高的遗传，在转过年的开春，早晨醒来，心里又想起了于大舌头，一股妒火蹿到了脑门子上，想从炕上爬起来，突然两眼一黑，脑血管崩裂。他连喊了两声：“于大舌头呀！咱们走着瞧！”便一命呜呼了。

您说这妒火有多“毒”吧？都要咽气了，他这儿还走着瞧呢！

彭三的爸爸彭乐山，在家是长子长孙。那当儿，正在什刹海边上的会贤堂饭庄，跟常四在灶上学徒。常四跟彭三的爷爷是拜把子兄弟，本来彭三的爷爷算计着自己再干几年，赶到告老的时候，让彭乐山进御膳房接他的班，所以让他的师弟常四先带带乐山。哪想到没等他老呢，就被皇上给轰出了宫，乐山进御膳房自然也就成了泡影。

彭三的爷爷抓挠的那点儿钱，都让他置了地，从宫里出来不久，他便在西城买了一所大四合院。结婚两年，有了一个儿子的乐山也搬到新买的四合院，跟父亲住在一起，他时不时地听父亲念叨于大舌头，父亲也给他讲了彭家跟于家的宿怨。他影影绰绰地知道父亲被裁员，跟于大舌头有关。这等于断送了他的前程，所以，他从骨子里，对于大舌头就有一种怨恨。现在父亲临死之前，又喊了两声于大舌头。分明是于大舌头把自己父亲给活活气死的。这种恩怨可以说侵入骨髓。

其实，彭三的爷爷实在是冤枉了于大舌头。末代皇上对内务府和御膳房的大裁员，他压根儿就不知道。再者说，他折腾半天，也不过是个厨子，即便知道了，皇上能听他的吗？此外，于大舌头的徒弟进宫做西餐，新建“番菜膳房”，跟于大舌头也没关系。他徒弟原本就是做西餐的，是溥仪的老师庄士敦吃过他做的西餐，特意推荐给小皇上的。您说彭三的爷爷这不是心里有气，拿于大舌头扎筏子吗？

彭三的爷爷口念于大舌头脑溢血而死的时候，于大舌头正跟人谈一笔生意，压根儿就不知道背后有人在骂他。彭三爷爷的后事办完，有人告诉于大舌头：彭家的人被他给气死了。

当时，于大舌头正在饭局上，听了一愣，沉了半天，突然仰天大笑，然后，让人给他倒了一杯酒，一口干掉，抹了抹嘴，说了一句让人费解的话：“难道我有那么大的本事，能把一个大活人给气死？不过倒也像是《三国》里，周瑜临死之前说的那句话：既生瑜，何生亮？”

第十六章

私生子

按说，彭家和于家的恩怨，到了彭三爷的父亲彭乐山这辈，经过时间的打磨，应该烟消云散了。虽然彭乐山一直在京城“勤行”守着门户，但到白姥姥她爸于恩波这辈，于家已然跳出了“勤行”。于大舌头有眼光，认准了读书的重要，对孩子的教育非常上心。两个儿子都是大学毕业，其中一个到美国留学，后来定居在旧金山。两个女儿，也都念了大学，后来一个嫁给了富商，一个嫁给了工程师。如果没有于恩波的阴差阳错，于家的后人便没有吃“勤行”这碗饭的。

老话说：隔行如隔山。眼不见心为净。所以，即便彭乐山对父亲的死耿耿于怀，心里还埋着对于大舌头的一口怨气，但在行里碰不到于家的人，想扎筏子都找不着机会。可是谁能想到，山不转水转。在彭乐山的心气儿都已经快被时间的轮子磨平的时候，倒霉蛋于恩波撞到他的枪口上了。

白姥姥的父亲于恩波，说起来，是于大舌头的私生子。于大舌头刚出道的时候，遭到了彭乐山的爷爷的暗算，跑到了朋友家避难。其实，这是他的朋友使的“借鸡生蛋”的一计。敢情这个朋友没有生育能力，又不想断后，所以看上了年轻的于大舌头。没想到，于大舌头跟他的媳妇喜鹊暗恋上了。这个喜鹊，就是白姥姥一直没断了跟我念叨的，那个于大舌头的“前妻”，其实他们压根儿就不是两口子。

当然，于大舌头不知道这个朋友要借他“播种”，喜鹊也蒙在鼓里。及至俩人动了真格的，而且喜鹊有了“喜”，肚子一天比一天见鼓，于大舌头这才慌了神。他当然不忍抛弃自己的恋人，但又觉得对不起自己的朋友，两难之中，只有一条路，那就是走。于是两人约定好几年以后，于大舌头混出息了，再来找喜鹊。在一个风高月黑的夜里，于大舌头偷着从朋友家不辞而别，凭借着自己的厨艺，只身跑到天津，找到了之前就认识的直隶总督李鸿章，做了他的贴身厨师。

“庚子事变”之后，于大舌头随奉旨参加“庚子议和”的李鸿章回到北京。阔别京城七八年，他的第一件事儿就是到海淀他的朋友家，去找喜鹊。但万万没想到，喜鹊已被“八国联军”给活活捅死，朋友家的小院，也被“八国联军”的一把火，烧得成了一堆瓦砾。至于他和喜鹊的孩子，邻居猜测也被烧死了。于大舌头只能把这些灾难，痛苦地留在记忆中了。

这之后，他娶妻生子，渐渐地把喜鹊淡忘了。谁知几年后，他意外地见到了恩波，而且知道恩波就是他和喜鹊的儿子。原来“八国联军”攻打北京之前，喜鹊担心会出事儿，便让恩波的奶妈抱着他，回了老家三河。让恩波躲过一劫。

恩波回到于大舌头身边，于大舌头心里自然高兴，但此时他已经是两个孩子的爹了，突然冒出一个大儿子来，他怎么跟夫人交代呢？这时，他身边的朋友给他出了个主意，让他送恩波到国外留学。正好俄罗斯大使馆的外交官巴比尔，宴请朋友吃中国菜，请于大舌头出“堂会”，于大舌头把想让恩波出国的事，跟他和盘托出。巴比尔心领神会，一手操办，让恩波投奔彼得堡他的一个叔伯大爷家，虽说是寄养性质，但也可以说，是另一种方式的留学吧。

留洋

十二年以后，恩波带着老婆孩子回到了北京。老婆是波兰人，叫瓦琳娜，孩子刚刚八个月，她就是白姥姥。看到这儿，您明白了吧？白姥姥为什么长得白？敢情她母亲是地道的波兰人，她属于混血儿。恩波走的时候还是个小孩儿，现在回来成孩子的爸爸了。于大舌头见了，自然满心欢喜。

恩波这辈子是个苦命人。到俄国才两年多，他就赶上“二月革命”和“十月革命”，跟着他就开始了颠沛流离的生活。从彼得堡逃到了白俄罗斯，几经辗转，最后到了波兰，但又赶上了“波共”革命，他被当作政治犯流放。这十多年，他几乎没过上几天消停日子。瓦琳娜是他在流放的时候，认识的一个波兰教授的女儿，他们可以说是患难之交。本来以为结婚以后，能带来好运，但命运之神并没眷顾他们，先是恩波失业，后是瓦琳娜产后得病，为了保住孩子，他思来想去，还是回国踏实。

恩波是拿脸面当回事儿的人，而且性格比较内向，属于三脚踹不出一个屁来的那种“蔫茄子”，这些年在国外的坎坷经历，他很少流露，家里人问他的时候，他往往会带着几分愧涩，微微一笑说：“上学，工作，交女朋友，结婚生女，还算充实，日子过得还凑合吧。”

尽管他一再说，在国外的生活还凑合。但于大舌头那是什么眼力？老爷子察言观色，管中窥豹，从恩波憔悴的面容，还有他洋媳妇蜡黄的脸色中，看出他们这些年过得并不怎么样。但老爷子揣着明白使糊涂，不愿意把这些说破。也许儿子也有自己的难言之隐，他心里琢磨。

其实，他是最疼自己的这个儿子。要知道，他十二岁才回到自己身边，待了不到一年，就把他打发到国外，于大舌头总觉得自己对不住这个儿子。您想，如果儿子告诉他在国外受了多少委屈，他心里能不难过吗？儿子不说，索性他也不问。这就叫山东和山西，两省了。

这年，于大舌头已经七十多了，他的老伴儿已经病逝，他把买卖地上的事儿，都交给了他的二儿子，也就是他结婚后生的第一个儿子。他皈依了佛门，把斋念经之外，精力都放在了开粥厂、办义学这些善事上。按他的心气，打算给恩波两口子买个小院，安顿下来后，媳妇在家看孩子，恩波找个事干，也算对他们有个交代了。

但瓦琳娜在北京住不习惯，言语也不通，此外她还有老母亲需要照顾，所以住了有半年，她就想要回波兰，她一走，自然恩波也得跟着。当时白姥姥刚一岁多点儿，还不会说话，她的父母就把她交给她爷爷于大舌头，奔了波兰。等恩波再回来，已经是抗日战争胜利以后了。

那时于大舌头已经去世，白姥姥寄宿在教会学校念书。而在这之前，波兰在“二战”中，一直被德国蹂躏，恩波在战乱中，被关

押在德国的集中营有一年多，幸亏他和瓦琳娜跟着几十人越狱逃跑成功，否则，两口子的小命就被扔在那儿了。大难不死，瓦琳娜却病倒在回波兰的路上，到了华沙，她就起不来了。恩波有两三年，什么也没干，专门在家侍候生病的妻子，直到她咽气，并把她的后事办完，才惘然若失地回了中国。

恩波回到北京，眼面前的第一件事儿，是解决肚子问题。父亲死后，他没了依靠，那两个同父异母兄弟，他并不熟，谋生只能靠自己。当时的北京叫北平，只是一个特别行政区，政治的中心在首都南京，文化中心在上海，由于内战气氛紧张，北平的市面儿上，百业萧条，物价飞涨，恩波想凭自己学的电机专业，找个收入稳定的工作非常难。

打头碰脸地在京城的地面儿上转悠了几个月，这位爷也没找到挣钱吃饭的“饭碗”。眼看手里的那点儿积蓄就要花光了，正在为难招展之时，他碰到了当年在乌克兰基辅大学念书时的校友。

这个校友叫王涛，是中共北平城工部的人。王涛见他处境窘迫，知道他精通俄语，英语也能对付，便把他介绍到远东饭店，在大堂搞接待。虽说这差事，对不起恩波的学问，但解决了他的吃饭问题。

玩人

老北京，像那么回事儿的大饭店，不过五六家，远东饭店是其中之一。所以，新中国成立后不久，这家饭店就被收归国营，纳入饮食服务公司管理。

当时，为援助新中国建设，苏联派了大批专家来中国。谁也没想到，会俄语的人成了香饽饽。自然，恩波有了显山露水的机会，连着当了几次翻译，他被市里的领导看上，要把他调到外事部门做专职翻译，但公司领导没舍得让他走，以特殊需要为名，把他留了下来。

恩波那会儿四十多岁，瘦削的身材，文静的外貌，说话慢条斯理，透着文质彬彬，加上一口流利的外语，看上去非常有外场，所以公司领导有外事活动，总带着他。单位里的一些热心人，知道他是单身，还惦记着给他张罗对象，办公室有个姓刘的打字员，还悄悄地爱上了他。

让恩波没想到的是小刘这儿一动情，另一位爷动了心。谁呢？正是彭三爷的父亲彭乐山。

彭乐山原本在一家老字号饭庄掌灶，因为是御厨的后代，在京城勤行有一号，新中国成立后，他又在国家领导人举行的宴会上露过脸，加上他念过几年私塾，有点儿文化，懂政治，说话办事跟得上形势，尤其是那张嘴，张嘴就是革命形势，透着他比一般厨师思想觉悟高。

乐山好像天生就不是做厨师的，而是当干部的材料，他的举止言谈里，总带着干部的派头。加上心里有政治，眼里有觉悟，自然让领导对他刮目相看。解放初期，共产党为了巩固新生的政权，决定在各行各业培养一批积极分子，作为干部苗子，彭乐山先是入了党，之后又被选拔到党校学习了一年，回来后，直接调到饮食服务公司当了副科长。

小刘是他的一个师兄弟的女儿，模样可人，初中毕业，一直待字闺中，媒人踏破门槛，愣没入眼的，不知不觉，二十五了，还没嫁出去。那会儿的人，十七八岁就当爹当娘，这岁数属于老姑娘了。彭乐山见状，替师兄弟分忧，仗着跟公司人事科长的关系，三折腾两倒腾地把小刘弄到了公司，在办公室当了打字员。

您别以为这位彭爷是义重如山，或是慈悲为怀，真心助人，敢情他暗中对小刘动了心眼儿。好色本是男人的本性，但彭爷的心眼儿想歪了，他想在小刘身上占便宜，既然把小刘弄到自己身边，想什么时候动手，那还不方便吗？但他没料到小刘喜欢上了恩波。以他对小刘的了解，他觉得小刘不会主动追求，而是恩波的有意勾引。自然，他对恩波的嫉火油然而生。

其实，在小刘暗恋上恩波之前，彭乐山对恩波并不了解，现在俩人拴上对儿了，他当然得琢磨恩波了。俗话说：口是风，笔是踪。他让人事科长一查档案，这才知道恩波原来是于大舌头的私生子。他们家老爷子临终的那口气，他一直没找到撒气的布袋，现在这“布袋”远在天边，近在眼前，您说他能饶得了恩波吗？真应了那句话，不是冤家不聚头，聚头冤家有事由。

别看乐山应名儿是御厨的后代，用于大舌头说他爹的话：在案上、灶上的功夫，是马尾巴拴豆腐，提不起来，但在玩人上，却有一套本事。到了乐山这儿，可以说是青出于蓝而胜于蓝。

他玩人，也像在灶上煎炒烹炸一样，讲究吊汤，也讲究火候。像做菜一样，整什么人，该配什么“作料”？怎么“吊汤”？“火候”怎么拿捏？他都游刃有余。他的绝活是“刀功”，玩一个人，刀不血刃。换句话，叫不露声色，杀人不见血。表面上，跟你还握手言欢，满脸堆笑，酒桌上，正推杯换盏呢，背后，却已经把地雷的药捻儿点着了。

世界上，什么事就怕琢磨。再好的玩意儿，您拿在手里天天琢磨它，也能找出点儿瑕疵来，人也如是。自打恩波入了乐山的法眼后，他见天拿恩波当玩意儿来琢磨，翻了档案，刨“祖坟”（查他的祖宗三代）；刨了祖坟，追现状。恩波的身世和经历，本来就比较复杂，让乐山这么刨根问底地一倒腾，没有问题也得整出问题来，更别说，有些问题他自己都说不清楚了。

干烧活鱼

彭乐山了解了恩波的历史以后，心里乐了：这整个儿就是一条活鲤鱼呀！（他本来就姓于嘛。）既然是条活鲤鱼，那就好办了。根据他的历史，是清蒸？还是红烧？是干烧？还是水煮？是侉炖，还是糖醋？他琢磨了几天，拿定了主意：直接干烧！

清宫御膳房的膳单上，有“干烧鲫鱼”这道菜。此菜还是恩波的老祖从江苏带到宫里的呢。想不到在彭乐山这儿，“鲫鱼”变成了“鲤鱼”，“鲤鱼”正是于家的后人。

做“干烧活鱼”，先得配料，然后把鱼去鳞，放油锅里炸，炸成金黄色，另起锅，油烧热后，放葱、姜、蒜、料酒、酱油、醋等作料和水，汤热以后，再放炸好的鱼，煨至汁儿状，即可出锅。当然，这时的“人”，也就该被吃掉了。

在乐山看来，“干烧活鱼”的作料，就是黑材料。他琢磨了两个多月，给恩波整理出二十多条“罪状”。这些“罪状”，刀刀见血，哪条单拎出来，都够恩波喝一壶的。头一条罪状，就是“镇反”的漏网特务。这条罪状如果属实，百分之百脑袋得搬家。

众所周知，新中国建立初期的“三大运动”是：“抗美援朝”“土改”“镇反”。“镇反”，就是镇压反革命和国民党特务。运动从1950年的冬天开始，大约到1951年底就基本结束了，而乐山整恩波黑材料的时候，“镇反运动”已经结束，所以他给恩波扣的帽子是“漏网特务”。甭管是进网还是漏网，总之都归特务。

自然，这特务不是张嘴就说的，乐山也推测出一些所谓的“证据”：恩波在俄留学期间，结识并加入了国民党特务组织，这个组织在抗战胜利后，派恩波潜回北平，在政府机关卧底，收集有关情报。另外一条也够他受的，那就是恩波的父亲于大舌头是罪大恶极的历史反革命。他追随大卖国贼李鸿章十多年，是李鸿章的走狗，后来当了官僚资本家，家财万贯，欺压百姓，剥削工人，无恶不作，因为早死，逃过了人民的惩罚。但他的儿子于恩波，秉承他衣钵，成为国民党反动派的走狗，继续与人民作对，这样的反动分子不制裁，人民政权将如何巩固？

这些要活人命的材料凑齐以后，恩波该被扔到油锅里干炸了。但进油锅之前，还要在“鱼”身上划几刀，这样，上锅煨的时候才更入味儿。

乐山念过私塾，肚子里有点儿文墨。他把恩波这二十条罪状，用毛笔工工整整抄好，正准备送保卫部门的时候，谁知半路杀出个程咬金。这个“程咬金”，不是别人，正是他的儿子三少爷璟如。

彭乐山有三个儿子，两个闺女。最有出息的就是这个三儿子，他是清华大学的高才生，学的是机械制造专业，学校已经把他分配到哈尔滨的一家军工厂，但他当时正苦恋着白姥姥，所以舍不得离开北京，没有服从分配，正在家待业。那些日子，他发现父亲每天晚上挑灯熬油地伏案写东西，神情有些不自然，有一次他进了屋，快走到跟前，父亲生怕他看见写的是什么，有意把他支开了。

世上的事往往就是这样，越显得神秘兮兮，不可告人的事儿，越能勾起人的好奇心。三爷在这之前，因为与白姥姥相恋，跟父亲已经闹僵。彭乐山心眼儿窄，为这事儿差点儿没犯病。他知道白姥姥是于大舌头的孙女，现在又知道她是于恩波的女儿，彭于两家是世仇，怎么可能到他儿子这儿结亲呢？但他心里明白，这三少爷有“反骨”，从小就不服他管，这会儿又念了大学，是非常有主见的人，所以他又不肯说出两家不能成亲的真相。

在恼羞成怒的情况下，彭乐山只能拿出家长作风，扇了儿子俩大耳刮子。三爷再是爷，也不敢跟自己的亲爹动手。俩大耳刮子？一百个，他也得受着。不过，他在自己老爹面前，向来是打他的右脸，他把左脸伸过去，而且打他多狠，他从来不掉一滴眼泪。这种拧劲儿，常常让乐山打一下两下行，打第三下的时候，手就举不起来了。

爷儿俩因为三爷跟白姥姥相爱，心里都较着劲，已然有几个月不说话了。所以，现在父亲神神秘秘地写东西，不能不让三爷心里起疑。

当时，彭家住着独门独院，父亲和母亲住正房（北屋），三爷住西房。这天，乐山像往常一样，骑着自行车上班去了，他母亲出门买菜，家里就剩下他一个人的时候，他推开正房的门，走到父亲的写字台前，翻找老爷子写的东西。

翻了半天，终于找到了乐山写的那份检举信。真是不看则已，看了以后，让他倒吸一口凉气，出了一身的白毛汗。

他知道于恩波就是白姥姥的父亲，而听白姥姥说他早年间，在俄国加入过布尔什维克。他见过恩波两次，对恩波举止言谈的儒雅和深沉，以及学问印象颇深。他怎么看，恩波也不像是特务。而于大舌头开粥厂、办义学，救济贫困子弟的善举，东西城的老百姓有口皆碑，再者说，他当年只是李鸿章的厨师，尽管后来发了迹，但说了归齐也还是厨子出身，他怎么成了罪大恶极的资本家了？三爷越看越觉得，这是他们家老爷子在陷害恩波。

特务

怎么办？三爷当然不能袖手旁观。眼睁睁地看着好端端的一个人，被当成活鱼，给干烧了，自己站一边闻味儿，这不是他的性格。何况这个人，还是白姥姥的父亲。以他的脾气，恨不能当场就把这些诬告信给烧了。但他深知，他们家老爷子不是那么好对付的。烧得了这些信，烧不了他的心。今天烧了，明天他还会再写。既然他已经决定，要把人当活鱼给“干烧”了，一准是王八吃秤砣，铁了心啦。

他照着自己的脑袋给了两巴掌，好让自己冷静下来。他知道对付他们家老爷子，只能闪转腾挪，玩迂回战术。来硬的，等于鸡蛋往石头上撞。当下，他把那封举报信的大概内容抄了下来，又原封不动地放回原处。他估摸着父亲也就是这一两天，就会把这封信交给有关部门，他必须在这之前，想辙把这封信给堵下来。

三爷想得太简单，也太书生气了。其实，在三爷发现这封举报信之前，他父亲已经把它投到有关部门了。乐山为了做到弹不虚发，相同内容的举报信，一共写了四份，分别投给上级单位、区、市三级保卫部门和公安机关。

三爷自以为发现得及时，可以在他父亲举报之前，先下手为强。第二天晚上，他约白姥姥在北海公园的白塔下面见了面。他感觉他父亲在恩波的身后，已经举枪瞄准了，所以到这会儿，他也就不拘面子，直言不讳了。白姥姥听他说出实情，当时就乱了方寸：“他怎么会是特务呢？特务，他怎么会呢？”她一连说了有二十遍。

三爷倒是比白姥姥能沉得住气，他把事先想好的主意，告诉了白姥姥，让她父亲赶紧想办法，找当年一起留学的同学，为他正名，表明他压根儿就没跟国民党的人接触过，特务的罪名纯属子虚乌有。在三爷看来，只要把这条罪给择开，其他的都好说了。

那会儿，三爷在白姥姥眼里就是大哥，她对三爷百依百顺，事关父亲的命运，不能迟疑。当天夜里，白姥姥就把三爷说的，都告诉了父亲。恩波听了简直如五雷轰顶。

说老实话，到这会儿，恩波对一切都还蒙在鼓里。他做梦也想不到，自己会成了“活鱼”，被“干烧”。他对彭于两家的恩怨情仇知道得很少，您想他的经历，四十多年，有一半都在国外，还有十年在三河农村，于大舌头肚子宽绰，也没闲心跟他念叨这个。所以他怎么也想不到，因为这些陈芝麻烂谷子的事儿，惹出了麻烦。至于说，打字员小刘对他的暗恋，他一点儿都不知情。他跟小刘一共才接触过两次，都是他到打字室去打翻译的文稿，而且他们之间，最多也就是说了三句话，想不到，其中一次还让彭乐山撞上了。

恩波与亡故的夫人瓦琳娜，感情甚笃。他在异国他乡，与瓦琳娜在患难时相逢，相亲相爱，比翼连理，刻骨铭心。瓦琳娜的早逝，对他的打击非常大，而且他非常喜欢女儿白姥姥，所以他发誓，此生不会再娶第二个女人。当然，他当时也没有这种心气儿，因为政治运动一个接一个，他的出身又有砟儿，一天到晚开会学习，弄得他身心疲惫，精神紧张，哪有心思去琢磨女人的事儿？

恩波的思想比三爷还简单，虽然他对乐山的举报感到震惊，但他想，有关部门也不会听信这个不实的举报，把他置于死地。何况这个举报简直就是无中生有，信口雌黄。政府部门怎么也要进行调查吧，他身正不怕影子斜，心里无愧于以党和人民，还怕小人在脚下使绊儿吗？

但白姥姥却认为事情非常严重，一定要让恩波去找他的好朋友王涛。王涛了解他在俄国留学的情况，现在又在国家机关工作，让王涛给他写份证明，裉节上能起很大作用。恩波听从了女儿的话，找到了王涛。

王涛此时已调到国家外事部门，当了处长。他为人豪爽仗义，听说有人举报恩波是特务，顿时火冒三丈。他不但为恩波写了留俄期间历史清白的证明，还写了一封反驳举报他罪状的公开信，直接寄到了公安部门。

想不到他们的做法，被有关部门视为欲盖弥彰，越洗越黑。王涛的两封信，不但没使上劲，反而帮了倒忙。

电台

原来王涛这会儿也马踩着车呢，只不过他自己并不知道。敢情他在莫斯科留学期间的一个中共地下党的老领导，加入“托派”组织的事儿被人揭发出来，王涛也跟着吃了挂落儿。

“托派”是托洛茨基派，在此之前，斯大林在苏联进行了党内“大清洗”，清洗对象之一就是“托派分子”。那会儿，“托派分子”就等于是反革命分子。在王涛替恩波写那两封信的第二天，他就被机关的保卫部门带走了，一个礼拜以后，他和那个老领导一同被捕入狱。您想这样的人给恩波洗罪，那不是烧炭的手抓年糕，白的也成黑的了。

恩波拿着王涛写的证明，稍稍松了一口气，但还没稳住神，王涛的儿子向东就告诉他，他父亲被捕了。什么叫打草惊蛇呀？恩波怎么也想不明白王涛为什么会进共产党的监狱，因为他知道王涛对共产党绝对忠诚，冒死救过地下党的战友，而且三次坐过国民党的大牢。这样的人都能被捉，何况他了？他越想越觉得心里没底了。但他怎么也没想到，自己这么快就成了阶下囚。转过天的早晨，他还在睡梦中，就被公安部门带走了。一切来得是那么突然，让年轻的白姥姥毫无心理准备。

更可怕的是，当天下午，恩波单位的保卫干部和警察抄了恩波的家，在一堆过期的报刊中发现了蒋介石的照片，同时还在旧物中找到了印有国民党党徽的奖状和奖章。这些都是当年于大舌头做善事，政府奖给他的，跟恩波一点没关系，但是却和彭乐山的举报内容相关，所以都成了他是国民党特务的证据。

最要命的是，恩波从国外带回来的一台苏制收音机，这东西看上去很笨重，却成了他向特务机关发送情报的工具。您说收音机能发信息吗？那会儿的人，大概也搞不清这东西是干什么的。有这些搜出来的“罪证”在，恩波就是浑身是嘴，也说不清了。

白姥姥跟三爷讲了父亲被捕和抄家的经过。“哎呀！是我害了他。咱们太着急了，找人写信，等于往人家枪口上撞，引火烧身呀！”三爷到这会儿，才后悔自己的单纯和幼稚。

他心里十分清楚于家的灾难，是他老爹在幕后一手导演的。让他没想到的是，当他问父亲，是不是于恩波被公安局给逮捕了，彭乐山却装作十分同情样子，点了点头，而且用一副悲天悯人的口气说："真是怪可惜的。这家伙在国外待了二十多年，会说好几国话。"

三爷听了，不禁火冒三丈："我想问问您，他被捉起来，这事儿跟您没关系？"

"你这小子，净说混账话！他是国民党特务，你知道吗？他跟我有什么关系？"乐山愤愤地说。

三爷被他的这番话，气得浑身直哆嗦。他算是看清楚父亲的心理是多么阴暗。但骂也好，恨也好，他毕竟是自己的父亲，三爷把牙咬碎了咽到肚子里，心里的怒火没有烧起来。

恩波被逮捕后，白姥姥整天以泪洗面。她觉得父亲实在是冤枉，而自己又是那么柔弱无能，连替父亲伸张正义的能力都没有。这天，她到半步桥的第一监狱，给父亲送过冬的衣服回来，又见到了三爷。她告诉三爷，她父亲本来就有好多病，现在又受到牢狱之灾，冤情难辨，他实在忍受不了这种折磨，跟她流露出轻生的念头。

"如果没有人澄清他的冤情，我估计他过不了这个冬天。"白姥姥抽泣着说。

这几句话，像一把刀子捅进了三爷的心口窝儿，他再也坐不住了。他安慰白姥姥说："先别急，我不会看着一个好人被人陷害坐视不管的。我再想想办法。"

三爷有什么办法？父亲的卑鄙，让他无地自容。白姥姥的眼泪，又让他万箭穿心。那些日子，他整天如坐针毡，寝食不安。正是血气方刚，脑瓜一热，天不怕地不怕的年龄，他思来想去，决定跟父亲撕破脸，死磕了。

相残

其实，三爷又书生气了，他讲的是正义，玩儿的是仗义。而他父亲玩儿的是心术，斗的是心眼儿。俗话说，姜是老的辣。别看他是清华的大学生，玩儿人，五个绑一块儿也不是彭乐山的个儿。但三爷是认准了的事儿，一条道走到黑的人，这回非要跟父亲来一个鱼死网破。

他跟父亲摊了牌：“于恩波是你背后写举报信陷害他，才蹲的大狱。你跟我别装，我已经问清楚了，举报信没别人，就是你干的。”

“嘍，好大的口气！你吃了枪药了？怎么跟你爸爸说话呢？”彭乐山看着这个不顺眼的儿子，摸了摸手心，琢磨着是打他的左脸，还是右脸呢。

“跟您挑明了吧！我今儿就要您一句实话，于嘉昕她爸爸是特务，是不是你举报的？”他特意说出了白姥姥的名字。

彭乐山一听他说出白姥姥的名字，突然醒过味儿来，敢情要不是他从中拦一道，于恩波就成自己的亲家了。他瞪了儿子一眼，气急败坏地说：“是我举报的又怎么样？他是美蒋特务还有错呀？在他们家都抄出特务电台来了，他还想抵赖吗？这回呀，你爸爸还立功了呢。”

“你是立功了，人家却倒霉了！”三爷一脚把脚底下的板凳踢飞，睖着眼睛对乐山说道，“他在苏联压根儿就没接触过国民党，你知道吗？他还加入过布尔什维克。你们就凭在他们家发现几张画片、一台收音机，就说他是特务，是不是污蔑？是不是陷害？”

彭乐山被他给逼到墙角，本想发威斗狠，可是一看儿子是真急了眼，跟他动手，保不齐把他惹急了，反倒打自己一顿。他知道三爷从小就练拳击，还是运动健将，他要是给自己一拳，要不了老命，也得在床上躺几年。于是他眼珠一转，冷笑了一下说：“看来你是替你那个什么嘉昕伸张正义，是不是？说吧，你想怎么着？”

“我想让你把那封举报信收回来。”三爷说。

“嗯，还有呢？你把你想达到的目的，都说出来！”彭乐山缓了一口气，语气平静下来。

“收回举报信以后，你再写一份悔过书，承认自己是举报错了，对于恩波造成的伤害表示忏悔。”三爷疾言厉色地说。

听到这儿，彭乐山不禁对儿子在政治上的幼稚单纯，感到荒唐可笑了。您想举报信有往回要的吗？

他不动声色地看了儿子一眼，问道：“嗯，还有呢？”

“还有？”三爷亮出了自己的底牌，“今儿跟你明说吧，你不照我说的办，那好，从今以后，你不要再认我这个儿子，我以后也不认你这个爹。还有，你不是写信举报于家人吗？我手里也有笔，我也会举报你！”

“你举报我什么？”乐山听了一愣。

“举报的事儿多了。共产党的军队围城时，你在家里骂过共产党没有？给志愿军捐钱，你回家骂过解放军没有？咱家里有没有蒋介石的画像？我小的时候，您还给我戴过有蒋介石头像的证章呢。有一次，你用有毛主席照片的报纸包瓷器，我妈说这可不行，让人看见了不得了。您说什么来着？‘这有什么？十年以后，江山还不定是谁的呢？’这话是不是您说的？还有，您在家里总骂你们单位的书记，说他是混蛋、王八蛋、兔崽子，书记难道不是代表党吗？还有……”

三爷还要继续往下说，被彭乐山打断了。他没想到在家里说话口无遮拦的，都让这位三少爷听到了，而且记得那么清楚。“哈哈，这都是什么时候的事了？你小的时候那会儿还没解放呢！”他突然哈哈大笑，打了个马虎眼说。

“我说得没错吧？举报谁不会呀？”三爷觉得自己的这番话，击中了父亲的软肋。

“好啦。”彭乐山换了一种语气说，“你的目的我已经知道了。其实，那封举报信寄出去以后，我也后悔了。不管怎么说，于恩波会几国语言，是个人才。共产党是讲民主的，儿子说得对，符合党的政策，当爹的也要听，并且还要认真去办。”

“这么说，你同意要回那封举报信了？”三爷有些激动了，大着胆子问道。

“那是，我还要照你说的，写悔过书呢！”乐山笑呵呵地说。

三爷没想到自己的撒手锏这么灵，刚亮出来，就把他老爹给降伏住了。那天，他高兴得一宿没睡，第二天一早，就去找白姥姥，告诉她这个消息。

白姥姥似乎比他要成熟一些，觉得这是他父亲玩的花招儿，这么老奸巨猾的人，怎么能让儿子的几句话给唬住呢？三爷让白姥姥这么一说，心里也没底了。不过，他已经打定主意，不管他父亲要不要举报信，写不写悔过书，他都要向公安机关举报他父亲，他已经做好了跟他们家老爷子脱离父子关系的准备。

三爷等了几天，见父亲那儿没什么动静，而且整天忙忙叨叨，显得很神秘的样子，他想跟他说几句话都没有机会，而且老爷子见了他，脸上冷冷的，像挂了一层霜。他的心渐渐凉了。

他已经写好了举报他父亲现行反革命的信，历数了他三十多条罪行，整整十篇稿纸。这天早上，他跟父亲走了一个对脸，他强颜欢笑，跟老爷子打招呼，没想到热脸贴凉屁股上了。老爷子看也没看他，扭过脸推着自行车出了门。这让他下决心要举报了。但他万万没想到，刀还没举起来呢，背后的箭已经射过来了。当天上午，他正准备出门投寄那封举报信，派出所的两个民警进了院，问清了他的姓名和身份，二话不说，把他带走了。

敢情彭乐山在几天前，已经先他一步，把他举报了。俗话说，知子莫若父，给儿子罗列罪名手到擒来。三爷的"罪名"也不小，不但在念高中时，入了三青团（国民党领导的青年组织），而且还跟"美蒋特务"有联系，他从小念的是教会学校，跟一个美籍教师关系非常好，所以他也有"特务嫌疑"。乐山跟儿子玩了个攒儿，明面上赔着笑脸，背后却捅了一刀。真是煮豆燃萁，欲将三爷置于死地而后快。唉，为了保自己的政治地位，他什么都能豁得出去。儿子？儿子也如是！

第十七章

自杀

白姥姥听说三爷被捕，急得简直要发疯。除了父亲，三爷是自己最亲的人了，现在这两个亲人，前后脚儿都被关进了大狱，您想那会是什么心情吧？

在这个家凄风悲雨，自己孤苦伶仃的情况下，她只好找王涛的儿子向东要主意。向东比她大五岁，在一所大学当老师。他个子很高，长得清瘦，戴着白框眼镜，文质彬彬，说话慢条斯理，像是一个老学究。因为他父亲也是被人举报被捕入狱的，所以，跟白姥姥算是同病相怜。

那会的人，大一岁是一岁。大五岁，比现在的人大十岁八岁还懂的事儿多。白姥姥每次见到向东，他都像个大哥似的安慰她，帮她出主意，帮她排忧解难。白姥姥大学毕业以后，一直在家赋闲，王向东劝她出来工作，这样可以多接触社会，思想也会开阔起来。他又通过自己大学同学的关系，帮白姥姥在一所中学找到了一个教外语的位置。白姥姥听从了他的劝告，在这所中学当了英语教师。

工作也无法让白姥姥从忧伤和焦虑中解脱出来，她无时无刻不牵挂着父亲和三爷。这年冬天，北京一连下了几场大雪，天气格外的冷。白姥姥担心父亲的身体，能不能扛得过这个寒冷的冬季。她托她的二叔恩泽，也就是于大舌头和妻子生的第一个儿子，在口外（张家口）买了张板儿羊皮，听老人们说，这东西比棉的保暖。她挑了个能探监的日子，把板儿羊皮包好带上，知道父亲抽烟斗，她又特地跑到前门大栅栏，在一家老字号烟铺，买了一斤烟丝拿着，奔了半步桥。

办好手续后，她在探监的窗口等了一个多小时，也不见父亲的影子，她的心里不安了。正要去问个究竟，两个穿着警服的人走到她面前，确定身份后，把她带到一间办公室，告诉她，她父亲于恩波在昨天晚上病逝了，现在遗体已经拉到右安门外的一家医院，在太平间保存，他们正准备通知白姥姥，想不到她来了。如果她想看她父亲的遗体，他们可以安排车。

白姥姥听了，顿时木在了那里，半天，泪水才夺眶而出。这是为什么呀？父亲就这么不明不白地死了！她已然记不得自己是怎么回到家的了。

裉节儿上，又是王向东出面，帮她料理的后事。因为恩波是公安部门的在押人员，后事由公安方面处理，白姥姥能办的所谓后事，也就是在医院的太平间，跟遗体做最后的诀别。恩波是穿着囚服死的，白姥姥把父亲压箱子底儿的衣服、裤子找出来，由她和向东给他换上了。在看父亲最后一眼的时候，白姥姥忍不住号啕大哭。

向东在给恩波的遗体换衣服的时候，摸到裤兜里有个纸团儿，他趁人不注意，把纸团打开看了看，上面写着八个字："鱼岸风过，草白魂落。"他刚想把纸团揣起来，身后有人把他的手给攥住了。一个狱警冷着脸把纸团给没收了。事后，向东分析这是狱警对这八个字难解来的欲擒故纵，有意让他或白姥姥看的。囚犯死后，身上肯定要被搜查个底儿掉，怎么可能让他裤兜里揣着这个呢？

问题是，这八个字到底是什么意思呢？直到现在，白姥姥也没解开这个谜。

王涛在狱里关了三年多，直到斯大林死后，他们在苏联的那段历史真相大白，他和那位老领导才平反出狱，恢复了原职。后来王涛通过恩波的狱友才弄清，恩波不是病死的，而是在牢里上吊自杀的。

王涛看了恩波的八字遗言，琢磨了几天，觉得"鱼岸风过"的鱼，实际上就是他。他姓于嘛。鱼离开河水，跳上岸，虽然自由了，但也死了。等政治运动的风头过去，冤情水落石出了，升入天堂的鱼，才会感到欣慰。当然，这是他的解释，不过他后来通过各种关系，终于弄清了恩波在国外二十多年的历史真实情况，并且找相关部门，给他的"特务嫌疑"冤案平反昭雪了。当然，这是后话了。

神经

父亲死后的一个礼拜，白姥姥到炮局胡同的拘留所去探望三爷。父亲的死，对于她来说是一件大事，不能不让他知道。头一天，北京下了一场大雪，天特别冷，白姥姥把给父亲买的板儿羊皮带上，想在探监时送给三爷，但被狱警给拦下来。白姥姥这时才知道，这种东西是不能带到“号”（牢）里的。

由打进了“号”里，三爷的性情发生了变化，像一匹烈马被关在马棚里，冲动的烈性在压抑中变得异常乖张。彭乐山已经公开跟他断绝了父子关系，在政治上也算划清了界限。他入狱后，他们家人里，只有他大哥和大姐看过他一次，送了点生活用品。他对他俩发了一通脾气，让他们以后不要再来，他现在已经“死”了，而且跟彭家没有任何关系了。

他觉得自己实在是冤枉，做梦也没想到父亲是这么恶的人，而这么恶的人活得是那么坦荡，那么滋润。相反自己却成了罪人，成了阶下囚。他心里一百八十个不服呀！

为了发泄心中的怒火，刚进“号”那几天，他无休止地哭闹，甚至夜里也大喊大叫，不停地喊冤。他为此受过刑，但怎么打他也没用，只要回到“号”里，有一点儿气力，他就折腾。狱警有对付这种人的办法，先是把他跟死刑犯关在一个“号”里，让死刑犯收拾他。没想到他已经做好上刑场的准备，视死如归，什么都不怕，而且他体格健壮，练过拳击，死刑犯被他打得像一摊烂泥。后来，狱警把他关到了单独的“号”里，晾着他，他的狂躁才有所收敛。

白姥姥把父亲去世的消息告诉他之后，他顿时放声大哭，当场哭得背过气去。任凭白姥姥怎么劝，都没有用，他就是一根筋，死活认为是他没救恩波，让恩波冤死在狱中。白姥姥发现三爷的神情有些恍惚，隐约觉得他神经受了刺激，后悔不该把这些不幸的事告诉他。

在后来的几次探视时，白姥姥发觉三爷一会儿直愣愣地看着她发呆，一会儿莫名其妙地嘿嘿傻笑，一会儿旁若无人地号啕大哭，神态有些反常。她心里起了急，生怕三爷出事儿，如果神经了，这辈子可就毁了。情急之中，她只好又去搬救兵，把这事对向东说了，跟他要主意。

向东知道三爷跟白姥姥是青梅竹马，“两小无嫌猜”的关系，这种事自己不好介入。但白姥姥一直把他当老大哥看待，所以并没想那么多，她希望向东能当面劝劝三爷想开些，别钻牛角尖儿，不管遇到什么事，白姥姥也会等着他，让他放心。向东出于善意，只好陪着白姥姥一起去探监。

向东在之前见过三爷两面，那会儿的三爷，还是意气风发的俊俏小伙子，时隔不到一年，再见到三爷，他简直不敢认了。三爷瘦得像竹竿儿，脸色灰暗，眼圈发黑，脸颊见棱见角，胡子拉碴，披着长长的脏兮兮的头发，估计进来后就没洗过澡，身上有一股臭味，像个乞丐。

向东隔着铁栏杆，和风细雨地劝慰了三爷半天，三爷一脸茫然，木呆呆地看着他和白姥姥，最后没等向东的话说完，他便“哈哈哈”地狂笑起来，那笑声震得向东耳朵嗡嗡直响，把探监室的人吓得纷纷站起来，躲到了一边。

“他确实受了刺激，病得不轻。”向东的脸上带着惆怅与悲凉，对白姥姥说。

“这都是为了我呀！”白姥姥伤心地说。

绝情

白姥姥那时觉得，三爷最需要的是关心和抚慰，所以到了可以探监的日子，她就请假过去看他。后来几次见面，她感觉三爷的心态稳定下来，也可以跟她聊聊工作和学习了。而且他还让白姥姥帮他买英文版的狄更斯和托尔斯泰的小说。

“妈的，‘号’里不让看闲书，你替我包上书皮，再贴上马克思的头像，最好用中文写上《资本论》，反正这些人也不懂外语。”他悄声对白姥姥说。

白姥姥真照他说的做了，她在西单的外文书店，给三爷买了狄更斯的《双城记》《远大前程》和托尔斯泰的《复活》，包好书皮，写上马克思的书名，给他送去。三爷显得很高兴。白姥姥以为他想看名著，说明他的心绪已经平静下来，便利用探监的有限时间，跟他聊几句体己的话，他似乎心领神会，也能说一些将来出去后的打算了。

白姥姥想，只要他能看到希望，就会有活下去的信心。对他状态的改变，白姥姥抑制不住内心的喜悦，有一次竟敞开心扉，说出她对他们将来结婚后的憧憬。“不管你判多少年，我都会等着你！”她对三爷说。

“别说傻话了，估计我不会活着出去了。”三爷长叹了一声，低声说道，“刚进来时，我还喊冤叫屈，想早点出去，现在已不抱什么希望了。嘉昕，我这辈子，只爱过你一个人。事实证明，你也是那么爱我。这就足矣了！得到你的爱，我觉得此生无悔了。爱，也许并不能到永远的。”

“你怎么能这么想？你的事儿，我问过很多人，都说没那么严重。也许关个一年半载，查不出什么问题就出来了。”

“嘉昕，别给我吃宽心丸了。我知道我的罪过，也许我的骨头太硬，他们不会饶了我的。”

“你千万别这么想。只要你时时记着还有一个人在爱你，你的心绪就会好起来的。”白姥姥深情地看着他说。

“嘉昕，正因为有了你的爱，才支撑着我，让我有活下去的勇气。否则的话，你早就见不到我了。所以，我要永远感谢你的爱！”

一种难以言状的爱意，在这两个年轻人的眼神里传递着。尽管是在冷冰冰的监狱，两个人之间隔着铁栏杆，但爱情在任何地方，都会春暖花开。在两个热血青年看来，虚幻的东西有时也能解渴。只要心里有未来，一切看上去都是那么美好，也是那么充满想象力。

但这两个人都心照不宣的是，命运的钥匙并没有在他们手里，他们聊的那些未来，就像是这个寒冬窗户上结的冰花，看上去是那么炫目，冰清玉洁，但是太阳一出来，很快就会融化掉，最后变得无影无踪。

窗外是自由的天空，而三爷所在的窗内却是监牢。三爷突然想到，人的自由不自由，有时只隔着一层窗户。这让他不免产生悲凉感。三爷是AB血型，思维总是跳跃性的。听着白姥姥温情脉脉的话语，他的眼睛却移向了窗外。透过窗户，他看到房檐上的积雪在阳光下开始融化，雪化成了水，一滴一滴往下落。那雪水好像滴在了他的心上。他突然想到自己被关在这里，已经快一年了。一种落寞与忧伤，不由自主地抓住了他的心。

“只有从这里走出去，这个世界才属于我！”他若有所思地说。

“你早晚都会从这里走出去的。”白姥姥并没从他这句话里咂摸出什么意味，只是给他打气说。

那会儿的白姥姥还年轻，虽然她观察人和事比较细，但更相信直观的印象，有些时候，她难以做到从三爷的眼神里，窥见他灵魂深处的东西。她见三爷脸上有了笑模样，便觉得他心里的阴霾被驱散了，而且也有了阳光。她还难以体会到人进了大狱，失去自由的滋味。其实，三爷的笑是一种掩饰。关了快一年，还没有定罪，他的心越来越沉重了。随着时间的推移，他对自己的命运，已经看得非常黯淡了。

果不其然，白姥姥下次再见到三爷时，他的神情又变了。前几次见到他脸上的灵气，像是被一阵飓风给刮跑了。他的脸色阴沉得能拧出水来，痴呆木讷地看着白姥姥，一句话也不说，只是一个劲儿地掉眼泪。受这种阴霾神态的影响，白姥姥的心绪也变得凝重起来，话也不多。

临分手时，三爷突然从铁栏杆伸出手，抓住了白姥姥的胳膊，用央求的口吻，甩着哭腔说：“嘉昕，有件事你能不能答应我。”

白姥姥一愣，急忙问道：“什么事？你说吧。”

“不，你必须答应我，我才能说。”

“我答应你。”白姥姥用肯定的语气说。

“你能照着我说的做吗？”三爷低声问道。

“能。你说吧，什么事？”白姥姥急切地说道。

三爷茫然地望了望窗外，又扭过脸，死死地盯着白姥姥，一字一顿地说：“从今以后，在我心中，太阳不会每天升起了！月亮也隐退了，伴随我的将是漫漫黑夜。现在开始，我们分手吧。记住，以后你不要再来看我了。”

“什么？你说什么呢？”白姥姥像被电击了一下，猛然一惊，大声叫起来。

“你刚才已经答应我了！我们就这么说定了。你不要再等我了。我的日子已经不多了。在这个地方，我不想再见到你。你走吧！”三爷不动声色地说，好像在背台词。他的脸上的表情是木然的，说完，转身就走。

“你这是怎么了？”白姥姥把手伸过铁栏杆，一把拽住了他的袖子，高声叫道，“你瞎说什么呀？我不能离开你！”

三爷一把将她的手扒拉开，头也不回地走了。白姥姥大声喊着他的名字。她想绕过探监的铁栏杆，推开旁边的小门进去，被站在一边的狱警给拉住了。

三爷这是怎么了？白姥姥伤心地看着他离去的背影，百思不得其解。但有一点，她心里明白，三爷的绝情不是他的真心。后来她才知道，原来跟他一个“号”里，有个政治犯（现行反革命分子），两天前被判了死刑。也许是顾影自怜，他对自己的命运又陷入了绝望。

白姥姥并没有对三爷的爱产生什么怀疑。她想，三爷是心重的人，越说这话，她越要来看他。尽管她和三爷的关系暴露后，公安部门曾到学校调查过她，她也成了监督对象，但她依然每到可以探监的日子就来看他。

断腕

进入腊月，京城的天气变得晴好起来，虽然硬朗的北风吹在脸上像小刀刮，但是在晴朗的阳光下，呼吸着干洌清爽的空气，还是觉得北京的冬天，冷得那么通透。过了腊八，京城的年味儿一天比一天浓了，走在街上，可以听到稀稀落落的鞭炮声，商店门口儿也搭起了彩棚，摆上了年货摊儿。白姥姥来到一个摊儿，本来想给三爷买点儿年货，钱包都掏出来了，猛然想到号里是不准带这些东西的，便怅然若失地放了回去。

探监室是没有年味儿的，这里的温度似乎比外面还要冷，但最冷的是三爷的脸色，上面似乎挂着霜，让人看着身上就打冷战。

“璟如，你还好吧？”白姥姥觉得他的神情有些恍惚。他两手握着铁栏杆，神色凝重地看着白姥姥，突然像惊醒的狮子似的吼道：“你怎么又来了？你怎么又来了？”

“璟如，璟如！”白姥姥被他声音吓了一跳，吃惊地看着他，说道，“你怎么啦？难道你真不想见我了吗？”她的手突然伸过铁栏杆，一下抓住了三爷的囚服。

“你走，走吧！我永远也不想见你！”三爷一反常态地瞪大了眼睛，死死地盯着白姥姥。

“你，你，这是为什么呀？”白姥姥被他的这些突兀的举动，弄得一时乱了方寸，忍不住失声哭泣道，“你怎么连我都不认了呢？”

“你……”三爷愣了片刻，突然走到白姥姥面前，怒气冲冲地说，“你还来不来看我了？说！”

“来！当然要来！”白姥姥毫不犹豫地说。

“你是在逼我吗？”他两眼直勾勾地看着她，左手死死地攥着铁栏杆，眼里泛着冷漠无情的寒光，好像要有什么过激的举动。

“你，你……”白姥姥被他的这种眼神吓得一时不知所措了，她身不由己地向后退了两步。

没等她的话说完，三爷突然一转身，看着自己握着铁栏杆的左手，哈哈一阵冷笑。

“璟如，你要干吗？”白姥姥疾言厉色道。

“干吗？你以后还来不来看我？说！”他猛然扭过脸，对白姥姥大声说，“你说还来不来看我？”

“来！”白姥姥斩钉截铁地说。

她的话音刚落，只见三爷举起右手，五指伸直，做成刀状，照着左手的腕子“劈”下去。您想他是练拳击的，手劲有多大吧。只听“嘎巴”一声，接着他“啊”了一声，痛苦地倒在了地上。

白姥姥和当时在探监室的人，闻声都跑过来。白姥姥一下扑到了他的身上，吓晕过去。一个狱警一抬他的坐左胳膊，手已经耷拉了。他意识到手腕子已经断了。马上跑出去叫监狱里的医生……

这就是三爷的爷劲儿。为了赌一口气，什么都能豁得出去。腕子断了，不就等于左手残了吗？

白姥姥是被她的二叔恩泽和他的儿子建平雇了辆三轮，把她拉回家的。在床上躺了两天，她才从惊恐惶乱中清醒过来。因为学校有她的课，她不能耽误学生，心里却又牵挂着三爷，便让建平到炮局胡同的监狱，帮她打听一下三爷的情况。建平大学毕业以后，在铁路上班，工作时间有弹性。他回来告诉白姥姥，三爷已经被送到医院。她这才心里踏实一些。

大约过了有半个月，白姥姥的心绪平静了，便到炮局胡同的监狱来看三爷。让她感到意外的是，接待室的人告诉她，三爷已经不在这儿了。是判刑了？还是在医院？抑或是关到别的监狱？没人能告诉她。她的心悬了起来。她只好去求向东帮忙，向东也没问出个究竟来。她又麻烦建平，建平认识的人多些。果然，他打听出来，三爷被判了，判的是现行反革命罪，死刑，已经在卢沟桥那儿吃了枪子儿。

白姥姥听到这个消息，如五雷轰顶，当场就背过气去，被二叔和建平给送到医院。一连串的厄运，让她的身心本来就受到了莫大的伤害，现在三爷的死，让她悲痛欲绝。紧张与悲伤，让她精神世界一下子垮了。她在医院躺了一个多月，这段时间，向东一直守在她身边，嘘寒问暖，喂药喂饭，让她在失去三爷的痛苦中，得到了一些慰藉。

白姥姥出院的时候，向东的父亲王涛，正在太湖边上的疗养院疗养，为了让白姥姥尽快走出失去三爷的阴影，王涛出面，特地让她请了半个月的假，到这家疗养院跟他一起休息了十多天。这次跟父亲的老朋友一起疗伤，纵情湖光山色，听长辈对自己的教诲和开导，让白姥姥的心情渐渐地好起来。这也让她跟王家的关系，越走越近了。

那段时间，每到礼拜天，她都在王涛家过。向东的母亲不会做饭，便让白姥姥大展厨艺。她做的饭菜，一家人都爱吃。当然，他们不光喜欢白姥姥做的饭菜，更喜欢她这个人。但白姥姥说，她已经发过誓，这辈子只嫁给三爷。三爷死了，她宁愿单身。

其实，那会儿白姥姥刚二十三岁，恰值芳龄，加上她如花似玉的容貌，真是楚楚动人，人见人爱。明里暗里，追求她的、给她说媒的人实在太多了。她对这些都无动于衷。但她的这种铁石般的爱情“忠诚观”，最后还是被王家人给融化了。

这年的秋天，王涛的肺结核病复发，加上其他并发症，生命垂危，在他临终时，一定要见白姥姥。当时白姥姥正在给学生上课，下了课，急匆匆赶到医院。

此时的王涛命悬一线，气若游丝。他把白姥姥叫到身边，说出了多年的一个秘密。原来他和白姥姥的父亲恩波，早就有个约定，让两个孩子结为秦晋之好，这是他们共同的心愿，为什么向东二十八了，还不找对象？其实就在等白姥姥。想不到恩波先他一步走了，现在他也要跟老朋友见面去了。在即将与人世告别的时候，他让白姥姥答应他这件事，否则，他死不瞑目。

话已然说到这儿了。白姥姥还能说什么？站在身边的向东眼含深情地看着她，她忍不住热泪盈眶，拉着向东的手，扑通给王涛跪下了。老爷子含笑咽下了最后一口气。

转过年的开春，白姥姥和向东结了婚，年底，他们有了第一个孩子。

幻影

尽管白姥姥已经结婚，当了妈妈，但她心里始终没忘了三爷。她和向东婚后，一直住在她爷爷于大舌头留下来的那个小洋楼里，当时二叔和二婶还有他们的三个孩子，也住在一起，但小楼的房间多，并不显得局促。她在二楼有自己的一间卧室，卧室里摆放着三爷的大照片，她几乎每天晚上都要到照片前坐一会儿，跟照片上的“三爷”聊会儿天，每到节日，她也按北京的老礼儿，摆上水果点心，烧三炷香，祭奠一下。

向东知道白姥姥和三爷的爱情故事，他为人宽厚，善解人意，能理解妻子心灵深处的情感，有时还陪着白姥姥，在三爷的照片前静坐一会儿。

日子过得平淡无奇，一晃儿三年过去了。白姥姥已经有了第二个孩子，大孩子也满地跑了。那年秋末的一个礼拜天，她和向东带孩子去中山公园玩。她抱着孩子，回家走到南池子路口时，突然看见一个送煤工，背着装煤球的长方形的竹筐，给一个院里居民送完煤，从院里走出来。尽管他的脸被煤末子和汗水涂抹得像京剧里的花脸，但白姥姥依然觉得这个人有些面熟。

谁呢？在这个送煤工放下竹筐，仰起头的瞬间，白姥姥一下愣住了：他怎那么像三爷呀！她急忙把手里的孩子交给向东，朝那个人跑过去，但快到跟前时，那个送煤工已经蹬着三轮车走远了。她追了几步，没赶上。难道真是三爷？他没死吗？从那天起，这个疑问一直困惑着她。

她回想起最后一次探监时，三爷那反常的举动，如果那次真的断了腕子，岂不是成了残疾，还能送煤吗？她又找到建平，问他当时怎么知道三爷被判死刑的？建平那会儿已经结婚单过，回忆起几年前的事，他言之凿凿，确实是公安分局的一个朋友告诉他的。白姥姥听了以后，心又凉了下来。但她还是有些疑惑，那个送煤工长得太像三爷了！

那天，夜深人静，她关上门，在三爷的照片前，焚香静思，独自跟三爷交谈。“三爷，你真的没死，还活着吗？”她两眼一往情深地看着照片上的三爷，喃喃自语。不知不觉间，她恍惚起来，照片上的三爷突然眉眼灵动了，跟着嘴也张开了，对她微微笑起来。

“昕，我死了吗？我什么时候死的？昕，你看我不是活得好好儿吗？”三爷叫着她的昵称，好像从照片的镜框里走出来。

白姥姥简直不敢相信自己的眼睛了，只觉得周身的热血在奔涌，一时手足无措了。“璟如！你……”她也叫着三爷的名字。

“昕，我想你呀！真的！我太想你了！”朦胧之中，三爷已经走到她的面前，温和又亲切地说。

那声音仿佛夏夜里的一缕清风，在她的心头掠过，她吃惊地抬起头，正在迟疑的时候，三爷已经张开了双手，她似乎感觉到他的呼吸声。

“璟如！”她喊了一声，一下扑到他的怀里。她感觉到他宽厚结实的胸脯后面，心脏“突突”的跳动，三爷把她紧紧地抱住，好像狂风暴雨马上就要来临，他生怕白姥姥被狂风刮走了似的。突然，白姥姥发觉脸被什么打湿了，她仰起头看到喜极而泣的三爷，已经哭成了泪人。

“昕，我对不起你呀！”三爷长长地叹了一口气，感慨万千道。

“不，是我对不起你！”白姥姥百感交集地啜泣道。

“我们再也不分离了。死也死在一起，好吗？昕！”三爷不停地亲吻着她的头发、脖颈、耳朵。

“再也不分离了，我们！”白姥姥默念着。她紧紧地依偎在三爷的怀里，完全坠入爱河，陶醉在对三爷的深爱中。

两个人沉湎在浓浓的爱意里，甚至忘了身在何处。突然传来两声尖细的叫声，在这万籁俱寂的深夜，令人撕心裂肺，白姥姥猛然一惊，接着一楼传来自己孩子的哭声。她定了定神，那尖细的声音又传过来。她突然醒过昧来，敢情是闹猫的叫声儿。她释然地朝窗外瞥了一眼，转过身，两只手还想紧紧地搂着三爷，这时才发现三爷在照片的镜框里，正对她微微地笑着。

原来这是幻觉！她拿起照片，端详着三爷，喟然长叹了一声，满腹狐疑地问道：“难道你真的还活着吗？”

复活

由打那天夜里出现幻觉以后，白姥姥像着了魔一样，坚信三爷没死，还活着。“这可真是活见鬼了。不可能的事儿！”建平听了她说的那天晚上的事儿，笑她太痴心了。向东也觉得她有点气迷心了，劝她不要再沉湎在已经过去的往事中了。但甭管谁说什么，她也认为自己的感觉没有错。

只要一有空儿，她就顺着东长安街往西溜达，走着走着，就到了南池子。她的那双美丽的大眼睛都快瞪出来了，渴望在这儿能再见到那个送煤的。但她来了多少次，都失望而返。她曾经到附近的两家煤铺打听过，人家告诉她，送煤工里压根儿就没有姓彭的。到这份儿上了，白姥姥依然坚信那天在南池子见到的送煤的，就是三爷。

也许是她的痴情感动了上苍，老天爷真让她的幻想成了真。那天，她带着学生到体育馆的建设工地参加义务劳动，在搬砖的时候，一抬脑袋，发现运沙子的卡车上，站着一个人的背影特像三爷。“璟如！”她下意识地喊了一声。想不到那个人猛然回了一下头。啊，三爷！白姥姥吃惊地叫起来。尽管他比原来瘦了很多，脸上胡子拉碴，晒得黝黑，她还是认出他来，这就是三爷！

三爷也认出她来，但马上扭过脸去。“璟如！”白姥姥又喊了一声，正要追过去，那辆开车已经开走了。“璟如！”白姥姥喊了两声，卡车上的他也没回头。

啊，他果然还活着！白姥姥长长地舒了一口气。为什么他怕见我呢？难道他有了什么变故？她心里犯了疑惑。

白姥姥一宿没睡着觉。第二天下午，她正好没课，便坐公交车来到了工地。等到傍晚，也没见到拉沙子的卡车。转过天，她又来等，等了有两三个小时，终于看到了拉沙子的卡车开到了工地，还在昨天干活的地方，车停下来。几个跟车的装卸工拿着板锹，开始从车上往下铲沙子，在这几个人里，她发现了三爷。三爷跟那些装卸工没有什么区别，挥汗如雨，一锹一锹铲得飞快自如，一点儿看不出这是个少爷秧子，还是个大学生。白姥姥暗自叹息，造化弄人，当年的公子哥，如今成了地地道道的装卸工。

她看着车上的沙子快要卸完，赶紧跑到车前。“璟如！”她扯着嗓子喊了一声。正在铲沙子的三爷吃了一惊。他抹了一把脑门子上的汗，扭脸一看，正好和白姥姥的目光撞到了一起，他像被什么东西烫了一下，不由自主地喊了一声：“是你！”

“是我，璟如！”白姥姥站在车下，仰着头大声说：“知道吗？我已经在这儿等了你两天了。你能下来，让我好好看看你，跟你说几句话吗？”

三爷停下手里的活儿，拧了拧眉毛，低下头，神情非常复杂地看着白姥姥，犹豫不决地说："这，这……我在工作呀。"

这时，跟三爷一起装卸沙子的"车头儿"凑过来，看了一眼白姥姥，对三爷说："谁呀？长得这么漂亮，像洋妞儿。人家一个劲儿跟你打招呼，这会儿你再装着玩儿，可就八月十五拜年，不是时候了。麻利儿下去吧！"

他的这几句话，让三爷不好再躲躲闪闪了。他迟疑了一下，对白姥姥说："等我下了班，干净干净，咱们再见吧。"

"在哪儿？你说。"白姥姥赶紧问道。

"在朝阳门外护城河边老地方！"三爷想了想说。

"好。一言为定。"白姥姥也觉得这儿不是说私房话的地界，退了一步说。

豆汁儿

那会儿，北京的城墙还没拆，护城河也还在，出朝阳门往南，护城河的东岸有个野茶馆。这里闹中取静，野味幽然，开茶馆的是五十多岁的老头儿，姓陈，早年间，跟三爷的父亲彭乐山手底下学厨，后来发现他人头儿太次，受不了他的气，一咬牙一跺脚，跟他不辞而别，自己跑朝阳门外，开了这个野茶馆。

老北京的茶馆，分为大茶馆、清茶馆、书茶馆、棋茶馆等，像老陈开的这种夏天外面搭席棚，冬天屋里上大炕的茶馆，叫野茶馆。当然，单开这种茶馆养不了家。老陈把灶上的那点儿手艺，教给了媳妇，由她在朝阳门外临街开了个小门脸，专门做馅饼、粥和小吃。

老陈的媳妇姓李，小脚儿，因为脸上有麻子，人称麻嫂。麻嫂是河北人，父亲是白案厨子，她从小跟父亲"跑大棚"，会做很多民间吃食，后来又得了老陈的一些传授，厨艺正儿八经不错。麻嫂的绝活儿是馅饼、粥和豆汁儿。豆汁儿是拿绿豆做粉丝、粉条和淀粉的下脚料（浆汁）做的，经过发酵，本来无味的浆汁，便成了带有酸馊味儿的豆汁儿了。

豆汁儿在老北京是寻常物，但豆汁儿跟米粥一样，得熬。熬豆汁儿讲究火候，火不能急，也不能太旺。老北京的豆汁儿分为两种，一种是清豆汁儿，原味偏酸，比较稀。另一种是稠豆汁儿，为了让豆汁儿浓稠，把绿豆淀粉调成糊状，熬豆汁儿的时候往里兑。麻嫂最擅长此道，熬兑出来的豆汁儿稀稠适度，味道纯正，酸中微甜，配上水疙瘩丝（腌芥菜）加辣椒油，喝着那真叫爽口。

白姥姥从小就爱喝豆汁儿。老北京有名的豆汁儿，号称“四大家”：琉璃厂的豆汁儿张、东安市场的豆汁儿徐和豆汁儿何，天桥的豆汁儿舒。这四家的豆汁儿她都喝过，但最喜欢喝的，还是麻嫂的豆汁儿。当然，喜欢琢磨吃的她，从麻嫂这儿也学了不少做小吃的绝活。

老陈知道这位三少爷一直跟他爹不和，爷儿俩不是一路人。他跟三爷说得来，三爷念书的时候，常带白姥姥到这儿喝茶、喝豆汁儿，听老陈说古道今。这儿也是三爷和白姥姥谈恋爱，经常流连的地方。

白姥姥回到家，洗了洗，换了身衣服，就奔了老陈开的野茶馆。大席棚下，七八张茶桌几乎坐满，大都是回头客，有喝茶聊天下棋的闲人，也有拉车赶脚的在这儿打歇儿的。老陈认识白姥姥，见了面儿，还习惯地叫她小名儿“洋娃娃”，以十二分热情跟她打招呼。白姥姥告诉他，一会儿璟如也来。

“哦，那好呀！他是我这儿的常客。”老陈会意地一笑，把白姥姥带到了后院。

敢情他的野茶馆后面还有一个小院，摆着两张茶桌，专门招待过得着的朋友的。老陈张罗着给白姥姥泡了一壶茶，又上了几碟干果，说了句：“待会儿，您和三少爷二两棉花，单谈（弹）。我就不碍眼了。”转身回前院了。

白姥姥坐了没有几分钟，三爷进了后院。白姥姥看着他，他也看着白姥姥。两个昔日的情人，经过一场大风大浪，如今再相见，恍如隔世，站在那儿百感交集，相互端详了有两分钟，谁也没说话。此时无声胜有声。

白姥姥心头一热，忍不住要冲上去，扑到三爷的怀里痛痛快快地大哭一场，三爷也想跑过去，把自己朝思暮想的情人抱在怀里。但是两个人走到跟前，都意识到了什么，蓦然站住了。此时此刻，他们恍然大悟，现在的白姥姥，已经不是几年前的白姥姥了，她是有夫之妇了。情感的冲动被理智管束着，爱情的激荡被道德制约着。他俩心里都明白，时过境迁了，他俩已经不可能像过去那样无拘无束了。

唉，说起来，两人也真够可怜的。三爷生离死别，白姥姥痴情苦恋，老天爷开恩，让他们俩有幸重逢，但两人爱意绵绵，只能眉目传情，言语达意，连手都没碰一下。这就是老北京人的婚姻道德观和礼数。没辙！

第十八章

苦恋

这次重逢，让三爷感到有些意外，但说起来也在情理之中。因为毕竟都在一座城市里生活，尽管您每天逛王府井见到的都是生面孔，但阴差阳错的，总有大街上碰面的可能，何况那时的北京城圈儿并不是很大。

经过这几年炼狱般的打磨，三爷的骨头比以前更硬了，也比过去变得更矜持了。他比白姥姥大两岁，在她面前，永远得保持大哥的形象。在来之前，他已经打定主意，一定要克制自己，不能在白姥姥面前娘儿们唧唧，哭哭啼啼的，要有爷儿们劲儿，往事如烟，伤口已经愈合，何必再打开，让别人看了伤心呢？

三爷见白姥姥相对无言，眼泪汪汪，不由得也撞倒了心中的五味瓶，眼泪在眼眶里直打转儿，但他强颜欢笑，跟白姥姥寒暄了几句，客气地让她坐下，并且给她的茶杯里续上了茶。

“还记得这个小院吧？”三爷换了个话题，苦涩地笑了笑。

“怎么能忘呢？”白姥姥十分伤感地点了点头。

“到这儿，就到家了。这几年，我跟老陈成了知己。”他意味深长地说。

白姥姥看他手上麻利的动作，猛然想起他的左手腕。三爷释然一笑，告诉她，当时左腕子确实骨折了，监狱医务室的医生救了他。敢情那个医生的妹夫，是祖传五代的骨伤大夫，给他正骨复位，打石膏固定，又吃他自己炮制的中草药，养了半年多，恢复了正常。

“你现在过得怎么样？听说你已经当妈妈了。爱人和孩子挺好吧？”沉了一下，他问道。

白姥姥毫不忌讳地把自己工作、生活和家里的情况，告诉了三爷。

“知道你过得挺好，我就踏实了。我这辈子最大的心愿，就是让你幸福。”他突然鼻子一酸，强忍着没让自己的眼泪流出来。

“别说这话了。”白姥姥顿了一下，哽咽地问他，当时为什么非要跟她分手？是不是那会儿脑子出了问题？后来他判没判刑？为什么公安局的人会告诉建平他被判了死刑？

“璟如，你知道吗？这些疑问，一直在我的脑子里萦绕着，直到现在，依然困惑着我。”她端详着三爷说道。

三爷五内俱热，长叹一声，沉吟道：“本来我以为，也许这辈子我们再也见不到面了呢。所以就……没想到，我们还是有缘。”

白姥姥把在南池子见到他背煤球的事儿讲给他。“是你吧？”她问道。

三爷想了想，说道：“应该是我，我那会儿刚从劳教所出来。我跟我们家人彻底闹掰了，我爸已不认我这个儿子了，我也不能饿着等死呀，只能自己出去刨食儿。当时我连住的地方都没有，老陈真不错，他收留了我。我就把家安在这儿了，出去当临时工，送煤工我只干了两个多月，就改到煤炭公司当装卸工了。没想到会撞上你，可我当时并没注意你。”

“他们都说那不是你，你已经判了死刑。可我坚信那就是你。我一直在找你，璟如。”白姥姥抽泣道，“你当时为什么死乞白赖非要跟我分手呀？我实在想不明白呀！”

三爷直视着她，豁然地从嘴里蹦出了五个字：“我太爱你了！”这五个字，像用锤子在铁板上砸了五下，当然也砸在了白姥姥的心上。

“爱我？你为什么不等着我？非要跟我分手？”她惑然不解地问道。

“你大概不知道我当时的处境和心理感受。太难了。跟我关在一个‘号’里的五个人，两个月内，有三个被判了大刑，其中两个死刑，一个无期。我进来的时候，定的罪是现行反革命。所以我认定自己肯定活着出不去了。在这种情况下，我不能连累你，让你跟我吃挂落儿呀！所以，我必须跟你分手。我知道你是那么爱我，我们也曾花前月下，海誓山盟。你肯定舍不得我，我又不能把当时的真相告诉你。所以，我想出了断腕这个主意。这都是万不得已呀……”三爷说到这儿，实在控制不住自己，站起来走到一边，让眼里的泪水流出来。

白姥姥这时才恍然大悟。她掏出手绢，走到三爷的身后，递给他，泣不成声地说：“其实我想到了这一点。但是我仍然没有放弃，我坚信你一定会出来。即便你被判无期，我也在外面等着你。可是我没想到，你会判了‘死刑’。当建平告诉我时，我当场就哭晕了……”

三爷擦了擦眼角的泪，怅然叹息道：“唉，当时我只有一个念头，那就是想办法保护你。我担忧的不是我，而是你，母亲早逝，父亲刚刚冤死在狱中，如果因为我再吃挂落儿，一个女孩子，怎么活呀？所以，在老陈到监狱探监的时候，我逼着他想了这么个主意。”

“什么主意？”白姥姥听了一愣，急忙问道。

“说出来，你可别埋怨建平。”三爷苦笑了一下，说道，“是我让老陈办的这事儿。老陈有个侄子在‘段儿上’（派出所）当警察。他正好认识建平。我让老陈告诉他侄子，想办法让建平知道我被判了死刑，我想建平一定会告诉你。如果你知道我已经死了，也就不会再等着我了。”

“你可真是煞费苦心呀！”白姥姥无可奈何地说。

“请你原谅我当时的冷血，实在是出于无奈呀。”三爷喃喃道。

“唉，都已经是过去的事了，有什么原谅不原谅的。”白姥姥叹息了一声。

三爷打了个沉儿，说道：“是我逼你走的这条路。一年后，老陈告诉我，你嫁给了向东。我心里悬着的石头终于落了地，对你也死了心。那是我最痛苦的日子，我难受了好长时间，在孤独绝望中，我也想过自杀。因为你已经有了归宿，这幸福虽然不是我给你的，但你已经得到了。那我活着还有什么意义呢？要不是老陈大叔，你也许真的见不着我了。是他朴素的人生哲学，让我有了活下去的勇气。而且要不是因为他，我可能真会按现行反革命定罪。那至少也得判十年以上大刑。”

“后来，你判了几年？”白姥姥额头微蹙，轻声问道。

“没判刑，只判了两年劳教。老陈知道我是被我们家老爷子举报才被抓起来的。他知道我父亲的人头儿，所以一直觉得我冤枉，跟他侄子合计，为我打抱不平。他侄子认为最有说服力的是找个熟悉我的人，出面替我说话，证明我政治上的清白。”

“找到了吗？”白姥姥急切地问道。

“非常巧合的是，老陈的侄子在党校学习的时候，认识了区教育局的秦纲。秦纲跟我是大学同学，我们是很要好的朋友。他是中共地下党员，我在念大二的时候，他还想让我入党呢，而且他也知道我退出三青团的事。老陈的侄子把我的冤情，当故事似的跟他讲了。他弄清我的冤情以后，不但替我写了申冤信，而且还从保护国家建设人才的角度，专门给市领导写了一封信。秦纲那会儿已经当了教育局的一个副处长，说话多少占点儿地方。后来市里的领导在他的这封信上作了批示。他算帮了我的大忙，有他的这两封信，加上后来他们调查我，也没有发现有什么反革命言行，但因为我在关押期间表现不好，他们最后判了我两年劳教。”

白姥姥长出了一口气，说道：“真是谢天谢地！”沉默了片刻，她看着三爷，意味深长地问道：“我看你现在整天干体力活儿，身体恢复得不错。今后有什么打算吗？”

他想了想，沉吟道：“有可能的话，我想到工厂当工程师。没有机会，我就离开北京，到偏远一点的地方，当个乡村教师，培养培养孩子，也算是我来到这个世上，对人类做了点儿贡献。我没有什么更高的追求。”

“你不打算成家了吗？”白姥姥听了，别有一番滋味在心头，低声问道。

“成家？”三爷苦笑了一下道，“昕，还记得我们在北海公园的白塔下，说过的话吗？这辈子，我只爱你一个人。真的，昕，既然你已经成了家，我觉得我活在这个世上都多余，怎么可能还再成家呢？我不愿把自己内心的痛苦，带给任何人。”

白姥姥忍不住哽咽道：“璟如，我结婚也是万不得已。但我心里永远会有你的。我不希望你为我守一辈子。人活着，总得面对现实，我想，如果有合适的，你还是……”

三爷突然打断她的话，说道：“嘉昕，请你原谅我，我是一只脚迈进地狱大门的人，我有我的人生观。看到你现在生活得挺好。我已经心满意足了。真的，我别无所求。”

话已经说到这份儿上，白姥姥不好再深说什么了。她换了个话题，俩人又聊了一些别的。久别重逢，要说的话当然不少，一直聊到掌灯时分。麻嫂给他们做的炸酱面，见俩人快吃完，上了两大碗豆汁儿，配上水疙瘩丝，让他俩溜溜缝儿。豆汁儿的酸馊味儿，让白姥姥联想到生活的酸楚，不由得感慨万端。

虽然白姥姥成了家，但她和三爷的爱情是刻骨铭心的，谁也取代不了三爷在她心中的位置。所以，这次重逢，让他俩难舍难分。

聊到最后，白姥姥端视着三爷，恳求道：“有件事，你能不能答应我？”

“什么事儿？你说吧。”三爷问道。

“我想，既然我们今生今世难成眷属，结不了秦晋（联姻），那就结为金兰（结拜兄妹）吧。你一定要答应我！”

“好吧。”三爷想了半天，这才点了头。

老北京人收徒、拜把子、结金兰之好，光拿嘴说不行，收徒，要有“引保代”，即引荐师、保证师、代道师（师傅不在，他代替给徒弟传道授业解惑）。结金兰之好，要有证明人（见证者），兄妹要互换帖子，也要搞个简单的仪式，互相拜一下。自然，他们结拜的证人，非老陈莫属了。

几天以后，老陈在他的野茶馆，搭起方桌，摆上“五供[①]”，三爷和白姥姥互换了帖子，正式结拜为兄妹。从那以后，白姥姥对三爷的称呼就改了口，直接叫他三哥了。

---

① 五供——祭祀时供桌上摆的五种器皿。中间是香炉，两遍各一对蜡扦、一对花瓶，对称摆放。一般是锡的或铜的、景泰蓝的。祭神、祭祖、寺庙佛前，都是这种规制。

心碑

结拜兄妹，这是白姥姥灵机一动想出来的主意。不这样的话，以三爷的性情，他不会因为自己的存在，影响白姥姥和向东的婚姻。这次见面将是最后的分手，他真的就离开北京，远走高飞，二人此生永难相见了。由昔日的情人变为兄妹关系，则是另外一回事了。

白姥姥为什么如此深爱三爷？她知道三爷能落到今天这样的境地，都是为了她。为了和她相爱，他跟家庭分裂；为了她父亲的冤案，他挺身而出，仗义执言，跟父亲反目成仇，蒙冤入狱；为了她不受自己的牵连，获取幸福，他毅然决然舍去爱情，断腕分手；为了她和向东的婚姻和睦，他执意要远走高飞，宁愿孤独地了此一生。

这一切，都是为了什么？一个字：爱！三爷太爱白姥姥了！

白姥姥对我说："人得有良心。我这辈子，最对不起的人就是他。"

"三爷真的一辈子都没结婚吗？他跟您分手的时候，才二十多岁呀？"我匪夷所思地问道。

"要是结婚，那就不是三爷了。别说结婚，除了我，他这一生，没爱过第二个女人。"白姥姥感叹道。

自从结拜为兄妹以后，白姥姥和三爷的往来，变成了另外一种关系。三爷是懂规矩的人，为了不影响白姥姥和向东的夫妻生活，给人家添乱，他没有大事一般不跟白姥姥见面。当然，后来他被发配到青海，他们就没有见面的机会了。再次重逢，已经是三十多年以后，他们都成花甲老人了。

向东虽然是老实巴交的文化人，但也懂得人情世故。他一直像老大哥似的爱着白姥姥，虽然这么多年，他知道白姥姥对三爷一往情深，但他非常宽厚地理解、也默认了这两个人心灵深处的爱。他的体己，他的厚道，他的大度，让白姥姥永远对他怀有一种敬畏与宽慰，也使她跟三爷的往来，变得从容和坦荡了。她跟三爷的任何来往，包括对三爷的感情流露，都在明面儿上，从来不背着向东，有时对三爷的事，向东还要给白姥姥出点儿主意。

当然，白姥姥这么多年，也对得起向东。不管怎么说，她也算大家闺秀，而且她又是那么漂亮，人见人爱的美人，但她嫁到王家以后，从没拿自己当金枝玉叶，除了繁重的教学工作，回到家，她还要洗衣做饭，照顾有病的婆婆，相夫教子，把两个孩子都培养成才，她可谓对这个家做出了巨大贡献。向东属于内向的人，对谁都不苟言笑，但他心如明镜，这些年是白姥姥撑着这个家，没有她，这个家早就不复存在了。所以他心里对白姥姥感激不尽，生活中，对她也永远是举案齐眉，相敬如宾。

向东后来从中学调到了社科院的一个研究所，专门研究美国历史文化，成了这方面的专家。他在“文革”中也受了不少委屈，但坚强地挺了过来，退休后，一直在家著书立说。1985年，他和白姥姥去美国看望在宾夕法尼亚大学读医学博士的大女儿，他们在美国待了两个多月，到各地旅游，玩得挺开心。

谁也没想到，门头沟的骆驼，倒霉（煤），回到北京不久，向东就检查出了癌症，那年，他还不到七十岁。住院做了手术，白姥姥一直在身边侍候他，直到他咽下最后一口气。

向东在生命的最后时刻，还想着三爷。他拉着白姥姥的手，枯萎的眼里流出两行深沉的泪，颤颤巍巍地对她说：“嘉昕，就是到天国，我也要永远感谢你的爱。我走后，你要尽快把我忘掉。跟璟如，你们还有时间……你能不能答应我？”

白姥姥在那一刻，想起了向东的父亲临终前，拉着她的手说的话。几十年过去了，一切恍如在眼前。难道这是生命的轮回？难道这是命运的定数？一种从没有过的苍凉感涌上她的心头。

“你就放心地走吧。我会安排好自己的生活的。”她不置可否地含着眼泪说。

“不，你必须答应我。璟如这辈子太委屈了……”向东在咽气前，脑子一直是那么清楚。

“好吧，我听你的。但你要放宽心地走，在那边等着我……”她抽泣道。

“谢谢你……”向东是脸上带着微笑“走”的。

向东心细，他生前已立好遗嘱，死后不举办任何告别追悼仪式，骨灰撒到大海。其实，按他的本意是在安葬他父母的陵园再买一块墓地，跟“百年”以后的白姥姥合葬在一起。他没得病的时候，清明节给父母上坟扫墓时，念叨过这事儿，但后来听说三爷从青海回到了北京，他又改了主意。他想把“在天愿作比翼鸟，在地愿为连理枝”的恒爱，留给三爷和白姥姥。所以，索性干净利落地魂归大海。

白姥姥要是真照向东说的那样做，就不是白姥姥了。她这辈子，所做的一切，既要对得起三爷，也要对得起向东，两头都得顾。您想她能在向东死后，跟三爷结婚吗？重温旧梦，再续旧情可以，但结婚又是另外一回事了。三爷那儿也不会这么做。所以，白姥姥在向东死后，来了个“中庸之道”，骨灰的一半，按他的遗嘱，撒向大海。另一半，她按向东生前说过的，在安葬他父母的陵园，单买了块墓地，立碑安葬了。

这些都是形式，留给后人看的。其实，再过几十年，有谁还知道或记得墓碑上的人？白姥姥对三爷说：“我们俩的墓碑是刻在心里的。人活着的时候，心灵的墓碑，比死后坟上的墓碑，要高大得多。”

三爷苦笑道：“立什么碑呀？快乐地多活一天，比死后立碑要实用。”

向东的病拖了白姥姥七八个月，弄得她身心疲惫，心情低落。办完老伴儿的后事，为了调整心态，白姥姥听从二女儿的劝说，跟着她到美国休养了几个月，心情渐渐地恢复了平静。

白姥姥的二女儿叫王晓婷，在美国加利福尼亚大学读完博士后，在旧金山一家研究所搞科研。她嫁了一个美国同事，跟她大姐晓娴一样，也入了美国籍。家里有住房，海边有别墅，还有印度保姆侍候着，白姥姥在女儿家住着很舒服，但人在美国，她心里放不下在北京的三爷。

那会儿，一般人打不起越洋电话，三爷更花不起这钱了。白姥姥只能通过老陈的儿子大壮，在单位打电话，了解三爷的情况。

这天傍晚，女儿陪白姥姥从海边散步回来，接到了大壮从北京打来的越洋电话。大壮告诉白姥姥，三爷突发心肌梗死，正在医院抢救。白姥姥当时就慌了神，赶紧让女儿给她买机票，第二天一早，她便心急如焚地从美国飞回了北京。

命大

那天，三爷玩了把悬的。当年跟他一起在青海劳改的狱友，从山东济南来看他，俩人在饭馆一边喝酒，一边叙旧，他一时动情，多喝了两杯。当时没事儿，回到家便觉得胸口憋闷，家里就他一个人，他从床上起来，正要倒水吃药，胸口窝一阵绞痛，倒在了地上。

该着他不死，就在他一条腿已经迈进了鬼门关的节骨眼儿，大壮来给三爷送他妈包的粽子，见状，马上给老爷子吃了几片硝酸甘油，然后去打电话，叫“120”救护车。这几片硝酸甘油救了他的命。大夫说，大壮再晚来三四分钟，三爷就没救了。

三爷被送到医院，醒过来的第一句话，就是问白姥姥在不在？他以为自己的大限已到，所以让大壮赶紧去叫白姥姥。其实，心肌梗死的最佳抢救时机，就是发病的那几分钟，超过这几分钟，玉皇大帝来了都没救了。所以，真正救三爷的是大壮，还有他妈麻嫂。那天正赶上端午节，麻嫂包了些粽子，知道三爷一个人，所以等大壮下班回家吃了饭，让他给三爷送过来十几个尝尝，应时当令。没想到这十几个粽子，把三爷从鬼门关里拉出来。

白姥姥赶到医院时，三爷已经被抢救过来，心脏没事了。但白姥姥心里不踏实，既然住进了医院，她索性让大夫对三爷的身体做个全面的检查，这一查，五脏六腑查出许多毛病。您想三爷在青海那么多年，那地方生活艰苦，又缺医少药，加上他已经“奔七”了，身体的零部件已经老化，平时不锻炼，又缺乏营养，身子骨能没点碍事儿的吗？

白姥姥的观念，有毛病就赶紧治，别耽误。三爷大约在医院住了两个多月，身体倒是调理得没大碍了，可出院的时候一结账，傻了眼，敢情住院的费用全加起来一万多块钱。三爷既没有医疗保险，又没有公费医疗。那会儿还没有社保，找他退休的单位，三爷说那是个监狱办的汽车轮胎厂，早已经倒闭了。怎么办？没钱，人家不会让你出院。接着住，只能再住里搭钱。没辙，白姥姥只能从自己的积蓄里“割肉”了。

为了三爷看病，别说拿出一万多块钱，就是把全部家底舍了，白姥姥也不会心疼，但她总觉得三爷辛辛苦苦一辈子，老了连个医保都没有，看病住院还得自己掏钱，实在是有点儿冤。关键是身边有她在还好，如果没有她，谁来给他掏这笔钱？没钱，真有了病那不得坐着等死吗？

爱情是写意的，生活是写实的。到了白姥姥他们这个岁数，爱情的浪漫情调，已经变成了更实际的生活上的关怀和关照。三爷这次犯病住院，让白姥姥对他的生活处境着了大急。她的脑子开始不识闲儿了，找了街道找派出所，找了民政局又找卫生局，从多种渠道咨询三爷的医保问题。

转了一大圈，问了若干人，她最后得出一个结论，要想解决三爷的医保，先得解决他的北京户口。有了北京户口，三爷的医保才有条件解决。也正是从这时起，白姥姥便把三爷的北京户口问题当回事，开始托人弄戗想招儿了。

其实，三爷本人对办不办北京户口，一直抱着随遇而安、有没有户口无所谓的心态。至于退休金和医保，他也是有一搭没一搭，从没把这些当回事儿。他这辈子经历过太多的磨难，能活到这把岁数，他已经知足，所以早把生死看得很淡。

“着那急干吗？老天爷要是恩典我，就让我多活几年。他要是看我不顺眼，就把我打发喽。走，我也会麻利儿的，‘嘎嘣’一下得了。”他对白姥姥说。

白姥姥知道他是不愿意给别人添麻烦，笑着对他说：“‘嘎嘣’一下，三哥，你以为是人都有那福分呢？那是几辈子修来的造化。赶上像我们家老王得的那病，一耗小一年，那得多少医疗费顶着呀？”

“放心，我要是得那种病，一分钱医疗费也用不着花，自己想办法‘咔嚓’一下，齐了。”三爷做了个抹脖子的动作，自我解嘲地说。

“你净说那些让人心里难过的话，你‘咔嚓’一下，倒是痛快了，别人受得了吗？你呀，要想想别人的感受。得了，这事儿你甭管了，我想办法吧。”白姥姥看出来，如果她不出面管这事儿，三爷是不会抻这个碴儿的。

但是，赶到白姥姥真着手管这事儿了，才知道三爷回京户口办起来有多难。她是在没辙的情况下，找的罗呗儿，前前后后耗了有一年，绕来绕去，现在绕到我这儿了。

既然应了白姥姥，我不能像罗呗儿似的打马虎眼，得动真张儿。这一动真的，我才发现，敢情这里头是是非非的事太多，像是一潭深水，表面上看波平如镜，其实漩涡和泥沙都在底下呢。

归根

三爷算是地道的老北京人，“流放”青海二十多年，老了，回到北京，属于叶落归根。但根还在，归到哪儿却成了问题。秀儿的二哥学刚跟我说得很清楚，像三爷这种情况，办返京户口并不太难，但前提是得有人接收，换句话说，叶落了要归根，归的这个根在哪儿呢？学刚说，只要他的户口办回来，有地儿落，就不成问题了。

听起来，这事儿很简单吧，但对三爷来说，却成了难题。因为按规定，接收他的人必须是他的直系亲属。您说这不是麻烦了吗？三爷年轻那会儿，就跟他父亲闹掰了，以后父子反目成仇，断绝了一切往来。与此同时，他跟两个哥哥、一个姐姐和妹妹也断绝了关系。您想，在那个重出身、讲成分、看社会关系的年代，对他这样的劳改犯躲都犹恐不及呢，谁还敢跟他保持联系？

三爷是活明白了的人，他认为人生一世，草木一秋。人，说了归齐是宇宙的一颗沙尘，是大地的一粒种子。哪儿的黄土不埋人？所以他原本没想回北京，在青海这个鸟都不拉屎的地方再晃荡几年，了此残生得了。但白姥姥非要他叶落归根。当然，在他的内心世界里，白姥姥永远是一轮明月，他是多么渴望在暮色苍茫的晚年，跟白姥姥相守相依。正是冲着白姥姥，他才回到了北京。

回到北京，头一档子事儿就是在哪儿落脚？正好，白姥姥的二女儿晓婷去美国之前住的两间简易楼房空着，于是，就把三爷安排在那儿了。谁知三爷住了不到一年，赶上了胡同拆迁，那两间房是向东他们单位的宿舍，拆迁一点儿没商量，而且因为向东的住房超标了，单位只给拆迁补偿，不再安排住房了。没辙，白姥姥只好找大壮要主意。

这会儿老陈已经去世多年，麻嫂还健在，老太太八十多了，扤着那双三寸金莲，一天到晚不识闲儿，还是那么爱鼓捣吃。老陈的那个野茶馆，在1956年被公私合营。老陈和麻嫂后来进了区饮食公司下边的网点，在一个国营的小吃店炸油饼、烙烧饼，一直干到退休。他是得了肝病去世的，死之前还挂虑着三爷。三爷孤身一人，又在外地，身边无人照顾，一直是他的心病。他嘱咐大壮千万别把他忘了，他这辈子太不容易了，即便他死在外头，也要把他的骨灰运回北京，让他魂归故里。

老陈有三个女儿，就大壮这一个儿子，那当儿，在北京电线厂当工人。大壮对父亲的嘱托一直挂在心上。三爷回北京的时候，是白姥姥让他专程去青海接的驾。现在白姥姥为三爷的住处嘬了牙花子，他当然不能站干岸，知道单位拆迁催得急，他把自己准备结婚的房子腾出来，让三爷先住下。这些还不敢跟三爷明说，三爷最怕给人添麻烦，如果知道真相，老爷子敢立马儿搬走，宁肯睡在马路边。

那年，大壮已经二十八了，自然，白姥姥也不忍心看着他结婚没洞房。白姥姥找到她的学生潘振国，他当过房管所的管理员。白姥姥托他在东城的一条胡同租了两间小平房，当然房钱是白姥姥出。甭管好赖，三爷住的地方总算落了梃。

三爷喜欢住平房，尤其是北京胡同里的平房。住白姥姥女儿那两间楼房时，他三天两头闹病，搬到平房住以后，他的身子骨比以前好多了。他随遇而安，无欲无求的，每天粗茶淡饭，日子过得算不上滋润，但也消消停停。晚境晚境，晚年得到一份安静，比什么都强。他内心享受到知足的快乐。谁知，白姥姥一张罗他的户口问题，平地起风，惹出麻烦来。

寒心

按学刚说的，三爷的户口要办回北京，首先得有直系亲属作为接收人，别人跟三爷走得再近，也没这资格。这让白姥姥坐了蜡，她知道三爷跟他们老家儿（父母）还有兄弟姐妹的关系，他们之间已经有许多年没有联系了。可是没有他们出面，三爷的北京户口就办不了。

这会儿，三爷的老家儿早就死了。白姥姥心想，兄弟姐妹乃一母同胞，打折了骨头连着筋，三爷跟父亲的碴口儿，都是几十年前的事儿了，往事如烟，谁还计较这些陈年旧账呢？再者说，让他们出面，只是在派出所走一个形式，并不让他们承担什么抚养义务。三爷的养老问题，白姥姥全包了，不会花他们兄弟姐妹一分钱。

白姥姥思来想去，她的这些想法，三爷的哥哥姐姐们不会不通情达理。其实，白姥姥跟三爷的兄弟姐妹素不相识，只是从三爷那儿知道点儿他们的情况，那也是几十年前的事儿了。尽管白姥姥一百八十个不愿意跟彭家人打交道，但为了三爷，她不怕舍这份老脸了。

三爷有俩哥一姐一妹，找谁合适？白姥姥找三爷要主意。当然他极不情愿，但拗不过白姥姥。俩哥小时候跟他就不和，大姐脾气也古怪，小妹跟他倒是一心，但她胆小怕事。掂算来掂算去，他觉得这几个兄弟姐妹中，主事儿的还是他大哥璟仁，虽然他小时候，父亲最疼大哥，使他迄小就在家里拔闯，经常欺负三爷，但三爷想了想璟仁已经七十一二了，人到了这岁数，应该活宽厚了吧。白姥姥遵从三爷说的，头一个找的是大哥璟仁。

别看都在一个城市喘气儿，也知道姓名和住处，但这些年北京变化太快，知道住哪儿，但两三年您不去，这地方也许就拆迁了；过两三年您再去，保不齐胡同变高楼大厦或马路了。所以，您现时在北京找个人，比老北京在街上捡煤核儿[①]都难。白姥姥找到彭家的老宅，早变成二十多层的大饭店了。有人告诉她，璟仁在一家有名的老字号饭庄掌灶，她一打听，人家说早就退休了。

正在一筹莫展的时候，潘振国说，他在电视上刚看了给彭璟仁做的专访，问问电视台的编导，肯定能找到他。这招儿还真灵，编导听说他们跟璟仁的关系，果然把他家的电话告诉了白姥姥。那会儿，能安电话的家庭，不是当官的，就是像“瓜条”这样先富起来的那拨儿“万元户”。白姥姥从这点上，就看出璟仁的老运不错，后来她一打听，敢情璟仁现在是不得了的人物，不但是御膳房的御厨传人，而且是国际烹饪大师，出了三本书，还经常上电视，是五六家酒楼饭店的顾问，徒弟有五六十人。

白姥姥把这些告诉三爷。他淡然一笑道：“他真不愧是我们老爷子的得意儿子。老爷子那点儿‘出息’都让他继承了。什么御厨传人？我们家老爷子新中国成立后净玩人了，他上过几天灶呀？能传给我们这位大哥什么厨艺？他真敢开牙！御厨传人？唉，居然也有人信？还有人捧他？”

白姥姥笑道：“要按他的说法，你也可以是御厨传人啦。哦，我也能这么说，是不是？”

“有用吗？我说我是皇上的后人，但什么本事都没有，有什么用？”三爷撇着嘴说。

“怎么没用？老话说，货卖一张皮。现在的说法是，人要脸有光，必须要包装。可惜咱们没这本事。你看你大哥不是包上装以后成名人了吗？”白姥姥跟三爷逗了句闷子。

三爷想了想，对白姥姥说：“包装？木头眼镜，我看不透他。依我看，户口的事儿，别跟这种人张嘴了。”

“别凭想当然办事，怎么着也得跟他见一面。”白姥姥办事，向来是不见棺材不掉泪，不到黄河不死心。

---

① 煤核儿——过去北京人做饭、取暖都烧煤球儿。煤球儿有时烧不透核心的部分，这核心部分就是煤核儿。它随其他烧透的部分一起被倒掉，穷人家的孩子便把它从煤灰中捡起来接着用，这就是捡煤核儿。核儿，读 hur。

她执意要见璟仁。没想到见了面，璟仁跟白姥姥玩起了捉迷藏。

由于长年在餐饮界混，嘴上不吃亏，虽然“七张儿[①]”多了，璟仁看上去比三爷要年轻。白姥姥把三爷的情况大概其说了一下，户口的事还在嗓子眼待着呢，璟仁就把她的话给拦住了：“您说的是谁？我的三弟？什么，叫彭璟如？不认识！您一定搞错了。我们家压根儿就没有这么个人！我就一个弟弟，叫彭璟义。您找错门儿了吧？”

白姥姥看出他是揣着明白使糊涂，莞尔一笑道：“上岁数的人，记不住小时候的事儿，难免。您父亲是不是叫彭乐山？您家住在东城。您下边还有两个妹妹？”她把知道的彭家的情况都说出来，想堵他的嘴。

可姜是老的辣。璟仁死活不认他还有个三弟：“猴儿吃麻花，满拧了。我老了老了，天上掉下一个弟弟来，哪儿的事儿呀？”

“自己的亲弟弟怎么都不认了呢？现在不是‘阶级斗争’的年代了，他即便是有问题，跟您也没关系了。”白姥姥说。

“没关系，您找我来干吗？你说这事儿闹的嘿，有上门推销耗子药的，有上门推销切菜刀的，我还没见过上门推销弟弟的！”

“这怎么是推销呢？”白姥姥生气了。两个人争吵起来。这时璟仁的媳妇走过来助阵，老太太的气性透着大，嗓门儿也高：“你是不是上访的呀？跑我们家炸庙来了！什么三弟四弟的，你给我出去！”

白姥姥万没想到，被璟仁两口子给轰了出来，她是有里有面儿的人，来之前特意在稻香村装了个点心匣子，也被璟仁的媳妇给扔了出来。遇上这么一个浑蛋，白姥姥哭的心都有，她捡起那盒点心匣子，扭脸给了街头一个要饭的。

生成的骆驼改不成的象，三爷说得一点没儿错。白姥姥到这会

① 七张儿——北京新流行语。“张儿”是由一张儿“大团结”，即十元人民币引申而来。一张儿代表十岁。七张儿，即七十岁的意思。

儿算看透了璟仁的德性。但这次跟璟仁的碰撞，她不能跟三爷说，怕三爷寒心。其实，三爷对自己这几个兄弟姐妹，心早就凉了。您琢磨呀，这么多年，他遇到那么多沟沟坎坎，哥哥姐姐有谁说过一句安慰他的话？

白姥姥不会碰个钉子就耷拉肩膀。璟仁这儿走不通，大姐璟华那儿会不会给个面子？她打听到璟华退休前是大学老师。有文化的人还是好打交道的吧？她想。

可是，还没等白姥姥去找璟华呢，她却找到白姥姥的家门了。

第十九章

仙人掌

彭璟华就是我在前文说的，在白姥姥家门口，跟她针尖对麦芒斗法的那个老太太。她怎么先入为主，找白姥姥过招儿来了？敢情这是三爷的大哥璟仁在背后点的药。

璟仁在玩人上，向来是当仁不让，比他爹有过之无不及。他装傻充愣，玩捉迷藏，把白姥姥给轰走，白姥姥生气归生气，但反过头来一想，三爷兄弟之间几十年没联系了，冷不丁找璟仁，他不明白这里有什么故事由儿，不近人情，玩了个花活，装作不认识，把自己闪了，也情有可原。所以对璟仁的不义，她并没往心里去。

白姥姥没走脑子，璟仁却动了真张儿。“文革”的时候，他是京城商界造反派“财贸尖兵”的小头儿，大概是“文革”的后遗症，到这会儿，脑子里依然还弹着“阶级斗争”这根弦儿。也是巧劲，彭家兄妹的房产之争，硝烟刚散。所以，白姥姥一照面儿，璟仁就看出“阶级斗争”的新动向来了。

彭家老宅在西城的一条老胡同，原本两进的四合院，正房、厢房、耳房都加起来有十七间半。“文革”的时候，私房充公，老宅住进了五户“红五类”，彭家人只剩下正房和厢房，加起来有八间，其中三间西厢房，原本是二哥璟义住着，后来大姐璟华离婚，儿子姜林判给了她，当时娘儿俩没地方住，正赶上璟义单位分房，彭乐山当时还活着，说了一句话，璟义便把这三间厢房腾出来，给了璟华娘儿俩。“文革”结束，落实私房政策，房管部门把“红五类”占着的十间房，折价给了彭乐山。十间房，给了他两千多块钱。虽然是1978年的事，但后来让精明一世的彭乐山懊悔不已，临死前还念叨这事儿。

光阴斗转星移，就在白姥姥找璟仁的前一年，彭家老宅所在的那片胡同大拆迁，产权证上属于彭家的房子是七间半。其实，这会儿，彭家人真在这儿住的，就剩下结婚不久的姜林了。璟华所在的学校，分给了她一套两居室，璟仁和璟义，还有小妹璟芳也都有房。所以他们哥儿几个一合计，拆迁，不要房了，要一笔补偿款，哥儿四个均分。

但准备办手续时，璟仁才知道，敢情璟华动了小心眼，几年前，不声不响地把那三间厢房的产权人，过户到她儿子姜林名下，而且这三间房，连同后来接出来的三十多平方米，正好压在了红线上，躲过了这次拆迁。这样一来，能拿拆迁补偿的房产只剩下四间半了。按道理璟华的儿子已然占着三间房，这四间半的补偿，璟华就不应该伸手了，但璟华从小在家里就是“尖屁股[①]”，人刁嘴刁，从来不吃亏，不让人。这回见到钱了，当然不能素面朝天。不要白不要！她讲话：那三间房跟这是两码事儿。没我的？孩子的外祖母，姥姥！拉开山膀，就要跟哥哥妹妹一争高低。

您想那三个人能任她这么见钱眼开，两边都伸手吗？于是家门战事骤起，兄妹之间互不相让，为这几万块钱撕破了老脸。正打得热窑似的，老二璟义在正常体检中，查出了癌症，好像是老天爷的某种昭示，老伴儿息事宁人，主动退兵，提出不要这笔遗产了。他这一退，让璟仁的脸挂不住了，璟义动手术、化疗正需要钱，没有谁的也得有他的。于是他提出放弃，补偿款由他们哥儿三个均分。那三个人当然没意见。最得意的是璟华，儿子的房占下了，补偿款一分也没少。

但璟华背着璟义和璟芳，跟大哥璟仁私下达成一个协议，姜林已经从规划局打探出来，他住的那三间房将来正好临街，姜林刚好下岗，所以他想把这三间房连同接出来的房子拆了，盖一个二层小楼的饭馆，到时请璟仁出山，主打御膳房传人的牌，饭馆有璟仁一半的股份。哥儿俩密谋，订立了攻守同盟，单等着胡同拆迁后的规划建设。正这工夫，白姥姥来找璟仁，您想璟仁的脑子能不拉警报吗？

白姥姥前脚走，璟仁后脚把璟华叫到他们家商量对策。璟仁老

---

① 尖屁股——北京俚语。即处处喜欢出头露脸的人，带有调侃的意味。

谋深算，认准了三爷此时的出现，是冲着彭家老宅的拆迁来的，虽说当年父亲跟他反目成仇，并且脱离了父子关系，但这些都是嘴上说心里记的事儿，并没有法律依据，也没有书面声明。事实上三爷依然是彭家的人。璟仁心里明镜一般，彭家的遗产，有三爷一份，他不打官司便罢，一打官司，他们哥儿四个准输。当然，拆迁补偿款已分，吃到嘴里的东西吐不出来了。他能要到手的，就是姜林住着的那三间房。

璟仁依稀记得当年三爷因为追白姥姥，跟父亲翻脸的往事。璟华也还记得，白姥姥年轻那会儿出众的美貌。他们没想到两个人到现在还有联系，而且从白姥姥替三爷直接出面张罗事儿来看，俩人已经走得很近。璟仁和璟华知道白姥姥后来嫁给了王向东，而三爷一直在青海劳改。三爷什么时候回的北京？为什么现在又跟白姥姥凑到了一块儿？哥儿俩一时有点儿丈二和尚，摸不着头脑。

其实，他俩根本就没弄明白，白姥姥为什么找他们。可能是兄妹心地的狭窄，加之兄妹之间的房产战火刚刚平息，硝烟未散，这哥儿俩便以一己之见，死活认定三爷和白姥姥是冲着彭家房产来的。璟华的心计不比大哥少，而且以女人特有的敏感，认为这一切都是白姥姥的主意，要想保住那三间房，必须得攻下白姥姥这一关。

璟华退休后，在家正闲得无聊，这回可有事儿干了。凡是跟她打过交道的人，都领教过她的刁钻。她的外号叫“仙人掌”，其辣劲儿在家里外头是出了名的。在她灵魂深处，一直信奉“文革”中盛行的毛泽东斗争哲学：“与天斗，其乐无穷；与地斗，其乐无穷；与人斗，其乐无穷。”丈夫让她给斗跑了，兄妹让她给斗怕了，单位的领导和同事让她给斗服了。她原本是在一线教学的教授，斗到最后，人见人躲，领导只好把她调到了化验室。“仙人掌”真是名不虚传。

“仙人”好听，那“掌”让人看着心里发麻。自然，谁也不会自讨没趣去招惹她。这让璟华有时心里挺苦恼。在她看来，斗，是一种快乐。就像一个拳击冠军，找不到对手，未免感到寂寞。现在，白姥姥找上门来了，她不由得心中暗喜，可找到对手了！她让大哥璟仁放宽心，踏踏实实的，白姥姥那儿由她来对付。她心里话：要那三间房？哼，不怕扎的就来吧！

针尖对麦芒

彭家兄妹这边剑拔弩张的，要跟白姥姥决一雌雄。白姥姥这儿却风平浪静，毫不知情。她没把问题想得那么复杂，心想，充其量不就是为三爷的返京户口写个证明吗？不写，她还可以再想别的办法，哪至于为这么点事儿就红脸呀？

不过，她对彭家兄妹的人品看得比较透，为了提防他们冒坏，她留了个心眼，那就是让三爷隐居。三爷住在哪儿，除了她和大壮，还有她的学生潘振国以外，没几个人知道。三爷平时深居简出，跟外界几乎没什么接触，所以，他的行踪在外人看来有些扑朔迷离。

这正是白姥姥的高明之处。

见不到三爷，让璟华心里没了底，她搞不清三爷打的是什么主意。所以，心里的那股毒气，只能撒在白姥姥身上。女人之间因为美貌，由羡慕产生嫉妒，是很正常的事，但璟华对白姥姥的容貌，不是嫉妒，而是嫉恨。当然，这种恨，跟她从小就听父亲对于家的谩骂有关。她对于家的恨，已然浸透到骨血里。她四处打探白姥姥的信息，了解到白姥姥的丈夫已经去世，而三爷一直单身。她认准了这两个昔日的恋人会旧梦重温，在一起搭帮过日子，因此盯上了她儿子的那三间房。这让她更是气不打一处来，所以她一见到白姥姥，恨不能扑上去咬她一口。

白姥姥在跟她见面之前，已然从街坊那儿知道，璟华没少给她头上扣屎盆子。什么“破鞋”啦，老不正经啦，想霸占人家房产啦，总之，什么寒碜，她的舌头卷什么，反正背后骂人不上税。白姥姥听了付之一笑。她心说：虽说路上行人口似碑，但会骂的不如会听的。她在这条胡同生活了几十年，她是什么人，街坊四邻心如明镜，再怎么扣屎盆子，也诋毁不了她的形象。

脚正不怕鞋歪。白姥姥不是怕事的人，她一时没弄明白，璟华带着一身刺儿来挑衅，想达到什么目的？所以，跟璟华见的头一面，她来了个徐庶进曹营，一言不发。

别看璟华对白姥姥恨得牙根疼，但见了面，她又换了另外一副面孔，看上去像是一个登门家访的中学老师。白姥姥似乎比她更老辣，对她找上门来，坦然自若，不卑不亢地保持自己的雍容。您当老师，我当学生，她心说。对付这种刁人，她有她的办法。

寒暄之后，“老师”开始嘚啵，什么私房政策，老年生活，做人准则，说得振振有词，像传教士在布道。白姥姥明白她这是黄鼠狼给鸡拜年，玩的是假招子，可听了半天，也没听出璟华要说什么。真是属癞蛤蟆的，不咬人烦人。第二次见面，白姥姥怕听着听着睡着了，提前吃了两片药，璟华又嘚啵了两三个小时，白姥姥依然没听出个所以然。

直到第三次见面交锋，白姥姥才弄明白璟华的意图。“什么三间房四间房的？”白姥姥扑哧一笑说，“它跟我有什么关系？您跑我这念叨。”

“你甭跟我这儿揣着明白使糊涂。彭璟如回北京了，你不知道吗？”璟华突然翻了脸。

“我知道他回来了。”白姥姥不紧不慢地说，“可我到现在也没见着人。那天，我到您大哥那儿打听他住哪儿，您大哥说压根儿就没有璟如这个弟弟。他和夫人把我给轰了出来。我这儿还纳闷儿呢？彭璟如是不是你们家人呀？”

这几句话等于给璟华俩大耳刮子，她万没想到，一上来就在白姥姥这儿碰了个软钉子。“你真没见着他本人？”她憋了半天，冒出这么一句。

“我要见到他了，还找你们干吗？”白姥姥理直气壮地说。

“这么说你找我大哥，就是想知道彭璟如住在哪儿？”她的那双三角眼死死地盯着白姥姥，将信将疑地问道。

“那你说我找他，还能有什么事儿？”白姥姥反问道。

真应了那句老话：马怕鞭子牛怕火，狗见拾砖就要躲。白姥姥不软不硬的这几句话，让璟华像斗败的老母鸡，不吭气了。“仙人掌”再厉害，架不住白姥姥不上手去抓，用棉花套来对付。那刺儿扎在棉花套上，也就失去了威力。

自然，璟华不会听白姥姥这么一说就善罢甘休。她当了几个月的“便衣警察”，没事儿就到白姥姥家门口“卧底”跟踪，自以为躲过了白姥姥的视线，其实早被她察觉，她有意识地跟璟华周旋，结果让她徒劳而返。我在白姥姥家门口见到璟华时，她正跟白姥姥过招儿呢。

几个月后，姜林的那三间平房拆了，改建二楼，没有遇到任何麻烦。他们想象的三爷会来闹事，只是一种猜测。也许事实证明了一切，璟仁和璟华到这会儿才饶了白姥姥。一场没影儿的“阶级斗争”，在他们的狂想中偃旗息鼓了。

通过这番较量，白姥姥终于看明白了，对彭家的兄弟不能抱任何幻想，要想办三爷的户口，只能自己另想办法。她先后找了几个人，包括罗呗儿，结果都让她很失望。正是在这时候，她认识了我。她把办三爷户口的宝，押在了我头上。

两难

白姥姥是非常聪明的老太太，那些要劲儿的话，她往往不直截了当地说出来，而是耳挖勺里炒芝麻，小鼓捣油儿，一点一点儿地渗透，就像马三立说的相声《祖传秘方》，打开一个小纸包，再打开一个小纸包，一连打开十几个小纸包，最后发现一张小纸条，上面写着俩字：挠挠。白姥姥的“祖传秘方”也是俩字，但不是“挠挠”，是“接着”。

她跟我没完没了地扯闲篇儿，讲完了她们家的故事，接着讲彭家的故事，讲完了爷爷讲爸爸，讲完了爸爸讲兄弟姐妹。反正她知道我是记者，喜欢听这些陈年往事，所以，把肚子里的那些陈芝麻烂谷子，都一股脑儿地倒了出来，最后看我听得不耐烦了，她才打开最后一个“小纸包”。

其实，她聊了这么多，只想让我办一件事，那就是让我做三爷进京的接收人，这样三爷的户口才能回北京。换句话说，就是把三爷的户口落到我的户口簿上，准确地说，是落在我们家的户口簿上，因为我不是单身。

这事儿，听着就不大靠谱儿，操作起来难度就更大了。我正经把这当回事儿，打电话约钟学刚，把了解到的情况告诉他，问他如果我当三爷的接收人行不行？

学刚听了，冲我嘿然一笑道："老太太想得忒简单了。您别忘了，您接收的可是大活人，不是物件。只要落在你的名下，他以后的生老病死，你都要负责任。这还不是最主要的，比较麻烦的是遗产问题。为什么对这样的老年人，我们在接收条件上卡得比较死，就是这个原因。"

我把彭家兄妹为三爷掐架的事跟他说了，叹了一口气，对学刚道："估计白姥姥是实在没辙了，才想出这个下策。我倒是不怕担责任，他都'奔七'了，还能活几年。主要是怕找事儿，彭家的那几个兄妹都不是善茬儿。"

学刚笑道："这不是行善的事。我跟你说过，主要问题你不是三爷的直系亲属。接收他，做他的所谓监护人，你凭什么呀？其次，你以三爷的其他关系，比如他的同学、朋友、学生等等接收他，也不是凭嘴一说的事，要有县团级以上的单位开证明，证明你跟他有生死之交，现在他老了，无儿无女，需要照顾，你有能力尽这义务等等。但这一条的前提是，三爷在北京没有任何直系亲属，而事实是他有。这一条也不能成立。所以，这事儿你没法办。"

听他这么一说户籍管理规定，等于把几条道儿都堵死了。想来想去，由我来接收三爷，几乎是不可能的事。但是看到白姥姥那虔诚、充满期待的眼神，让我一下回绝她，我又难张这个口。老太太为办三爷的户口，真是煞费苦心，折腾了两年多，把宝押在我这儿，我再让她的希望成为泡影，她还不得疯呀？可是我不能跟罗呗儿似的，满应满许，虚晃一枪，吊着老太太。可是想什么招儿呢？我一时进退两难，无所适从了。

正在我一筹莫展的时候，我结识了一个有名的画家。他也是"右派"，跟三爷的命运一样，当年也被发配到了青海。但他1980年初，就落实政策回到了中央美院，恢复了名誉，重新当了教授。我问他的户口问题，他告诉我，落实政策恢复原职，户口自然也就回到了北京。

画家的话，让我顿开茅塞。三爷是被错误地打成“右派”才离开北京的，为什么不走落实政策这条路，来解决他的户口问题呢？我回到家查了查有关材料，发现中央《关于全部摘掉右派分子帽子的决定》是在1978年的11月下发的，而且《决定》对右派摘掉帽子后的安置、改正等都有非常具体的实施方案，包括解决户口问题。山不转水转，我突然有一种“柳暗花明又一村”的感觉。

柳暗花明

也许是“疑无路”的裉节儿上，看到了“柳暗花明”的冲动，第二天，我便带着复印的中央《关于全部摘掉右派分子帽子的决定》去找白姥姥。没想到，白姥姥看了我复印的材料，听了我的想法后，眉头微蹙，长长地叹了一口气。沉默了一会儿，她问我：“中央的这个《决定》，是哪一年的事儿？”

“1978年呀。”我迟疑了一下说。

“是呀，到今年已经十二年了。”她沉吟道，“十二年！唉，要是能落实政策，早就落实了。不瞒你说，这个《决定》，我看了有几百遍，快能背下来了。但是，没用。该找的人我也找了，有劲儿使不上呀。”

“为什么？”我疑惑不解地问道。

她默默地看着我，突然表情非常痛苦地走到窗前，望着窗外的紫罗藤架，怅惋地叹息道：“他后来被判刑，不是因为‘右派’。”

“什么，不是‘右派’？那是什么罪名？”我诧异地问道。

“是强奸。强奸幼女。”她语气十分沉重地说。

“啊？强奸？”我大吃一惊，急忙问道，“是三爷吗？不会吧？他会干出这种事来吗？”

白姥姥转过身，对我苦笑了一下，叹息道：“凤凰落架不如鸡。三爷这辈子犯小人，所以倒霉的事都让他赶上了。你看，我说他二次判刑是强奸幼女，你信吗？真的！他要是那种人面兽心的人，我能跟他走到一块儿吗？”

“这么说，又是遭人陷害。”我沉了一下说。

“唉，破鼓万人捶，什么时候都是如此。”白姥姥无奈地苦笑了一下说。

“是冤案，为什么不要求平反昭雪？这应该也是落实政策的一部分呀！”我想了想说。

“唉，说起来，这事儿比给三爷办回京户口还难。我已经试过了。”她轻轻地摇了摇头。

“三爷就这么认了？”我有些不可思议地问道。

“那又能怎么样？”她用怅惘的眼神看着我说道，“每个人心里都多少有点短儿，你说是吧？这档子事儿是三爷心中的隐痛。他一直觉得这件事羞于见人，难以启齿。当然，这也是对他伤害最大的一件事。不管怎么说，这些事现在已经成了过眼云烟，他心头的创伤已经平复，谁如果再提这些糟心的往事，他就跟谁急。”

“看来他是因为这件事受刺激了。”我有些怜惜地说。

“是呀，两年前吧，我说我要到青海为他的冤情讨个说法。他当时就急了。后来，为了这档子事，他的心脏病犯了。得了，我别不知好歹，再触摸他内心深处的创伤了。”

“青海，您到了儿也没去成？”我问道。

“去什么去呀！后来就不敢再跟他提这档子事儿了。”她看了我一眼，用低沉的语气说。

为什么三爷忌讳谈他的这段冤案？难道他真是因为这件事受了刺激，还是另有张不开嘴的隐情？我突然感到这里有什么玄机。在后来的几天里，我翻来覆去想，在找不到接收人、直接落户的情况下，要想解决三爷的户口问题，最好的办法就是澄清三爷的冤案，走落实政策这条路。这样不但可以恢复他的公职，解决养老问题，而且户口问题也迎刃而解。

我把我的想法告诉了白姥姥，她听了当然很高兴，但也有些犹豫，主要是考虑三爷的情绪。我对她说：“三爷不是一直在隐居吗？我先不惊动他，等事情办得有了眉目，我再见他。”

“你打算怎么运作这件事？”她问我。

我告诉她："先找海淀区教育局，了解三爷当年被打成右派的情况，然后再到青海三爷劳改的农场，顺着他的足迹，一步一步地调查。冤有头，债有主。现在不是是非不分、真假难辨的年代了，我就不信真相不能大白。"

她听了，沉思良久，突然眼睛一亮，笑道："嗯，还是你这个作家有主意。看来，这回我的眼睛没瞎，找对人了。"

古道热肠

我当时最想见的，就是最早帮三爷找工作的那个大学同学秦纲。根据白姥姥的回忆，当年秦纲在海淀区教育局工作。可按他的岁数，估计这会儿早就退休了。我抱着有枣没枣打三竿子的想法，奔了教育局。反正手里有作家证，以采访的名义，找人倒也费不了什么事儿。局办公室的人想了半天，也没想起教育局有秦纲这一号。他们几乎问遍了局里所有的人，没有一个认识秦纲的。

"年头太远了。麻烦你们查查档案，看看能不能找到这个人。多谢了！"我对办公室的人恳求道。

"好吧，我们查查档案，回头再问问离退休的老同志。有了消息，马上告诉您。"他们对我挺客气。

没想到第二天，他们就给我打电话，告发我查到了秦纲这个人，他的确在区教育局工作过两年多，后来调到北京的一所大学当副校长，"文革"中受了冲击，之后平反，换了一所大学当书记。现在已经退休了。他们把秦纲的联系电话告诉了我。

其实他们告诉我的信息并不准确，秦纲退休后，并没在家闲居，而是应聘当了一所民办大学的校长。校区在昌平，规模比正规大学不小。我是在秦纲的办公室见到他的。他已经六十八岁，但面色红润，精神矍铄，性格开朗，说话底气十足，比实际年龄至少要小十多岁。

他听我把三爷的情况和来意说完，朗声大笑起来。他的笑，让我感到莫名其妙，我很难从他的笑意里，看出他想表达什么。

"您觉得他的命运可笑吗？"我冒着不尊不敬的风险问道。

“你肯定觉得他可怜，是不是？否则，你不会管他的事儿。”他收敛起脸上的笑意，突然一本正经地说，“我在笑为什么老天爷把那么多倒霉的事，都让他经历一番。好像在考验他活着的勇气。唉，这个倒霉的家伙，让我说他什么好？”

也许是长期当校长的缘故，秦纲的身上带着一种范儿，这是一种居高临下的气势，容不得你在他面前玩虚伪。而他也喜欢说话办事开诚布公。

“您别光说他，还得帮帮他。据我了解，他只有您这个知根知底儿的老同学，当年要不是您，他还当不了老师呢。”我大着胆子说。

“你说错了，小伙子。当年要不是我帮他，他也许还当不了‘老右’呢。”这位老校长意味深长地说，“命运有很多时候，眷顾的是那些审时度势的人。他，致命的是性格。什么东西如果太硬太刚，就容易断裂了。你也许不知道，他刚从青海回来的时候，我找过他。我知道他的才气，想聘他当我们这所大学的老师。”

“这是多好的机会呀！”我接过话茬说。

“但让他给我回绝了。他说他不配当大学老师，怕误人子弟。要面子呀！”秦纲先生叹了一口气说道，“面子到底多少钱一斤？我们为什么要在乎别人的看法？”

“他身上确实有许多让人难以理喻的东西，也许他经历了太多的磨难，把人生看透了。但毕竟上了年纪，在户口这个问题上，我们还是应该帮帮他。”我心平气和地对他说。

“唉，人生呀！所有的问题，归根结底还是自己的问题。你不知道这位彭家的三少爷，年轻的时候有多帅。念高中那会儿，他是北京有名的短跑运动员，功课又好，考上了清华。要不怎么贝满中学的校花会看上他？”

“您说的是白姥姥吧？”我贸然地问道。

“什么白姥姥黑姥姥的？”他诧异地问道。显然他不知道白姥姥的雅号。

我连忙解释道：“您说的是于嘉昕吧？”

“对，她是京城有名的美人哟。多少阔少追她，她却爱上了三爷。谁能想到这位三爷，后来的命运会那么坎坷呢？”他感喟地叹了一口气，说道，“唉，不说这些了。我理解你。理解你身上所具有的北京人的古道热肠。”

“您不也是如此吗？”我由衷地说。

“但是，有一天你会明白：善良比聪明更难。聪明是一种天赋，善良则是一种天意。”他顿了一下，走过来拍了拍我的肩膀，意味深长地说，“青海那边申冤昭雪的事儿，靠你了。只要你能把那边的事儿梳理清楚，这边落实政策，我会尽力，我想教育局的人也会努力的。”

“太谢谢您了！”我紧紧地握着他的手说。

他把我一直送到学校门口，分手时，一连说了两声：“辛苦你啦！辛苦你啦！”

祛晦气

老校长秦纲让我吃了一颗定心丸。我觉得三爷的落实政策问题有他出面，就算成功了一半。这也让我去青海蹚道儿，心里有了底气。这趟差算是出远门，为了抓紧时间，我决定飞去飞回。因为手里有“瓜条”给的两万块钱，算是专款专用吧，我用不着自己勒裤腰带。

走之前的那个晚上，白姥姥要请我吃杂碎，给我饯行。宋琬一直陪着，端盘递碗，忙前忙后。这是我吃的最好吃的“李鸿章杂碎”，里边放了海参和鲍鱼。看得出来，白姥姥做了精心准备，听宋琬说，光海参就要泡两天才能发透。

不过，那天晚上，也弄出一件让白姥姥不愉快的事，饭吃得差不多的时候，不知宋琬动了哪根神经，冷不丁地从窗台上拿起那个斗彩的小碗，笑着对我说：“踏踏实实去办吧。姥姥说了，把三爷的户口办回北京，这个小碗就是你的了。”

我跟她逗了一句：“真的吗？到时候你可别嫉妒呀！”说着，我从她手里接过小碗看了看。

就在要还给宋琬时，只听白姥姥“呦”了一声，接着抻掇宋琬说：“你怎那么多话呀?这个小碗送谁，也轮不到你说呀！”

宋琬马上意识到什么，赶紧小心翼翼地把小碗放回原处，走到白姥姥身边，低声说：“真对不起姥姥，我错了。有什么可以补救的办法吗？”

“唉，瞧见没有，我一时嘱咐不到，就出事儿。”白姥姥嗔怪道。

敢情白姥姥对这个斗彩小碗特别敏感，也很迷信。她固执地认为，这个小碗沾着晦气。因为我明天就要到青海替三爷跑平反昭雪的事，而这件事直接关系到三爷的户口问题，在马上就要动身的时候，宋琬把沾着晦气的小碗给我看，这是不吉利的征兆。所以她跟宋琬动了气。

怎么才能把刚才沾到我身上的晦气去掉呢？白姥姥想到了老杠夫潘爷教她的法子，从杂碎汤里挑了两块肉和两筷子鱼虾，放到那个斗彩小碗里，把那只波斯猫叫过来，让它都吃了，然后让我抱着那只猫，待了有二十多分钟，等猫主动从我身上跳下去跑了，这才完事。按白姥姥的说法，这等于那只猫把我身上的晦气带跑了。

我心说，这不纯属猴儿拿虱子，瞎掰吗？多愚昧的事呀！这么有文化的老太太怎么信这些呢？但我不想惹她不高兴，只能顺着她的意愿，像一个演员似的，把这一套程序表演完，直到她脸上露出一丝宽慰的笑容。

不知是巧合还是天意，那只波斯猫刚跑到院里，就听到“轰隆隆”的一阵雷声，外面狂风渐起，闪电划破天空，传来时断时续的雷鸣，一场大雨马上就要来临。白姥姥担心宋琬赶上雨，让她麻利儿回家。宋琬刚出门，白姥姥又想起她没拿伞，让我拿伞追了出去给她。

她对我相视一笑：“来雨了，正好可以冲冲晦气。”

我心照不宣笑道：“得了吧你，赶紧回家吧。”

那天的雨透着大，雷也响得邪乎。我因为第二天要出差，所以在雨稍微小点儿、雷声渐稀的时候起身告辞。

白姥姥拦住了我：“雷打得瘆人，雨这么大，你把白姥姥一个人扔下就走，心里踏实吗？”她有时净捡那些触摸你心灵的话说，让你难以拒绝。

“姥姥，我明儿可要坐飞机呐。”我无力地找出个理由道。

“你不是下午的航班吗？来得及。也不知怎么，姥姥今天晚上觉得有点儿胆小，心里空落落的。你陪我多待会儿。”迟疑了一下，她用恳求的眼神看着我说，“嗐，今天晚上你就别走了，住在姥姥这儿吧。”

话说到这份儿上，等于把我焊在这儿了。我只好冒雨出去，在胡同口儿的小卖部用公用电话跟家里人告了假。雨比刚才小了些，但还没有停的意思。我借着路灯，看了看雨落在地面溅起来的水泡。小时候听老人说，雨水起泡，是连阴雨的标志。看来这雨得下到前半夜了。

等我回来的时候，发觉白姥姥的房漏雨了，屋里的一面墙已经湮湿。我赶紧帮她挪了挪床上的东西，转身找了两个盆接雨。她好像对这已习以为常，看了看外面的天儿，莞尔一笑说：“今儿晚上这场雨，下得有点儿怪，那猫刚出屋，就把雷给招来了。临出门下雨好呀！风调雨顺嘛。你说是不是天意？”

“嗯，是天意。”我顺水推舟地说。我已经看出来，她脑子里一直闹腾着那个猫碗的“晦气”，所以，今儿晚上，一切都得顺着她的话说，否则，哪句话说岔了，惹她不高兴，不值当的。

她见我沉下心不走了，对我笑道：“这就叫‘天不留人，雨留人’。橱柜里有我泡的茵陈酒，我去弄两个凉菜，你陪姥姥喝两口儿。”

“喝两口儿？姥姥，我在您家吃过多少次饭了，还没见您喝过酒，今儿这是怎么了？”我纳着闷儿问道。

“喝酒还有什么说辞？今儿这种雨天喝点儿酒，多滋润呀，是不是？我知道你不胜酒力，我也不会喝，比画一下吧。”她从橱柜里找出四个小酒盅，让我把它洗干净，自己转身进了厨房。

微醺

不一会儿，她端出三盘下酒的凉菜，一盘炸花生米，一盘拍黄瓜，还有一盘切开的松花蛋。这是当时北京人最常见的下酒菜。她让我用暖瓶里的开水把酒烫上，笑道：“上了岁数，病就找人了。年轻时，带学生到农村夏收拔麦子，受了寒，落下了风湿症。老中医劝我喝茵陈酒。这酒是我自己泡的，清热利湿，舒筋活血，你喝两盅尝尝。”

“得，恭敬不如从命。听您的，我也茵陈一下。”我跟她逗了一句。

她斟满两盅酒，我举起一盅，敬了她一下，一口喝掉。那酒有点儿辣，我赶紧嚼了几个花生米。她却抿了一下，咂摸咂摸味道，放下酒盅，看了我一眼，笑着问道：“怎么样？这酒好喝吗？”

“好喝，好喝。”我皱着眉头说。

她直起腰，搛了块拍黄瓜吃，沉了一下，她笑着问道：“知道我今儿为什么要让你喝口酒吗？”

“姥姥为我饯行是不是？”我抖了个机灵，笑道。

她收敛起笑容道：“嗯，饯行，没酒，那还叫饯行？其实这还无所谓，对咱们不喝酒的人来说，以茶代酒不结了吗？实话跟你说吧，我让你喝酒，是为了给你祛身上的晦气。”

“祛晦气？”我吃了一惊，连忙问道，“您是说那个猫碗上的晦气吗？”

“对了。下这么大的雨，你说它的晦气有多重？”她喃喃道。

我忍不住笑了。我以为她这是给我开玩笑，摸摸那个猫碗，跟打雷下雨，这是哪儿跟哪儿呀，挨得上吗？但是看她脸上一本正经的表情，我又犯了嘀咕：难道老太太是真信吗？

“嗯，这晦气可真够重的。您看，到现在了雨还没停呢。”我顺着她的话说，心里只觉得可笑。

“所以嘛，我只能照潘爷跟我说过的，以酒来驱邪了。”她给我的酒盅里斟满酒，淡然一笑道：“来，再喝一盅。”

这老太太，又把潘爷给搬出来了。看来潘爷活着的时候，没少给她布道。我举起酒盅一饮而尽，笑道：“这酒必须得喝。不喝，保不齐明儿我都出不了门啦。身上的邪气太重了。”

“是这么档子事儿。”她十分肯定地说，接着又给我斟满一盅酒。我来者不拒，又一仰脖儿把它干了。我对酒精过敏，平时基本不沾酒，可是那天晚上，我一连干了有二十多盅，喝到最后，已有七八分醉意了。

不知为什么那天我特想喝醉。这是非常复杂的心理，白姥姥的迷信，破坏了她在我心中的美好形象，像在一块白玉上发现了瑕疵，心里总觉得别扭。优雅与愚昧在雍容华丽的外表掩盖下，形成的文化上的落差，让我感到匪夷所思。

我喝得有点儿懵懂的时候，白姥姥像被什么蜇了一下，突然站起来，走到窗台前，拿起那个小碗，看了一会儿又放下，然后，从床底下，找出一个木头匣子，让我走过去，神色庄重地对我说："你可看好了。从今天起，这个小碗就收藏起来了。它可是有灵性的，专门等着你的好消息了。还是我跟它当初许下的愿，什么时候三爷户口办利落了，什么时候你把它拿走。别看它在我手里有晦气，到了你手里就没了。知道吗？"

虽然我已经喝得昏头涨脑，但神志还清楚，我点了点头说："您就放心吧，您不给我这个小碗，我也会尽最大努力去办的。"

"嗯，这话我信。但这个小碗命中就该到你手里。"她微微一笑说。

"为什么？"我十分不解地问。

"它跟你有缘，也只有你能消它的晦气。"她笑了笑道。

"我可受您抬爱了。听您讲了那么多这个小碗的故事，放我手里，我可有点儿承受不起。"我婉言说道。

让白姥姥给弄得，我也像中了邪似的，觉得这个小碗带着晦气了。您说我好模搭秧儿地要个有晦气的小碗干吗？但这话我不敢直说。

"说老实话，我和三爷都离八宝山没多远了。但愿这个宝贝碗，将来能给你带来好运。"她说着把小碗用布包好，放在木匣里，然后，让我把它搁在大衣柜的顶部。说来真是巧合，正在这工夫，那只波斯猫不知从什么地方跑出来，看着我，又看着白姥姥，"喵喵"直叫，好像它知道把它吃饭的家伙给收起来了似的。

白姥姥转过身，从厨房拿出一个新的小碗，让猫看了看，放在了窗台上。但那只猫真有灵性，依然看着衣柜上的那个木匣，叫个不停。

青春

外面的雨一直下着，白姥姥好像还没喝够，又给我斟满一盅酒，我们一边喝着，一边聊着，她像一个老妈妈，知道儿子要出远门，絮絮叨叨，反复叮告我出门在外要注意的事。其实我这个当记者的，出差是家常便饭，还用得着她嘱咐吗？但她说什么，我只有听的份儿。

虽说喝的是药酒，但后劲不小，加上我本来就不会喝酒，喝到后来，我感到头有些发沉，神情慢慢地恍惚了。白姥姥赶紧在床上给我腾出地方，让我躺下了。我的脑袋刚沾枕头，便不知不觉地进入梦境。

不知道过了多长时间，我迷迷糊糊地觉得身上有些暖意，而且听到了均匀的呼吸声，还嗅到一种淡淡的香水味儿，我下意识地睁开眼睛，发觉我在白姥姥的怀里。她坐在床头，让我的头枕着她的腿，轻轻地抚摸着我的脸，弄得我身上怪痒痒的。最初我还以为在梦里，后来当她的脸贴在我的脸上，一连亲了我几下以后，我才醒过味来。白姥姥这是怎么了？我吃了一惊，但我没敢惊动她，想看看她下一步要干什么。

我闭上眼睛，装作睡得很沉。她把我搂在怀里，又抚摸了一会儿我的脸和头，突然，惘然若失地挪了挪身子，轻轻地把我的头移到枕头上。感觉到她已经站了起来，我偷偷地睁开了眼睛，只见她走到书桌前，从墙上摘下一个镜框，上面有她和丈夫、女儿的全家福照片。

谁也想不到，这张照片的背面是三爷年轻时的照片。那是一个风度翩翩，一身帅气的小伙子形象。她看着照片上的三爷，嘴里喃喃自语，也不知说的是什么，磨叨了有一会儿，我隐约听到这么几句："你们长得真像，看到他，就看到你了。璟如，你们有缘，这回有他出面，昭雪你的陈年冤案有盼儿了，还有你的户口问题，也有希望了。如，咱们的好日子就要来了……”

她一准儿是喝多了，或者是想她的老情人迷瞪了，把我当成年轻时代的三爷了。我心里暗想：在这个世界上，让这个老太太动过心的，恐怕只有三爷了。不过，她的这几句话，让我听得心里骤然发紧。真没想到我身上承载着她这么大的希望。我知道自己的斤两，一个记者有多大的能量？万一办不成呢？我真有点儿不敢往下想了。

她念叨了一会儿，正准备把镜框挂回墙上，蓦然她下意识地扭过脸，朝我瞥了一眼。巧了，此时我正睁着眼睛瞄着他，她的目光跟我的眼神交织在一起。我发觉她像触了电似的，猛然一惊。但她看了一眼窗外浓浓的夜色，嘴角挤出一丝笑意，掩饰住内心的慌乱，对我莞尔一笑道：“醒了？你睡得好香呀。”

我打了个哈欠，伸了个懒腰，装作刚睡醒的样子说：“真不好意思，不知怎么迷迷糊糊就睡着了？”

“白天忙了一天，累了。接着睡吧。”她嫣然一笑道。我发觉她喝了酒以后，脸颊泛起两抹红晕，眉眼也舒展了，在灯光下，显得年轻了，脸上的神韵楚楚动人，难怪那么多男人都对她着迷。

“几点啦？”我从床上爬起来，看了一眼窗外说道，“雨还下呢？您一直没睡吗？”

“没丁点儿睡意。人上了岁数，觉就少了。”她一边说着，一边直起腰来，欠身要挂镜框。

我走过去，佯作帮忙，却把镜框接过来，看着上面的照片笑道：“您又想起什么了？夜深人静，看这些老照片。哦，这小伙子是谁？真帅呀！”我有意把镜框翻过来看，故作惊叹地说，

白姥姥笑道：“你猜他是谁？唉，你哪儿猜得出来？跟你说吧，这就是三爷！”她脸上流露出得意的神色，接着找补一句：“是年轻时候的他。”

“真英俊！听说他是运动员？”我猛然想起罗爷的那辆“白金人儿”自行车。

“是短跑健将。你怎么知道的？他那当儿是育英中学的，我是贝满中学的，都是北京比较有名的教会学校，育英是男校，我们贝

满是女校。”

“我知道。育英中学在灯市口，现在的二十中学和灯市口中学，就是育英当年的高中部和初中部。对吧？”我插话道。

“对。育英的体育搞得好，当时他们的校长李如松，外号‘大土匪’，就是第一届、第二届华北运动会的短跑冠军，所以对田径非常重视。当时，育英的体育场在骑河楼，离我们学校很近。也许是同性相斥，异性相吸吧，我们女校的学生放学路过这儿，常会站在体育场边上看他们锻炼，我就是在这儿认识的三爷。”她陷入沉思道。

“那时，你们还挺浪漫。”我笑道。

“不，一点都谈不上浪漫。在认识三爷之前，我爷爷早就把我和他的老朋友的孙子订了‘娃娃亲’。他的老朋友姓董，是交通银行的监理，家里非常有钱。那会儿我爸爸在国外，我的事儿都由爷爷做主，董家少爷比我大两岁。爷爷跟董家人已经商量好，等我高中毕业，就跟董家少爷一起去英国留学。我爷爷临终时，把我的事托付给我叔恩泽，也就是我爷爷正室夫人生的儿子。我跟董家少爷可以说是青梅竹马，但他身上的奶油味儿太重，说话办事唯唯诺诺，像个女孩子，我并不喜欢他。”她苦笑了一下说。

“您心中的白马王子，是三爷这种有性格的人，对吧？”我插了一句说。

“对。我见他的第一眼，就爱上了他。但我们的爱，从一开始就注定要吃苦果，像‘伊甸园’里的故事，因为他姓彭，我姓于。其实最初我并不知道，我们两家是世仇。三爷也是后来才知道的，但他的性格却不管这些，为了我们的爱，他跟他父亲大动干戈，后来断绝了父子关系。唉，往事如烟，但他年轻时的样子，却刻在了我的脑子里，永远也抹不掉。老北京的春秋两季运动会最早在天坛，后来改在先农坛体育场。记得是1946年的春季运动会吧，三爷一下得了三个项目的短跑冠军。发奖的时候，我给他献的鲜花。那时，他可风光了。因为他给彭家露了脸，他爸爸奖给他一辆自行车，那车是英国造，叫‘白金人儿’，车的主要部件都是电镀的，非常漂亮，三爷穿着时髦的美国总统套装，骑着‘白金人儿’带着我在北京城圈儿兜风，吸引了多少羡慕的目光呀！两个月，不，整个一个暑假，我们陶醉在爱河中。后来，唉……命呀！”

我突然想到了罗爷。当时，要不是他向彭乐山告密，也许这对年轻人还在爱河里陶醉呢。本想问问白姥姥，当时知道不知道，有个爱她要发疯的罗爷，但话到嘴边儿，我又咽了回去

“您这是怎么了？”我突然发现她的眼睛有些湿润，两行热泪夺眶而出。

“没什么，想起他，我难免……不碍的。真的，不碍事儿。”她从桌上拿起手绢，擦了擦眼角，自我安慰道。

我下意识地又看了一眼镜框里的三爷，蓦然，我发现在照片下面，有两行小字，细看，原来是一段骈文：“倚门望穿青海树，履阶饮恨北安河。两地相思，一语难休。花荫藤影，满地离愁。寂对孤灯，别绪难书。月夜，雨夜，风雪夜；饭时，眠时，黄昏时，都是杂碎滋味，此情何以言传？”

哦，雨夜！我猛然明白白姥姥为什么如此动情了。不能再往三爷那儿引了。我琢磨着如果再聊三爷，老太太的感情闸门打开，弄不好她得哭一宿。

不过，这时，我抬头看了看墙上的挂表，已经凌晨五点多了。要不是下雨，天都亮了。

第二十章

青海

俗话说：雨里深山雪里烟，看时容易做时难。我考虑过这趟青海之行的难处，但没想到会这么不顺。走之前，白姥姥把三爷在青海劳改的地方告诉了我：卜浪沟，一个挺绕嘴的地名。

在我的印象里，青海跟西藏、新疆一样遥远，头一次去，人生地不熟，两眼一抹黑。我通过一个老作家的关系，找到《青海日报》的一个姓李的记者，能不能帮上忙倒还在其次，主要是能起到向导的作用。

“没个熟人指道儿，让狼把我叼走，家里人都找不到尸首。”我的话，把老李给逗乐了。

“比起内地来，这里是比较荒凉，但还不至于你说得这么邪乎。我长这么大，还没见过狼。”他咧了咧嘴，笑道。

老李比我大十多岁，长脸小眼，相貌憨厚，长得又瘦又高，他是甘肃张掖人，却说一口很标准的普通话，一问才知，他当过中学老师。那时的青海省会西宁，还没有改革开放后的南方小县城繁华，街面上，人少车少，店铺更少。

因为我是从北京来，又是作家，老李对我极热情，请我在一家当地有名的馆子，吃了顿青海风味菜。有两道菜以前听都没听过，一道是“菊花湟鱼”，一道是“筏子肉团”，湟鱼是当地独有，饭桌上才知道：“青海湖有两宝，一是湟鱼二是鸟。”鱼的肉质细嫩，味道鲜美，也算是享了口福。几道面食也很有特色，一道是馏酿皮，一道是朵面片儿。

后来才知这是青海非常普通的小吃，朵面片儿就是把面放在碗里，倒水直接和，不用案板、切刀、擀面杖，用手捏成长条状，压平、拉长，捏成面片儿直接下锅，捞出后就可以吃了，但关键是用什么来拌面片儿，类似北京的打卤面。

这是我在青海吃得最舒服的一顿饭，老李盛情，还把他的部门主任和同事叫来，饭桌上喝了一瓶当地的青稞酒。

由于西宁的海拔在两千米以上，我感觉走道有点儿喘。老李告诉我防缺氧的几招儿，什么“走路不能跑，吃饭不能饱”之类的。他在西宁，人熟地熟，出面帮了我不少忙。原来三爷劳改的那个卜浪沟农场，归香日德农场管。

老李告诉我，青海的劳改农场面积非常大，它的耕地占全省国有农场的98%，一些大的劳改农场有几万人，所以在省会西宁都设有办事处。香日德农场办事处的人，在厚厚的几本花名册里没有找到三爷的名字，他们让我直接到卜浪沟农场，找政治处。

卜浪沟劳改农场离都兰市很近，距西宁大概五百多公里，没有直达的长途车，要到安固滩倒一次车，路上要走两天。老李说：“卜浪沟在柴达木盆地边上，在青海还算比较富的地方。不过坐两天车可是挺辛苦的差事。好在是秋天，还不太冷。上车前，多带点干粮和水。”他的心挺细，怕我路上晕车，路过药店，特意给我买了两瓶药。

为了赶时间，我让老李帮我买到了当天下午的长途车票。老李把我送到长途汽车站，还给我买了两斤当地的月饼。分手时，他一再嘱咐我路上小心，有什么困难找他。

他的确是个热心人，让我挺感动，但越是这样，我越不想麻烦他，有关三爷的事，后来我再没找过他，但他的这些人情儿我一直记着。十多年以后，他陪夫人到北京看病，我一直帮他跑前跑后张罗，找医院找大夫，直到康复出院。我也算是投桃报李，了结了一份“人情债”。

卜浪沟

那会儿青海的公路，很多还是碎石子，长途车也都老掉牙了，一路上颠得你五脏六腑都要搬家。在安固滩换了一趟长途车，到卜浪沟农场，已经是次日下午四点多了。我知道青海这地方的办事机构，一般下午四点半下班，所以顾不上吃饭，便奔了农场的场部。

农场政治部的部长不在，副部长接待了我。因为农场归劳改局管理，他穿着警服，看样子有四十多岁。我亮出了作家协会的会员证，说明来意。他知道我是北京来的，特意多看了我两眼。我问他认识不认识彭璟如这个人，他笑了笑说这里的犯人有好几万，他怎么会认识这个人呢？不过，听我说三爷是“右派”，他说因为涉及落实政策问题，农场专门有人负责。

我找到了这个负责人，他从柜子里找出一堆档案材料，翻了有半个多小时，也没找到三爷的名字。他转身出去到另一间办公室去问，过了一会儿，回来告诉我，三爷在1965年就从卜浪沟农场转到都兰县的一个农机站，他的关系应该在农机站。

我问他：“都兰县城离这儿有多远？”

他告诉我：“大概有五六十公里，坐长途车到安固滩倒一次车可以到，但要等明天了。”

我听了，一下愣在那儿了：这趟等于白跑了。关键是这个晚上怎么过呀？这位负责人看到我的失望表情，笑着说：“落实政策的事确实挺麻烦。你要在这儿过夜，农场有招待所可以住宿。”“太好了。”我让他给我写了封介绍信。

有了晚上住的地方，我心里踏实一些。这时我才感到肚子咕咕直叫，坐了一天车，只吃了老李给的两块月饼。我出了农场场部，想在街上找个饭馆。但这地方太荒凉了，整条街道，除了场部的那栋二层小楼还像点儿样，其他建筑破破烂烂，也没几个行人。

我在街上转了两个来回，也没见到饭馆，迎面碰上一个赶大车的，打听了一下，他告诉我，街口有个挂蓝布幌子的地方，就是饭馆。其实我从它门口路过两三次，没留神。

这个地方，与其说是饭馆，不如说是酒馆。一进门，就听见震耳欲聋的划拳声，还不到饭口儿，十几张桌子已经坐满了人，满屋酒气和烟气，有点儿呛嗓子。我在屋角找了个空位子坐下，点了两个菜，要了一碗朵面片儿。也许是快饿疯了，一碗面片儿，很快让我风卷残云。

意犹未尽，我又要了一碗拉面。在等这碗面上桌的时候，我突然发现对面饭桌有个老头儿，一个人吃着小菜，喝着寡酒。老头儿满头白发，戴着眼镜，看上去有六七十了，但脸上的气色不错，神闲气定地一边吃着喝着，一边时不时瞄我两眼。一看，他就跟这些喝酒的人不同。

闷了两天了，我很想找个人聊聊天，于是冲他笑了笑，走过去跟他打招呼。“不是本地人吧？”他打量着我问道。我告诉他我是北京人，为什么到这儿来。他听了突然一愣，迟疑了一下，问道：“你是为彭璟如落实政策的事来这儿的？”“是呀是呀。”我连忙说。“你是他什么人？”他审视着我问道。

我大概其地告诉他，我认识了彭璟如的老朋友，他的老朋友对他户口的事非常关心，让我帮忙，我听了他的冤案又怎么想打抱不平，所以才有此行。老头儿听了，端详着我，感慨道：“想不到这世上还有你这样的好人！‘清华’，他造化呀！”我没听懂他的话，怔了一下，问道：“您认识彭璟如？”他扑哧乐了，说道：“岂止是认识？我跟他是一个屋子住了七年！小伙子，你见着我，算是找对人了。起码这趟卜浪沟，算你没白跑。”“太好啦。这可真是踏破铁鞋无觅处，得来全不费功夫。”我笑道。

当下，我又点了两个菜，要了一瓶青稞酒。老头儿的酒量不小，我陪他喝了有二两，喝到傍晚，都已微醺。他说这里环境太嘈杂，不是谈话的地方，执意让我到他宿舍去聊聊天，我巴不得如此，因为回招待所也睡不着。

复旦

老头儿住的地方离这个饭馆不远，拐了两个弯儿，穿过两条道儿就到了。那是一排一排的平房，在夕阳的余晖下，灰头土脸的，显得非常寒酸。晚饭时分，炊烟袅袅，空气里流动着炒菜炝锅的油香味儿。老头儿告我，这都是留场就业人员住的地方。在刑期内的犯人，住在离此不远的高墙内。

老头儿住的屋子有十多平方米。砖砌的两个土炕占去了一大半空间，靠墙有张桌子，上面堆满了书，一些杂物堆放在墙角。屋里有股酒味和男人味融在一起的难闻的味道。老头儿告诉我：“本来还住着一个老头儿，年初死了。谁也不愿意跟我一起住，所以，我就一个人独享单间待遇了。”“这里经常死人吗？”我问道。他想了想说：“你如果有时间，到离这一公里的大坡上看看就知道了，坟头一个挨一个的，数不过来。”

他看我一时无语，接着说：“想当年，青海省的犯人占全国的25%。我看过一个资料，1958年到1960年，从全国各地发到青海的犯人有九十五万。从1958年开始算，能活到现在的，恐怕连三分之一都不到了，活着的这三分之一，有一多半都回老家了，剩下的就是我这样的老弱病残了。”“哦。”我长长地叹了一口气，问他，“您为什么不走呢？”“唉，一言难尽呀！来，咱们再喝点儿酒吧。”他从墙角的包里取出一听鱼肉罐头，对我说：“正经美国货，我弟弟从上海给我寄过来的。”在他炫耀手里的罐头的一瞬间，我发觉他像个天真的孩子。

也许是他见了我兴奋，又就着罐头里的沙丁鱼，喝了几两酒。在聊天中，我知道他的命运跟三爷差不多，他姓唐，上海人，也是因为说错话被打成“右派”，跟三爷前后脚发配到青海的。他俩进场后，很长时间住一屋，关系自然不一般。

当时，在卜浪沟，他们这个中队，有一多半都是大学生，那会儿，谁是哪个大学毕业的，就成了代号，老唐是复旦大学毕业的，就叫“复旦”。三爷是清华大学毕业的，就叫“清华”，还有两个跟他俩要好的，一个是“南开”，另一个是“金陵”，这四所都是名牌大学，他们四个都二十啷当岁，没有结婚，所以被大伙称为“四条光棍”。有意思的是，后来，农场成立子弟学校，这四个人都被派去当老师。

不过，这四个人的命运各不相同，三爷因为学的是电机专业，又会修农机，又会修拖拉机，1965年就调到农机站了。“金陵”在“文革”的时候病死了。“南开”在落实“右派”政策后回了天津，结果亲人没一个肯收留他，他孤身一人，又找不到合适的工作，两年后，在郁闷苦恼中得了癌症，痛苦而死。卜浪沟只剩下了“复旦”。

其实“复旦”是最有条件回上海的，原来他父亲是国民党有名的大官儿，弟弟妹妹都在海外，他算是统战对象，上海方面多次来人劝他回去，香日德农场的领导也反复给他做工作，他死活都要留在卜浪沟。“这些年我背着罪名，回去如丧家之犬。一把老骨头了，怎么见江东父老？一个人在这地方多自在，回去给他们添乱干吗？哪的黄土不埋人呀？”他淡然一笑对我说，“事实证明我做对了。当年的‘四条光棍’，死了的‘金陵’不说了，‘南开’如果不回去，可能现在还陪我喝酒呢。其实‘清华’跟我的想法是一样的。不知怎么他又回去了？结果怎么样？害得你这个记者为他的户口跑这么远。唉，人得认命。”他叹了一口气说。

那天晚上，“复旦”借着酒兴，跟我聊到了午夜一点多，要不是我天亮要赶长途车去都兰，他还要拉着我聊呢。他聊了三爷在农场时的许多趣闻轶事，但三爷在都兰那边的情况，他知道的不多，所以三爷的冤情，他聊得很少。不过，他告诉我，到都兰可以找一个叫张林的人，他原来是农场的干部，大概了解一些内情。临走时，我跟“复旦”相互留了通讯地址。他一直把我送到招待所的门口。

后来，在具体帮三爷昭雪冤情的时候，我才明白，多亏在卜浪沟邂逅了“复旦”，否则，我不定得绕多大的弯儿呢。

案情

到了都兰，我才知道三爷为什么不愿提这段历史的原因了。敢情这是实实在在的冤案，但是又让人羞于启齿，说起来也是让人费琢磨的事儿。

这年头，您说您是政治上的事儿进去了，能引起很多人的同情。但您说您是因为强奸罪判了刑，恨不能十个人有十个人得说您活该。翻回头来，您说您是被诬陷，蒙冤受屈，但也无济于事，人们照样认为：您不是什么正经人。您不去招惹狐狸，怎么会弄一身骚呢？

三爷确实是没招惹什么狐狸，他这身骚，相当于林冲误入白虎堂，中了别人的奸计，被人愣给泼上去的。但我要是说出调查后知道的真相，估计很多人会不以为然。

在都兰的一个农机站，接待我的是一个五十多岁的女干部，提起三爷的事，依然耿耿于怀：“人家才是个十二岁的黄花姑娘，让他给糟践了。真是人面兽心。劳改犯就是劳改犯，抽筋剥皮，他们都改造不过来！”这档子事儿已经过去多少年了，她还记忆犹新，抹不掉脑子里三爷的淫棍形象。尽管我亮出了中国作家协会的会员证，但她并不给我这个北京来的人留点儿情面。

“判了他九年。冤吗？一点儿都不冤。罪有应得！”她没好气儿地说，好像被强奸的那个女孩是她生的似的。

“您知道他后来在哪儿服刑吗？”我耐着性，心平气和地问道。

“西宁的南滩。好像是在砖瓦厂，也归省劳改局管。”她想了想说，“九年，他早就刑满了。他的关系早不在我们这儿了吧？对了，他不是已经回北京了吗？”

我觉得她并不了解情况，直截了当地说：“他刑满后，不是又回到这儿了吗？他可是在您这里退的休，现在的生活费也是在这儿发。您不知道吗？”

她显然对我说的不满意，刚要发作，办公室又过来一个女的，她似乎认识三爷，证明我说得没错。我跟她聊了起来，她说三爷户口的事儿，只要北京有人接收他，他们可以开证明，这些都不是问题，但提起当年三爷的案子，她跟那个女的一样，仿佛碰了身上的伤疤，气不打一处来：“冤案？明明这个老光棍把人家姑娘祸害了，怎么能是冤案呢？”

谈起三爷的案子，就好像前几天发生的似的，这两个老女人对上了碴儿，想一块儿跟我这外来人泄泄心里的那股毒火。我一看不妙，赶紧打了个招呼，转身溜之乎也。

我像是被兜头泼了一盆冷水。看来找单位没什么戏了，我只能找“复旦”介绍给我的张林去碰碰运气。张林六十多了，已经退休。他是安徽人，当兵转业到了青海劳改局。老头儿说话办事比较矜持，有板有眼。他倒是跟我说了一些事实的真相。他的话也让我信服。

“这是毋庸置疑的冤案。”张林十分肯定地说，“彭璟如是以强奸罪判的刑。但强奸那个女孩的不是他，是一个叫马纯的农机站副站长。马纯实际上是他的直接领导。这件事当时在都兰影响很大，闹得家喻户晓，你想谁不恨强奸犯呀？当时又在‘文革’之中，所以，很快就把彭捉起来判了。记得是判了九年。后来他表现好，搞了两项技术革新，立了功，减了一年刑。就在他刑期快满的时候，马纯因为强奸幼女被捉起来了，一审，原来他是个罪大恶极的惯犯，前后奸污了十多个幼女，包括之前认定彭强奸的那个女孩。毫无疑问，当时彭是冤枉的。”

“马纯交代这个案情了吗？”我问道。

“当然，他如果没交代，我怎么敢这么肯定地对你说这是冤案呢？后来，马纯被判了死刑。据说，他在临刑前对狱警说，这辈子最对不住的人就是彭璟如。”张林语气沉重地对我说。

“您还记得那个受害的女孩吗？”我突然问道。

“好像是铜普那边的人，铜普离都兰很近，那姑娘姓什么，我忘了，只记得名字里有个霞字。他爸爸是在县里开马号钉马掌的。”他想了半天，才零零碎碎地记起这些。

张林说的，跟我来之前判断得差不多。明知道三爷比窦娥还冤，但当我问道，能不能为这起冤案平反昭雪时，他犹豫了半天，拧着眉毛说：“难，真是太难了！如果当时彭提出来，这事还好办。现在？事情已经过去二十多年了，许多当事人都退休了，有的已经死了。真是难办了。”

我直视着他问道：“真的就没有办法了吗？”

他沉了一下，所答非所问地说：“彭现在也快七十了吧？他不是还一个人生活吗？这岁数还用为名儿活着吗？”

敢情他头天刚参加了一个老同事的遗体告别。死的那位两年前为争一个副处级待遇，窝了一口气，结果待遇争下来了，人也弯回去了。他不禁感慨地对我问道：“你说人是为什么活着？”

在这种时候，我哪儿有心思跟这位老人一块儿去思考人生呀？我哼哼哈哈地随声附和了几句，赶紧跟他告辞了。

第二十一章

女神童

从张林家出来，我脑子便上了弦，琢磨着该往哪儿迈步。到这会儿，我已经看出来了，想直接找三爷的单位给他翻案，实在是太难了。来青海之前，我跟学法律的朋友胡波咨询过，他对我说：最好的办法是先找到受害人，手里拿到证据，然后再研究下一步怎么办？其实，这也是我这次来的目的。

我漫无目的地在街上走，都兰的县城看上去就像北方的一个镇，有两三条马路，路边散落着几个饭馆和店铺，路上行人不多，时常能看到骑马的藏民，悠闲地溜达，一切都显得荒凉凋敝，但非常安静，街上仿佛没有什么生息。

在一个门脸儿不大的饭馆，我吃了一碗朶面片，配的是葱炒羊肉片，厨子炒得味道还不错，但菜里有好几只黑乎乎的死苍蝇。开始我还以为是花椒粒，吃了一个才知是什么，给我恶心得想吐，但肚子实在太饿了，我只好把死苍蝇夹出去，一咬牙，一闭眼，稀里秃噜地把一碗面片吞了下去。我心里琢磨，我这可是下馆子呀。三爷他们这些年，在这儿是怎么熬过来的呀？

在跟饭馆老板聊天时，我得知在街的东头儿，有个钉马掌的地方，于是我奔了那儿。一个又黑又瘦，穿着油渍麻花粗布衣服的老头儿在给骡子换掌。我站在旁边看了一会儿，等他忙活完了，收了钱，把赶车的人打发走，便上前跟他攀谈起来。

您说怎那么巧，敢情这位师傅姓石，不但也是铜铺人，而且还跟当年被强奸的女孩儿沾着亲，那个女孩儿叫石云霞，她爸爸叫石玉岭，他叫石玉岐，是石玉岭的叔伯弟弟。原先这个马掌铺是玉岭开的，几年前，玉岭得病死了，他给了玉岭媳妇两千块钱，把这个铺子接了过来。

我问他："石云霞现在住在哪儿？"

他想了想告诉我："她早就嫁人了。婆家就是都兰的。"

“是在县城吗？”我问道。

“是。她男人在县政府上班。”

“嗯。啊？在县政府？”我吃了一惊。

“是在政府上班。”他以为我的惊讶，是怀疑石云霞的丈夫不在县政府工作呢，殊不知，我惊叹的是正因为他在政府工作，三爷的案子想翻过来，增加了难度。

我不能轻易放了石玉岐这条线索，当晚，我请他在都兰最好的一家饭馆，喝了一顿酒，让他点了六道菜。当然，这儿最好的馆子，比北京的小饭馆还简陋。三杯青稞酒进肚，他把肚子装着的有关石云霞的事，一股脑儿地都倒了出来。

云霞是石玉岭的大女儿，她下边还有一妹俩弟，所以她成熟得早，从小就非常懂事。云霞长得也漂亮，皮肤细腻，眉眼清秀，个子也高，那年才十二岁，看上去却像十五六岁的样子。姑娘的模样可人，如同含苞待放的玉兰，人见人夸。

让她爸爸石玉岭没想到的是，她从小就爱看书认字，聪颖过人，上小学二年级时，就把五六年级的课本都熟稔于心了，三年级时，老师让她参加六年级的考试，她居然考了个第一名。学校的校长、老师，为有这么出众的“神童”感到骄傲。

当然，石家人也欣喜若狂，敢情石玉岭就是一个爱学习有志向的人，他高中毕业考上了兰州大学，但因为他父亲新中国成立前是马鸿逵（青海军阀）手下的参谋，后来被镇压，所以没有被录取，只好回到都兰务农，后来在县城开了一个马掌铺。在老师的建议下，她不到十岁就上了初中。

让人称奇的是她初一的时候，参加初三的毕业考试，竟考了个全校第三名。十二岁出事那年，她已经念高中了。这样出类拔萃的“神童”，加上长得又水灵，自然，她成了这个小县城妇孺皆知的小人精。石玉岭不是一般农民，女儿的出息似乎传承者着他的抱负，所以他宁可砸锅卖铁，也要把女儿培养成大学生。当时，这个穷乡僻壤的小县城，能走出个大学生，简直难以想象。

正在这时候，石玉岭认识了三爷。他知道三爷是清华的高才生后，好像在烂草当中见到了紫金杯，俩人相见恨晚，很快成了莫逆。石玉岭结交三爷，是有私心的，他想让三爷给女儿再开个小灶，辅导她学习高三和大学课程，尤其是外语，想来年让她直接考大学。三爷见了云霞，也非常喜欢她的才气，考大学的那些知识对他来说不在话下，看在石玉岭的交情上，他成了云霞的辅导老师。

当时，石玉岭在县城租了几间房，三爷几乎每天下了班，都上石家给云霞辅导功课，有时为了学外语，增强记忆，俩人也到县城的河边散步。三爷心地干净，在他眼里云霞还是孩子，而他心里只有白姥姥，对其他女人，甭管老少早已没了感觉，所以他没考虑那么多，但他的这一举动，在这个偏僻封闭的小县城却成了爆炸新闻。您想呀，一个刑满释放的老光棍，跟一个刚吐花蕊的漂亮姑娘在街上溜达，能不招眼吗？况且这个小姑娘还是县里有名的“神童”。很快，有关三爷和云霞的绯闻，便在这个小县城街谈巷议，飞短流长，成了人们茶余饭后的谈资。

让人不可思议的是，绯闻传到方圆几百里，老少皆知了，三爷和云霞还一点不知道呢。您想，他俩一门心思都放在了来年的高考复习上，哪儿有闲心去管这些闲聊淡扯的事儿。石玉岭天天在街面上给赶大车的钉马掌，这些闲言碎语自然没少往他耳朵里灌。但他知道三爷为人，更了解女儿的心气儿，所以，别人再怎么说，他都付之一笑。

祸心

让三爷和石玉岭万万没想到的是，转过年的夏天，爆发了史无前例的“文革”，红色风暴席卷全国，别说高考，连大学都造了反。云霞的大学梦破灭了，石玉岭因为父亲的问题，成了“狗崽子”，不但被抄家，而且被造反派抓了起来。实际上，这一切都是农机站的副站长马纯搞的鬼。

马纯的父亲是挺进大西北时的老干部，后来在省城当了局级领导，马纯从小就不是好鸟儿，高中时耍流氓，让警察给抓了现行，因为有他爹的关系，没有处理，在公安口的劳改系统的偏远农场找了个工作，远离了人们的视线。但这个流氓坯子，狗改不了吃屎，色迷瞪眼，专好渔猎少女，先后两次得手。但山高皇帝远，在都兰这么个小地方，他依靠势力，花钱买通关节，逍遥法外。一年前，他就听说三爷和云霞的传言，这自然让他走心，及至看到了云霞的美貌，他便神不守舍了，发誓要吃这棵嫩草。但云霞一直埋头学习，两耳不闻窗外事，一心只读高考书。他找不到下嘴的机会。

他没想到烂菜帮子也有上席面这一天。做梦他都想不到，这辈子会赶上了“文革”。红卫兵举旗一造反，他乐了：敢情“革命”是这么美的事儿！什么事儿一贴上“革命”“造反”的标签，想吃就吃，想喝就喝，哪个敢拦？当然，想玩个姑娘，那算什么？他自然忘不了惦记了两年多的云霞。一查云霞家的底子（出身），他更乐了，爷爷是马鸿逵的人，还用说吗？明摆着是地、富、反、坏、右的“黑五类”，造反的对象呀！

于是他跟几个坏小子，戴上红袖标，对石家人实行了无产阶级专政。石玉岭被打得半死，云霞小小年纪也被关了起来。人面兽心的马纯见了云霞，欲火中烧，当天夜里，就把云霞打晕后，给蹂躏了。别看云霞学习文化上智商高，却没有一点儿社会生活经验，当然，更不懂什么生理卫生和性知识，十二岁，毕竟还是个孩子。马纯把她奸污了，她还不知自己失去了贞操，只觉得下身疼痛难忍，第二天，见到裤子上的血迹，委屈得号啕大哭。但那是一个丧失人性的非常时期，她被打成了资产阶级教育路线的“黑典型”，有这么一顶帽子扣脑袋上，别说被糟蹋，就是被打死，上哪儿说理去。

云霞被关了两个多月，您想在马纯这个活畜生手心里，她的日子能好受得了吗？突然有一天，看管云霞的一个女造反派，跟马纯泄了底：洗澡的时候，云霞的屁股见大，肚子见鼓。甭说了，这孩子有了身孕。让马纯赶紧想辙，否则的话，过一两个月，她一显怀，马纯的恶行自然就露了馅。这小子到这会儿才慌了神，琢磨了十多天，想出了一个移花接木，嫁祸于人的毒计。

他先是把云霞给打个半死，放回了家。然后派人以反革命罪，把三爷给抓起来，把他暴打一顿，说他教唆青少年反党。三爷当然不会认这种无中生有的罪状，于是造反派把他带到云霞家，名义上是对证口供，实际上是让他们俩见面。

您想三爷算是云霞的老师和长辈，对她的处境，自然会体恤与同情，而云霞见了被打得遍体鳞伤的三爷，同样会伤心不已。马纯见他俩搭上了蔓儿，便以“等待进一步审查”为名，放鸟归林，鸣金息鼓了。

睾丸

一般人看不出这里头藏着祸心，三爷这种一根筋的人，更想不到“阳光下”的阴谋。因为当时石玉岭还被关押，他妻子带着四个孩子，独自支撑一个家，非常艰难，加上云霞遭遇这么大的委屈，所以三爷接长不短地去玉岭家串门，一方面帮他妻子解决些生活上的困难，另一方面抚慰云霞受伤的心灵，让她不要放弃自己这些年的努力，决定信心，继续学习。

自然，有时三爷跟云霞会单独在一起。谁也没想到两个月后，释放回家的石玉岭突然发现云霞怀孕了。之前，他媳妇也看出云霞的肚子一天比一天大，但问她怎么回事，她含含糊糊也说不清楚。

石玉岭两口子感到问题的严重，对云霞苦口婆心地细谈，最后终于弄明白是马纯对自己的女儿下了黑手。两口子知道他的势力，犹豫了半个多月，才找到农场的“革委会”，举报了马纯的兽行。其实马纯早已布好了网，单等着石玉岭往上粘。“革委会”都是他的人，别说是石玉岭，金银岭也得让你岭下边待着去。两天以后，石玉岭就被造反派抓走，这次的罪名透着吓人：陷害革命群众。扭脸儿，云霞也被捉走，先送到医院做了人流，接着严刑拷打，让她“写出”被三爷强奸的经过。其实是别人写好，最后逼她按的手印。

把石家人摆平后，他们才对三爷出手，罪名明摆着：强奸少女。这次是公安直接逮捕。这事在小县城，一下成了爆炸性新闻。因为之前，三爷和云霞就有绯闻，所以很多人并不觉得突然。有云霞屈打成招的“证明”，有街谈巷议的绯闻，三爷就是浑身是嘴也难辩了。

您想以三爷的性格，这不等于要他的命吗？造反派说他政治上有问题，他没辙，天大的冤屈也只好受着。但说他是流氓强奸犯，这不是无中生有，直接撕他的脸吗？他哪儿受得了这种奇耻大辱？他气得快要发疯，在大牢里他不停地喊冤，不停地大骂。

为了证明自己冤枉，他当着警察的面，脱了裤子，愣把自己的一个睾丸给捏碎了，疼得他满地打滚，在场的警察被他的这一突兀举动惊呆了，半天才明白是怎么回事，赶紧送到医院抢救，人是救过来了，但一个睾丸报销了。这真是只有爷才能做出来的事儿！

后来他还自杀过两次，都被人及时发现，抢救过来。一个警察知道他的冤情，劝他别死。自杀可以得到解脱，却永远成了冤案。三爷这才断了一死了之的念头。当然，他不想死还有一个原因，那就是要让白姥姥明白自己的冤屈，他心里永远爱着白姥姥。

“文革”期间，全国各地的“公检法”已被造反派解散，刑事案件主要由公安部门来断。由于三爷的这个“案子”，当时弄得满城风雨，所以公安部门采取速战速决的办法，也没认真调查取证，草草做了判决。三爷稀里糊涂地成了“强奸犯”，二次进“宫”。

他被宣判后，很快，石玉岭和云霞也放了出来，石玉岭还算义气，知道三爷是遭到马纯的陷害，蒙冤受辱，咽不下这口气，一直没断了上访申冤，后来马纯指使人把他的一条腿打断，没钱医治，死在家中。云霞一直认为，三爷是因为她才蒙冤入狱，为这事受了刺激，后来得了神经病。直到改革开放以后，三十大几的她，才嫁给了一个死了媳妇的小干部，按当地人的说法，叫给人填了房[①]。

后遗症

从钉马掌的石玉岐的肚子里掏出三爷的冤情后，我预感到给他平反昭雪的难度。好在当时的受害人还活着，不过，她是受过刺激的人，重提这些往事，会不会让她二次受到伤害？我心里没底了。

为了跟石玉岐继续套词，第二天，我一下买了一箱十二瓶青稞

---

① 填了房——前妻死后续娶的妻子，叫填房。

酒，送给了石玉岐。看得出来，他挺感动。接着，我提出要见云霞丈夫的想法。“他应该知道云霞的事吧？”我问石玉岐。

“怎么不知道？当时这件事，在县城家喻户晓。但他不会见你的。你一提北京人，他马上会想到彭璟如。”石玉岐想了想说。

“我要是跟他说是你的朋友呢？您放心，我不会去揭云霞的伤疤，更不会在她的伤口撒盐的。”

“那你为什么非要见她呢？”

我迟疑了一下说：“听你讲了那么多云霞的故事，我怎么着也要见见本人呀！”

大概是那箱青稞酒起了作用，他把云霞丈夫的工作地址和电话告诉了我。但他叮嘱我，见面不要提他。

云霞的丈夫叫韩鸣启，比云霞小两岁，他从小就崇拜云霞，当然也十分同情她的遭遇，所以他前妻病逝后，他得知云霞还单身，坚决要娶她。尽管得知云霞脑子有病，亲朋好友都劝他舍了这门亲，但他仍然义无反顾。婚后，他和云霞举案齐眉，相敬如宾，在他的悉心照料下，云霞的病情有了明显好转。

我在他们家见到了云霞。她跟我想象的那个女神童，判若两人。面容憔悴，神态木然，脸上褶皱巴囊，皮肤像风干的橘子皮，刚刚四十岁出头，但看上去有五十好几，虽说压根儿没生过孩子，可说她是孩子的姥姥也有人信。一朵含苞待放的鲜花，经历了狂风暴雨的摧残而凋零枯萎，想想令人心酸。尽管冷不丁看不出她精神上有什么毛病，但她看人时，眼神是茫然的，眼睛也发直，说话时总低着头，还是能让人觉出她不大正常。当着她的面，我没敢多说话。韩鸣启跟她打了个马虎眼，说我是他的同学。她直勾勾地看着我，“嘿嘿”地傻笑了起来。

韩鸣启把我送到门外。“我们再多聊几句吧。”我看他为人处世比较实在，对他说。

“好吧，她在场，有些话不好说。”他苦笑道。

到这份儿上，我没有必要跟他兜圈子，开诚布公地说出了我的记者身份，并且直截了当地告诉他，我这次来都兰的目的。

他听了非常吃惊：“原来您是……”沉默了一会儿，他低声说道："我理解您的心情，对彭老先生的遭遇，也深感同情。但是，云霞的病刚刚稳定，跟她提这些伤心的往事，她肯定会犯病的。今年春节，我哥的孩子到我们家看电视剧，说起'文革'，她听了以后犯了病，半夜三更投了河，多亏几个年轻人路过，把她救了。"说到这儿，他突然哽咽了，我不忍心再让他说下去了。

"那你说怎么办呢？难道怕她犯病，彭先生就要蒙一辈子冤吗？"我喃喃道，像是跟他说，又像是自问。

"我也不知道该怎么办？您是作家，您拿主意吧。我会配合您。"他十分为难地说。

这真是给我出了道难题。我一时也没有更好的办法，总不能为了三爷的户口，去揭云霞的伤疤吧？她已经够可怜了。话说回来，万一她要犯了病，我岂不是罪孽吗？犹豫再三，我只能先往后退一步了。我跟韩鸣启相互留了通讯地址和电话，说好随时联系。

分手时，我对他说："云霞的病确实挺让人心痛的，回北京我打听打听，如果有好医生能治她的病，你带她到北京找我，费用我全管了。"

"那可是太好啦！"他握住我的手，非常激动地说，"我等您的消息吧。"

这一趟青海，看上去无功而返，其实，对我来说收获很大，起码让我弄明白了三爷的案情是怎么回事儿，也知道了想给三爷平反昭雪的难度。

病心

回北京后，白姥姥做了一砂锅杂碎给我接风。不知道是她认为自己做杂碎最拿手，还是我吃了她做的杂碎净说溢美之词，反正她认为，我最爱吃她做的杂碎。所以有好事儿款待我的时候，饭桌上总是主打杂碎。人的印象经常会先入为主，一旦有了烙印，很难改变。好在白姥姥做的杂碎经常变换花样，否则我在她这儿得吃出杂碎脑袋。

我一边吃着杂碎，一边跟她讲这次青海之行。说到云霞的遭遇时，老太太哭成了泪人。我劝了她半天，她才止住了眼泪，抽泣道："多好的孩子！被摧残成这样啦！"

"三爷没跟您讲过她的故事吗？"我诧异地问道。

"压根儿就没说过。他很少跟我提青海的事儿。也许他怕我受不了这刺激吧。"她喃喃自语。

她这句话提醒了我：三爷在青海的事儿，得悠着点儿说，所以，三爷捏碎睾丸的情节，我没敢跟她流露。

其实从青海回来，我特别想见的人是三爷。有些事儿，我想从他那里得到进一步印证，但白姥姥听我说了那么多三爷的青海遭遇后，更不想让我见他了。也许是她不希望这世界上多一个精神病人吧？我暗自寻思道。

白姥姥觉得这次青海之行，花了我不少钱，心里特别不落忍，死乞白赖要塞给我五千块钱。您说这钱我能要吗？可是"瓜条"在我手里的那笔钱，我又不敢跟她明说。她见我死活不收，又提出把那个猫碗让我先拿走。

我笑着跟她说："咱可是说好的，什么时候三爷的户口办回北京，什么时候我拿这个小碗。您怎么提前预支呀？"她拗不过我，只好把钱收回去了。

说心里话，这次青海之行，让我感觉到三爷的返京户口办起来实在是遥遥无期。我把了解到的三爷冤情，跟胡波念叨了一遍。

这小子一身贼肉，胖得走道儿都有些喘，我见面总叫他胡胖子。胡波的胖，倒帮了他的忙，人们总觉得胖人厚道，干什么都能沉得住气，而且有气场，坨儿[①]大压得住阵，加上戴着深度眼镜，透着有学问，所以找他打官司的人得排队。

胡胖子听我说完，撇了撇嘴："难！"他从眼镜片后面流露出几分疑惑，哼了一声。

"难在哪儿呢？"我问道。他认为这是"文革"中发生的事，属于"文革"的冤假错案，而这方面的案子，几乎已经清理完，再

① 坨儿——体重身形，通常是对体重大的人而言。北京土话也叫"块儿大"。

找，自然有些难度。不过，他让我别灰心，只要被害人能提供证据，他就能想办法为三爷平反昭雪。

“问题是被害人云霞有病呀！”我对胡波说。

“别急。干我们这行的，有个信条：死马要当活马医。沉住了气想想，也许会找到新的突破口。”他不紧不慢地对我说。

其实，这话等于没说一样。到这份儿上，急有什么用？傻子也懂这个道理。不过，我确实佩服胡波的耐力，一个发小儿的民事纠纷案子，他能给人家私下调解了五六年，直到把被告一方给拖死了，他才替发小儿起诉。

为云霞的病，我咨询了几位心理学专家和精神科专家，他们都认为不好医治，但我不能忘了跟韩鸣启的约定，半年以后，我给韩鸣启写了封信，让他带着云霞来北京。

我通过朋友，找了几个精神科大夫，对云霞的病情做了诊断，而且让她在一所治疗神经病的专科医院住了一个多月，但是效果并不明显。尽管这样，韩鸣启还是对我感激涕零，因为他们这次来北京，我没让他们掏一分钱，用的还是“瓜条”的那两万块钱。

我把他俩送到火车站，韩鸣启握着我的手，眼含热泪，说道：“您已经做到仁至义尽啦。我不知道该怎么感谢您。”

云霞瞪着一双迷茫的大眼，死死地看着我，好像我的脸上有什么东西似的。我冲她笑了笑，她也对我嘿嘿笑了笑。但她的笑是空洞的，没有任何含义。她连来北京看病都没有意识，一直觉得还在都兰。

在上火车的时候，我发现韩鸣启拎着两个大包，里面装满了东西，我下意识地问：“是你买的？”想不到他的脸腾地红了：“不，是人家送的。”“谁送的？”我随口问道。他愣了一下，用手擦了一下脸上的汗，掩饰内心的慌乱，憨笑道：“亲戚，是亲戚送的。”显然他没说实话。看他有些尴尬，我不好意思再问下去了。

后来我才知道，敢情韩鸣启背着我去见三爷了。原来他私下里跟三爷一直有通信联系。三爷从韩鸣启的嘴里知道，我为了他的冤案平反昭雪，在张罗给云霞看病，他心里非常不安，明确告诉韩鸣启，往事如烟，他不会再去纠缠那些已经过去了的事情，给本来就有病的云霞造成新的伤害。

三爷希望我也放弃这方面的努力，我的善意和好心，他领了。但不知韩鸣启当时是什么想法，一直没把三爷的意思告诉我，甚至他跟三爷保持联系也瞒着我。直到多年以后，物是人非了，他才说了实话。

云霞来北京看病，我没告诉白姥姥，也没跟宋琬说。我觉得白姥姥知道了，只能给她对三爷的痛苦记忆增添伤感的作料。

其实，韩鸣启和云霞这次来的意义，等于进一步证明云霞的病是难以治愈的。我的失望也是可想而知的。这么严重的精神病人，写出来的证据有什么法律意义呢？退一步说，我还可以等云霞治好病，三爷已然奔七十的人了，还等得到那天吗？

第二十二章

大奔

送走韩鸣启和云霞没几天，我突然接到罗呗儿的电话。一晃儿，跟他有两年多没联系了。在电话里，我叫着他的小名儿，跟他寒暄：“怎么样你？”“好着呢我！”他亮着大嗓门说。他永远是这个口儿。估计他“进去”了，您问他，他也会说：“好着呢我！”

“想你了嘿。请你吃饭！今儿还是明儿？你定！”他在电话里问。

我琢磨着他会有什么事儿，不然他不会想起我来。我告诉他明天晚上没事儿。他说出了吃饭的地方：“明珠海鲜楼。”

这是当时京城最火的海鲜馆子。上世纪九十年代初，京城的饭馆酒楼有“三刀一斧”之说。“三刀”是香港美食城、加州肥牛、明珠海鲜。“一斧”是釜山涮肉。“刀斧”是宰人的家伙什儿。甭说了，这种地方，一般工薪阶层进去一趟，一个月工资撂在那儿都未准让您出来。我心里话：罗呗儿敢在这种地方请我，是不是刚抢了银行？

让我更想不到的是，这小子是开着“大奔”（奔驰）来的。那会儿，可着北京城说，“宝马”“奔驰”也没多少辆。当时私人轿车极少，单位买轿车还要指标，街上跑的出租车大都是小型面包车，北京人俗称“面的”，所以开这类“豪车”还是挺扎眼的。

“牛呀！是你的吗？”我看这辆车的车牌子是黑的，纳着闷儿问他。

“不是我的我敢开出来？说什么呢？”他冲我撇了撇嘴说道。

“你调大使馆去了？”我看了一眼那车说道。因为在我的印象里，只有大使馆的车才用黑牌子。

他明白我问他这话的意思，不置可否地哼了一声，低声对我说：“这事儿，回头咱哥儿俩饭桌上再说。”看他的那劲头，好像真在大使馆上班似的。

“嚄，士别三日，当刮目相看呀！哪国的使馆呀？”我烧了他一句。

“你瞧瞧，给你个棒槌就认真（纫针）了不是。哪国？没国！”

“美国？牛呀你！”

“去美国有什么牛的？真牛的是这辆车！怎么样？你上眼瞜瞜嘿。”他把我拉到那辆“大奔”跟前，拉开车门，让我欣赏。那劲头，让我想起来他爹罗爷。

“当然不错啦。那还有什么说的？”我用赞赏的语气，啧啧了两声。我估计此时此刻，我要是踩咕他这辆车，他敢把我鼻子咬下来。

“那是。你瞧准喽，这可是从德国进口的，原装！”他的两只眼睛快抬到脑门子上了。

当年罗爷在胡同里推着那辆“白金人儿”，也是见了熟人就把人家拉到车前，讨要人家两句赞赏的话。这两句话，让他听了比吃俩油饼都心里舒坦。他要的就是这个整脸。如今罗呗儿也跟罗爷一样，拉我到车前，也想让我夸他两句。让我惊叹的是，时间过去二三十年，罗氏爷儿俩的车可完全不一样了，一个是俩轱辘的自行车，一个是四个轱辘的小轿车了。

我看他显摆得差不多了，也过够了虚荣的眼瘾，对他说：“今儿你请我，是不是就为看这辆车的？”

他咧嘴笑了：“哪儿能够呢？包间我都定好了。走，咱们饭桌聊。”

他大大方方地把我带到包间，让我落座。他点着一支烟，从上茶的服务小姐手里要过菜谱，一气儿点了十几道海鲜。

“别烧包嘿。就咱俩人，你点那么多菜，吃得了吗？在我面前摆谱儿，有必要吗？”我把他拦住，砍掉了一半菜。

“嗐，吃就吃好。干吗那么对不起自己的胃？怕花钱，我不会约你到这来。”他显出花钱满不在乎的劲头儿，跟当年那个一身臭萝卜味儿的胡同小子，真是一个天上，一个地下。

“哎，你什么时候去的美国大使馆？”我突然想起刚才被他打断的话茬儿。

“我上美国大使馆干吗去？”他冲我嘿然一笑。

“废话。你刚才告我调美国大使馆啦。”我瞪了他一眼，说道。

“嗐，你问我哪个使馆，我说是‘没国’。就是没有这一国！”

“嘿，你说你这不是大喘气吗？”

“美国大使馆？我倒是想去呢，够得着吗？真是的。”他梗着脖子说。

“那你的黑车牌子，是怎么回事儿？”我问道。

“你以为就大使馆的车用黑牌儿呢？”他冲我诡秘地一笑，说出了这辆“大奔”是怎么弄到手的。

敢情罗呗儿这两年，一直跟着齐放倒腾古董呢。齐放是1977年恢复高考后的第一批大学生。大学毕业后，分配到国家部委工作，也正是在这时候，他认识了在工商所上班的罗呗儿。后来，齐放受邻居靳伯安的影响，迷上了古董。靳伯安是京城有名的大玩家（收藏家），跟三爷的命运差不多，1959年被打成“右派”，发配到青海，当时刚刚落实政策，在家赋闲。齐放按北京的老礼，给他磕了头，正式拜他为师，学玩古代的瓷器。

那会儿，刚刚经历了“文革”，人们对家里藏着的古董，还心有余悸。同时，改革开放刚开始，受外来文化的影响，年轻人瞅着老物件不顺眼，加上住房紧张，没地方摆放等多种原因，人们急于把家里的老物件卖掉。恰逢琉璃厂的文物商店恢复营业，于是乎，来自全国各地卖古董的人，推着车，拎着大包小包，都奔了这儿，每天，商店门口的长队能排出几百米去。

精明的靳伯安，看准了这个千载难逢的机会，在别人往外甩货的时候，他让齐放拼命进货。因为有靳伯安帮着掌眼，齐放每天都大着胆子，在文物商店门口“切货①”。那些拎包的、推车的，在排队的时候，已然让齐放过了“头水儿②”。他身边有两三个跟包的，谁手里的古董入了他的眼，他便让跟包的把人带到一边砍价收货。

---

① 切货——道儿上的黑话。别人已经谈好或准备去谈的一笔生意，在成交或商谈之前，第三方从中插进来，把人家的货物买走，叫切货。

② 头水儿——指东西要出手找的第一个买主儿，或者知道对方有东西要出手，首先过目。买不买另说，头一个上眼，行话叫头水儿。

等于文物商店收的，有些是他挑剩下的了。收货得需要钱呀，他的胆子透着大，那会儿愣敢以开公司的名义，向银行贷了二十万。二十万相当于现在的二千万！一般人想都不敢想。

齐放绝对是做买卖的料，他入眼的东西，向来出手大方，文物商店收这件古董给二百块钱，他给三百。您说谁不找他去？当时的古董假的很少，他真是抄上一件是一件。后来他收活儿收红了眼，索性辞了职，一门心思吃这碗饭了。后来找文物商店卖古董的高峰过去，他又把目光瞄准了山西、河南、陕西、甘肃等文物大省的乡村。因为成年在外收罗古董，又要照应公司的业务，他很需要罗呗儿这样的人，恰在这时，罗呗儿也在投石问路，两人一拍即合，于是罗呗儿成了齐放手下的干将。

齐放的精明在多条腿走路。他不光盯着碗里的饭，看着盘子里的菜，还瞄着锅里的汤。在玩古董的同时，他跟香港一个古玩商林少雄合伙，注册资金两千万，在郊区买了两百多亩地，开了一个家具厂，起了个洋品牌“罗密欧”，家具不叫家具，叫“家私”。建厂房，进设备，还招了几十号工人，俨然是一家像模像样的合资企业。其实他们根本就不生产任何家具，对外经营的所有家具，都是从广东和福建买的现成的，他们只是倒一下手。您会问了，这不是吃饱了撑的吗？直接开贸易公司不结了吗？

说这话，算您打眼了。敢情他们开这个合资工厂，不过是掩人耳目，其真实目的是走私文物。因为按当时的法律，清末以前的古董，很多都属禁止私下出境的文物。比如您手里有一件清乾隆的瓶子，卖给一港台朋友，他要是在北京的家里摆着，什么事儿都没有，但想把它带到外国、中国香港或台湾地区，必须到文物商店去让专家鉴定。专家说：这个瓶子属官窑，算一级文物，那您就死了这份心，甭打往外带的谱儿了；要是专家说：它是普通民窑，算三级文物，您带出去还有希望，但要有文物商店的证明，俗称“火漆”，也就是在瓷器的底部做个记号。海关凭此对您放行。说到这儿，您就明白他们开家具厂的目的了。

在改革开放之初，外资企业和合资企业相当的牛，不但让人高看一头，而且还能享受到一般国企和民企望尘莫及的待遇，这黑牌车就是其中之一。按规定合资企业根据资产规模，可以配备三辆车或五辆车。当时，不管单位还是个人，买汽车是有指标的。问题是人家合资企业的指标，可以直接从国外买好了，运到北京后换牌子。这样，不但车是原装，还可以免税。

在齐放旗下的，香港罗密欧家私有限责任公司，有三辆车的指标，两辆货车他们给买了，因为拉活儿离不开车。当时，齐放和林少雄的主要精力，都放在淘换古董上，出门就打的，有没有专车，对他俩来说无所谓。所以，另一辆轿车指标一直闲着。偏偏这时罗呗儿来了，知道公司有这个指标，他走了心。他在工商所的时候，为了侍候刘所长，早早儿考下了车本。有本无车，这不正合适吗？看戏嗑瓜子，心闲嘴不闲。他跟林少雄张了嘴，林少雄多会办事？当场答应了罗呗儿，而且还以收藏家的口吻说："要买就买好的，不要怕花钱。"

这不正对罗呗儿的心思吗？这辆车是林少雄在美国帮他买的，花了八万多美元。那会儿美元的汇率是一比九点多。这辆"大奔"相当于用了不到八十万人民币，这还得说是免了税的价儿。要不罗呗儿开上这车牛呢！不过，这牛的背后，是他晚上摩挲着胸口睡不着觉，因为买这辆车，他借了六十多万的债。当然，罗呗儿不会在我面前说这扫兴的话。

其实，开这辆大奔，面儿上看是风光无限，有派，有范儿，牛，实际上是姐儿俩守寡，谁难受谁知道。别的不说，这辆车停在哪儿就是个事儿。那当儿，京城的小轿车统共也就是二三十辆，车越少，越不好停车。怎么呢？大伙儿瞅着新鲜，保不齐碰上手欠的主儿，上手摸，更没准碰上孩子不懂事，拿东西剐几道子。加上胡同窄，来往的自行车，三轮车剐了蹭了的事儿都有可能。罗呗儿的车在家门口停了三天，就让三轮车剐掉一块漆。什么时候剐的，他不知道，剐的人更难找了。到专修店去补漆，花了一千多，让他心疼了好几天。

当年他爹罗爷为了那两辆自行车，专门搭了个棚子。到他这儿，却没钱没地儿为这辆"大奔"盖个车库。没辙，为了保护自己的爱车，他干脆每天晚上都在车里睡了，一天两天好说，十天八天能忍，要是一年到头都在车里蜷着，这滋味也真够受的。我不禁想起了当年罗爷当“团长”的事。想不到这会儿，他儿子也当上了“团长”。

后来，罗呗儿这个“团长”当得腰椎出了问题，走道儿都快直不起身来了。万不得已，他一咬牙一跺脚，每月花一千块钱，专门雇了个在车里睡觉的。当然，更让他闹心的是债主的电话，六十万，他上哪淘换这笔钱去？好在他有齐放这个靠山，来不来就拿齐放说事儿。那些债主看在齐放的面子上，便宽限他日子。但躲得了初一躲不了十五，他一听有人打电话找他，身上就发毛，弄得他快神经了。您说他买这“大奔”，图的是什么？

湘妹子

在罗呗儿看来：人活着，就图混个整脸。什么叫整脸？你有小轿车吗？没有。瞧见没有，我有！你有小轿车，有进口原装的“大奔”吗？没有。好好瞧瞧，爷有！罗呗儿认为，这就是整脸。

的确，住我们那条胡同的人，罗呗儿是第一个买私家车的，而且出手惊人，买的是“大奔”！这辆车到他手里的头一天，他就拉着他的哥、姐和妹妹，到埋他爸妈的陵园。走到坟前，他“咣咣”磕了几个头，一脸得意地告诉他爸妈，他开上“大奔”了！敢情他脑子里，始终没忘当年他摸罗爷的自行车，挨俩大嘴巴的茬儿。现在，他的脸“整”啦。

他开着这辆“大奔”，确实给他提了气，开车在长安街上跑，“丰田”“桑塔纳”“富康”都得给他让道儿，除了政府机关，一般的单位，他的“大奔”照直了往里开，看门的不敢拦。有一次，他的车停在东四北大街的路边，维持交通秩序的协管员过来，数落了他几句，他抬手给了人家一个耳刮子。那人一看他开的是“大奔”，又是黑牌子，挨了这一下，愣没敢吱声，胡撸胡撸脸走了。

当然，这辆车最让他受益的是，蒙到手一个黄花姑娘。这是个湘妹子，二十岁出头，模样儿还说得过去，有七八分姿色，身条也顺溜，说是酒楼的服务员，但我看她的举止言谈，像是歌厅的小姐。但甭管她的出处，她死心塌地非要嫁给罗呗儿。当时，罗呗儿都奔“四张儿”了，长得一副萝卜样儿，还有媳妇有孩子。您说这湘妹子看上他什么了？不就是这辆“大奔”吗？

“大奔”确实把这湘妹子唬住了。赶到后来跟罗呗儿结婚过日子，她才明白那辆“大奔”敢情是道具。开着“大奔”住胡同里的小平房，家徒四壁，他穷得只剩这辆“大奔”了！有揭不开锅断顿的时候，湘妹子难免抱怨。罗呗儿有绝的，只要湘妹子小嘴一噘，他便让她坐着“大奔”满城兜风，直到湘妹子过够“大奔”瘾，脸上有了笑模样，才打道回府。

那天，“明珠海鲜”的这顿饭吃得我心里挺不痛快。我没想到罗呗儿跟秀儿真的离婚了。

“这有什么不痛快的？旧的不去，新的不来嘛。”罗呗儿的脸上流露出满不在乎的神情。

“是不是你先把小芳拐到手，才跟秀儿提出离婚的？”我问道。

“别逗了，是她不愿跟我过了。你怎么忘了两年前的事儿？”他咧着嘴对我说。

我猛然想起两年前，罗呗儿跟秀儿她爸的保姆小霞瞎勾搭的事儿。“唉，甭管怎么说，也是你的原因。”我瞪了他一眼，问道，“你们什么时候离的？”

“一年多了。协议离婚，好说好散。”他说。

我叹了口气，问道：“孩子，罗毅归谁了？”

他苦笑道：“那是她的命根儿。我不会跟她争的。我想得明白，孩子跟谁，也姓罗。”

“又娶了个小的，是不是还想再生一个？”我烧了他一句。

“得，您饶了我吧！还生？我有病呀？现在我算活明白了，娶媳妇就是一乐儿，我还指望她怎么着呢？别逗了。一块堆儿待着，觉得有意思，就过。觉得没意思，扯什么扯呀？拜拜了您呐。这会儿离婚多省事儿呀！协议。甭打，商量着来。只要双方都点头，就齐活了！”他振振有词地侃侃而谈，说得好像小时候玩过家家儿那么简单。

“俗，说得真俗。”我挤对他一句。

“算你说对了！我压根就是一个俗人。可我说的都是大实话，什么《春江花月夜》，什么《梁祝》《良宵》，都是你们这些文人墨客吃饱了没事儿瞎编出来的。世上哪有什么纯洁的爱情？那些漂亮姑娘，哪个会喜欢叮当响的穷光蛋？钟学秀为什么跟我离婚？不就是因为我辞了职，没了铁饭碗，又没个好爸爸，穷吗？那个湘妹子为什么非要跟我结婚？嘿嘿，哥儿们有辆“大奔”呀！一辆‘大奔’，八十多万呀！”

“三句话不离你的‘大奔’了，真是的。后来绊住你的那个川妹子小何，让你怎么给摆平的？”我问道。

“我找人把她，还有她老公给收拾了一顿，全老老实实歇菜了。北京的爷们儿只要一出手，这些外地帽儿就屎壳郎爬玻璃，没的抓挠了。在我身上诈和儿，那不是找不自在吗？”

“你又牛了？忘了人家拿刀动杖，找你麻烦的时候了。”我哂笑道。

“嗐，对付这类臊干，必须来硬的。只要你一软，她们就蹬鼻子上脸。头年，秀儿她爹也死了，他们家人也甭惦记着老爷子的‘活存折’了。秀儿还算够局气，知道我混得没她好，孩子的抚养费也不要我的了。嗐，我现在跟钟家，已经没任何关系了。”他看了我一眼，淡然一笑道。

“没一点儿留恋之情？秀儿这人不错，我一直觉得你挺对不住她的。”我说。

“嗐，谈不上谁对不起谁。真的。结婚离婚，就那么回子事儿。你真的别把它看得太认真了。”

“秀儿跟你离了以后，没再找吗？”

“你怎么老跟我提她呀？我不是告诉你了吗，我跟钟家已经没任何关系了。”罗呗儿像被什么虫子蜇了一下，腾地站了起来，冲着我大声说。

“有没有关系，我问问不行吗？”我瞪了他一眼说道。

他哼了一声，说道：“现在不是有这么一句话吗：破锅自有破锅盖，啥人自有啥人爱。她当什么锅盖，找不找锅，碍得着我什么啦，你说？”

“得得，咱不聊这些你不受听的了。说说你找我有什么事吧？”见他动了气儿，我往回找补一句。

“干吗？一说找你，就有事儿呀？护国寺卖骆驼，没那个事（市）！咱哥儿俩好长时间不见了，一块堆儿坐会儿，喝点儿酒聊聊天怎么啦？怀里揣老玉米，不肯（啃）是不？”他的嘴咧得像刚出锅的烧麦，连着说了两句俏皮话，一副没茬儿找碴儿要叫板的劲头儿。

看他要炸刺儿，必须得拍板砖了，否则拿不住这小子。我腾地一拍桌子，厉声对他说：“你要干吗？想咬我一口是怎么着？有一辆破车，北京城装不下你了是不是？怎么说话呢这是？你约我过来，是要碴架对吗？”

“你瞧这事儿闹的，咱俩谁跟谁呀？我不是那什么……”我这一横，他那儿立马儿认怂。他赶紧赔着笑脸，拿好话甜乎我，“得嘞嘿，大人不记小人过，您干什么事儿都那么较真儿。”

“你那什么呀？今儿没喝酒呀？说话怎么带着醉味儿？”我数落他一句。

他给我的杯子里斟满酒，换了个话题说：“白姥姥那儿还去吗？”

“嘿，刚想起她来呀？我记得每次咱俩见面，你都先提白姥姥和她的猫碗呀？”我想了想说。

“嗐，这老太太属山核桃的，你不敲它不出来。还弄点子额外条件，你说我要买你的碗，你让我弄什么三爷四爷的进京户口干吗？诸葛亮牵猴儿，这是哪一出呀？”

“哪一出？我还没找你算账呢？给我这儿瞎码棋，整出个你们所长的老丈人。让我怎么夸你吧？”

“当时瞅着是个鸡肋，冒傻气了。”

“你知道是鸡肋还让我去啃，安的是什么心呀？”我烧了他一句。

“这老太太心眼儿忒多，怎么样？你的十八般武艺，在她那儿也没戏吧？刺儿梅，我是不敢碰她了，扎手。”

“那碗，你也不想要了？”我将信将疑地问道。

“以前我是蛤蟆跳井，不懂（扑通）。由打跟齐老板玩上古董以后，一天到晚见到的好玩意儿多了。我还在乎她那个破碗？让老太太歇菜吧！”

“合着把我撂在里头，你蔫不出溜撤了？”我有意逗了他一句。

“你也撤吧，有那闲心，找个妞儿陪你玩玩，你说跟一个糟老太太起什么腻呀？”

看来他是对那个猫碗真不感兴趣了。我淡然一笑道：“我可没‘大奔’，湘妹子看不上眼儿。”

“您别烧搭我了嘿。”他挤咕了一下小眼，笑道，“老太太那儿能闪就闪吧，你那么忙，哪有工夫陪着她磨牙呀！”

“嘿，你瞧这事闹的，我成闪电了，你叫我闪就闪是吗？我还怕闪了腰呢？”我跟他逗了个闷子。

罗呗儿的嘴像漏勺，我不想让他知道我跟白姥姥走得很近，去青海的事儿，更不敢告诉他了。

这顿饭吃到最后，他才说出请我的目的：“你这个作家，不是一直对收藏感兴趣吗？得空儿你应该会会齐放齐老板。他出道早，收藏的东西多，肚子里也有玩意儿。采访采访他，保证能让你出篇好东西。”

“干吗？又给我派活儿是不是？”我瞪了他一眼说。

其实，我对齐放早有耳闻，齐放的夫人是一家杂志社的编辑，我们早就认识。采访齐放，我还用罗呗儿张罗？齐放做人做事比较低调，一直回避记者和作家。估计罗呗儿是想讨好齐放，又把我抬出来，在这儿瞎码棋。

置换

知道罗呗儿离婚之后，我特想见到秀儿。不知为什么，我总感觉秀儿在和罗呗儿的婚姻上，有一种被愚弄的味道。虽然罗呗儿说协议离婚，他没占到什么便宜，但是在我看来，受到伤害的肯定是秀儿。

我想起两年前和秀儿见面的情景，她那时就已经对罗呗儿失去了耐心，而且对婚姻好像也失去了信心。其实，他们的婚姻本来就没有爱情的底子，一趟北戴河，闹着玩似的，就把婚给结了。秀婚嘛。我以为正是这种大大咧咧的婚姻，才应该牢靠呢。那种一开始就认认真真的婚姻，反而禁不住磕碰。但没想到他们的婚姻，会在半道儿上搁菜。

我打电话约了几次，秀儿才答应见我。电话里，她显得有些勉强。其实，我想见秀儿还有另外一个目的，那就是想让她哥学刚在三爷的户口上，帮忙想想别的辙。秀儿当然不知我的这个用意。

我提出请她找个饭馆吃饭，被她一口回绝了："我不喜欢吃外面饭馆的饭菜。还是上我们的饭店喝茶吧。"她在电话里说。我只好依着她了。

不知怎么搞的，在见秀儿之前，她在我脑子里整个儿是祥林嫂的形象，黯然神伤，面带菜色，憔悴不堪，一副霜打雪欺的样子。所以，我把从青海买的、本来孝敬母亲的冬虫夏草找出来给她带上了。我心想，拿这个当见面礼，给她补补身子比较实用。

想不到我的良苦用心，到了她那儿成了笑柄。秀儿跟我想象得简直判若两人。要不是她一连喊了我两声，我几乎认不出她来了。她拉了双眼皮，鼻子垫高了，脸上还做了拉皮，下巴变尖了，体型也变丰满了，面若桃红，如沐春风，一看便知最近运气不错。还祥林嫂呢，她二姨的影儿也找不着呀！我心里说。

她所在的那家饭店新装修了，"三星"变成了"四星"，二楼开了个茶馆，环境优雅安静。她找了两个茶座，本来小姐要给我们演绎茶道的，被她支走了，她单点一壶"龙井"，这样聊天方便些。

寒暄过后，她问我是不是罗某人让我来的？罗呗儿在她这儿现在成了罗某人。我笑道："他还没权力指挥我。没什么事儿，知道你离婚了，过来看看你。"

"嚯，想不到你对我还挺关心。"她淡然一笑说。

"不是有罗呗儿这层关系嘛。说真的，我总觉得这些年，罗呗儿挺对不住你的。"我迟疑了一下说。

她不以为然地说："我跟他，谈不上谁对不起谁。你是不是觉得，离婚对于我来说挺无辜的？"

"那倒不见得。对没有爱情的婚姻，离婚也许是一种解脱。"

我含蓄地笑了笑说。

“真是文人说出来的话。都什么年代了，你居然还相信爱情？”她奚落了我一句，顿了一下，她意犹未尽地说：“我一直认为，爱情是小说里才会有的，都是你们这些文化人编出来的，所以骗骗中学生还可以。我这岁数还谈爱情，简直是天方夜谭。你说实话，你是不是以为，点儿背的人才离婚？而且女人一旦成了寡妇，特悲惨，特值得人们同情呀？”

“不过，看你现在这样，你倒应该同情我了。”我笑道。

“你呀，不是我说你，还是文化人呢？思想观念，生活观念已经落后了。改革开放，思想也应该解放了，现在别说离婚，闪婚都不新鲜了。”她嘿然笑道。

“看你这劲头儿，我真不敢相信你刚离过婚。”我端视着她，笑道。

“怎么叫刚离呀？我结婚都快一年了！”她斜睨了我一眼，嗔怪道。

“什么？你都结婚了！”我惊诧得几乎叫起来，这时，我才发现她的无名指戴着一枚钻戒。

“有什么大惊小怪的？离婚、结婚这不是很正常吗？”她莞尔一笑道。

“新郎官是干什么的？能告诉我吗？”我笑着问道。

她扑哧笑了：“都是‘二锅头’，还新郎官呢？你别跟我逗闷子了好不好？我嫁的这个人，你可能还认识呢。”

“谁呀？”我诧异地问道。

“罗某人没跟你说过吗？他原来单位的头儿。”她非常平静地说。

“什么？是那个姓刘的所长？”我匪夷所思地问道。说实在话，秀儿能跟他勾搭到一块儿，真出乎我的意料。我猛然想起他带着罗呗儿到歌厅泡妞儿的事儿。世事难料呀！谁能想到他把秀儿给“泡”了呢？

“你跟老刘见过面吧？”

“见过一次面，但对他印象不深。”我随口说道。

“老刘这人挺不错的。在罗某人跟那个小保姆鬼混、我心里非常失落的时候，人家老刘主动安慰我，请我吃饭，看电影，到歌厅唱歌，还每天帮我接送孩子。我的孩子上重点中学，也是他帮忙找的人。我一想，他做的这些，不是当老公该干的事儿吗？既然罗某人已经移情别恋，跟那个小保姆在床上滚了，我还跟他腻歪着什么劲儿？再说，我这儿也有现成的老公了，干脆点吧，‘咔嚓’，一刀两断了。”

“罗呗儿知道你跟他走到一块儿了？”我沉了一下问道。

“知道了又能怎么样？不过罗某人比我开通，他跟老刘说这叫置换。我们的婚礼，他还参加了。这小子找人给我们写了一幅字：‘月圆月缺连天意，花开花落接地气。’你说这不是添堵玩儿吗？”

我笑了笑说：“其实，写的是什么意思，他也未准知道。怎么样？跟老刘的日子过得还舒服吧？看你这精神状态，肯定错不了。”

“跟他结婚前，他就从工商所辞职了，后来自己开了个通讯公司，专门卖BP机。”她拿出一个“摩托罗拉”BP机，在我面前炫耀。

当时，BP机刚刚问世，还没普及。我拿过来，看了看说：“干这个，肯定发财了吧？”

她笑道：“他的一个大学同学是干这行的，有他关照，生意还行。你们当作家的，也应该配这么一台。”

“好。什么时候配，我就找他去。肯定会优惠是不是？”我随口搭音说。

“敢情！”她颇为得意地撇了撇嘴说。

我跟她又东拉西扯聊了一会儿，才说出找她哥帮忙的事儿。她倒是蛮大方，当着我的面给学刚打电话，让我跟他约好见面的时间地点。

从打电话的吧台回来，她从包里拿出化妆盒，旁若无人地在脸上施了点粉，又抹了抹口红。敢情晚上有饭局，一会儿老刘开车来接她。等她化好妆，我赶紧跟她告辞。

“我在这儿碍眼了。”我知趣地说。起身的时候，我摸了摸包里的冬虫夏草，不禁哑然失笑：多亏没拿出来，要不，得让秀儿笑掉几颗牙。

走到一楼大厅，我突然发现咖啡厅门口站着一个人，大老远地死死地盯着我。这人中等个儿，不胖不瘦，尖嘴猴腮，秃顶，戴着眼镜，穿着一身深灰色的西装，看样子有五十多岁。我猛然一惊：他是不是那个刘所长？

我装作什么也没瞧见，迈着四方步走出饭店，然后兜了一个圈儿，躲在停车场的边上。果然，没过一会儿，秀儿挎着他的胳膊走出饭店，俩人透着恩爱，来到停车场，在一辆黑色的“桑塔纳”前站下，然后俩人分别上了车。在“桑塔纳”开出停车场的瞬间，我突然想起罗呗儿的“大奔”。难道这小子是冲着这辆“桑塔纳”才买的？

人真的不可貌相。论长相，论个头儿，这个看上去整个儿一个小老头儿的刘所长，比罗呗儿差远了，但秀儿偏偏喜欢上他啦。

看上他什么了呢？她可是跟我一个劲儿地表白，从来不相信爱情。哦，置换！我想起刚才她告诉我的那个词儿。

白姥姥杂碎

本来跟钟学刚约好，在他们单位旁边的“东来顺”吃涮肉，但他又临时变卦了。我猜出他是怕同事看见，有些事儿说不清。这人非常克己，做事忒谨慎，我只好改戏，约他到“瓜条”开的那家酒楼，吃白姥姥传授的杂碎。这回他没意见了，因为他认识“瓜条”，而且也喜欢老北京的吃食。

我没想到“瓜条”开的酒楼会这么火。还不到饭口，门口就有排队等座儿的了。这种场面在京城餐饮业并不多见。改革开放以后，京城发展最快的就是餐饮业，北京人喜欢吃，粤鲁川淮“四大菜系”，各地的风味菜肴在京城大显身手，各种档次的饭馆酒楼在京城遍撒芝麻盐，只要手里有银子，北京人最不用发愁的就是下馆子撮饭，但像“瓜条”开的这家饭馆这么火的并不多见。

“瓜条”去海南了，饭馆的经理德子认识我，单给我和学刚留了个包房。德子三十出头，长得挺帅，人也机灵，他原来在大饭店当服务员，后来辞职跟了“瓜条”。

看我对饭馆的火爆有些不解，德子告诉我：火的原因是这儿的老北京菜做得地道，价钱实惠，尤其是看家菜“白姥姥杂碎”，好多人都是奔着这口儿来的。光“白姥姥杂碎”每天得卖出上千碗。

“‘酒香不怕巷子深’，从开张到现在，没做过任何广告宣传，您瞧，每天都有几十号人等座儿的。有的老人住郊区，坐两三个小时的公交车，专为吃这碗杂碎。”德子笑道。

“简直让人难以想象。”我感慨道。说心里话，我真没想到白姥姥传授的杂碎，在这儿会成了“白姥姥杂碎”，而且成了酒楼的看家菜，一天能卖出一千多碗。“瓜条”真是太会做生意了！这让我想起了轰动美国的“李鸿章杂碎”，简直是异曲同工呀！难道“瓜条”去过美国？我一时还真弄不清是“瓜条”借鉴了“李鸿章杂碎”的奇思妙想，还是因为这杂碎确实好吃，吊人胃口？

“汤总有交代，您是贵宾，什么时候来了，都得特殊招待。”德子一边说一边点菜。他倒蛮实在，把我和学刚当成了大肚汉，一气儿点了十多道菜，还多是龙虾、海参、鲍鱼之类高档次的。

学刚把他拦住了：“我说经理，点那么多，你打算把我们俩的肚子照破了揣呀？到你们这儿是冲着老北京来的，你弄点子海鲜干吗？”他到这种地方向来穿着便装，所以德子看不出他是警察。

“不好意思，那您自己点。”德子非常得体地笑了笑。

学刚要过点菜的菜谱，嘁哧咔嚓把海鲜全砍了，换的是爆肚、麻豆腐、炒肝、酥鱼这样的老北京风味菜，当然少不了“白姥姥杂碎”。“先来一碗尝尝，对口儿，再申请来一碗。”他不苟言笑地对德子说。

因为设饭局，做东的是主，受请的是客。按老北京规矩，点菜，“主”得尊“客”。所以，刨去忌口的之外，他点什么，我随什么。

学刚话不多，但一张嘴净来冷幽默，“白姥姥杂碎”上桌后，他拿起勺子，三嘴两嘴就把它连嚼带喝弄进肚儿。没等我问他，他就吧唧吧唧嘴，说道：“不错。喝出点儿白姥姥味儿来了。”

其实，他跟白姥姥压根儿没见过面，白姥姥什么味，他只是随口那么一说。不过，“白姥姥杂碎”确实对他的口儿，那天赶上跟我当“贵宾”，一气儿喝了三碗。本来他还点了碗炸酱面，末了儿没肚子了。

我吃了一碗杂碎，在味道上感觉比白姥姥单给我做的，差得不是一星半点儿，但是原料一样不少，做法也对路，这道菜的魂儿体现出来了。也许这就是小灶和大锅的区别，您想，做上千碗跟做几碗，出来的品质能一样吗？但这我哪能说给学刚呀？只能自己偷着乐了。

看他对杂碎吃得那么美，我不失时机地说出了请他吃饭的目的。当然，他也知道我今天不是单为了请他吃“白姥姥杂碎”的，所以听得很认真。

说实话，请学刚帮忙，是给三爷办回京户口的最后一步棋，不到万不得已，我不会走这步棋。自从韩鸣启带着云霞到北京看病，我便感觉到走平反昭雪这条路实在太难了，虽然胡胖子满应满许，到时出面帮着打这官司，但我等不起，三爷更等不起。

怎么办？我想来想去还是觉得，在北京给三爷直接找个接收人更省事。这不等于绕了一圈儿又回来了吗？可不回来，没有别的辙呀！找谁来当这个接收人呢？三爷的兄弟姊妹肯定不行，向后退一步，我都想到了他们的下一代。但末了儿我还是放弃了，彭家的人实在是不敢沾呀！

有道是：天无绝人之路。在思来想去掰不开镊子的时候，我的脑子里突然蹦出一个念头：我以他的义子或干儿子的身份，当他的接收人行不行？根据三爷的经历，他年轻的时候就跟家里断绝了关系，这些年一直是一个人生活，我作为他的义子，为什么不能接收他的户口回京呢？这个想法让我激动不已。

随后，我把这个念头跟夫人说了。她也觉得，在“山重水复疑无路”的情况下，这倒也是一招儿。但能不能看到“柳暗花明”，我心里没底，她心里更没底，这事儿只能求助学刚来把脉了。

既然都想当三爷的干儿子了，所以在学刚这儿，我也不想隐瞒什么，把知道的有关三爷的情况，竹筒倒豆子，一股脑儿地都说了出来。

学刚听完，又问了我几个问题，沉吟半晌，说道："以他干儿子的名义做他的接收人不是不行，但有些关键性的问题要说清楚，当然，派出所也不能仅凭你这么一说，还要做进一步的调查。"

"都有哪些问题呢？"我犹豫了一下问道。

他想了想，不紧不慢地说："比如你是他的干儿子，是认的还是拜的？磕过头没有？有没有文书或证明人？等等。再比如，你说他从年轻的时候就跟父母断绝了关系，现在跟他的直系亲属没有任何往来，谁来证明？怎么证明？还有，你做他的接收人，你们单位是什么意见？你的家属和单位也要拿意见，这些都不是说句话表个态的事儿，必须要有字据、出证明的。"

"我的妈呀！这么复杂！"我叹了一口气说。

"没办法，户籍制度的规定就是这么烦琐，主要是对当事人负责。人上岁数了，万一出点事儿，总得有人管不是。"他一本正经地说。其实这些都是冠冕堂皇的废话，谁还不懂这些？

我看了他一眼，直截了当地问道："您就告我一句话，这么做行不行？只要您说行，以前有过先例，其他的我觉得都好办。"

他眨巴了一下小眼，微微一笑说："应该可以。但具体程序，要办什么手续，我回去再跟主管所长问问，你听我回话吧。"

"太谢谢您了！这事还得让您多费心。"我长长地出了一口气。

"跟我你还这么客气？"他笑了笑说。

我跟他快要走出酒楼的时候，碰上了"汤泡饭"。老爷子是陪他们那个京剧票房的人到这儿吃"白姥姥杂碎"的。他像被什么东西烫了一下似的，一惊一乍地说："哎哟喂！您瞧这事闹的，前两天还念叨您呢，今儿就在这儿见着了。什么叫缘分呀？真的！您可忒不禁人念叨了嘿！"

"什么事呀汤叔？"我赶紧接过话茬儿。

"嗐，北岳先生，还记得吧？您采访过他呀！后来您忙，把写他的事儿交派给一个年轻记者了对吧？您猜怎么着？这小记者采访了他一次，就肉包子打狗，再也没露面儿了。"他亮着大嗓门儿，震得我的耳朵直嗡嗡。

“是吗？这些日子太忙，我也没顾上问。得，这事您甭管了，我回头问问怎么回事儿。不行我自己动笔吧。”我带着歉意说。

“哎！这就对喽，还得您出马。别说，就您的笔头子硬。别人写不出北岳先生的味儿来。他可是满腹经纶，肚子宽绰。玩意儿要是丢了，怪可惜了儿的，尤其是那些古琴曲。听我的没错儿大侄子，就得您亲自访访他。别人？拉琴的丢唱本儿，没谱儿。”他冲我挤咕着眼睛说。

“得嘞。您别一个劲儿给我戴高帽儿了。放心吧，我一半天就过去。”我笑着说。

“嗯，真给你汤叔面子。”他扭脸见学刚去了洗手间，凑到我跟前，压低声音说：“知道我为什么着急吗？老爷子得癌了。”

“是吗？什么癌？”我听了，吃了一惊，诧异地问道。

“是膀胱还是前列腺呀，我也说不清楚，反正得的是不治之症。所以，我说趁他这会儿脑子还清楚，得麻利儿的。等他真躺医院里，黄花菜都凉了，懂吗？”他见学刚走过来，没再往下说。

我也换了个话题：“这儿的杂碎，您吃着怎么样？”

“嗐，不就是奔着它来的吗？票房的老哥儿都是老北京的吃主儿。我也是想让他们给这道菜量量活儿，过来尝尝。大伙儿评价挺高，味儿还算地道吧。”他看了学刚一眼，笑道。

德子在一旁对学刚道：“这位先生也给指导指导。”

学刚矜持地咧了咧嘴道：“别让我指导。什么事儿，我一指，就倒。”

这句话把德子给逗乐了：“瞧您说的，那不成神仙啦？”

他一边说着客气话，一边把我和学刚送到酒楼门口。

第二十三章

羽化

“汤泡饭”（请原谅我爱说胡同老人的外号，不是我不懂老礼儿，而是觉得叫外号亲切）跟我透露的北岳先生得癌的事儿，让我感到非常惊异。记得两年前到他家采访时，老爷子看上去身子骨儿挺结实呀，而且慈眉善目，脸色光润，精神矍铄，一点儿没有病的迹象。老爷子的那种达观知命、宽宏疏朗的心态，让我记忆犹新。怎么好端端地得了这种病呢？

我猛然想起罗爷“走”了以后，他跟我聊罗爷时说过的一句话：“人生苦短，人生也无常，阎王爷常常在你不留神的时候，把你叫过去。”难道该轮到阎王爷叫他了吗？我心里不由得打了个激灵。

当然，不能等阎王爷叫他的时候我再去拜访他。我已然在汤爷那儿许了愿，自然到我这儿不能“汤泡饭”啊。两天以后，我来到那个快让人下不去脚的大杂院，在那个长着一棵老槐树的小屋，见到了北岳先生。

出乎我意料，北岳先生并没有我想象的那么一副病容。大概有两年不见了，他的模样儿确实比我见他的头一面显得有些老态，但还不至于“龙钟”，那是一种典型的成熟的老态，像秋后的谷子或高粱，尽管颗粒饱满，却直不起腰来了。他依然保持着两年前的蔼然神情，但头发已经全白，人也瘦了许多，可能是牙已掉没了，两腮也往里嘬了，不过他的眼睛有神，面容慈祥，说话还有几分底气，不像有大病的样儿。我甚至怀疑“汤泡饭”是不是在跟我谎报军情。

虽然两年不见了，但北岳先生见了我，依然透着亲切。他略显谦卑地笑道：“承蒙您还记得我。让您费神了。”

我用事先编好的理由跟他解释这两年为什么没过来看他。他似乎并不在意，非常宽厚地笑着表示理解。我跟他聊起那个采访他的记者对他的半途而废，向老先生道歉。

“这我哪儿承受得起呀？快别这么说。古曲这东西，是显得有些生涩，不入门听不懂。其实，门里门外就隔着一层窗户纸，一捅就破。可能您找的这个记者年轻，这两年让港台流行音乐闹的，小伙子对老曲子不受听，情有可原。真的，不怪他。那天，票房的老汤来看我，还聊起这事儿，我说不碍的，保不齐哪天你还会过来呢。您瞧怎么样？让我说着了吧！”他说到这儿，径自笑起来。

“是呀，我一直惦记着您这事儿呢。”他把我也给逗乐了。其实这句话，我的嘴没对着心。

他苦笑了一下说：“您的心里还能记得我，就已经让我感动不已了。”

他搬过杌子让我坐下，又张罗着给我沏茶。我突然发现桌子上没烟灰缸了，闻了闻，屋子里也没烟味儿了。“怎么，您戒烟了？”我纳着闷儿问道。

“是呀，人老了，身体的零部件也都不跟劲了，头年咳嗽得厉害，大夫下了最后通牒，必须戒烟。没辙，这烟我抽了五十多年，让我‘咔嚓’一下戒了。”他用手在脖子上比画了一下，笑着说。

“您可真有毅力！我不会抽烟，但听说戒烟挺难的。”我笑道。

“是这话，但一个人如果连戒烟的毅力都没有，您说他还能干什么事儿呢？”他喝了口茶，说道。

“嗯，这话听起来容易，但只有经历过大风大浪，受过磨难的人，才会说得出来。”我沉思了片刻，说道。

“哦，这话也让您看出深沉来了？”他脸上流露出慈祥的微笑，不紧不慢地说，“其实，生活中的很多事是逼出来的。人戒不了烟，是没到威胁生命的那一步。如果选择抽烟，还是选择死，让您当机立断，我想没有一个人会选择抽烟，您说是不是？”

“那倒是。”我随声附和道。

“不过，您说得非常对，人的意志力，或者说人的性格改变，确实需要一番磨炼。您瞧我现在的性格是不是看着很温和？”

“没错儿，您长得就面善。”我笑道。

“现在别说有人瞅着我不顺眼，跟我瞪眼犯秧子，骂我几句，就是上来给我几个耳刮子，我都不会跟他急跟他恼的。”他看着我意味深长地说，“年轻的时候我可没这涵养。北京人的爷劲儿您应该知道，爷劲儿上来，动气儿使性儿，概儿不吝。为这，我不知吃了多少亏！”

“后来怎么变了呢？”我笑着问。

“五十多岁的时候，我在青海认识了一个猎户，他养了两只鹰。这两只鹰岁数有五十多，对他很忠诚，他也不拴着它们，白天就任它们自由自在地飞出去找食，晚上它们就乖乖地飞回来。当然他骑马出去打猎的时候，鹰就会跟着他。看见这两只鹰，我自然就想起老北京人的‘熬鹰’。鹰是有野性的，要想驯服它，必须得黑白天睁着眼守着它，起码半个月，它才能听你的话。”

“这就是所谓的‘熬鹰’是吗？”我插话问道。

“对，”他点了点头，继续说，“跟这位猎户熟了，他时不常地给我讲点鹰的故事。敢情这鹰是有二次生命的。在动物世界，鹰的寿命算是高的，没病没灾能活到七十多岁，但它活到四十岁左右便开始老化，鹰的嘴变得又长又弯，快能碰到胸脯，爪子又粗又硬，捕捉猎物非常吃力，翅膀变得十分沉重，因为它的羽毛又浓又厚，飞翔很费劲，干脆说，有点儿像咱们人老得走不动道儿的地步了。这时候，鹰面临着两种选择。”

“哪两种？”

“一种是耗着等死，另一种是进行蜕变。这种蜕变是非常痛苦的，可以称得上是凤凰涅槃，浴火重生。它要飞到山顶，在悬崖上筑巢，先用嘴狠命地敲击岩石，直到喙完全脱落才善罢甘休，然后，它就静静地等着新的喙长出来。新喙长好后，它把爪子上的指甲，一根一根地拔出来。新的指甲长出来，它便开始把所有的羽毛拔掉，直到它长出新的来。经过大约一百五十天的自我磨砺，鹰如获新生，可以重新展翅飞翔。”

“这么说，它还能活剩下的三十多年。”我问道。

“是的。那个猎户养的两只鹰，就是经过这种磨难，重新飞翔的。”他咳嗽了几下，定了定神，接着说，“您猜怎么着，我听了这个故事，回想起这大半辈子走过的路，有天时和运气的成分，但天时是牌桌，命运负责洗牌，真正玩牌的是我们自己，所以混成什么样，谁也不能怨。其实，怨只能给自己找不痛快。有那怨的时间和精力，重塑自己，过好生命的后几十年，不是更好吗？我回过头再看看猎户那两只鹰，它们重生后活得多潇洒！我恍然大悟：要想真正改变自己，得像鹰这样磨砺自己，浴火重生。您说巧不巧吧，恰在这时候，我遇上了玩古琴的杜宗颐先生。有时我在冥冥之中想，这会不会是上天的安排呀？什么叫缘分？就是在最意想不到的时候，遇上了一个最意想不到的人。”

“您是跟杜先生学的古琴？当时您已经五十多了吧？”我想了想，问道。

他蔼然笑道：“你是想说，五十多了还能学玩意儿对吧？”

“是呀，这是扬手是春，落手是秋的年龄。”我笑了笑说。

他笑道：“许多人都会有这样的疑问。但我告诉你，只要心沉静下来，甭管什么岁数，都能学会古琴。何况我还有年轻时候在票房给唱岔曲的弹三弦的底子。”

“玩古琴跟您想浴火重生有什么关系？”我惑然不解地问道。

北岳先生笑了，沉了一下，说道：“恐怕十个人有十个人会提出这个问题。这说明人们对古琴了解得太少了。为什么我说古琴让我浴火重生了呢？弹古琴，要心无旁骛，心绝对要沉静下来，沉得纹丝不动，静得阒然无息。心如止水，心境合一。在这种状态下，您才能进入琴弦和韵律的世界，领略古琴的奥妙。”

“这也需要修炼呀！”我说。

“是这话。这完全是内功，比鹰脱皮换羽毛要难多了。您大概知道佛教修禅吧？达摩面壁十年才悟道，为什么？人要做到心如止水，心境合一，实在实在太难了。不信，没人的时候您试试看，您屏气凝神，专守意念，能静心待上两分钟，就算您有悟性。太难了。”

“弹琴如此，听琴的人是不是也要这样把心沉静下来？”我笑着问道。

“当然，古琴，说白了是在跟古人对话交流，随着韵律，您回到了两三千年前了，您想您的心不静下来，能做到吗？”他给我杯子里续了点水，自己也喝了一口，慢条斯理地说。

我突然想起“赋尧琴”的掌故，问道：“这琴只能明着听，还不能偷听是不是？偷听会断琴弦，真有这事儿吗？”

他笑了笑说：“老北京有个相声段子，叫《赋尧琴》，说这主儿夜深人静，正赋《孔仲尼叹颜回才高命短》，这是最苦的一段琴曲。赋着赋着，突然有人偷听，琴弦‘嘎巴’断了。逗哏的说：偷听的这主儿也会赋尧琴。捧哏的问：他会什么曲子？逗哏的吹了半天，最后一抖包袱：敢情‘噌噌噌’，他是弹棉花的。这是说相声的，逗大伙儿一乐儿而已。赋尧琴，也叫扶瑶琴或扶摇琴，这里也有不少典故。”

“都什么典故呢？”我问道。

他想了想说：“比如岳飞有首词叫《小重山》，里面写道：‘昨夜寒蛩不住鸣，惊回千里梦。已三更，起来独自绕阶行。人悄悄，帘外月胧明。白首为功名。旧山松竹老，阻归程。欲将心事付瑶琴，知音少，弦断有谁听？’这个典故说的是‘付瑶琴’，等于说岳飞把自己的心事都在瑶琴里说了，但知音太少，弦断了都没人听。”

“说得是挺悲的。”我说。

“但我们说的古琴，跟瑶琴是两码事儿。瑶琴是竖琴，立着弹的，古琴是平置的，也就是横着弹的。因为有七根弦，所以又叫七弦琴。”他点拨我说，“为什么叫古琴？因为它是现存最古老的弹拨乐器之一。”

我笑道：“听您聊得我心痒难耐了，您是不是弹一曲，让我也养养耳朵？”

他迟疑了一下道：“不承敬意，受您高抬。但今天这种气场，不易操琴。改天吧。等我和您的心沉静下来的时候，我再给您献技。”

他说话客气得有时让我难以承受。但看得出来，他不是虚情假意。

琴人

我有时静下心来想，跟北岳先生聊天，是一种文化享受。他阅历丰富，知识渊博，谈吐自如，气定神闲，不知不觉就把你带到他的气场中，让你跟着他的思维在动。但是像写文章一样，他聊天时可以海阔天空，大开大合，但始终不离古琴这个主题，说着说着又绕回到这儿了。跟他聊了五六次，我大概知道了他学古琴的经历，以及要找人替他写有关古琴文章的初衷。

他是“反右”时发配到青海的。据他说，当年北京发到青海的“右派”有几万人。因为他一直单身，刑满后就留在农场了，在这时候，他认识了同样刑满留在农场的杜宗颐。

杜宗颐比他大几岁，也是老北京，但他经历很曲折。他是燕京大学毕业的，但毕业那年正赶上国民党军队抓壮丁。本来那名额是他弟弟的，但他弟弟胆小，凉锅贴饼子，蔫出溜了。没辙，只好让他顶替。由打穿上了那身“黄皮”（国民党军装），他几乎没打过什么仗，整天跟着国民党的部队节节向南方后退，最后退到了贵州，他们这支部队宣布和平起义。贵州离北京千里迢迢，加上当时战事还没完全平息，他就留在了贵阳。两年后，他娶妻生子，又在一家商业公司找了份工作，就算在贵阳安家了。

杜宗颐的爷爷是老北京有名的古琴大家。受爷爷的影响和熏陶，他从小就玩古琴，念中学的时候就加入了北京古琴研究会。敢情古琴这门艺术里头学问大了，不光会弹，还包括制琴、藏琴、琴谱、琴弦、琴曲、琴史、琴社、琴派，等等。仅琴派就有浙派、虞山、九嶷、广陵、浦城、泛川、诸城、梅庵、岭南等九大流派。同样的古琴曲，不同的流派弹出来的是不同的韵味，甚至老琴和新琴弹出来的韵味也不同。虽说在古琴研究会，杜宗颐的年龄最小，但他操琴的功夫得到了他爷爷的真传，还是受到大家的赏识。

当兵打仗不可能背着古琴。赶到了全国新中国成立以后，生活稳定了，杜宗颐自然又想起他的古琴来。他为此专程回了趟北京。因为家族中只有他继承了他爷爷的古琴技艺，所以他把他爷爷生前给他留下来的琴谱、琴曲老唱片，以及有关古琴研究的古籍，还有三把古琴，等等，装了两大箱子，统统带到了贵州。

遗憾的是，贵州这地方懂古琴的人很少。在古琴的流派中，杜宗颐承传的是“九嶷派”。此派形成于清末，第一代杨宗稷是湖南人，所以取自其家乡的九嶷山开宗立派。第二代是管平湖，是近代全国有名的琴人，其演奏的名曲《广陵散》《流水》等堪称绝响。第三代是女琴人王迪。杜宗颐属于第三代，他爷爷是九嶷派的第二代传人。

杜宗颐玩古琴的时候，全国“九嶷派”传人大概有二三百号，他认识二十几位，但后来有的去了台湾，有的去了国外，有的故去了，他能联系的只有北京的三位、上海的两位。其中，他跟上海的陈寿三联系比较密切，经常通信，他还专程去过两次上海，与陈寿三等琴人切磋琴艺，陈寿三还把他珍藏的、1934年上海百代公司为古琴大家张友鹤录制的十首古琴曲的胶木唱片送给了杜宗颐。

陈寿三是上海滩的老文化人，在一家出版社当编辑，想不到“胡风反党集团案”牵连到了他，他作为重要成员，很快就被捕入狱。他一入狱不要紧，凡是跟他有通信联系的人，都跟着吃了挂落儿，杜宗颐当然也跑不掉。单位一查他的老底儿，他在美国人办的大学(燕京大学)念过书，在国民党的部队当过兵，又发动群众“揭发检举”，凑了一些他的反党言行，最后以“胡风反党集团分子”的罪过判了十三年刑，发配到了青海。

知音

其实，杜宗颐平时老实巴交，属于三脚踹不出一个屁的主儿，胡风是谁，之前，他压根儿都没听说过。您说他冤不冤吧？到青海的第二年，老婆就提出离婚，当然，两个孩子跟了妈。离婚对他来说无所谓，他最不放心的是两档子事儿：一档子是他从北京带到贵阳的两箱子古琴资料，还有那三把古琴，他担心离婚后，老婆找到新主儿，会把它当破烂卖了。

另一档子是他五岁的儿子，小家伙儿从小就对古琴有悟性，两岁的时候，他弹出的曲子，儿子听了居然能掉眼泪。他本想精心栽培栽培这孩子，没想到时不遂愿，自己会成了阶下囚。他挂虑儿子这么好的音乐天赋会被埋没。

没承想，他担心的头一档子事儿竟然真发生了。他老婆离婚后的第二年，就嫁了一个铁路工人，这位“新郎官”在归置屋子的时候，看见了墙上挂着的这三把古琴，前夫留下来的，他觉得碍眼，摘下来扔到了天井。这天，这位铁路工人正准备把那把宋代的古琴劈了，当劈柴烧饭。也是该着这古琴“命”大，他的斧子都举了起来，就要“咔嚓”了，一个邻居喊了一声，把它们给保了。

敢情这个邻居以前经常听杜宗颐弹琴。杜宗颐发配到青海后，给他写过几封信，求他帮忙，把两箱子古琴资料和那三把古琴，给他寄到青海。他一直挂虑着这事，但找不到合适的机会张嘴，今天总算赶巧了。当下找了借口说，他的一个朋友喜欢弹琴，希望把这三把琴送给他。话说到这儿，铁路工人不让他拿走也抹不开面子。邻居当然也没白要他的，把家里藏了几年的两瓶“茅台”给了他。

转过天，邻居把扔在天井落满尘土，当作破烂无人问津的两大箱子古琴资料打扫了一番，又钉了三个木头箱子，装上那三把古琴，一起走铁路托运，发给了杜宗颐。两个多月后，杜宗颐收到这些心爱的宝贝，感动得失声痛哭，在场的人没有人知道这些东西在他心中的地位。

有了这三把古琴，杜宗颐就有了乐儿，时不常在夜深人静的时候，自己偷着爬起来，跑到离宿舍挺远的树下操琴弹唱。劳改农场的宿舍是有当兵的持枪站岗的，最初几次，他都让战士给嗬斥回屋。后来，站岗的战士看他不像是要越狱的，而且他弹的曲子又是那么凄楚悲凉，唤起了同情心，有时，战士听了他弹的曲子，还忍不住落泪。

这事儿，让劳改场的副政委知道了。副政委是文艺兵出身，正想在犯人中挑选会吹拉弹唱的，组织一个文艺宣传队，活跃劳改场的文化生活，于是就把杜宗颐选上了。能进宣传队，让杜宗颐窃喜，毕竟排练节目比在地里干活要轻省多了。他有胃溃疡，人瘦得像豆芽，弱不禁风，下地干活对他来说真是惩罚。

进了文艺宣传队，他也发了愁，因为副政委并不懂古琴，以为它就是一般的弹拨乐器，所以让他用古琴给“青海花儿”（民歌）、民族舞蹈和戏剧伴奏，您说这不是乱弹琴吗？杜宗颐为了能留在宣传队，只好滥竽充数，这也是不得已而为之。

但很快被别人发现，副政委一怒之下要把他开除出宣传队。他抖了个机灵说，别的弹拨乐器也会。果然，给他拿来月琴和中阮，他试了几天，居然也能弹拨自如，敢情古琴的技艺跟其他弹拨乐器是相通的，只要会弹古琴，其他弹拨乐器练练就可以上手。这样，他在宣传队一直待到刑满，没有别的收获，只是少干了许多体力活儿。

让杜宗颐苦恼的是，在青海这么多年，他弹的古琴没有遇到知音。他想再弹几年，如果还遇不到知音，就学俞伯牙，把琴摔了，此生再不沾古琴。恰在这个时候，他遇到了王北岳。

其实在这之前，北岳先生也不懂古琴，但他的学识和修养，让他对曲调音韵的思绪产生了共鸣，第一次听杜先生操琴弹曲，他鼻涕眼泪哭得一塌糊涂。他抱着杜先生久久不撒手，让杜先生也垂泪不止。他当场要拜杜先生为师，那劲头儿，如果杜先生不收他，他就要找根绳儿（上吊）。到了这份儿上，杜先生当然不会有二话。

常言道：师傅领进门，修行在个人。北岳先生是抱着像鹰那样浴火重生的心气儿来学古琴的，您想他跟常人学琴能一样吗？当他的心性与古琴所表达的情愫融为一体，他能不吃不喝，跟古琴待上几天几夜。这种“琴人合一”的境界，让杜宗颐都感到吃惊。不过，他并不觉得奇怪，因为北岳弹的那把古琴是他爷爷传下来的宋代名琴“阆矶泉”，此琴曾是创建于南宋的“浙派”古琴大家徐天民弹过的，徐天民后来开创了“浙派徐门”。北岳操琴守执的话，等于他在跟近千年的古人对话。

我原来以为弹古琴只要掌握技巧，能看懂曲谱就行了呢，其实不然，这里的深沉大了。北岳先生告诉我，明朝人编的古曲谱《风宣玄品》里有段话：“其身必欲正，无得左右倾欹，前后仰合。其足履地，若射步之状。目宜左顾徽弦，不宜右视其手。手腕宜低平，不宜高昂。左手要对徽，右手要近岳。指甲不可长，只留一寸许。务使轻重疾徐，卷舒自若，体态尊重，方能心与妙会。”从这段话，您就能看出古人弹琴的姿势和动作有多讲究。用北岳先生的话，与其说是在弹琴，不如说是在弹“心”。

他苦砺修心，静练内功，跟杜先生弹琴论艺，在一起八年多，得到了杜先生的真传，直到杜宗颐病逝。

我有时心里遐想：在那个鸟不拉屎，树不长芽的地方，夜深人静，寒星空寂，师徒二人操琴分韵，弹唱度曲，那该是一种什么千古妙想的境界呢？风定落花香呀！难怪北岳先生玩古琴八年多，换了一个人。

找儿子

再脱俗的人也有私心。杜宗颐能把自己毕生对古琴演奏和研究的成果，毫不保留地传给北岳，除了因为北岳是他的知音和徒弟之外，还有一个隐情，那就是希望北岳先生能找到他的儿子，把他爷爷留下来的三把古琴和那两大箱子资料给他儿子，由他儿子再传下去。因为杜先生知道北岳打了一辈子光棍，没有后人。

那三把古琴确实金贵，除了那把宋代的“阆砚泉”，另外两把都是清代的。那两箱子古琴资料也弥足珍贵，其中有1934年上海百代公司录制的古琴曲胶木唱片，还有1956年杜先生和陈寿山先生在上海演奏的五十多曲古琴录音，以及杜先生的爷爷搜集的大量散佚的古琴曲目和曲谱。北岳先生告诉我：古琴的琴曲长期散落在民间，到底有多少曲目，谁也说不清，1956年，中国艺术研究院遍访全国二十三个城市，八十三位琴人，录制了二百八十五曲古琴曲，算是保留下来比较全的，但难免遗漏。杜先生留下来的许多琴曲就没在这二百八十五曲之列。

杜宗颐刑满后，曾经想回贵阳定居，但离开贵阳十多年，一切都物是人非了。他试探着回过一次贵阳，原来住的平房已经拆了，修了马路，邻居们也都搬走了。他费尽周折找到了给他托运古琴的老邻居的儿子，一问，那位热心肠的老邻居已经去世几年了。他打听自己的儿子，儿子早已经改名换姓，在哪儿工作？在哪儿居住？没人知道。因为他的前妻嫁的那个铁路工人，后来调到了四川绵阳，一家人也都跟了过去。

杜先生在贵阳成了无家可归的人。回自己的老家北京，他又觉得这些年混得如此狼狈，无颜见家乡父老。思来想去，还是回青海吧。

但他心里一直怀念自己的儿子，那真是血脉之根，殷殷之情呀！甭管遇到什么坎儿，遭到什么罪，只要儿子的小模样在他的眼前浮现，一切都能忍了。儿子是他这些年忍辱负重，支撑他活下去的希望。更让他难以释怀的是他的儿子爱古琴，对古琴有悟性，所以他犯了气迷心，坚信儿子有音乐天赋，将来能把他的古琴技艺传下去。尽管很多人看出他这是一种臆想，劝他不要死钻牛角尖儿，但不管谁怎么说，他始终痴念不改，冥冥之中，总觉得儿子在等着他。

他知道那两箱子古琴资料和三把古琴的价值，生前已写好遗嘱，委托北岳把这些物件交给他的儿子。他是因胃癌去世的，北岳一直在他身边照顾，咽气前，他紧紧攥住北岳的手，叮嘱他帮自己找儿子。见北岳先生频频点头让他放心，他才闭上眼睛。

这些年，给杜宗颐找儿子，成了北岳先生的一块心病。茫茫人海，天各一方，能找到失散这么多年的儿子，简直太难了。但北岳先生一直没忘师傅的重托，走到哪儿都把这事儿挂在心上。

回到北京以后，他把这事儿念叨给罗爷和“汤泡饭”，老哥儿俩不约而同想到了我。他们认为我是作家，如果我以抢救和保护古琴文化的角度，写一下杜宗颐和他两箱资料三把古琴的故事，找一家在全国发行的中央级报社发表，文章里说说杜先生念念不忘的自己的儿子，如果谁有线索，可以直接找报社联系，这不是一举两得吗？

但是他们知道我是专栏作家，不是任何事儿都写的，所以这老哥儿俩玩了个心眼儿，对北岳先生的初衷只字不提，单说让我写濒临失传的古琴。直到我跟北岳先生聊透了，他才说出了自己的心里话。一晃两年了，当说客的罗爷都已经“走”了，而北岳先生也重病在身。到了这份儿上，于情于理我都不能再推了。

他是不是真得癌了呢？在我看来是个谜，接触了有一个多月，我怎么看他，怎么不像得了绝症的。难道“汤泡饭”跟我这儿打幌？不过有一次，趁他出门接电话的空当儿，我在桌上的一堆纸张当中发现了一张他的化验诊断书，那上面清清楚楚写着膀胱癌。

我当时心里“咯噔”一下，心中的许多疑团好像在刹那间释然了。但转念之间，我又生出许多疑虑：得了这么重的病，他怎么不去治呢？他脸上的气色似乎告诉我，他的病无须治疗。难道他的病情已经得到了控制？但所有这些与古琴无关的事，我都遵守当初跟他的约定，没敢问他，只能猜测。

这个约定实在让人觉得诡异，为什么除了古琴，别的事都不能聊呢？我琢磨了很长时间，也没弄明白其中的隐情。难道是因为病吗？我只能这么自解。

有一次，我一不留神说到了“瓜条”开的酒楼有道“白姥姥杂碎”。听到白姥姥仨字，他像被电击了一下，脸色腾地就变了，跟着两眼发直，痴愣地望着窗外，沉了半天，眼圈儿发红，梦魇般地看着我说：“白姥姥杂碎，你认识白姥姥？”

瞅他紧张的神情，好像白姥姥是他的老情人，我要把她夺走似的。我赶紧晃了晃脑袋，说了三声“不认识”。他这才缓过神来，对我莫名其妙地笑了笑。

当时他脸上的笑意，我后来琢磨了挺长时间不得其解。看说到白姥姥，他那种动情动容的样儿，他应该认识白姥姥。可为什么一提白姥姥，他又显得那么紧张呢？实在让人费琢磨。

最让他放松的是弹古琴。

那天我去采访他，走到后院，隐约听到优雅低回的古琴声，我把脚步放轻，蹑手蹑脚地走到他的屋门口，屏气凝神，静静地听着，只觉得那琴曲忽而急骤，忽而舒缓，抑扬之间，凝重期艾，深情绮怨，遐思万种，在空落的山谷回声之中，超尘脱俗，韵律迭起后，给人以荡气回肠之感。

这曲古琴听得我简直牵魂摄魄，直到北岳先生发现了我，跟我打招呼，我还觉得余音萦耳。

“您弹的是什么古曲，这么出神入化？”我笑着问道。

“看来您是用心在听，所以听进去了。其实这琴曲很难懂，有人认为它是至今仅存的一首用原始文字谱保留下来的琴曲。”

“这个曲子有名吗？”我问道。

“它叫《碣石调•幽兰》，表现的是孔子周游列国，没有一个国家重用他，在归途，他见到路边幽谷中盛开的兰花，感慨兰花本是香花的王子，如今却和杂草丛生在一起，正像贤德的人生不逢时，怀才不遇一样。”

我打了个沉道：“我说怎这么委婉深沉呢。”

这句话说出口，我猛然意识到，这古曲表达也是他的内心世界呀！如怨如诉的琴声，倾吐的不正是他的心声吗？他这辈子，如果时运周济，才华得以施展，不会有今天。好在他玩古琴得道，心静如水，把一切都看得如烟如云。

这天，我跟北岳先生又聊起杜先生儿子的事儿，我对他问道：“世事难料，您敢肯定他儿子还活着吗？”

北岳先生沉思了片刻，意味深长地说：“他应该还活着，父与子是有心灵感应的。但不管能不能找到，我一定要尽力。找不到他儿子，能找到他女儿也行。”

“看来您也够执着的，难道这一切，都是为了当初的承诺吗？”我淡然一笑说。

他苦涩地笑了笑道：“这两箱子资料、三把古琴，我总得有个交代呀！不找到杜先生的儿子，我这辈子死都闭不上眼。”

我怎么着也不能让北岳先生失望，两个多月以后，我写的八千多字报告文学《寻找古琴的传人》，在一家中央级报纸上发表了。见报的当天，“汤泡饭”买了一百多份报纸，死活拉着我和票房的票友在他儿子开的酒楼撮了一顿，表示他对我的谢意。

北岳先生从来不赴外面的饭局，他宁肯在家吃方便面，也不在外头的饭馆吃饭。不过，他为了表达感激之情，送给我一幅他画的油画，画面是崇山峻岭，天空有一只展翅翱翔的雄鹰。画得很有意境，那鹰像是随着你的视野渐行渐远，让人感到神思飘逸。我本来不想要他的东西，但他说这是他的一份心意，何况又是他自己的作品，权当是留给我的一个念想。话说到这儿，再不接着，那就不给人面儿了。

北岳先生对我写的这篇报告文学特当回事儿，他把文章剪下来裱好，装入镜框，挂在了墙上。这倒好，每天一抬脑袋就能瞅见。别人以为他是欣赏内容里写了他的文章，其实，这篇文章凝聚着他的期待。他渴望这篇文章能了却他的一个愿望，那就是找到杜先生的儿子。

他的这种热望自然会感染“汤泡饭”。老爷子三天两头给我打电话，问我文章发表后有没有“响儿”。

说老实话，在全国发行的大报上发表这么有分量的报告文学，想让它没“响儿”都难。因为文章说的是杜宗颐和王北岳传承古琴的故事，也带出杜先生寻找儿子的心愿，最后还点出儿子的出生地贵阳。所以，文章见报一周后，贵州、四川、青海、上海等地，包括北京，凡是报道中提到的地方，都有人给我写信询问情况，当然，主要是来认亲的。

到这会儿，我突然感到脑袋大了：杜先生哪来的这么多儿子？冷静下来一想，都是那两箱子古琴资料和那三把古琴闹的。再不明白事的人也能看出来，这是无价之宝呀！

后来，每天给报社编辑部打的电话，编辑们接不过来了，来信也堆积如山，他们找我来想办法。我一时也感到招架不住，北岳先生有病，又不好骚扰他。没辙，我只好找“汤泡饭”来救场。

“谁说我胡萝卜拴驴，当不了桩。瞧见没？这么大的事儿，折腾半天，你们还得找我这老鼻烟壶来吧？”他冲我笑道。

“那是，您是谁呀？”我笑着说。

这一捧他，他又来了情绪，一连说了两声：“敢情！”

反正他闲得心痒，正愁没事，于是乐哉优哉地把“认儿子”的事儿接了过去。

第二十四章

八字一撇

白姥姥让宋琬一连打了三天电话，才找到我。“以为你失踪了呢？怎这么忙呀？”宋琬在电话里，用埋怨的语气说。

“真不好意思，这几天在赶写一篇稿子，杂志社要得急，我怕打断思路，所有电话都没接。抱歉了。”我没告诉她不接电话的原因，是回避王北岳找杜先生儿子的事儿，找了个借口搪塞过去。

“你真行。找你找苦了。白姥姥要再见不着你，该急疯了。”宋琬直截了当地说，“得，什么也不说了，今儿晚傍晌儿，你无论如何到白姥姥家来一趟。”撂下电话前，她又找补了一句：“可要留着肚子呀！”

说老实话，宋琬不给我打电话，我也准备去见白姥姥。干吗？把三爷户口快落梃的事儿告诉她。

自打跟钟学刚定下来，让我以干儿子的名义接收三爷落户以后，这几个月，我一直马不停蹄地找人找单位开各种证明。

我先找的是老陈的儿子陈大壮。大壮这会儿已经是开出租车的“的哥”了。他跟三爷熟呀，当年，就是他开车把三爷从青海给接回来的。

我把认三爷为干爹的事儿一说，他笑了：“我得管您叫爷了。您连三爷的面都没见过，就认人家是干爹？”我笑着对他说：“这不是愣给逼出来的主意吗？纯属无奈之举。得了，您呀，包涵着点吧，真的假的，先给我当个保师吧。”

“那还有什么说的，您为谁呀！怎么写，都听您的。”他很痛快地当了保师，按老北京“认干亲”的礼数，大壮又找了他爸的几个把兄弟，做“认干亲”的证明人，并且在证明信上都一一按了手印。

接着我又找三爷的老同学秦纲，让他写个三爷跟父母和兄弟姐妹，因政治原因决裂、脱离关系的证明。秦纲毕竟当过领导，虽然早就退了休，但派头儿还在。听我说明来意，他沉了半晌，矜持地说："这事儿涉及彭氏家族的遗产，容我慎重考虑考虑。"

他这一考虑就是一个多月。中间，我三次到他家"作揖"，最后感动了他。末了儿，他还算慈悲，给老同学写了这个证明。学刚认为这个证明非常重要，几乎能起到一锤定音的作用，我觉得他大概看重的是秦纲个官位。其实他退休前只是个处级干部。

随后，我又到我所在的街道开证明，我的夫人也让她所在的单位出了证明。这儿一趟那儿一趟的，折腾得我脑袋都大了，总算把学刚要求的证明材料凑齐。学刚对我说："等信儿吧。我们还要发函到青海彭璟如的户籍地确认一下，必要时你还要出面。"

我问他："照你这么说，这事儿，八字儿有一撇了是不是？"

他笑道："应该没问题了，但还要走程序。"

我不懂什么叫走程序，直接问他："大概其还要等多长时间吧？"

他想了想说："怎么着也得两三个月吧。"

"再等两三个月就齐活儿了。这可是派出所警察说的。"我把这事儿告诉了白姥姥。

"真的吗？"白姥姥脸上的眉眼一下儿舒展开了，露出了灿烂的微笑，沉了一下，她略显激动地说："多亏了你呀！想出这么个主意。你呀，为三爷的户口，真是做到仁至义尽了。"

"姥姥，说这话，咱们不是远了吗？"我笑道，"跟您头一次见面，您就把这光荣的任务交给我。我要完不成，心不甘呀！"

"难得碰上你这么认真的人。可是……"白姥姥还想说什么，但话到嘴边又咽了回去。她叹了一口气，沉吟道："我记得小时候，我爷爷老爱念叨一句话：命里一尺，难求一丈。三爷是一个不信命的人。他年轻的时候常对我说：人只有站起来，才知道这世界属于他。所以他宁肯腿折了，也要挣扎着站起来。不知道户口问题解决了，他是不是能站起来了。"

她的这番话，我一时没咂摸出味儿来。但他提到了三爷，却让我突然意识到什么，我对白姥姥笑道："户口的事儿快有眉目了。我努了半天劲儿，您不能总让三爷当隐形人呀？人家是'犹抱琵琶半遮面’，我这儿可倒好，‘犹转影壁不照面’。您说这位爷，是不是该从影壁后面出来，跟我照个面儿了？”

“是该让你们见面认识一下，让他好好谢谢你。”白姥姥迟疑了一下，嘴角挤出一个莫名其妙的笑意，说道，“但这事儿着什么急呀？等户口问题尘埃落定吧。那时，你会给他一个惊喜呢。”

谶语

我跟白姥姥正聊着，宋琬从菜市场采购回来了。她把白姥姥的钱包，放在桌子上，笑道：“按您单子上写的，都买齐了。”白姥姥每次让她出门购物，都事先写好。而且对她绝对信任，让她拿着自己的钱包。

“好极了。”白姥姥转身对我笑道，“宋琬的先生到青岛出差，带回好些海鲜，他们不吃，都给我拿过来了。我寻思着好久没让你尝‘李鸿章杂碎’了，连着好几天找不着你，今儿个你可得多吃呀！”

“您说我多有口福吧?每次到姥姥这儿，都撑个肚儿圆回家。”我随口笑着说。

“你跟我说实话，爱吃我做的杂碎，还是爱吃‘李鸿章杂碎’？”她突然换了一种语气，一本正经地问我。

“当然爱吃您做的了。”我忽然想起“瓜条”开的那家酒楼，品尝“白姥姥杂碎”的火爆场面，话到嘴边又咽了回去。

白姥姥笑道：“还是你这个大作家会说话，但今天姥姥让你尝尝另一种味道的杂碎。”

“什么味儿的？”我诧异地问道。

“海鲜味儿的，你吃过吗？”她笑着问道。

“听着就够海鲜的。我上哪儿吃去？”我逗了一句闷子说。

“等着吧，一会儿就让你尝个稀罕。”她说着，转身进了厨房，一边不慌不忙地调小料，一边指挥着宋琬给她打下手。大概有半个小时，一砂锅冒着热气的杂碎汤便端上了桌。

“哦，味儿真香！”我啧啧了两下，用赞叹的口气说，“姥姥的手真够快的呀？”

宋琬撇了撇嘴说：“你哪儿知道，姥姥今天一大早儿就开始准备了，溜溜儿一天没闲着。”

“姥姥，您可太让我感动了。”我笑着说。

“你呀，别光动嘴说，麻利儿的，动嘴吃。哪儿那么多让你感动的事儿呀？”白姥姥盛了一碗杂碎汤递给我说，“闻着香，不是真鲜。尝鲜儿，一定要动舌头。”

我接过碗，尝了一勺，确实味道鲜美，不禁赞叹道：“这哪儿是杂碎汤呀？吃着就像我吃过的海鲜八珍汤。”

白姥姥笑道：“到底是作家嘴里的词儿多，杂碎汤让你给说成了海鲜八珍汤。说实话，这道菜只能是家里自己做，在外面饭馆，可没人给你下这么好的原料。”

“那今天算我造化了。”我说着，又喝了一碗。咂摸着舌头尖儿上的余味儿，我问白姥姥：“吃了您做的这么多次杂碎，没有重样儿的。您能不能用简单一句话告诉我，您做杂碎的秘诀是什么？”

“干吗？你想偷艺呀？”宋琬插了一句道。

“不，我想体会一下。”我笑道。

“你这个作家总是爱玩儿深沉，把什么事儿都想得那么复杂。一个杂碎汤谁不会做呀？还什么秘诀呢？你倒没说绝密！哈哈，要说做出来的可不可口儿，我认为就两个字：火候。”白姥姥笑着说。

“嗯，这两个字太重要了。其实，做好人做好事儿，也是这两个字：火候！”我对她会意地笑了笑说。

“我说什么来着，这两个字，也让你看出深沉来了。得，别光吃杂碎汤呀你，还有烧饼和面条等着你照顾呢。”白姥姥说着，让宋琬给我拿了两个烧饼。

宋琬见我吃着高兴，随口说道：“知道吗，这可是姥姥给你做的最后一次杂碎了。”

“什么？最后一次，什么意思？”我吃了一惊，急忙问道。

没等宋琬说话，白姥姥手里拿着的碗，“咣”地掉地上摔碎了。宋琬被她的这一举动惊得目瞪口呆。

“没事儿吧，姥姥？”我赶紧撂下饭碗，走过去问道。

白姥姥的脸本来就白，这会儿可以用惨白来形容。她沮丧地看着宋琬，嘴角哆嗦着，半天没说出话来。”

“姥姥，您怎么了？哪儿不舒服吗？”当时我以为她犯了什么病，没想到，她突然对宋琬厉声说：“还愣着干什么？赶紧吐两口吐沫，用脚踩两下，说：我掌嘴，我说错了！”

宋琬真照着她说的做了。这时我才意识到，宋琬刚才说的“最后一次”犯了忌讳。

我知道，白姥姥有时跟北京的其他老太太一样，平时说话办事有很多忌讳，有一次我听她聊天，宋琬也在。她聊起生活中的忌讳来，那真是振振有词：“跟你们说，白天不能说人，晚上不能说鬼。吃饭的时候，不能把筷子插在碗中间，如果插了，家里人会遭不幸。真的，你们别不信，我都经历过。”

“还有什么忌讳呀？您都跟我们念叨念叨。”宋琬撺掇她说。

“老北京的忌讳多了，我说点常见的，比如说，亲人之间不能比手的大小，如果比，必有一人倒霉。不能用红钱包，如果用，一定会破财或发不了财。路过自家先人的墓地没有祭奠，会生病。女子来例假，不能碰香火。不能嘲笑别人的短处，嘲笑了，自己将来也会有。夜里做了噩梦，把枕头翻过来，然后‘呸呸’两下，灾祸自消。还有走路不能踩井盖，踩着会倒霉，影响运气，得赶紧拍打自己屁股两下。”

我在旁边对宋琬笑道：“记住了，只能拍两下，拍三下可就不管用了。”

宋琬瞪了我一眼，笑道：“别开玩笑，听姥姥说。”

白姥姥接着说：“你们知道吗？很多事不能念叨，一念叨就会来。比如说我都很久没感冒了，肯定几天以后会感冒。不能以自己生病或家人生病为借口，推掉不想干的事，或逃避不愿去的活动，如果假说谁病，过几天谁就会得病，而且说什么病，就得什么病。我说的这些，信不信在你们。反正我信。”她看了看我和宋琬，不置可否地笑了笑。

其实，这些都属于迷信，在老北京管这叫“老妈妈论儿[1]”。既然是老妈妈们信的东西，您就别惹她们不高兴了。但凡明白人，谁跟老妈妈们较这个劲去？信不信由您。宋琬知道自己话赶话，犯了白姥姥的忌讳，心里挺不是滋味儿，虽然白姥姥并没数落她什么，但老太太脸上带出来的神色，比直截了当地骂她一顿还让她心里难受。

宋琬说的“最后一次”是怎么回事儿呢？我正准备问她，突然发现白姥姥的那只波斯猫不见了。

画境

从一进门，我就感觉白姥姥的屋里少了什么，直到吃完饭，我才发现没见到那只波斯猫。“猫呢？”我问宋琬。

“嗐，还说呢，死了一个多礼拜了。”她把我拉到一边，压低声音说，“你没看出姥姥的脸上阴云密布吗？她为这事儿一直挺伤心的。”

“怎么死的？”我纳着闷儿问道。

“老死的。那猫看着不大，其实已经很老了，真的。但毕竟是姥姥的一个伴儿，她舍不得这只老猫走，”

“用不用我安慰安慰姥姥？”我心照不宣地对她说。

“没用，她要是伤感起来，谁说也没用。”宋琬悄声对我说，“不碍的，让她静静地待一会儿就过去了。”

“你刚才说‘最后一次’是怎么回事儿？我想你不会是无意中说出来的吧？”我抓了个空当儿问她道。

“白姥姥没跟你说吗？她二女儿生病了，三岁的孩子没人看，写信让姥姥帮忙照看几个月。姥姥最疼这个二女儿，回信答应了。”宋琬悄然瞥了一眼在厨房忙乎的白姥姥，轻声对我说。

---

① 老妈妈论儿——老北京流传下来的一些说法，有的是带有迷信色彩的规矩和禁忌。论儿，读 linr。

“哦，这么说，她要去美国了？”

“是呀，签证都办下来，就等着买机票了。”宋琬有些不情愿地说，“真舍不得让姥姥走。她这一走，至少半年。”

“半年？”我听了一愣，犹豫了一下说，“等她回来，三爷的户口保不齐已经落上了。”

“但愿你能给她一个惊喜。”宋琬轻声笑道。

“你们俩嘀咕什么呢？”白姥姥从厨房出来，手里端着一碗面条，看了我一眼说道，“快来吧，趁热把它吃喽，顺顺肠子。”

“我们聊您那只猫呢。”我接过那碗面条，随口说道。

“今儿宋琬是怎么啦？怎么哪壶不开提拉哪壶呀？”白姥姥的脸突然沉了下来。

“您别怪她，这把不开的壶是我提拉起来的。那小家伙也是您家里的一个成员呢，见不着它，我问问。姥姥，有错儿吗？”我笑着对她说。

“照这么说，没及时跟作家汇报，是姥姥的错儿了。”她的眉梢往上一翘，微微一笑道。

这老太太的嘴头子跟得真快，斗嘴，我甘拜下风。“瞧您说的，都怪我平时对姥姥关心不够，有些事儿没尽到心。还望姥姥海涵。”我赶紧拿好听的话找补。

她扑哧乐了：“麻利儿吃你的吧。‘海涵’？你多大嘴呀？‘含’得过来吗？”她扭过脸，把宋琬叫到身边，小声说起什么。过了一会儿，见我把那碗面条吃完，她让宋琬把柜子上的木匣子取下来，笑着对我说：“三爷的户口总算有了眉目，当初的承诺，也该兑现了是不是？”

“您还真给呀？”我想起最初见白姥姥，为这个猫碗斗法的茬儿，逗了她一句，“我还寻思着您焐手里这么长时间，又改主意了呢。”

“说什么呢，你当我在焐白薯呢？字据都给你立了，还改主意？说出去的话，泼出去的水。明白吗？”她打开木匣，拿出那个猫碗，放在桌子上，对我说：“瞧瞧吧，是不是当初的那个碗？实话说，放到匣子里以后，没人动过它呢。”

“姥姥，这是干吗许的呢？对您，我还信不过吗？”我笑着说。

“信得过姥姥，你就拿着。唉，什么事儿都是天意，三爷的户口快解决了，那只猫也死了。猫都没了，要这个碗还有什么用，可不就该你拿走了吗？”白姥姥叹了一口气说，“反正现在这物件是你的了。将来你再给谁，我就不管了。”她把小碗放回木匣，让宋琬找了个口袋装好。

“这个小碗对我来说太珍贵了，这是姥姥给我的念物，我怎么能送人呢？”我谢过白姥姥，忽然看见墙上挂着的那幅油画《白月亮》，跟她逗了一句：“姥姥，跟这个碗比起来，我更想要的是您这幅画儿。”

“要这幅画？那你是摘姥姥的心呢！”宋琬冲我眨了眨眼，接过话茬儿说。

“是呀！这是三爷特意给我画的。这上面有他的一颗心，也有我的一颗心。你说我能让你把它摘走吗？”白姥姥说着站起来，走到这幅画的跟前，意味深长地说。

“这上面有您和三爷的心？”我走到白姥姥身边，端视着这幅画，在画面上极力搜寻白姥姥说的那两颗心。

“你没看出来吗？”白姥姥凝视着那幅油画，喃喃道，“这么多年，这两颗心都没有改变。难道你们没有看出来吗？”

“你看画面上的月亮呀！”宋琬在一旁点拨我说。

“月亮？啊！”我恍然大悟，终于看出了那两颗不老的心。画面上那轮皓月，象征着白姥姥的心。那个赤身裸体背对着人，面朝月亮，展臂高伸的追月人，就是三爷。“太有象征意义了！”我情不自禁地说。

“你看出来了？”白姥姥的目光依然没离开那幅油画。她一往情深地说：“这个追月人，追这个月亮快六十年了，到现在依然痴心不改。他无怨无悔，爱了我一生呀！难道这就是人们所追求的世上纯洁的爱情？”

我发现白姥姥眼里噙着晶莹的泪花，不知该怎么回答她了。其实她无须我和宋琬说什么，她已经进入只有属于她和三爷的世界了。

沉默良久，我才醒过味儿来，迟疑了一下，对白姥姥说："三爷的户口问题解决了，油画上的两颗心应该能在一起了吧？"

"那只是一种形式，其实这两颗心是一直在一起的，从来就没分开，也永远不会分开的。"

"啊！我明白了！"我猛然意识到什么，心好像被什么撞击了一下。

那天晚上，我一直沉浸在白姥姥和三爷的爱情故事里，不知为什么，想到三爷这一辈子，心里有一种莫名其妙的酸楚，躺在床上，翻了一夜烙饼，天快亮的时候，我独自一人跑到南护城河边大哭了一场，好像才把心里堵的东西吐了出来。

那天晚上，也在我的脑子里留下一些谜团：从打我认识白姥姥，她就对办三爷的户口极其在意和上心，为什么现在三爷的户口快解决了，她并没有表现出我想象中的欣喜若狂，脸上的神情反倒是可有可无的劲头？为什么她没有告诉我要去美国照看女儿的事儿？为什么她那么急于把那个猫碗给我？而她对"最后一次"的忌讳，又为什么那么在意？

这些疑问困惑我很长时间，让我一时难得其解。

转影壁

这年秋天，我的朋友王琦受约写一部关于西夏王朝的历史小说，他要沿着祁连山脉寻访当年西夏王的足迹。他知道我对这一段历史感兴趣，特别邀我跟他一起寻访。我跟他在宁夏、甘肃走访了将近三个月，回到北京已经是年底了。

到家，夫人便告诉我，我离开北京这几个月，有好多人在找我。别人找不找无所谓，我最关心的是学刚。按他说的审批"程序"，我估摸着三爷的户口问题应该差不多了。

第二天，我给学刚打电话。"上哪儿去了？一个月之前我就找你。彭璟如的户口可以去办了。"学刚在电话里说。

"到哪儿去办呢？"我急切地问他。

“到你的户籍所在地。因为他的户口要落在你的户口簿上。”学刚跟我解释完，又告诉我办户口需要准备的东西，比如户口迁移证明，还有彭璟如原单位的介绍信，以及本人的履历和基本情况，等等。

“户口迁移证明和他原单位的介绍信，早就开出来了。办户口的时候，本人不出面行吗？”我想了想，问道。

“可以，但本人要写委托书。”学刚在电话里顿了一下，问道，“他的履历和基本情况，你都知道吗？”

他这一问，把我给问含糊了。“说老实话，我只知道他的经历，但详细履历和确切的基本情况，比如哪年哪月在哪儿上学，在哪儿从事什么工作，我却说不上来。”我对学刚坦白交代。

“这哪儿成呀？户籍登记可不能马马虎虎大概其。你最好让他本人写一下。”学刚对我交代说。

“好吧。这一半天，我就去办。”在我看来，这不过是动动笔的事儿。

在撂下电话之前，我坚持要请他吃顿饭，表达一下谢意。推让半天，他勉强答应了：“得，那咱们还去‘瓜条’开的酒楼吧。”末了儿，他又找补了一句：“你还别说，‘白姥姥杂碎’还挺让我留恋的。”

转过天，我给宋琬打电话，想让她告诉白姥姥，三爷户口的事儿已经基本落梃，我要马上见她。但给宋琬家打了十多个电话，始终没人接。她爱人的BP机也没回音儿。以前没出现过这种情况，是不是她家里出了什么事儿？我心里未免犯起嘀咕来。

没辙，我只好直接奔白姥姥家了。尽管按老太太的规矩和礼数，这显得有点儿冒失，但我想为了三爷户口的事儿，她也不会嫌我失礼。

初冬的下午，夕阳把最后一抹余晖，撒在那栋岌岌可危的老楼上，远远望过去，那栋沧桑的老楼像是镀了一层金，就好像一个满脸褶子的老人，涂抹了一层厚厚的脂粉，颤颤巍巍地向世人证明：我还活着。

院子里异常安静，孩子们没放学，大人们也还都在上班。白姥姥小院里的那个紫藤架，在寒冷的冬季早已叶落藤枯，主干的根部，已被就地深埋，进入冬眠状态，等待来年春天发芽，见绿开花。在空落的架子上，有几根枯藤还残留着早已干萎的藤叶，这些藤叶已经没有生命了，但却顽强地依恋着枯藤，在凛冽的寒风中，抖动着毫无生机的躯干，似乎在向大自然表明：自己曾经是活着的。

白姥姥的房门上着锁，从锁上落的灰尘看，至少有两三个月没人来过了。也许老太太还在美国照看女儿吧？不知道她在美国，惦记不惦记三爷的户口问题。惦记的话，她应该来信问问呀。也许她给宋琬来过许多封信，问这事儿，只是我不知道而已。我心里这么想着。

我正转身要走，突然从房檐蹿下一只猫来，我吃了一惊，下意识地看着它。说老实话，在这只猫蹿过来的一瞬间，我还以为白姥姥的那只波斯猫复活了呢。我的脑子“嗡”地一下大了。但这是一只黑猫，而且长得也没有那只猫漂亮。它站在紫藤架下，两眼看着我，“喵喵”地叫了两声。

我正准备走到它跟前摸摸它，它突然像踩了电门，激灵一下，转身跑到树下，“噌”地蹿了上去，转眼间，上了房，不见了踪影。没容我打愣儿，忽然从我身后传来脚步声。我扭脸一看，敢情是院里的邻居老李。

他穿着羽绒服，推着自行车，车筐里有俩心里美萝卜和一棵白菜，看样子刚从农贸市场回来。他还记得我，对我笑了笑问道：“找老太太来了？她没跟你说吗，又出国看女儿去了？”

“说了。我觉得她该回来了。”我迟疑了一下说道。

“嗐，回来干吗？在那儿待着不比北京滋润？真是的。”老李漫不经心地嘀咕了一句。

我怕他话密黏人，跟他打了个哈哈儿告辞。在转身离开这个满目疮痍的老院子时，我又看了一眼白姥姥的老屋和那个紫藤架，此刻，夕阳的余晖已经褪去，老屋和紫藤架在暮色中，愈显黯淡与沧桑。不知为什么，走出这个老院时，我的心头涌出一种不可名状的酸楚和惆怅。

也许是在白姥姥的老屋门前，看见了那只黑猫的缘故，当天夜里，我做了一个噩梦，是大海沉船的场面，我在海里漂浮到没顶。惊醒后，好长时间，没有缓过神来。天快亮时，我突然想起白姥姥说的，被噩梦惊醒，要调换枕头，还要“呸呸”两下的说法，不禁哑然失笑。

第二十五章

艳闻

在接下来的一个多月时间里，我不断地给宋琬打电话，但一直找不到她。找不到她，就找不到白姥姥。找不着白姥姥，就跟三爷接不上头，填不了表，办不了落户手续。三十二拜都拜了，就差这最后一哆嗦了，俩大活人却找不到了，您说让人起急不起急吧？

学刚给我打过几个电话，催我赶紧去办手续，他已经跟我户籍所在地的派出所所长打了招呼。我没敢跟他说实话，只好以“忙着写书”做理由来应对他。

我认识的人里，跟白姥姥有联系的除了宋琬，还有罗呗儿，可自打他把白姥姥引荐给我以后，几乎跟老太太断了关系，我觉得找他也没多大用，但让我没想到的是，他却上赶着找我来了。

难道这小子已经知道白姥姥把那个猫碗给我了？我心里不由得打了个激灵。说心里话，跟白姥姥接触这两三年以后，我现在已经不想把这个小碗再给罗呗儿了，因为它毕竟是白姥姥给我的一个念物。但当初罗呗儿可是以淘换这个小碗的名义让我认识白姥姥的，他能舍了它吗？何况我跟他有言在先，这个小碗到我手，马上给他拿过去。不过，转念一想，不就是一个小碗吗？给他就给他吧。我不能因为一个小碗在罗呗儿这儿落埋怨，毕竟是一起长大的发小儿。

“天儿冷，咱们吃火锅吧。”他在电话里约我。

“哪儿都行呀，吃饭的事儿听你的。”我随口答应道。

罗呗儿把我约到太平桥大街那家火锅店。跟上次见面一样，他没忘开着那辆“大奔”在我面前拔份。我没问也没看，没给他显摆和得意的机会。

他是这家火锅店的熟客，什么时候来都有包间伺候。服务员也是看人下菜碟儿，很快就把点的锅子和肉、小料端上桌。他给我单点了一瓶“小二”（小瓶二锅头）。

“几个月没见，想你了嘿。你还是老样子。怎么样，上哪儿发财去了？”罗呗儿脸上堆着笑，管二大妈叫二嫂子，没话搭拉话。

“有日子没见，你这话里话外的，净是广东人的口儿了。我一个爬格子的，上哪儿发财去？”我挤对他一句。

“北京城遍地都是宝。你是不想发财，想发财？嘁，一猫腰的事儿。”他大大咧咧冲我一笑。

“这么说，这程子你没少猫腰了？”我跟他打了个哈哈儿说。

“嘿，都让你看出来了？兄弟，你的眼力真行！不瞒你说，猫腰捡宝，捡得我腰间盘都突出了。”

“捡宝？逗谁玩呢？你那老腰是让湘妹子给累得吧？”我笑道。

“湘妹子也累人，毕竟老牛吃嫩草不是。”他挤咕了一下小眼儿，对我笑道，“动筷子，涮！别愣着嗨。”

两盘羊肉进肚，身上开始见热，罗呗儿的话也密起来。他聊着聊着突然话锋一转，对我问道：“最近没见到白姥姥吧？”

我听了一愣，没明白他这句问话是什么意思，打了个沉儿，说道：“没见着她。听说老太太去美国看女儿去了。”

罗呗儿嘿嘿地哂笑起来，笑得我一头雾水：“怎么啦嘿？有话说话，你没完没了地笑什么？”

“你们呀，让人家当猴儿耍了。知道吗？老太太玩的是障眼法。”他诡秘地冲我笑道。

“障眼法？难道她没离开北京？”我诧异地问道。

“离开北京了，但没去美国！”

“你怎么知道的？”

“巧儿他爸爸打巧他妈，巧儿极（急）了。说这话有一个月了吧，我跟齐放齐老板到贵州淘宝，当地的古玩商陪我们到黄果树看瀑布，在景区的一个山坡上，我瞅见一老头儿和一个老太太挎着胳膊，相互依偎，透着那么亲密地往前走，那个老太太的背影，我怎么瞧怎么眼熟。于是我跟齐放他们打了个招呼，从旁边的小道，绕着跑到他们前边的树趟子里，定睛一看，嘿！敢情那老太太不是别……”

“白姥姥！”我吃惊地脱口而出。

“一点儿没错！我看得真真儿的，就是她！那个老头儿我不认识，白姥姥我太熟了。我不由自主地喊了一声：白姥姥！你猜怎么着，这俩人腻歪得像初恋的情人，感情那叫一个投入，肩并着肩，脸贴着脸，旁若无人。我喊的声挺大，老太太愣没一点儿反应。随后，我又乍么实儿地喊了一嗓子：白姥姥！老太太还是没理我这茬儿，像是压根儿就没听见一样。我一看俩人已经爱得如胶似漆，忘乎所以了，就别打扰人家了，就转身走了。你说那老头儿会是谁？”他笑着问我。

“你管人家是谁呢？”我随口说道。

“倒也是，老太太爱谁，碍得着我什么？不过，让我想不明白的是都老目咯嚓眼了，他们还爱得那么全神贯注，忘乎所以，比年轻人还投入。”罗呗儿撇了撇嘴说。

“说了归齐，也许我们不懂他们的心吧。”我犹豫了一下说。

白姥姥跟我说过，她和三爷的故事，只告诉了我和宋琬，显然罗呗儿并不知道那老头儿是三爷。而我不用说就已经猜出来了。照罗呗儿的说法，白姥姥和三爷在贵州，肯定是没去美国。她为什么要制造这种障眼法？难道是来蒙我吗？我突然想起来，那天晚上吃杂碎的时候，是宋琬偷着告诉我她要去美国的，而白姥姥本人一直没跟我说这事儿。难道宋琬也蒙在鼓里吗？不是，那就是白姥姥和她一起做局，在我面前合演的这出障眼法。可这么做有什么必要呢？

但不管怎么说，罗呗儿告诉我的这一情况，还是让我大感意外，也让我陷入另一谜团：如果说白姥姥为了和三爷去贵州玩，有意跟我使障眼法，那么宋琬为什么也找不着了呢？

锅子涮到尾声，见罗呗儿把白姥姥的行踪告诉我，我也别跟他掖着藏着了，随口对他说：“听说了吧？我想辙，快把三爷的户口办下来了。”

“是吗？”他听了愣了一下，皱了皱眉，但马上又换了一种语气，说道，“我说什么来着，还是你这个作家的歪点子多吧？北京户口，多难的事儿呀，愣让你给办成了。老太太答应的那个猫碗，没个说法吗？”

“她已经给我了。”我盯着他问道，“怎么着？我什么时候把它给你拿过来？”

“给我？你舍得吗？”他用漫不经心的口气说，“算了吧，你留着吧。虽说是个猫碗，但毕竟是老太太的爷爷传下来的，是个老物件，值钱不值钱另说。”

我有些不可思议地问道：“怎么？这个小碗你不想要了？”

他冲我眨巴眨巴小眼儿，笑道：“东西到了你那儿，不舍得撒手了吧？”

“别废话。不想给你，就不告诉你了。”我瞪了他一眼。

他不以为然地笑了笑，说道：“没忘吧？我跟你说过，以前，对古董两眼一抹黑，看什么都是宝贝，自打跟齐放玩上古玩，哥们儿的眼儿高了。白姥姥这样儿的猫碗，我见得多了，一点儿不稀奇。兄弟，你帮她给三爷办户口，跑前跑后的也不易，留她个小碗做个念想吧。老太太还能活几年呀？你说是不是？”

“这么说，这个小碗你让给我了？”

“孙子说话不算话。你要再跟我提这个小碗，就是骂人呢。”他拿茶杯跟我的酒杯碰了一下，以示他说话算话。

那天，罗呗儿的饭局算是把我带到了八百里云雾之中，不但白姥姥的行踪让我丈二和尚摸不着头脑，他玩儿慷慨舍了那个猫碗，也让我弄不懂他葫芦里卖的是什么药？他做东请我的目的始终没露，也让我感到莫名其妙。难道他请我吃饭就是想告诉我，在黄果树看到了白姥姥？

投河

由打罗呗儿告诉我在黄果树见到白姥姥和三爷以后，我更急于见宋琬了。但连打了两天电话，还是找不到她。这天，王琦从宁夏来北京，为他的那部西夏王的小说提纲开专家论证会，特意把我叫过去。

论证会是在怀柔一个山庄开的，会期两天。头天晚上吃饭的时候，我的BP机响了，一回电话，是宋琬打的，真让我感到意外。“你是不是也跟着白姥姥去美国了？找你找得我都快登寻人启事了。”我在电话里跟她说。

她好像没心开玩笑，语气比较急切地问我：“你现在什么地方？咱们能不能马上见一面？”

“你有什么急事吗？我在郊区开会呢。”我说道。

“哦，你没在城里？能尽快回来一趟吗？确实事儿挺急的。我在我们家等你。你多晚来我都等你。”她把她家的地址和行车路线告诉我。

撂下电话，我心里有点儿忐忑：多晚她也在家等着我？什么事儿这么急？我来不及多想，也没心思吃饭，赶紧找王琦告假。

王琦帮我找了一辆轿车，当天晚上十点多，我赶到了宋琬家。

宋琬家在她丈夫的单位宿舍楼。她给我开门时，我差点儿没认出她来。有四五个月没见了，她好像又瘦了一圈儿，本来身上就没多少肉，现在快成麻秆了，长脸变成了瓜子脸，下巴见棱见角儿，小眼红得像樱桃，显然刚刚哭过。

“我知道你会赶过来的。所以一直在等你。”她回头向屋里看了一眼，小声对我说，“真是不好意思，我爱人和孩子都睡了。家里地方小，我们到楼下聊会儿好吗？”

“好吧。”我点了点头。

她进屋穿上一件羽绒服，跟我一起下了楼。走到单元门口，她站住了，嘴角咧了咧，勉强挤出个笑纹说：“实在对不住你这个大作家，这么冷的天，也不能在屋里坐坐。”

我淡然一笑道：“你就别客气了。这么晚了，我们谈事儿吧。”

她看了我一眼，低声问道：“你着急找我，是什么事？”

“三爷的户口批下来了，派出所急着要填表，我找不着白姥姥，只能找你啦。”我的话还没说完，她便抽泣起来。

“怎么啦？出什么事儿了吗？”我预感到有什么不祥之事，急切地问道。

“告诉你一个非常不幸的消息，你听了可得要镇静……”

“说吧，我沉得住气。什么不幸的消息？”我心神不安地说。

“白姥姥……她……”她呜咽道。

“她怎么啦？”

“她没了……”

“什么？白姥姥死了？”我的心“咯噔”一下，头发根儿都要立起来了，“怎么回事儿？”

“是一场意外。”她从兜里掏出一张揉得皱皱巴巴的报纸，递给我说，“看看上面的新闻吧。”

我走到路灯下，借着昏暗的灯光，看到报纸上的醒目标题：“滇池昨日发现一对坠河身亡的老人。”再往下看，我傻眼了，这对来自北京旅游的老人，是几天前坠河的。据目击者说，先是男性老人投河，接着女性老人跳下去相救。在两个老人在河里挣扎时，有几个路过的年轻人跳下河去救助，结果年老的妇人救了上来，那个男性老人救上岸已经溺亡。让人意想不到的是，那个老妇人在抢救过来后，闻听那个男性老人身亡，神情恍惚，趁人不备又投入河中，结果再救上岸，已经没了呼吸……

“这对老人是白姥姥和……”我诧异地问道。

“三爷！”宋琬喃喃道。

“三爷？白姥姥和三爷？”我情不自禁地喊起来。

“没错儿。我亲自到昆明验的尸。白姥姥的女儿也做了DNA鉴定。”

“这是什么时候的事儿？”

“已经有一个多月了。”宋琬泣不成声地说。

“她跟三爷跑到昆明干什么去了？”我神情紧张地问道。

“他们是一块儿去南方旅游。”她拿出手帕，擦了擦眼泪。

我倒吸了一口凉气，鼻子有些发酸，眼泪在眼眶里打转儿，但我强忍着，没让它掉下来。沉默了片刻，我问道：“这些日子，你是不是一直在忙着处理他们的事儿？”

她点了点头，唏嘘道：“白姥姥的两个女儿从美国回来了。我和她们一起去的昆明，处理后事。据救助他们的人说，现场很悲壮。他们的遗体已经在昆明火化了，因为是意外事故，白姥姥的女儿拿出二十万，感谢救他们的几个年轻人。但那几个年轻人死活不要。”

“北京的一对老人客死云南。这事儿是不是有些蹊跷？”我把那张报纸还给宋琬道，“这之前，你不是告诉我白姥姥要去美国照看她女儿吗？”

“唉，真要是这样，就没有这一劫了。”她苦笑一下道，“有件事，白姥姥一直瞒着你，我也是后来才知道的。三爷头年查出了癌症。”

“什么？癌症？”我诧异地问道。

“而且已经转移。为什么白姥姥急着让你给他办户口？实际上是想解决他的医疗费用问题。

她叹了一口气说：“白姥姥知道他的日子已经不多了，所以想陪他到全国有名的地方玩一玩。可她又怕你知道，三爷的户口半途而废，于是就让我跟你打马虎眼说，她要去美国看女儿。其实，她和三爷去了南方。”

“他们走后一直跟你联系，是吗？”我想起罗呗儿说的，在黄果树看见他俩的事儿。

“嗯，云南是他俩的最后一站，白姥姥告诉我在云南玩几天，就直接飞回北京。可谁能想到，他们却……”

我猛然想起几个月前，在白姥姥家吃杂碎，宋琬说的“最后一次”。难道果真应验了？我不由得心里一沉，脱口说道：“这是命吗？唉，太意外了！等于两个人同归于尽，谁能想到？”

“是呀，我第一时间得到这个噩耗，简直吓蒙了。真是不敢相信，但是……唉。”她用手揉了揉眼角，顿了一下说，“白姥姥的女儿大后天就要回美国，机票已经买好。她们准备明天安葬白姥姥的骨灰。所以我急着找你。”

“找我？都这时候了，我也无力回天呀？”我已经被这突如其来的噩耗，弄得大脑发瞢了。

“找你，是让你参加白姥姥的骨灰安葬。另外，你不是三爷的干儿子吗？我想，我们一起来做一件事，了却两位老人的心愿……”她嗫嚅道。

在宿舍区昏暗的路灯下，宋琬的小脸显得惨白，看上去有点儿瘆人。

“哦。”我长长地出了一口气，这时才如梦方醒，对她说，“我明白了，让这对老情人‘在天愿作比翼鸟，在地愿为连理枝’。”

“你应该知道呀，这是白姥姥生前的最大心愿。”宋琬擦了擦眼角的泪，低声说：“三爷的骨灰寄存在陈大壮家了。明天他也来。我想让你给这对老人写个碑文。”

“放心吧，我会写的。”我打了个冷战说。

一阵寒风吹过来，她冷得哆嗦了一下，用手掖了掖羽绒服的领子，告诉我明天上午大壮开车到我们家接我。我们又聊了两句，天太冷，她连打了两个喷嚏。怕她冻着，只好跟她告别。

王琦给我找的车，还在宿舍门口等着我。司机直接把我拉回了家。

葬礼

第二天一大早，大壮开着一辆“桑塔纳”到家里来接我。我们一起参加白姥姥的骨灰安葬仪式。

他本来是开“面的”的，也许是为了要面儿，单找哥儿们借了一辆车。大壮穿着黑衣黑裤，透着“素”。他平时不怎么爱说话，今天参加葬礼，话就更透着少了，从头到尾，那张倭瓜脸一直阴不搭的，好像能拧出水来。这种带着丧气的惆怅心绪也感染了我。我的舌头好像也藏了起来，一路上跟大壮没说几句话。

其实，但凡认识白姥姥和三爷的人，参加这种葬仪，心理肯定是矛盾的。您琢磨去吧，白姥姥跟自己相濡以沫的老伴儿圆坟，似乎是名正言顺。老两口儿的骨灰合葬，入土为安，谁都认为是天经地义。但白姥姥还有一个相恋了半个多世纪的老情人呢，这问题不就复杂了吗？

话又说回来，她还是跟老情人一起“走”的，她生前也有遗愿，死后要和三爷葬在一起。我们肯定要给这对老情人搞一个葬仪。而这两个葬礼孰轻孰重？真是耐人寻味。就情理来说，这个葬礼固然重要，但这只是名分上的事儿。就爱情的内容来说，另一个葬仪则更有深意，也更加感人，因为墓碑上的东西不足以表现他们永恒的爱意，或许在知情人看来，只有合葬，才是他们爱的归宿。

看着陵园里，像小树林似的密密麻麻的墓碑，我突然想到，白姥姥和三爷双双沉入滇池，难道是上天有意安排的吗？

到了陵园我才知道，白姥姥的骨灰安葬，让宋琬搞得有点儿像通常的遗体告别仪式，参加的人不但有白姥姥的亲属，还有她退休前那所中学的领导和老同事，加起来有四五十号人。

宋琬在跑前跑后地张罗，她成了主事儿的“大拿”，又找了两个老同学做帮手。我以前没发现她这么能张罗事儿，也许是有白姥姥在场，限制了她能量的发挥。不过，这种仪式确实需要一个有里有面儿能主事的人。

敢情在头一天，宋琬已经跟大壮背着其他人，把白姥姥的骨灰一分为二了，另一半留着跟三爷合葬，这一半是跟她丈夫合葬。白姥姥的两个女儿不知道母亲跟三爷的事儿，当然，她们也不知道母亲的骨灰少了一半，大女儿抱骨灰盒的时候，感觉很轻，还以为遗体烧得透呢。

由于白姥姥是意外死亡，加上她的人缘儿不错，参加葬礼的人都挺伤心，有两个老同事甚至哭得差点晕倒。倒是白姥姥的两个女儿显得淡定自若，脸上的神情沉静而庄重，好像在履行一件公事。

她俩的个头儿都差不多，只是大五岁的姐姐比妹妹的体型略丰满一些，都穿着一水儿的黑衣服，戴着白花，各自手里拿着一束鲜花。姊妹俩长得文雅淑庄，但五官都不太像白姥姥，只有仔细端详，才能在她们的眉眼之间，些微找到点儿白姥姥的影子。

大女儿把自己的儿子也带来了，儿子有十来岁的样子，典型的东西方混血人的形象，皮肤像美国人，五官像中国人，模样倒是挺可爱，因为从小在美国长大，中国话只会简单的日常用语。当然他对自己的亲姥姥也没什么印象，只是在两岁多的时候，姥姥到美国看了他几个月。

不过，孩子挺懂事，一直默默地跟着我们到墓地。我悄声跟他聊了两句，知道他有一个中国名字叫于大伟，他妈妈为了让他记住自己的姥姥，特意让他姓了于。他脖子上戴着一个碧绿的翡翠牌子，上面雕着一条龙，这是于子鸾送给白姥姥的念物，后来老太太去美国的时候，送给了她的外孙子。我蓦然意识到，这孩子是白姥姥留下来的根儿呀！

墓碑上已经刻着白姥姥的名字，陵园的工人只需在上面刻上死亡日期就齐活。石头基座下头有不大的穴坑，工人将石头基座掀开，把白姥姥的骨灰盒放了进去，然后再重新盖上。人们按顺序分别向墓鞠躬，两个女儿在把鲜花放在墓石上的时候，分别流出了悲伤的眼泪。她们次日就要返回美国，再来可就没日子了，想到这儿，难免伤心。

葬礼被宋琬安排得井然有序，也很体面，一切都照现行的北京的丧仪来的。我实在没想到，宋琬懂得这么多老北京“白事”的规矩，葬仪结束后，她还张罗在万寿路附近的酒楼摆了四桌，请大家吃了顿饭。

她跟大伙儿说，白姥姥是老北京人，老北京的“白事”要搭棚支灶，接三儿①、送库②、放焰口儿③，讲究多了，出殡回来要吃“柳叶面④”。这些老规矩现在不讲了，但葬礼完吃顿饭，还是必须

---

① 接三儿——老北京风俗。人死后的第三天举行的仪式，由僧、道设祭诵经，当天晚上，家人烧纸人、纸马等冥活，意在告慰亡灵。也叫“送三儿”。这种带有迷信色彩的仪式，现在已基本上失传。

② 送库——老北京风俗，属丧仪的一部分。北京旧俗，人死后七天方可下葬。出殡之前，孝子和亲人要伴宿儿做佛事。当天傍晚，要将纸糊的楼库（象征死人在天堂注的房子和储存财务的仓库）拿（送）到大街的十字路口焚烧。一路上，有鼓乐伴奏，僧、道与孝子、亲友步行相送，就是所谓的送库。此风俗现在已基本上没人讲了。

③ 焰口儿——老北京丧仪中的佛事活动之一。原本是佛教用语，形容恶鬼想吃东西，口吐火焰。老北京人担心亡人走后在天堂吃不上饭饿肚子，所以要在人死后请和尚做法事，向亡灵施舍吃的东西。这种法事叫放焰口儿。

④ 柳叶面——按老北京风俗，参加出殡的人不能直接回家，因为有可能死鬼会跟着你，所以要吃一碗丧家做的面才能摆脱死鬼的纠缠。面试现擀现做的，形状如柳叶，所以叫柳叶面。这种带有迷信色彩的习俗已经破除，现在很少有人知道了。

琉璃厂文化街

的。因为白姥姥活着的时候就讲究吃。反正多数人并不懂老北京的这些规矩，全听宋琬指挥。

毫无疑问，宋琬成了白姥姥的代言人。其实叫代言人并不准确，人都死了，代什么言？但叫什么好呢？找不出恰当的词儿，因为白姥姥有女儿，还不是一个，所以再叫她干女儿什么的都不合适。白姥姥的两个女儿已经成了美国人（入了国籍），对北京的事儿有点儿生分了，所以姐俩儿把有关白姥姥身前身后的一切事由儿，都委托给了宋琬。宋琬聪明，抓空儿把姐俩写的委托书做了公证。

人的活动能量大小，似乎跟身材高矮胖瘦没什么关系。看着身材矮小瘦弱，又是那么文静，而且还得过癌症的宋琬，我实在难以想象她居然有这么强的主事儿能力。主事儿跟干事儿是两回事，主事儿必须要有主心骨儿和操控能力。实际上，在操持这个葬礼的同时，她已经在运作白姥姥和三爷的葬礼了。

白姥姥的骨灰安葬，按老北京的老礼儿，是跟自己的老伴儿“合坟”，说白了，这种葬礼是给活着的人看的。而白姥姥和三爷的葬礼，是实实在在给这两个故去的人办的。正因为两个葬礼的意义不同，她对后一个葬礼更上心。

按她主意，第一步是给这两位老人买块风水好的墓地。她找了个懂堪舆的大师掌眼。只要他点头，她不怕花钱。那些日子，宋琬的丈夫开车，带着这位风水大师几乎把京城的墓地转遍了，最后选在了昌平凤凰岭半山坡上的一个陵园。说来也是天意，这儿离三爷当年落难的北安河乡非常近，站在山坡上便能俯瞰到北安河村。

三爷的意外离世，也使户口的事儿白折腾了两年多。当初“瓜条”给的办户口用的两万块钱还剩下一万多，我如数拿出来交给了宋琬，用来买墓地。其实，白姥姥的存折在宋琬手里，折子上有十几万。按宋琬的主意，所有的钱都用在墓地和葬礼上。光墓地就花了十多万，选的是陵园规格最高的。

谁知“瓜条”从他爸爸那儿得知白姥姥意外去世的消息，坚决要掏这笔钱。宋琬争执不下，最后，白姥姥和三爷的墓地还是“瓜条”掏的钱。而且他还单给宋琬两万块钱，操持葬礼。宋琬信佛，对钱财看得很淡，后来葬礼剩下的钱全部打入白姥姥存折，作为基金，资助困难家庭的子女上学，当然这是后话，不提了。

按老北京“白事”的讲儿，人死后六十天要搞一次大祭，俗称办“六十天”，全族的人都要参加祭祀，还要烧纸船纸桥。现在这一风俗已破，但老人在这一天，总要对亡人象征性地搞点儿祭祀活动。宋琬和大壮懂老礼儿，所以把白姥姥和三爷的葬礼选在了“六十天”。

真容

在老北京，客死他乡，包括死于非命的，俗称“外丧鬼”，灵（遗体）不能进家门，只能停在庙里，术语叫“暂厝”。新中国成立后实行火葬，骨灰也不能进家门，只能寄存在殡仪馆或骨灰堂。大壮对老北京的礼儿知道得更多，他觉得三爷一辈子多灾多难，“点儿”实在太背，临了儿还掉到河里淹死了。他认为三爷的亡灵应该跟神、佛结缘，这对他“超生”和“转世”有好处。正好他认识北城一座大庙的主持，就把三爷的骨灰存放到庙里了。

按老北京的风俗，人死后，七天为一祭，“七七”是大祭。这天，大壮开车拉着我，奔了北城的那座大庙，给三爷烧香。主持带着七个和尚，给三爷念了一阵经。

走出寺庙，我问大壮：“三爷活着的时候信不信佛，你张罗给他做佛事？”

他对我憨笑道：“他不信，我信。”沉默了一下，他叹了一口气说：“老爷子活着的时候要是多拜佛烧香，就不会有那么多灾祸了。”看着他那憨厚朴实的样子，我真不知该说什么了。

回家的路上，我的脑子一直转悠着三爷的事儿，他怎么会掉到河里了呢？难道是自杀？听宋琬说是意外，可是滇池作为旅游区，沿岸都有栏杆呀！唉，人已经死了，再说什么都没用了。我突然想到，折腾半天，我到了儿也没见到三爷本人。

“你说是不是有点儿遗憾？”我跟大壮念叨。

“真的吗？”大壮听了，将信将疑。

我打了个沉儿说道："白姥姥对我许愿，等户口问题解决了，再让我跟他见面。现在可好，户口解决了，人却没了。唉。"

"我以为你们见过面儿呢。"大壮不置可否地对我淡然一笑。

转过天，"汤泡饭"给我打电话，约我到"瓜条"开的酒楼吃饭。他约我能有什么事儿呢？我琢磨半天，想到了北岳先生的那篇报告文学，这些日子，净忙白姥姥和三爷的后事了，我几乎把替杜宗颐找儿子的茬儿给忘了。

果不其然，一见面老汤便跟我念秧儿："我说什么来着：这事儿，土地爷敲门，神到家了。不到一个月的工夫，您猜怎么着，收到了小一百封来信，电话就甭说了。杜先生会有一百多儿子？这不是搭哄吗？准知道湿木头生煤炉，烟多火少。临完一追根儿，嘿，没一个正经人，有的连杜宗颐是哪儿的人都说不上来，这不是猴儿拿虱子，瞎掰吗？"

我劝他道："喝口茶，消消气儿。您不是好热闹吗？换个人，还真应付不了这种事儿。"

捧他两句，他心里舒服了，嘿然笑道："这还不是看你的面子吗？"

"当初可是您找我写的这篇文章，解铃还得系铃人不是？"我笑道。

"真正的系铃人已然解不了铃儿了。唉，谁能想到一个大活人，突然之间就没了呀！"他叹了一口气，脸色突然黯淡下来。

我吃了一惊，赶忙问道："怎么？北岳先生出什么事儿了吗？"

"什么？这么大的事儿，你不知道吗？"他瞪大眼睛问道。

"不知道呀！怎么啦他？"我急切地问。

"他跟白姥姥到云南去玩，没想到掉到河里淹死了。你会不知道？"他的眼珠子快要瞪出来。

"他跟白姥姥？"我诧异地问道，"白姥姥不是跟彭璟如彭三爷一起出的事儿吗？"

"他俩不是一个人吗？"他拧着眉毛说。

"啊？"我像被雷击了一下，从椅子上跳起来，"他俩怎么会是一个人呢？”

“北岳先生就是彭三爷呀！你不知道吗？”他高声问道。

“啊！原来如此！”我木然地看着老汤，半天没缓过神来。说老实话，我做梦也没想到北岳先生就是三爷。

“北岳先生不是姓王吗？”沉默了一会儿，我问道。

“唉，他跟他们家闹掰了以后，就改名换姓了。”老汤看了我一眼说。

“可是我到青海帮他落实政策，后来帮他办户口，用的都是彭璟如这个名儿呀？”我惑然不解地问道。

“户口和身份证上的名儿已经改不了啦，他平时就用王北岳这个名儿。白姥姥没告诉你吗？嘿嘿，亏了你还是三爷的干儿子呢！”他咧了咧嘴道。

“那个干儿子是为了报户口冒充的。唉，现在一切都成了枉然。”我叹息道。

“嗐，这位爷，命属黄连，一辈子就一个字：苦。不过，白姥姥倒还对得起他，临老临老，俩人闷得儿蜜，一块堆儿待了小一个月。怎么说呢，也算是把三爷一辈子的梦给圆上了。”他感慨道。

“白姥姥简直就是一个奇人！”想到老太太一直对我讳莫如深，瞒着三爷的真容，我不禁脱口而出。

意外，总是让人感到意外，但当意外真的来临，我们对意外的理解，照样是意外。老汤跟我对白姥姥和三爷的意外溺亡唏嘘一番后，对我说：“北岳先生‘走’了，我看替杜宗颐找儿子的事儿，是不是也该搁搁了。”

“可是那三把古琴还有那一箱子古琴资料，咱们怎么处理？”我想了想说，“等给他们办完葬礼再说吧。”

老汤点了点头。顿了一下，他突然对我咧嘴笑了笑说：“说书的掉眼泪，替古人担忧。你说咱俩这是着得哪门子急呢？”

了然

由于职业的原因，我认识的人多，也比较杂，自然，也参加过许多红白喜事，但是，像白姥姥和三爷这样的葬礼，我还是头一次碰上。那天来的人并不多，除了我和宋琬、大壮、“瓜条”父子之外，还有“汤泡饭”他们票房的七八个老票友。宋琬的主意是范围越小越好，她连自己的丈夫都没叫。

墓地早就买下了，汉白玉的墓碑上雕刻着五个大字：“永远在一起。”边上是一行小字：北京姥姥，北京三爷。碑的背面刻着他们俩的名字和生殁年月日。这是我设计的。宋琬本来让我写篇祭文或墓志铭。我想了几天，觉得再多再好的语言，也没有这五个字生动。这五个字，也许是他们一生的追求。他们活着的时候没能在一起，死了，进了天堂，就让他们永远在一起吧。

“永远在一起”，宋琬也是依照这层意思，把两个人的骨灰合到一起，装在一个骨灰盒里安葬的。

那天的天气阴沉，我们到墓地的时候，下起了霏霏小雨，仿佛老天爷也被他们历经苦难的爱情故事所感动，忍不住掉下了眼泪。晦暗的天气，更增加了葬礼的凝重感，我感觉脚步都显得有些沉重。

虽然从遇难那天开始算，到他们下葬已经两个月了，但是当他们的骨灰盒安放在墓穴的时候，参加葬礼的十几个人，都难以克制内心的悲恸，放声哭了起来。那真是毫无顾忌的放声大哭，陵园里安葬亡灵的只有我们这一拨人，显得十分安谧，因为墓地在半山坡上，周围是茂密的树林，人们的哭声传得很远，在山林间回荡。

头天夜里，我做了一个非常奇怪的梦，我恍惚跟着几个朋友来到一个饭馆，酒喝得正酣，发现旁边的饭桌坐着一个老头儿和老太太，他们非常惬意地吃着喝着，突然那个老先生起身拱手，跟大伙打了个招呼，然后，怡然自得地唱起戏来。唱的是什么戏，我没听出来，总觉得腔调有点悲凄。饭馆里吃饭的人不约而同地把目光投了过去。我猛然发现这个唱戏的老人有些面熟，定睛细观，敢情是北岳先生，那个老太太是白姥姥。我吃惊地走到白姥姥跟前。她对我嫣然一笑道，他们说我和三爷死了。我们怎么会死呢？瞧见了吧，我们俩不是活得好好儿的嘛。我诧异地看着她，正要说什么，

“叫起儿[①]”的闹铃响了。

这个梦让我糊涂了，从打进了墓地，我的脑子便进入了一种混沌状态，我只觉得这是参加另外什么人的葬礼，冥冥之中，白姥姥和三爷，不，应该是北岳先生，就在我的身边，跟着我们这些人一起往墓地走。安放骨灰盒的时候，我朦朦胧胧地看到了白姥姥和北岳先生的身影在墓地晃来晃去，看着这些人在为他们唏嘘落泪，甚至号啕大哭，他们也随之动容，伤感地叹息，直到安葬仪式结束，人们离开墓地，走出陵园，他们的影子才消失。

我觉得自己的魂儿从葬礼开始，就被白姥姥和三爷给拽走了，只留下一个躯壳在动，所以，葬礼上我的言谈举止有点儿呆，甚至可以说有点儿机械，一切都随着大伙的动作而动作：他们献花，我也献花；他们往墓穴撒土，我也跟着撒土；他们向墓碑鞠躬致意，我也鞠躬。其实我的心神却始终跟着白姥姥和北岳先生在游动。宋琬和大壮看着我麻木的神情，以为我过于悲伤，难以自制呢，其实，他们哪儿知道我早就魂不守舍了。

也许是白姥姥经常跟我开玩笑的缘故，加上那个猫碗的所谓灵异，弄得我在他们的葬礼后的很长一段时间，都云里雾里地迷糊着。我影影绰绰地觉得白姥姥还活着，所谓溺亡，是老太太跟人们开的一个大玩笑，或者说，是她和三爷的一个隐身法。

我的潜意识总感觉我们这些人被白姥姥捉弄了。这些人又买墓地，又立墓碑，又悲又哀，泪流满面，对他们的遭遇伤心不已，哭半天，那骨灰不定是谁的呢。也许这会儿，白姥姥和三爷正在一个遥远的地方，那里山清水秀，春和景明，如同世外桃源，两个老人纵情山水，相依相融，耳鬓厮磨，沉入爱河，享受着爱情的欢愉呢。

直到宋琬给我打电话，我脑子居然还琢磨着，是不是白姥姥要我到她们家吃杂碎。宋琬在电话里笑着问我：“你是不是在做梦？”

---

① 叫起儿——怕自己睡过梭儿，让人早上叫醒起床。

“在做梦吗？你都快把我弄神经了，一接你打的电话，我就以为白姥姥要找我。”我笑道。

“还吃杂碎呢？唉，别再想这码事儿了。人都没了，上哪儿再吃她做的杂碎去？”宋琬叹了一口气。

宋琬给我打电话，是要跟我商量买墓地剩下的钱这么处理？她有很多想法，比如成立白姥姥教育基金会，把老宅收拾一下，搞一个白姥姥故居或纪念馆等等。我不想给她的这种热情泼冷水，她对白姥姥的感情比我深。在电话里，我鼓励了一番她的想法。

学刚给我来电话，问三爷填写履历的情况。我知道他爱吃“白姥姥杂碎”，把他约到“瓜条”开的酒楼。一碗杂碎下肚，我才把白姥姥溺亡的事儿说出来。他愣了半天，苦笑道：“人生就是这么无常。这是谁也没法预料的事儿。”

那天，他破例跟我喝了半瓶多高度白酒。他跟我讲起当兵，参加“中越自卫反击战”时候的事儿，一个班的战友，头天还在一起说说笑笑，第二天一上战场，好几个没了。想想吧，那是什么心情？我想起小时候胡同里的老人，死人不说死人，说“乌程”了。这俩字什么意思？我查了许多字典，都找不到解释。后来一个老北京人告诉我，“乌程”就是“无常”字音的讹化。其实，无常这俩字儿，不是人死的说明，而是人生的证明。

“得了，这也算老俩功德圆满。咔嚓一下，一口气没上来，‘走’了，倒也利落。人都有这一天，谁也躲不过去。你说是不是？”学刚带着几分醉意，对我说。

不知为什么，我突然想起罗爷来。“那么精神的老头儿，临走的时候，瘦成了一把骨头，受得那罪过大了。照这么说，白姥姥和三爷这么痛快地‘走’，也是修来的‘福分’。”

“当然，这是难得的超脱。”学刚感慨道。

那天晚上，学刚带着酒味儿一气儿喝了三碗“白姥姥杂碎”。临完，他意味深长地对我一笑：“谁说老太太没了？这不是还活着吗？”

“还是学刚哥说得对。冲这个，我得再来一碗。”我叫过服务员，又上了一碗“白姥姥杂碎”，三口两口把它喝进了肚儿。

第二十六章

惶惑

时间如流水，光阴像筛子，它能把记忆中的许多零碎儿给筛掉。一眨么眼儿的工夫，五年过去了。这五年，国家和社会发展得飞快，许多事儿都物是人非了，但对白姥姥我一直没忘，也许她在我的记忆中不属于零碎儿吧。实际上，她在我这儿也有念想儿，这就是那个猫碗。

估计很少有人能想到，进入二十世纪九十年代末，民间收藏会发展得如此迅猛、如此火爆，玩古玩的人之多，超乎人们的想象，正因为如此，那些珍贵的官窑古瓷器，价位翻着跟头往上涨。与此同时，商品房市场异军突起，享受了几十年福利分房的人们突然想明白了，房子得自己掏钱买，于是买房成了老百姓的生活需求。我住的房子小，夫人一直撺掇我买房，虽然那会儿三环以内的房子，一平方米不过三四千块钱，但对于一个靠码字儿为生的人来说，也只能望楼兴叹了。

这天，王琦找我聊他的电视剧本的事儿，折腾了五年多，他那本关于西夏王的长篇历史小说终于出版，这会儿正忙着把书改编成电视连续剧。出这本书，他赔了几万块钱，想靠写电视剧把钱挣回来。

我们聊着聊着，他从包里翻出一张报纸让我看，原来报纸上有篇新闻报道：在刚刚结束的香港苏富比中国文物艺术拍卖会上，一件成化斗彩鸡缸杯，拍出了两千九百一十七万港币的天价。报道说，这个斗彩鸡缸杯，是香港一个姓仇的古玩商在1949年花了一千块钱买到手的，1980年，姓仇的古玩商去世后，这件鸡缸杯在香港上拍，拍出了五百二十八万元的天价。十九年后，这个瓷杯竟翻到了近三千万元。

王琦知道白姥姥送给我的那个猫碗是成化斗彩，诡秘地冲我一笑说："想不到吧？一个小碗三千万！你发财的机会到了。"

“干吗？想让我出手那个猫碗？”我愣了一下，问道。

“多好的机会呀！趁现在民间收藏热，有钱的人开始往古玩市场砸钱，赶紧把它出手吧。你又不是收藏家，孤零零地藏这么个碗有什么用？”王琦开导我说。

“可这是白姥姥留给我的一个念想儿呀。为了钱把它卖喽，良心上说不过去呀。”我迟疑道。

“算了吧。人都死五年多了，什么念想儿呀？最好的念想儿，是心里的念想儿，一个小碗，摆在那儿是念想儿，你把它卖了，拿钱买房买车，也得念老太太的好儿，不也是一种念想儿吗？”他看出我是榆木疙瘩脑袋，一时半会儿开不了窍，便退了一步说：“得了，反正我把信息告诉你了，卖不卖，大主意你自己拿。”

夫人在一旁听了没言语，王琦走了以后，她拿起那张报纸，看了足有半个小时，接着又从柜子里找出木匣，取出那个猫碗，左看右看，舍不得放下。突然像脚踩电门，一下从椅子上跳起来，冲到我的面前，激动得说话嘴角直哆嗦：“这是个碗儿呀，真值那么多钱吗？三千万？去掉两个零儿，三十万，有人买，你都把它卖喽！三十万？够你挣十年的！”

我知道她为了买房，筹钱愁得夜里老说梦话。三千万？她想都不敢想，三十万，这意外之财就能把她给乐疯啦。这些年，她见到我的最大一笔收入，是我的一部长篇小说稿费：两万块。那是我三四年的心血结晶。您说王琦带来的这个信息，是不是又让她夜里睡不着觉了？

我拿起那个猫碗，仔细端详把玩了一会儿，不禁浮想联翩。白姥姥“走”了以后，我一想起她，就会拿出这个小碗把玩一会儿。睹物思人，触摸着这个小碗，像是在跟老太太促膝谈心。我想起当年老太太的爷爷李大舌头把玩这个小碗，思念他的情人喜鹊的故事。说老实话，让我出手这个小碗，我还真有点儿舍不得。但话又说回来，谁对摆在眼目前的三千万港币不动心，那纯属装孙子。我们这拨“60后”，这些年是苦着业着[①]走过来的，谁跟钱有仇呀？况且我眼下家里买房，正缺银子。

夫人揣摸到我犹豫不决的原因，憋了两天，想出了一个“激将法”：“早就听你念叨过，白姥姥说这个小碗沾着晦气。既然这样，你还有什么舍不得撒手的？难道你等着让这晦气的猫碗使咱们全家人倒霉吗？”

这让我无言以对。我心里明白她想钱都快神经了，我如果再攥着这个小碗不撒手，她真会急出个好歹来。

恰在这时，“瓜条”打电话找我。敢情他也知道了香港苏富比拍卖的新闻，所以，特意撺掇我把手里攥着的成化斗彩小碗卖了，而且还替我找到了一个非常有实力的买主儿。

“瓜条”这几年是越玩越大，他在海南投资房地产，发了大财，转回身又杀回京城，靠着自己的人脉关系，在房地产业做得风生水起，别的不说，光投资胡同大杂院、四合院的收购、改造重建，就砸进去几个亿。这家伙确实有眼光，两三百万买下的大杂院，经过他拆了重建的四合院，上市后，每套都四五千万，但仍然供不应求，有一套卖一套。买他四合院的多是香港、台湾商人，还有内地的暴发户和炒房地产的人，他们看好京城的四合院还会升值。其中有个六十多岁的香港古玩商林少雄，因为买了“瓜条”的一套四合院，俩人成了朋友。

说起来，这位林少雄也是老北京人，1948年，他十几岁随在交通银行当监理的父亲去的台湾，以后去美国留学。他父亲到台湾后，一直做古玩生意，他在父亲去世后，接手了家里的古玩店，买卖越做越大，后来，他在香港买房置地定了居。林少雄的眼光比较“毒”，在大多数古玩商对中国大陆市场还打盹儿的时候，他已经以投资商的身份，两条腿都迈进来了。

北京的地面儿，林少雄并不陌生，虽然新中国成立后的几十年发生了天翻地覆的变化，但北京人的脾气秉性，北京的风土民情，

① 苦着业着——老北京土话。受苦受累的意思。

万变不离其宗。他知道真正的好玩意儿在老百姓手里藏着，所以他在大多数人对古董还朦胧着的时候，抢先下手，这些年，他可没少在民间概搂好玩意儿。他通过交际，撒了一张大网，谁有线索信息透给他，成与不成，他都打喜儿[①]。他知道古玩行向来水深莫测，京城有一拨像齐放这样的年轻后生，暗地里在跟他过招儿，但他沉着应对，在私下里抢着齐放他们的风头，因为他出手大方，只要是他看准的物件，别人开价五万，他一准儿给六万，甚至十万。这种慷慨，让他在古玩圈儿里出了名，当然谁手里有宝贝玩意儿出手也都认他。您想，谁有东西不想卖高价呀？

他从“瓜条”嘴里得知我手里藏着成化斗彩，便坐不住了，非要亲自见我。“瓜条”比较精明，没有马上答应他。都是买卖人，斗心眼儿，谁都有自己的“撒手锏”。那头，他想把林少雄的胃口吊足了再下夹子；这头，他想方设法让我开窍。我当然禁不住他的诱惑，末了儿还是缴械投降了。“瓜条”在带我见林少雄之前，特意辅导了我一个多小时，教我在谈价儿的时候如何看他的眼色行事。

我越听越糊涂，对他说：“你就别费唇舌了。就只当这个小碗是你的，交易上的事儿，你都做主吧。我觉得忒累。”

他笑道：“谈生意嘛，不谈哪有生意？不是我说你，你们文人就知耍笔杆，干这还真不灵。得啦，到时候，我替你跟他交涉，你就去当那点头的行吧？”

林少雄的四合院在东城的一条老胡同，这里是历史文化保护区，没有拆迁之虞。由于是老院拆了新建的，应了那句老北京讽喻内务府官员（暴发户）的一句话：“树矮房新画不古。”尽管屋里的陈设多是老古董，但依然没有胡同老根人家的那种古韵。

林少雄穿着中式对襟丝绸小褂，脚蹬千层底布鞋，中等身材，不胖不瘦，长得四方大脸，天庭饱满，地阁方圆，举止沉稳，说话

---

① 打喜儿——给予好处费，或者叫赏钱。因为这钱不是事先说好的，一切要看对方是否慷慨，所以有意外之喜的意思。“打”，就是给予。

随和，手里握着一个烟斗，身上充满儒雅之气，看上去不像是古玩商，倒像是个饱学的教授或学者。尽管林少雄听“瓜条”介绍我是作家，对我十分客气，但是不知为什么，我见了他，心里有些紧张。

冥冥之中，感觉白姥姥在屋子的某个角落看着我。当年，京城有名的收藏家林肇基和古玩商靳云鹏，为了给孔祥熙祝寿，争着要买这个小碗，白姥姥的爷爷死活没出手。想不到阴差阳错这个小碗到了我手里，却要把它卖给这位港商。我突然觉得有点儿对不住白姥姥。可是，夫人央求的目光又在我眼前转悠着：心疼它干吗？不就是一个猫碗吗？当年于大舌头舍不得撒手，是因为怀念她的情人。你留着它又有什么用呢？想到这一层，我惶惑的心理稍稍得到一些解脱。

赝品

林少雄并没有马上就奔主题，而是东拉西扯地跟我聊老北京的风土人情，看得出来，虽然他离开北京多年，但对四九城的旧闻新事了如指掌。我知道这是精明的古玩商惯用的伎俩，他们往往在闲聊当中揣摩你的心理，洞察你的神态，以便在看物件时拿捏价钱。

“瓜条”当然也明白林少雄的用意，但他瞧出我的心不在焉。看聊得火候差不多了，他对林少雄说：“林老板，东西带来了，您还是先上眼吧。”

“哦，对对，汤老板说得对。您把东西拿出来展展，让我开开眼。”林少雄满脸堆笑地对我说。

我从包里取出那个木匣，放在桌子上。林少雄假模假式地到卫生间净了净手，又戴上了一副白手套，小心翼翼地打开木匣，拿出了那个小碗。只见他看到这个小碗的瞬间，像被什么东西烫了一下，两只眼睛顿时冒出了惊喜和贪婪的异样目光，但这种眼神在刹那间又迅疾消失了，他的脸上又恢复了平静。

“嗯，这碗的品相保护得很好，难得呀！”他凝神仔细地端详着这个小碗，嘴里不停地赞叹。

他看得非常认真，还把碗对着窗外的阳光看了半天，突然他的脸上滑过一道阴影，神色变得凝重起来。但这种神情在脸上只停留了几秒钟，又迅速地恢复了平静。脸上神情的变幻莫测，说明他内心世界的复杂和纠结。“瓜条”在旁边对我眨了眨眼，示意我不要言声。

“看来，这个小碗碰到了真正的买家。”沉了片刻，“瓜条”打破了屋里的沉寂，冒出了一句。

“唉。”他叹了一口气，把小碗放回木匣，摘掉白手套，从桌子上拿起烟斗，点着，抽了一口，对我微微一笑，问道：“这个小碗是您祖上传下来的？”

“是。”“瓜条”接过话茬儿道，“是他们老祖手里的玩意儿，传到他这儿已经五代了。”这是来之前，“瓜条”跟我商量编排的谎。按“瓜条”的意思，在林少雄面前不能露出这碗是白姥姥的，免得将来于大舌头的后人找麻烦。

“这碗是您老祖儿的？”林少雄嘴里噙着烟斗，两眼微微眯着，直视着我问道，“您的老祖是不是姓于？”

没容我张嘴，“瓜条”接了过去：“不不，他们老祖不姓于。林老板是不是张冠李戴了？”

林少雄抽了一口烟斗，然后用烟斗轻轻在鼻子上蹭了蹭，不冷不热地笑了笑道：“您的老祖不姓于？那我请问您，于大舌头您认识吗？如果于大舌头您不认识，那么，白姥姥您应该熟吧？”

这几句话，一下点到了穴位上，等于给“瓜条”和我来了个烧鸡大窝脖儿。“瓜条”是买卖地里混出来的，毕竟见过世面，赶紧打圆场，往回找补：“于大舌头他当然认识了，他们老祖儿跟于大舌头是老交情了。自然，跟白姥姥也走得近。”

林少雄哑然失笑道：“不用汤老板自圆其说了。哈哈，实话跟你们说吧，这个成化斗彩小碗，我五十来年前就见过。”

“什么？您……”“瓜条”吃惊地看着林少雄。他被林少雄给说蒙了。

林少雄吸了一口烟，不紧不慢地说道：“说来话长，这还是一九四几年的事儿，国民政府的行政院长孔祥熙，也不知从哪儿知道于大舌头手里有这么一个小碗。他酷爱收藏古瓷器，便托人找我父亲，想把这个小碗戗过来。偏偏赶上他要过六十大寿，国民政府有个厅长为了晋级，巴结孔祥熙，要给他送份大礼贺寿，也求到了我父亲。这个厅长对我父亲说，只要把这小碗弄到手，多少钱他都出。我那时才十一二岁，但是对瓷器痴迷得了不得，我父亲逛古玩店，到古玩商家里验货，经常带着我。他带着我去于大舌头家不下五次，最后也没说服他。这个小碗是于大舌头的念物，他无论如何也不肯出手。那时我就看过这个小碗，而且记忆深刻，一直没忘。想不到今天又见到它了。”说到这儿，他忍不住又打开那个木匣，取出小碗看了看。

“这么说，您是林肇基的儿子？”我吃惊地看着他，简直不敢相信自己的耳朵，世界上的事儿，怎么会有这样的巧合呢？

“鄙人正是。”他莫测高深地冲我笑了笑道，“想不到吧？”

“瓜条”并不清楚白姥姥给我讲过这个故事，他看林少雄还在闲话淡扯地磨牙玩儿，一直不动真的，有点儿沉不住气了，瞥了他一眼道：“林老板既然见过这个小碗，也算是缘分吧。咱北京人办事，讲究胡萝卜就酒，嘎嘣脆。您来句痛快的，看上没看上这物件？要，还是不要？”

林少雄又把小碗拿起来看了看，然后恋恋不舍地放回木匣，笑道：“汤先生真是爽快人。您问我看上没看上这个小碗，我当然看上了。”

“看上，那还不好办吗？您甭客气，大大方方地拿走就是。价码儿，咱们单谈，您看怎么样？”“瓜条”直截了当地说。

“哈哈，这正是我求之不得的。不过嘛……”他哼了一声，又抽了一口烟斗，吐出一口淡淡的烟，十分诡秘地笑道，“成化斗彩虽然器型小，却属于重器，每件的价值都不是小数。请二位容我再考虑考虑如何？”

在“瓜条”的印象里，林少雄私下收古董，历来都很痛快，只要他看上眼的物件，当场就拍钱，很少有打愣儿的时候，那天他犹犹豫豫的样子，有点儿一反常态。既然他已经说出这话，“瓜条”也不好再说什么。不过，“瓜条”似乎从他的迟疑中看出点儿棱缝儿来，但他当时没有流露出来。

话已至此，我们只好跟林少雄告辞。分手时，他还是那么彬彬有礼，客客气气，那眼神也扑朔迷离，像是根线牵着你，让你对他充满厚望和期待。当然了，那个小碗怎么拿去的，又怎么拿了回来。

“瓜条”开车送我回家。路上，他看我沉着脸，笑了笑说：“跟这个老油条打交道，是不是觉得累？”

“我看他像是笑面虎。”我看着反光镜里的他，笑道。

“跟我玩花屁股，他不是个儿。”他冷笑了一声，顿了一下，说，“跟他打过几次交道，挺痛快的一个人。”“那今天是怎么回事儿？”我不解地问道。

他迟疑了一下说：“八成这老家伙手头儿钱紧，我听说他刚收了一件元青花瓶子，扔出去几百万。等等吧，只要他看上这个碗，他一准儿不会让你跑喽。”

我不置可否地跟他逗了一句：“听天由命吧。保不齐老天爷兴许不让我出手这个小碗呢。”

“嗨，你别说这丧气话呀！擎好儿吧。你没看林少雄的眼神儿，拿着这个小碗，恨不得一口给吞喽。我看这事儿没跑儿了。跟夫人说，让她踏踏实实等着数钱吧。”听他的话口儿，好像林少雄已经把钱打到了银行的存折上。

谁知几天以后，“瓜条”给我打电话，约我到他开的酒楼。一见面，他说话的口气，完全变了。

他把我带到一个平时打牌的包间，关上门，神色凝重地对我说：“兄弟，林老板给回话了。”

“他是什么意思？”我问道。

“说出来，你可得沉得住气。这老家伙说那个小碗是赝品。”

我大吃一惊：“什么？赝品，假的？”

“嗯，这家伙说得非常死。”他拧着眉毛说。

我突然有一种从五十层楼上掉下来的失落感：“怎么可能呢？”

“瓜条”无奈地说：“这孙子可是个老古玩虫儿，玩了几十年瓷器，眼睛相当‘毒’。”

我诧异地说道：“怎么会是赝品？白姥姥给了我，我一直原封不动地放在我们家柜子里。除了我，没人动过呀！难道我从白姥姥手里接过来就是假的？”

“这可是保不齐的事儿。北京人可都知道姥姥的（音“dei”）是什么意思！那老太太可不是个简单人物。出点儿幺蛾子，也备不住。”

“她跟我玩儿幺蛾子？不可能！”我迟疑了一下说。

“瓜条”嘬了个牙花子道：“什么也别说了，假的真不了。林少雄这老小子当时没吐口儿，我就琢磨要坏菜。几种可能性都想到了，就是没料到这个小碗出了娄子，砸在咱们手上了。”

“白姥姥会玩儿我一把，把一个赝品给了我？我觉得老太太跟我不会做出这种事。”我当时死活都觉得这个不会是赝品。

“瓜条”看出我的执拗，沉了一会儿，他换了一种语气对我说：“也没准是林少雄这孙子玩的花活。老家伙没钱了，买不起这个小碗，找了个退身的借口。这么着吧，我认识故宫博物院的一个老专家庚午先生，他是国内鉴定古瓷的高手。你让他看看这个小碗，如果他认为是真的，咱们再找别的买家。实在不行，我带你到香港，把它上拍。你看怎么样？”

我觉得这个主意挺好，就依了他。

掌眼

几天以后，“瓜条”在一家五星级饭店请庚午先生吃了顿饭。饭后，“瓜条”让我把那个成化斗彩小碗拿出来，让庚午先生掌眼。

庚午先生有七十多岁，头发已经全白了，但面色红润，精神矍铄。他拿过小碗仔细端视了一番，看着看着不禁脱口而出：“真是鬼斧神工呀！”感叹一番后，他把小碗放回木匣。

我以为他的感叹，是在赞赏这个小碗的精致。从他说话的语气上，我感觉他断定这个小碗是真的，不由得对“瓜条”使了个眼色。

“瓜条”心照不宣地冲我一笑，扭脸对庚午先生问道：“照先生的说法，它一定是真的了？”

“真的？哈哈，它做得实在是太逼真了！简直是天衣无缝。”庚寅先生沉吟道。

“什么？您认为这个碗是赝品？”“瓜条”和我面面相觑。他的眼珠子快要瞪出来了。

“是仿品，不会有错，但它仿得太乱真了，让我不得不叹为观止。我想不是好眼力的鉴定高手，绝对看不出来。”庚午先生十分肯定地说。

我像一脚踩翻踏板，掉进了冰河，来了个透心凉。“瓜条”也如同让霜打了的茄子，一下儿蔫了。

庚午先生看出我们俩的沮丧，感慨道：“‘假作真时真亦假，无为有时有还无’呀！”沉了一下，他转移了话题，对我和“瓜条”问道：“你们知道斗彩瓷器的来历吧？”

“不知道。劳您给说说。”“瓜条”缓过神来，笑道。

庚午先生慢条斯理地说道：“简单点说吧，这种技法始创于明代的成化年间，它是把釉下青花和釉上彩绘结合到一块儿烧制而成的，在工艺上有相当的难度。这种技法也叫填彩。从保存下来的实物来看，主要有两种绘制手法。一种是先用青花在瓷胎上勾出纹饰的轮廓线，罩上透明釉，经高温烧成淡描青花瓷器，再在青花双勾线内，填上所需的色彩，然后二次入窑烧成。”

“等于前后烧两次？”“瓜条”插话道。

“对。斗彩工艺的复杂就在这里。”庚午先生沉了一下说，“这是借鉴了珐琅，也就是景泰蓝的工艺。这种技法的成化斗彩瓷器比较多一些。另一种是器物的整体或主体纹饰，都用青花勾绘，罩上透明釉，经过高温烧成青花瓷器，然后再根据纹饰题材的需要上色，经过炉火烘烤而成。这类斗彩是在青花线内填彩，有的是以彩点缀，有的是在青花纹饰上盖上一层彩，器物的整体像是一幅完整的画。这两类技法都是以釉下青花和釉上彩绘构成完整的画面，釉上釉下的色彩相互辉映，斗艳争奇，看上去非常漂亮，斗彩之名，就是这么来的。”

“我听说成化斗彩在当年就值不少银子，是吗？”“瓜条”问道。

庚午先生若有所思地说道：“你是不是看了报纸上的文章？没错儿，明万历《神宗实录》里写着，神宗御前的斗彩鸡缸杯一对值十万钱。十万铜钱，听起来好像是个大数，其实只相当一百四十两银子。而且是皇上用过的一对，不是单只的。值不值钱，你一算不就明白了吗？”

“值点儿银子，但不大。”“瓜条”眨了眨眼，笑道。

“香港的古玩商仇焱之在1949年买的那只成化斗彩鸡缸杯，也不过一千块钱嘛。清代康熙时的重臣索尼的孙女幼年夭折，葬在北城郊外，也就是现在北师大的校园内。她的墓出土时，挖出了一对明代成化斗彩葡萄杯，还有一些明代瓷器。索尼很喜欢他的孙女，但毕竟是个孩子。从陪葬的这些瓷器来看，当时的成化斗彩并不是价值高得了不得。但作为有开拓性的工艺来说，它的艺术价值是非常大的。”庚午说完，看了我一眼，说道，“不知道我的解释，你们满意不满意？”

我和“瓜条”不由自主地点了点头。我心说：对您的解释满意又能怎么样？说了半天，那个小碗也被您给判了死刑。

庚午先生看了“瓜条”一眼，转身对我说：“大作家用不着熬头。古玩打眼的事儿经常会有。我年轻的时候也打过眼，损失比这个成化斗彩小碗要大。古玩古玩，既然是玩，就要有好的心态，你说是不是？”

老爷子绝对信守古玩行的规矩，对这个小碗的出处，只字未问。而且对我身份、家世等等，也没多问，请他鉴定瓷器，他就只说瓷器。

在庚午先生起身准备告辞时，我突然冒出一个想法，随口问道：“您既然看出这个小碗是仿品，那它是新仿，还是旧仿？”

庚午先生凝视着我有两分钟，然后淡然一笑道：“你这个问题问得好。实不相瞒，它是一件新仿。仿得实在太高明了。据我所知，目前国内作旧高手当中，斗彩仿得如此逼真的只有一个人。”

“谁呢？”我急忙问道。

“这个吗？嘿嘿，恕我老朽得守行规，不便奉告。”说完，他径自笑起来。

“瓜条”开车，我和他把庚午先生送回家。说老实话，一路上，我的脑子整个儿是一盆糨子，庚午先生怎么下得车我都记不得了。

我好像是做了一个美梦，梦里捡了一个聚宝盆，但梦醒了，睁开眼睛一看，梦里的那个让我激动不已的聚宝盆，敢情是个普普通通的瓦盆，里面装的都是黄土。您琢磨琢磨我失望到什么份儿上吧？

其实，让我懊恼的并不全是这个小碗的发财梦，而是对白姥姥情感上的失落感。通过这几年的交往，我跟这个老太太已经多少有了感情，我觉得她对我的好儿是发自内心的，并非虚情假意。当然，我对她也是诚心诚意的，别的不说，为了三爷的户口问题，我跑前跑后折腾了两年多，末了儿都宁愿当老头儿的干儿子了，还怎么着？这一切，不都是为了白姥姥吗？但我万万没想到，她会拿一个假古董在我这儿蒙事儿，让我白做了一场发财梦不说，在林少雄和庚午先生面前现多大眼呀？

她这么做图什么呢？我突然想起头一次跟她提这个猫碗时的情景，老太太对这个猫碗的敏感，让我记忆犹新。由猫碗引起的故事，一幕一幕地在我的脑子里过电影，想起这个小碗的灵异说法，有时让我难以入眠。

根据林少雄的说法，他父亲和他当年在于大舌头家，看到的那个小碗肯定是真的。而庚午先生断定这个小碗是新仿。难道于大舌头留下来的那个真的成化斗彩小碗，早已经没了，白姥姥特地找人仿制了一个，以假充真？我想到这个小碗在白姥姥眼里，又是那么随意，拿它喂猫不说，整天摆在窗台上，有时还大明大摆地扔到院里。如果是真的，老太太舍得吗？

但白姥姥为什么非要做个假碗呢？她那么大年纪，不愁吃不愁喝，就为做个假碗，跟人开个玩笑？从白姥姥对我的情感来说，她有必要用个假碗来换取我的一时高兴吗？那几天，我在家翻来覆去地想着这些掰不开镊子的事儿，越琢磨越想不明白，越想不明白，心里越熬头。

大概过了一个多礼拜，“瓜条”忙完自己生意上的事儿，打电话约我到他开的酒楼。他说要跟我喝“压惊酒”。见了面，我笑道：“你可真逗，有什么惊呀我，可让你给我压的？”

“嗨，眼看就要到手的三千万，鸡飞蛋打了。你不惊，我都惊着啦！”“瓜条”打了个哈哈儿说，“人有时发财与发难真是一步之遥。如果那个猫碗真是成化斗彩，这会儿你可能正在家里数钱呢。”

“都多少天的事儿了，我还数钱呢？”我笑了笑说，“别拿我打镲了嘿！”

“什么也别说了。一个字：命！”他自我解嘲地笑道。

“瓜条”是好心。他算计着我会因为这个假碗熬头，怕我窝在心里的这口气出不来，特意请我吃饭，给我顺顺气，吃个“宽心丸”。那天，他上了一瓶“茅台”，车也不开了，非要陪我一醉方休。

酒过三巡，菜过五味。“瓜条”安慰我道：“算了吧，只当压根儿就没有这档子事儿。意外之财，本身就靠不住。”

我苦笑了一下说：“其实，钱对于我来说并不是那么重要。我更看重的是人心。人的心，是多少钱也买不来的。白姥姥呀！唉，谁能想到呢？哀莫大于心死。”

“这年头，谁还讲人心呀？我要是你，回家就把那个破碗给摔喽！”他喝了一口酒，悻悻地说道。

“摔不摔那个小碗，已经不重要了。留着它，也许是个纪念。”我迟疑了一下说。

“白姥姥确实是个人物。我怎么琢磨怎么是她玩的攒儿。”“瓜条”咧了咧嘴，笑道，“老太太平时就神神道道，经常打晃转影壁。你想呀，她明明跟自己的老情人去南方玩，却告诉你去美国侍候闺女，害得你满世界找姥姥玩儿。那个成化斗彩小碗没准儿早就没了，老太太找了个赝品在那儿蒙事儿。碰上你这样的给个棒槌就认真的人了。”

“唉，别提这些了。北京爷儿们拿得起来放得下去，这点儿事算什么呀？”我举起酒杯，跟他碰了一下，一口干掉。

“瓜条”吃了一口菜，想了想说：“前天陪一个老板到庙里进香，听一个老方丈讲禅。他讲了两个多小时，我就记住一句话：来是偶然的，去是必然的。所以人要随缘不变，不变随缘。这句话让我越琢磨越有哲理。真是这么回事，那个小碗是真的，卖了三千万又能怎么样？细想想，咱们还应该随缘不变。”

他的这句话，让我想起北岳先生说的话：我的财富不是因为我拥有多少，而是我本来要求的就很少。世界上的许多东西，原本就不属于你，因此你用不着去争，即便争到手，到头来还要还给世界。

我猛地幡然醒悟，这个赝品小碗，敢情让我活得更明白了。难道这正是白姥姥的良苦用心吗？

那天，我和“瓜条”喝了一瓶“茅台”，不知是我想用醉意驱散白姥姥在我心头留下的阴影，还是“瓜条”想用酒劲儿赶跑笼罩那个小碗的晦气，总之，我们俩都酩酊了。

真品上拍

生活平淡如水，但日子过得飞快。不知不觉，又有五年多的光景过去了。白姥姥的那个赝品猫碗，在我记忆里已经淡漠了。这天，“瓜条”给我打电话，让我到他在昌平新盖的别墅看看。

人要是有了财运，想不发财都拦不住。这几年，“瓜条”的买卖越做越大，他在郊区买了几块地，分别建起了带有欧美风情的庄园、会所和别墅，庄园建起来之后，他转手卖给了一个新加坡的富商，会所留作会朋友、搞商务谈判用，别墅成了他和家人过周末的地方。

“瓜条”的别墅依山傍水，环境幽雅，说是别墅，实际上是一个大花园，面积大约上百亩，几乎是半个小山，他在里面养花种草，挖了个很大的池塘，堆了几座假山，还建了一座小庙，简直有点儿世外桃源的味道。

他陪着我在园子里转了一圈儿，走到一个非常规矩的四合院门口，对我说："这个院子平常没人住，就当是我给你盖的一样，你写东西随时来。"

"得，我先谢谢你。"我逗了句闷子，"回头我做俩灯笼，写上'刘府'两个字，挂在院门口儿。"

"行了，这活儿还用得着你？"他随口说道。

他住的也是四合院，但规格和气派不逊于当年的王府，富丽堂皇，金碧辉煌。他带我来到他的书房，落座后，家里雇的服务员上了手巾板儿，又上茶和水果。我们闲聊了几句，他从柜子里取出一本拍卖公司的拍卖图录，递给我，说道："看看吧，看了别想不开。"

"什么呀，就想不开？"我纳闷问。

"白姥姥的那个成化斗彩小碗上拍了。"他的脸上滑过一道阴影。

我打开图录，翻到他做着记号的那页一看，不由得吃了一惊，原来上面印着的斗彩小碗，跟白姥姥的那个一模一样。我细看了一下图录上印着的起拍价，是五千八百万人民币。

"看着是一样，但你怎么能认定它是白姥姥的那个呢？"我纳着闷儿地问道。

"这个我回头再跟你细说。我先告诉你这个小碗的最后成交价吧，八千六百多万！你听了不会搓火吧？"他看着我，微微一笑说。

"你要不提，我早就把这个小碗给忘了。它是真是假，卖多少钱，跟我已经没关系了。"我把图录合上，淡然一笑说。

他沉吟道："说得好。其实我也不想为这个小碗再给你添堵了，但这事儿我想了好长时间，不跟你说，总觉得对不起你，也对不起白姥姥。"

"为什么？"我惑然不解地问道。

他犹豫了一下，说道："你刚才看的是香港苏富比拍卖行去年春拍的图录。拍卖完事儿后，玩古玩的一个哥儿们把这事告诉我了，而且还给了我这本图录。我翻到这个成化斗彩小碗时，一下愣住了。这不是跟白姥姥的那个小碗一样吗？怎么跑到拍卖会上去了？那个赝品砸在你手里，你没事儿了，我可一直咽不下这口气。这几年，没事儿我就琢磨这个小碗，总觉得这事有点儿邪性，果不其然，真的小碗在拍卖会上露面儿了。你想我能放过它吗？”

“看来你比我还轴。”我笑道。

“我先通过朋友打听到买主儿是香港一古玩商，接着又打听到卖主儿是一北京人。当然，拍卖行肯定不会透露卖主儿身份的。怎么办？我找了俩小哥儿们，一人塞了两万的红包儿，让他们当回‘密探’，把上拍的这个小碗的卖主儿的身份给我弄清楚。真是有钱能使鬼推磨。这俩小子还真有鬼主意，顺藤摸瓜，找到了小碗的卖主儿。你猜他是谁吧？齐放！”

“啊？是他？”我不禁大吃一惊。

“卖主儿是齐放，那这个小碗怎么到他手里的，还用我说吗？”他嘿然一笑道。

“罗呗儿！”我不由得脱口而出，“是他？”

“我那四万块钱没白花。”“瓜条”冷笑道，“这俩小子把你手里的那个赝品是谁做的都给我摸清了。”

“谁？”我急忙问道。

“靳伯安！他就是当年想从于大舌头手里买那个成化斗彩的靳云鹏的儿子。靳伯安，人称靳三爷，是齐放的师傅，京城的大玩家，也是古瓷作旧高仿的高手。”

“难道是罗呗儿偷梁换柱，在白姥姥那儿做了手脚？”我想起罗呗儿最初找我从白姥姥那儿买那个猫碗时，心情是那么急切，后来，对这个猫碗，又有一搭没一搭，最后索性不要了，非常大方地把它送给了我。难道这家伙明修栈道暗度陈仓，早已经把真碗偷走，换了个赝品在跟我玩哩个儿楞？

“算你说对了。白姥姥拿东西太不当回事了，用那个小碗喂猫不说，还经常把它扔到院子里。罗呗儿就利用这个机会，把猫碗顺出去，拿给靳伯安。靳伯安把小碗的图案纹饰拍了下来，罗呗儿又把小碗拿了回去。等靳伯安仿制出来，他这才偷着把真的拿走，把仿的留下。前后有半年多的时间，白姥姥愣没发现任何破绽。你的注意力都在三爷的户口上，当然也不会留神这事儿，所以让罗呗儿顺顺当当地偷手成功。”

“如果这个小碗不上拍，我还真不会怀疑到他头上。”我对“瓜条”说。

“其实，齐放并不想出手这个小碗，听说他在筹备建私人博物馆，手头正缺钱，只好忍痛割爱了。”

“不过，纸里包不住火。听你这么一说，罗呗儿早晚会露出马脚来的。”

“现在想想，这小子早就露出破绽来了，只是你我没把他想得那么坏。那年，他买那辆‘大奔’，扔出去八十多个（万），说跟人借的钱。他那人头儿，除了我，谁肯借他钱？当时，他又买房，又娶媳妇，加上那辆豪车，至少扔出去两三百个（万）。钱都是哪来的？”他撇了撇嘴说。

“这么说，都是卖那个小碗的钱？”我想了想，问道。

“我雇的那俩‘密探’都给我探出来了。敢情罗呗儿偷梁换柱，得着那个猫碗之后，直接拿给了齐放。这个猫碗成了他到齐放门下的见面礼儿。齐放属于新派玩家，拜的是靳伯安，眼力相当可以，他认定这个小碗是真的之后，按当时私下交易的价位，给了罗呗儿三百五十万。罗呗儿是靠这笔钱才胡折腾的。”

“我说他当时那么烧包儿呢！”我想起他那会儿春风得意的样子来。

“小碗的事儿调查清楚以后，跟不跟你说？我琢磨了很长时间。因为这事儿木已成舟，吃到肚子里的东西，再让他吐出来，可能吗？一切都无法复原了。话又说回来，罗呗儿是谁呀？你我的发小儿！你即便知道那小碗是他偷奸耍滑玩儿的猫腻，又能把他怎么样？关键是最初咱俩打了眼，认定那个赝品猫碗是白姥姥玩的攒儿，现在水落石出了，如果不让你知道，还让你蒙在鼓里，那白姥姥会受多大的委屈？我寻思着老太太在九泉之下都得掉眼泪。想来想去，我还是把你给约出来了。”说到这儿，他递给我一张银行卡。

我看了一愣，问道：“你这是什么意思？”

他冲我嘿嘿一笑道："我琢磨着猫碗这事儿，最倒霉的是你。你为三爷的户口劳神费力地忙乎了两年多，临完得到白姥姥给的一个碗，还是赝品，让自己的发小给玩了。罗呗儿呢，这些年混得也不怎么样，卖碗的那笔钱，我看也让他快折腾没了。我劝你看在老同学老街坊的份儿上，别再跟他提这档子事儿，别看这小子没德性，却事事要面儿，偷猫碗肯定是他的短板，回头你真找他，保不齐他为这事儿再抹了脖子。"

我笑道："你是多虑了。为了要面儿能抹脖子，那就不是罗呗儿了。"

"唉，甭管怎么说吧，罗呗儿对不住你。这里头你的委屈最大，但你做的这些又都是为了白姥姥。现在白姥姥走了，可白姥姥杂碎却留在了我这儿，我冲着白姥姥也不能让你抱屈。没别的可以弥补，只能拿它说话了。"他把银行卡递给我说，"卡上有一百万，这是我的一点儿心意。你拿去买房买车，买什么我就不管了。"

"你这是干吗？打我脸是不是？"我把银行卡放在茶几上，站起来对他说，"我不缺吃不缺喝，怎么能要你的钱呢？你别让我夜里扪心自问，睡不着觉行不行？其实，我早已经把那个猫碗的事忘了，你不嘱咐我，我也不会跟罗呗儿再提这档子事儿的。"

"我的日子过得比你好多了。这钱，我让你拿着你就拿着。虽然不多，但也是对你那个猫碗损失的一种补偿。"他又把那张卡拿起来，要往我手里塞。

我推让道："我损失什么了？那碗本来就不该我得。我什么也没损失！这张卡我坚决不能要。你要再死乞白赖，那可就是寒碜我了。"

"既然你说出这话，我只好依了你。咱们来日方长。"他无奈地把那张银行卡收了起来。

我沉了一下，对他说："你刚才提到'白姥姥杂碎'，倒是勾出我肚里的馋虫来。一会儿咱们回城，到你的酒楼吃碗'白姥姥杂碎'怎么样？好赖也算告慰一下老人家。"

"得，我马上安排车，一会儿咱俩得好好儿喝一杯。"他拿出手机，给管别墅的人打电话。

那天，我和“瓜条”又喝得酩酊了，不为别的，为罗呗儿和那个成化斗彩小碗……

并非结局

宋琬给我打电话，约我到她开的茶餐厅喝茶。

白姥姥去世不久，她八十多岁的老父老母又前后脚儿驾鹤西去。她伤心过度，加上操持这几位老人的后事，心力交瘁，大病了一场，住了半年多的医院，之后，又到美国白姥姥女儿家住了一年多，总算还了阳。

她家有几间老房，在西城的西内大街。这几间房属于他们家自己的私房，父母健在的时候一直住着，但房子已经很老了，年久失修，破败不堪。父母去世后，作为独女的她想把房子卖掉，没想到这条老街扩建，本来在胡同的房子，现在临街面儿了。为了排遣对自己父母和白姥姥的思念之情，转移注意力，她想利用老房干点儿营生。于是她丈夫出资，又跟朋友借了点儿钱，把老房拆了重盖，开了这个茶餐厅。她告诉我，不是为了赚钱，主要是把这儿作为朋友聚会聊天的地方。

算起来，我跟她有八九年不见了。也许这几年经历了不少变故，她煎熬得像变了一个人，看上去比原来瘦了不少，面容也苍老了许多，皮肤松弛，两腮有点儿塌了，眼角也往下耷拉了，一笑，脸上的褶子像开了花儿，如果走在大街上，我可能都认不出她来。

坐在她的茶餐厅里，我们天上地下地聊了起来。敢情她找我，是告诉我白姥姥的那所老宅要拆迁，而且遇到了麻烦。那个小楼和院子的产权人，是白姥姥的爷爷于大舌头，因为白姥姥的父亲是私生子，而于大舌头和正室夫人有四个孩子，虽然于大舌头生前已经分配自己的遗产，而且明确小楼和院子遗赠给白姥姥，并且亲笔写了遗赠书。但白姥姥遭遇天难，猝然离世，这份遗赠书不知放在哪儿了，老太太生前也没做公证。所以现在于大舌头最小的儿子，联名孙子辈的十几个人，要继承老宅的拆迁款，她也无计可施。

“如果白姥姥生前把房子的产权人换到她的名下，可能就不会有现在的‘后遗症’了。”我对宋琬说。

“唉，遗产问题太复杂。白姥姥要是活着，这些人有一个算一个，谁敢抻碴儿？现在，老太太没了，我出面说话又不占地方。”

“白姥姥的两个女儿呢？”我问道。

“她们俩从来都与世无争。再说了，人在美国，鞭长莫及呀！”

“那怎么办？”

“只好放弃了。”宋琬说，“这也是白姥姥两个女儿的意见。她们都放弃了，我还再裹什么乱呀？”她苦笑了一下说，“世界上的事儿，永远是有种桃的，也有摘桃的，还有身不动膀不摇，吃桃的。看谁是什么命了。白姥姥苦了一辈子，你说落下什么了？”

“爱。她得着三爷终生不渝的爱了！”我想了想说，“这可是一般人想得而得不到的。”

“也是。我们这些草民还想得到什么呀？其实，得到什么都是身外之物。”她感慨一番，告诉我前两年一直张罗在白姥姥故居建个纪念馆。折腾半天，临完，到民政部门一打听，敢情建纪念馆和设故居，必须是国家认可的名人，一般的人没这资格。所以，她白忙活了。

“你的想法有点儿天真了。是个人都建纪念馆，那纪念馆还有什么意义？其实每个人心中都有一座纪念馆，你我还是把白姥姥的纪念馆建在心里吧！”我对他淡然一笑说。

“你说得对。知道我找你是什么意思吗？”她沉了一下，问我，“想想明天是什么日子？”

我沉思了一下，一拍大腿说：“白姥姥的忌日！”

“对呀！你看看这是什么？”她说着，转身从里屋拿出一幅油画。

“《白月亮》！”我不由得脱口而出。

“你不是跟白姥姥说过，最喜欢这幅油画吗？我替白姥姥做主了，送给你！”她莞尔一笑，告诉我，那所老宅马上就要拆了，前几天，她找人一起把白姥姥的家收拾干净。在这之前，白姥姥家里值钱的东西，已被她的两个女儿拿走。她知道我喜欢这幅油画，特意让她们留下了。

“太感谢你啦！”我一连说了两声谢谢。这幅油画，成了白姥姥留给我的最好纪念。

第二天，我叫上大壮，让他开车，拉着我和宋琬，来到白姥姥和三爷的墓地，献花祭奠，大壮烧了不少纸和冥币。在墓前焚香的时候，我想起那个猫碗的事儿，心里暗自对白姥姥说了几声对不住。这既是我的内心表白，也是替罗呗儿向老太太致歉。一种内疚和羞愧感袭上心头，不管怎么说，于大舌头留下来的那个斗彩猫碗已经不在我手上了。

从墓地回城，我让大壮开车送宋琬，自己单独来到白姥姥住过的胡同，想再看一眼那座老楼和老院子，拍点儿照片，寄托哀思。

刚进胡同口，就听到一阵阵的轰鸣声，定睛一看，只见昔日的胡同院落，已经成了一堆堆的瓦砾，两辆铲车正在推铲平房，尘土飞扬，不远处有十多个等着捡洋落儿的农民在张望。白姥姥家的那栋老楼和老院子，已经消失在瓦砾之中了。

动作真够快的！我望着那些残垣断壁和孤零零的老树，感慨万端，后悔自己来迟了一步。不过，转念一想，早来一步又能怎么样呢？我能阻止他们拆迁吗？充其量也就是拍几张照片，留作怀旧而已。

我舍不得离开这条即将消失的老胡同，在胡同口盘桓了有两三个小时，一件件的往事，不停地在脑子里浮现，我想起了第一次来这条胡同造访白姥姥的情景；想起了第一次见到白姥姥时的样子；想起了白姥姥一次一次让宋琬给我打电话，我到她家吃她做的吃食的场景；想起了白姥姥和三爷的爱情故事；想起了那只伶俐的波斯猫；想起了那个扑朔迷离的猫碗……这一切，现在都已经成了过眼云烟。我不由得仰天长叹：这也许就是生活，这也许就是历史。

两年以后，我坐车路过这儿，特地下车走了走，带着洋味儿的现代化气息扑面而来，如果不是曾经来过这里的老北京人，真会有到了国外的错觉。一切都恍如隔世。当年的老胡同、老院子、老房子，已经变成了宽阔的马路和一栋一栋的高楼大厦，当年住在这里的那些老人，早都搬到了四环以外，有的甚至去了八宝山（去世）。行走在马路上的人流，有几个是生于斯长于斯的北京人？这些人里有谁知道，这里曾经住过一个叫白姥姥的老太太？

唉，逝者如斯夫！我不禁感慨社会发展之快，变化之大。这刚过去几年呀？

罗呗儿有八九年没露面了。几年前，他的BP机号就换了，后来流行手机，我又没他的手机号码，所以，好像风筝断了线，失去了联系。我怀疑他已经知道我和“瓜条”找林少雄卖那个猫碗卖“炸了”的事儿了，所以一直躲着我。其实，对我来说，他跟不跟我走动无所谓，我们之间并没多少共同语言。俗话说，人情一把锯，你不来我不去。虽然共同生活在一个城市，相互之间，几年、十几年，甚至几十年不见面的事儿，一点儿不新鲜。

这天，我参加一个老教授的学术研讨会。在会场服务的一个小伙子，我怎么看怎么觉得面熟，但就是不知在哪儿见过他。在研讨会中间休息时，我在会场外面抽烟，又碰上了这个小伙子。我把他叫住，问他在什么单位工作？他告诉我还在上学，已经大三了。他的老师是老教授的弟子，所以老教授的学术研讨会，他老师带着他们几个学生来帮忙。

我问他姓什么？他说姓罗。我恍然大悟，问他：“你爸爸，不，应该说你的亲生父亲，是不是叫罗志成？”

他听了一愣，但马上点了点头。

我又细打量了他一番，发觉他长得酷似罗呗儿。我问他现在跟谁过呢？他说跟他妈和继父。我问他知道不知道亲生父亲的情况？他说很少去看他。最后一次看他，还是去年春节。他现在一个人，生活挺孤单的。我随口说他不是也结婚了吗？他说是，但后来也离了。我想再问他点什么，但他实在说不出什么来，而且研讨会又重新开始，我只好作罢了。

一年之后的秋天，“汤泡饭”在早起出恭[①]时，突发心肌梗死，

① 出恭——大便的文明词儿。

猝死在卫生间。在遗体告别仪式上，我见到了罗呗儿。他显得老多了，脑袋上的毛几乎掉光了，身体发了福，肉头肉脑，大腹便便，脸色蜡黄，神情有些憔悴，尽管如此，他还保持着追求虚荣、人前显贵、穿着要样儿的天性，西服革履，扎着领带，看上去像个大老板。

仪式结束后，我跟罗呗儿走了个对脸儿，虽然多年不见，但他见了我，依然那么热情、大方、从容不迫，给人的感觉就好像我们天天在一起喝酒聊天似的。相互寒暄后，我问他："这几年过得怎么样？"

"好着呢！真的，你没瞧我现在的砣儿，不瞒你说，快二百斤了。"他满脸堆笑道。

"在哪儿高就呢？"我问道。

"高就？还是大作家会整词儿！我哪儿也没就，自己办了一个文化投资公司。嘿嘿，改天，还得劳你这个大作家前来指导。"他笑道。

我们又闲聊了几句，他显得非常忙碌的样子，对我说："公司里事儿多，中午有个外商要谈项目合作的事儿，实在抱歉兄弟，咱们改天再聊，回头我请你吃饭。"

说完，跟我握了握手，便匆忙告辞，一扭脸儿，消失在人流中。

望着他的背影，我心想那辆"大奔"估计早就让他卖了，那个年轻貌美的"湘妹子"也曲终人散，移嫁他方了。要不介，他还不得在我面前再显摆显摆？

我正要转身走，旁边站着的一个人冲我哑然失笑道："他可以当影帝了！戏让他演绝了。"

这个人，我素不相识。我愣了一下，打量着他问道："您认识他？"

这个人往我身边凑了凑道："我怎么不认识他？他是我们单位停车场看车的。"

"您是哪个单位？"

"我是在饭店打工的。"他说出了一个四星级饭店的名字，

“公司老板？说得跟真的似的，太会演戏了！”他一连说了几句，笑着转身走了。

这就是罗呗儿！我感慨万千，自言自语道。

父亲的突然去世，让“瓜条”非常悲痛。这种时候，他最需要的是安慰。从老爷子的遗体告别，到最后到安葬，我一直陪着他。把老爷子的后事都办利落，“瓜条”心里才落听。这时，他才想起父亲生前交代的一件事，把他手里放着的杜宗颐的三把古琴和一箱子资料还给我。

这三把古琴和一箱子古琴资料，后来又演绎出许多奇闻逸事，想看吗？咱们在下一部小说里，再细聊吧。

附带说一句：2014年4月9日，在香港苏富比春季拍卖会上，由“玫茵堂”收藏的一个成化斗彩鸡缸杯，以2.8亿港币成交。这个鸡缸杯在上个世纪五十年代，被英国的一个收藏家奥波德•德莱弗斯夫人收藏，此后被“玫茵堂”买走。2.8亿港币，刷新了中国瓷器世界拍卖纪录。

刘一达

北京如一斋

初稿写于2012年9月

四稿写于2014年9月